STAR TREK®

Die Welten der Föderation

Shane Johnson

HEEL

STAR TREK®

Die Welten der Föderation

Shane Johnson

HEEL

Impressum

Die Welten der Föderation
Die Fakten und Hintergrundinformationen zum *Star Trek*-Universum, die in diesem Buch auftreten, basieren einzig und allein auf der Meinung des Autors.

HEEL-Verlag GmbH
Wintermühlenhof
53639 Königswinter
Tel.: 0 22 23/9 23 00
Fax: 0 22 23/92 30 26

ISBN der Originalausgabe: 0-671-70813-9

Übersetzung aus dem Amerikanischen:
Claudia Kern, Bonn

Satz (Fremddatenübernahme):
Fotosatz Hoffmann, Winterscheid

Umschlaggestaltung:
ARTCOM, Königswinter

Printed in Germany

ISBN 3-89365-494-1

Historisches Archiv von Memory Alpha
Datenbankauszug (Ausdruck)

Objekt: Die Welten der Föderation

Danksagung

Der Autor möchte sich bei den folgenden Personen recht herzlich bedanken. Durch ihre Hilfe und Unterstützung konnte dieses Buch Wirklichkeit werden:

Lawrence Aeschlimann, James Atkinson, Alan und Lyrae Beckner, Bob und Kathy Burns, James Chambers, Bill Christmas, David Holt, Kathy Johnson, Shaun Johnson, Gary Kerr, Bob Klem, Mike Kott, Steve McClellan, David Merriman, Michael Okuda, Larry Oler, Barry Smith und Rick Sternbach.

Ebenfalls möchte ich mich bei den Autoren der folgenden Bücher bedanken, die das Fundament für **Die Welten der Föderation** gelegt haben: The Star Trek Space Flight Chronology, The Star Trek Concordance, The Making of Star Trek: The Motion Picture, The Making of Star Trek, The Star Trek Maps, die Star Trek-Fotoromane, The Starfleet Medical Reference Manual und Spocks Welt. Ich möchte besonders die Mithilfe der folgenden Personen herausheben: Geoffrey Mandel, John Upton, Doug Drexler, Eileen Palestine, Jeff Maynard und Anthony Fredrickson. Durch ihre Arbeit erhielt das Star Trek-Universum eine innere Ordnung, die es so real macht, wie ein fiktionales Produkt nur sein kann. Ich freue mich, ihre Tradition fortsetzen zu können.

Ein besonderer Dank geht an Kevin Ryan und David Stern von Pocket Books, die sich sehr für mich eingesetzt haben. Ohne ihre Arbeit und ihre Mühen hätte es dieses Buch nicht gegeben. Dank auch an Brenda Sims von Paramount – ihr Star-Trek-Wissen war sehr hilfreich. Und vielen Dank natürlich auch an Gene Roddenberry.

Die Farbillustrationen sind toll, Don – dir ist es gelungen, die Wunder der Star-Trek-Welten in Bilder zu fassen.

Ich werde jetzt erst einmal schlafen.

85

766

24

Dieses Buch ist der Erinnerung an

Allan Everhart

gewidmet. Er war ein Freund und Künstler, der an einem Tag im April an Bord der USS Iowa zu Gott geholt wurde.

Wir vermissen dich, Kumpel

Historisches Archiv von Memory Alpha
Datenbankauszug (Ausdruck)

Objekt: Die Welten der Föderation

Inhalt

080

59

128

Vorwort zu
Die Welten der Föderation

Die Vereinigte Föderation der Planeten basiert als Regierung wie auch als politische Organisation auf einer einfachen, aber wichtigen Idee: Vielfältigkeit. Diese Vielfältigkeit ist das Fundament der Föderation, die aus einer Ansammlung verschiedener Welten, Rassen und Kulturen besteht. Dieser Respekt vor der Vielfältigkeit führt zu einer Anerkennung individueller Rechte. Daraus folgt, daß jedes Wesen das Recht zur Selbstbestimmung hat, ebenso wie das Recht, sein Schicksal frei zu gestalten.

Die Hauptdirektive der Sternenflotte beruht auf diesem Grundsatz. Sie besagt, daß Mitglieder der Föderation sich nie in die normale Entwicklung einer Kultur einmischen dürfen. Diese Politik führt dazu, daß neu entdeckte Rassen schon bald der Föderation vertrauen. Dieses Vertrauen hat in der Geschichte der Föderation schon oft dazu beigetragen, die natürliche Furcht, die viele Außerirdische bei ihrer ersten Begegnung mit uns hatten, abzubauen, so daß sie sich der wachsenden Zahl der Mitgliedsplaneten vertrauensvoll anschließen konnten.

Dieses Buch ist eine Auflistung der Geschichte und der Kulturen dieser Welten. Außerdem wurden auch unabhängige Welten bedacht. Sie sind alle bemerkenswert, ob es sich um ihre Kultur, ihr Tier- oder Pflanzenleben, ihre geologischen Besonderheiten oder ihre Position im Raum handelt. Einige dieser Welten stehen der Föderation feindlich gegenüber. Das führt zu der ständigen Gefahr eines interstellaren Konflikts.

Ich bin tatsächlich ein Kind der Vereinigten Föderation der Planeten. Als Androide bin ich das Produkt verschiedener Technologien, die auf vielen verschiedenen Welten entstanden. Ich bin stolz darauf, auf der USS **Enterprise**, einem der besten Schiffe der Sternenflotte, dienen zu dürfen, so daß ich die Vielfalt und den Reichtum der Galaxie mit eigenen Augen beobachten kann. Diese Ausgabe, ob Sie sie nun als Ausdruck oder Computerprojektion lesen, wird Ihnen helfen, mehr über diesen Reichtum zu lernen, so daß Sie erneut das Vertrauen gewinnen, durch das die Föderationswelten zusammengehalten werden.

Lt. Commander Data, Wissenschaftsoffizier
USS **Enterprise** NCC 1701-D,
Sternzeit: 82965,4

39
255
714

Einleitung

Die Vereinigte Föderation der Planeten:
Ein historischer Überblick

Lange vor der Erschaffung der Föderation setzte die Erde (Terra) bereits Außerirdische als Besatzungsmitglieder ein. Trotz ihrer schwierigen Persönlichkeiten erwiesen sich die Tellariten als fähige Ingenieure, während die Andorianer ihr Talent für interstellare Navigation und Kommunikation beweisen konnten. Diese Zusammenarbeit in der Raumfahrt brachte die Planeten näher zusammen, so daß eine politische Allianz der nächste logische Schritt war.

Jahrzehntelang baute sich eine gegenseitige Abhängigkeit unter diesen befreundeten Welten auf, die schließlich beschlossen, ihre Zusammenarbeit auch formell deutlich zu machen. So kam es schließlich zu dem bedeutendsten Ereignis des interstellaren Zeitalters.

Die Föderation wurde auf der interstellaren Konferenz von Babel formell ins Leben gerufen. Die Gründungsmitglieder waren Terra, Vulkan, Alpha Centauri, Tellar und Andor. Viele andere Mitglieder wurden später durch die Zustimmung der Mitgliedswelten aufgenommen. Das ständige Wachstum und die Vitalität der Föderation belegen die Weisheit dieser Allianz.

Vieles von dem, was Föderationsbürger heute für selbstverständlich halten, wurde von diesen herausragenden Gründungsmitgliedern beschlossen. Die gemeinschaftliche Währung der Föderationscredits entstand damals ebenso wie die interstellaren Standardsymbole, die heute jedes Kind zusammen mit dem ABC lernt. Die Raum/Zeitmatrix für die Sternzeit wurde als offizielle Zeitrechnung der Föderation eingeführt, so daß die von der speziellen Relativitätstheorie ausgelösten Unterschiede (2087 auf der Erde war zum Beispiel 2092 auf Alpha Centauri) vermieden werden konnten. Zusätzlich wurde eine Volkszählung angeordnet. Die Erde meldete damals zehn Milliarden planetare Bewohner, acht Millionen Bewohner im Sonnensystem und 354 interstellare Kolonisten. Diese Zählung wird alle zehn Jahre wiederholt.

Auf dieser ersten Babelkonferenz wurde auch die Sternenflotte gegründet, die nicht nur für die Sicherheit der Allianz sondern auch für die Erforschung des Weltraums verantwortlich sein sollte. Die strategische Anordnung von Sternenbasen wurde dem Sternenflotten-Kommando übertragen. Diese Sternenbasen dienen als Außenposten in den Gebieten der Föderation. Sie sorgen für die Sicherheit des ihnen übertragenden Sektors, leisten Hilfe bei interstellaren Notfällen und werden außerdem als Wartungs- und Ausrüstungsdepots für Raumschiffe verwendet. Des weiteren koordinieren die Sternenbasen die interstellare Kommunikation, vergeben Forschungsaufträge und dienen als Urlaubsorte für raummüde Raumschiffbesatzungen.

In der neugegründeten Föderation erkannte man die Wichtigkeit der Erforschung neuer Gebiete. Obwohl eins der ersten Schiffe, die USS **Archon**, in der Nähe des Beta III-Systems vermißt gemeldet wurde, gab man nicht auf, sondern verfolgte dieses Ziel mit Pionierschiffen wie der USS **Horizon** weiter.

Während dieser harmonischen Vermischung der verschiedenen außerirdischen Kulturen machte auch die Raummedizin große Fortschritte. Der Forschungsbereich der vergleichenden Anatomie bekam eine ganz neue Bedeutung. Man lernte viel über Probleme wie Reizentzug, Strahlungsimmunisierung und Raumstreß. Der medizinische Scanner und der knochenbindende Laser wurden entwickelt. Zusätzlich wurden von den planetarischen medizinischen Gesellschaften bestimmte Quarantänevorschriften entwickelt, mit denen die Föderation vor neuen Seuchen geschützt werden sollte. Eine solche Seuche war die „Pluto-Pest", durch die das gesamte Leben auf der Forschungsbasis Pluto ausgelöscht wurde (später stellte sich heraus, daß es sich dabei um eine mutierte Abart des Omega-Virus handelte, der an einem Souvenir klebte, das einem der Forscher von einem skrupellosen orionischen Händler angedreht worden war).

Leider gab es auch einige unglückliche Auswüchse in dieser Schaffungsphase der Föderation. Die neue Sternenflotte wurde schnell mit Kommandanten und Besatzungen aus den Mitgliederwelten versorgt. Die unzureichende Ausbildung dieser Offiziere zeigte sich bei einem tragischen Kriegsspiel. Um weitere Tragödien zu vermeiden, gründete man die Sternenflotten-Akademie, an der die Offiziere gründlich und zentralisiert ausgebildet werden sollten. Seit dieser Zeit gibt es keinen Raumschiffkommandanten mehr, der diese Ausbildung nicht erfolgreich abgeschlossen hat.

Die Jahrhundertfeier der Erde im Jahr 2100 diente als Konferenz, bei der die Ergebnisse des letzten Jahrhunderts und die zu erwartenden Ereignisse des nächsten diskutiert wurden. Verschiedene Gruppen widmeten sich der Entwicklungsgeschichte von Antrieben, Kommunikation und Elektronik, während sich andere mit den wirtschaftlichen und politischen Entwicklungen der Föderationsmitglieder und der unabhängigen Welten auseinandersetzten. Wieder andere Redner warfen einen Blick in die Zukunft und machten teils prophetische und teils kurzsichtige Voraussagen. Man sagte den Transporter voraus, behauptete aber auch, daß Geschwindigkeiten über Warp 4 physikalisch unmöglich seien.

Bis Mitte des zweiundzwanzigsten Jahrhunderts hatte die Föderation sich als galaktische Macht etabliert. Allerdings gab es noch einen zweiten Machtfaktor, der sich immer wieder durch Sabotageakte und Störmanöver an den Grenzen der Föderation bemerkbar machte. Das romulanische Sternenimperium, das man einst für ein Kindermärchen der Vulkanier gehalten hatte, setzte zur Eroberung an.

Nach einem kurzen, aber blutigen Krieg entstand so etwas wie Frieden zwischen den beiden Mächten. Die Begegnung mit dem klingonischen Imperium, das heute eins der jüngsten Föderationsmitglieder ist, spielte sich ähnlich ab. Die erst kürzlich stattgefundenen Begegnungen mit den mysteriösen Ferengi verliefen, abgesehen von einigen kleineren Gefechten, zwar spannungsvoll, aber friedlich.

Planetarisches Klassifikationssystem (Föderationsstandard)

	Oberfläche	Atmosphäre	Beschreibung	Beispiel
A	dünn, evtl. nicht vorhanden	reduziert: Methan etc.	Hitzeabgabe, „Beinahestern"	Jupiter
B	dünn, evtl. nicht vorhanden	reduziert	nichtstrahlend	Neptun
C	Eisen / Silikat	reduziert, dicht	hohe Oberflächentemperaturen	Venus
D	Nickel-Eisen / Silikat	(A-G) keine; (H-N) dünn	Asteroiden	Ceres
E	Silikat, einige Metalle	reduziert / oxydierend	großer Lavakern	Janus VI
F	Silikat	oxydierend	sehr jung (weniger als 10^9 Jahre)	Delta-Vega
G	Silikat	oxydierend, dünn	Wüstenplanet	Rigel XII
H	Metalle / Silikat	variabel	geologisch aktiv	Gothos
I	Silikat	flüsssig, sehr dicht	klein, jung	Excalibia
J	Silikat	sehr dünn: Edelgase	Monde	Luna
K	Silikat	dünn: etwas Wasser	mit Druckkuppeln anpaßbar	Mars
L	Silikat / Wasser	oxydierend	geologisch inaktiv	Psi 2000
M	Silikat / Wasser	oxydierend	geologisch aktiv	Terra
N	nur Wasser	oxydierend	pelagischer Planet	Argo

Seitenschlüssel und Symbole

Symbole der Datenquellen

Daten die aus der historischen Datenbank Memory Alpha stammen

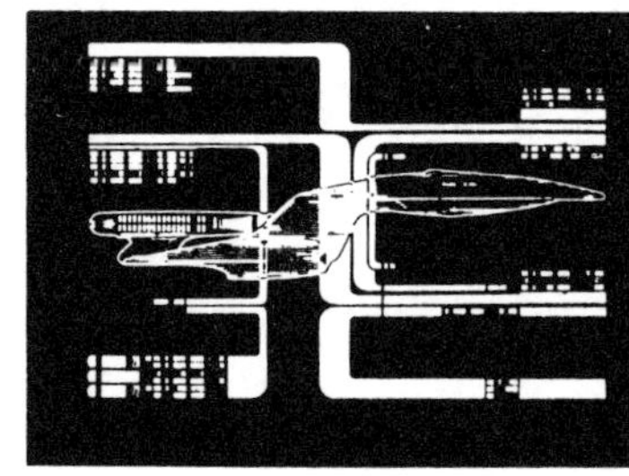

Daten, die aus dem Bibliothekscomputer der USS Enterprise stammen

551

24

78

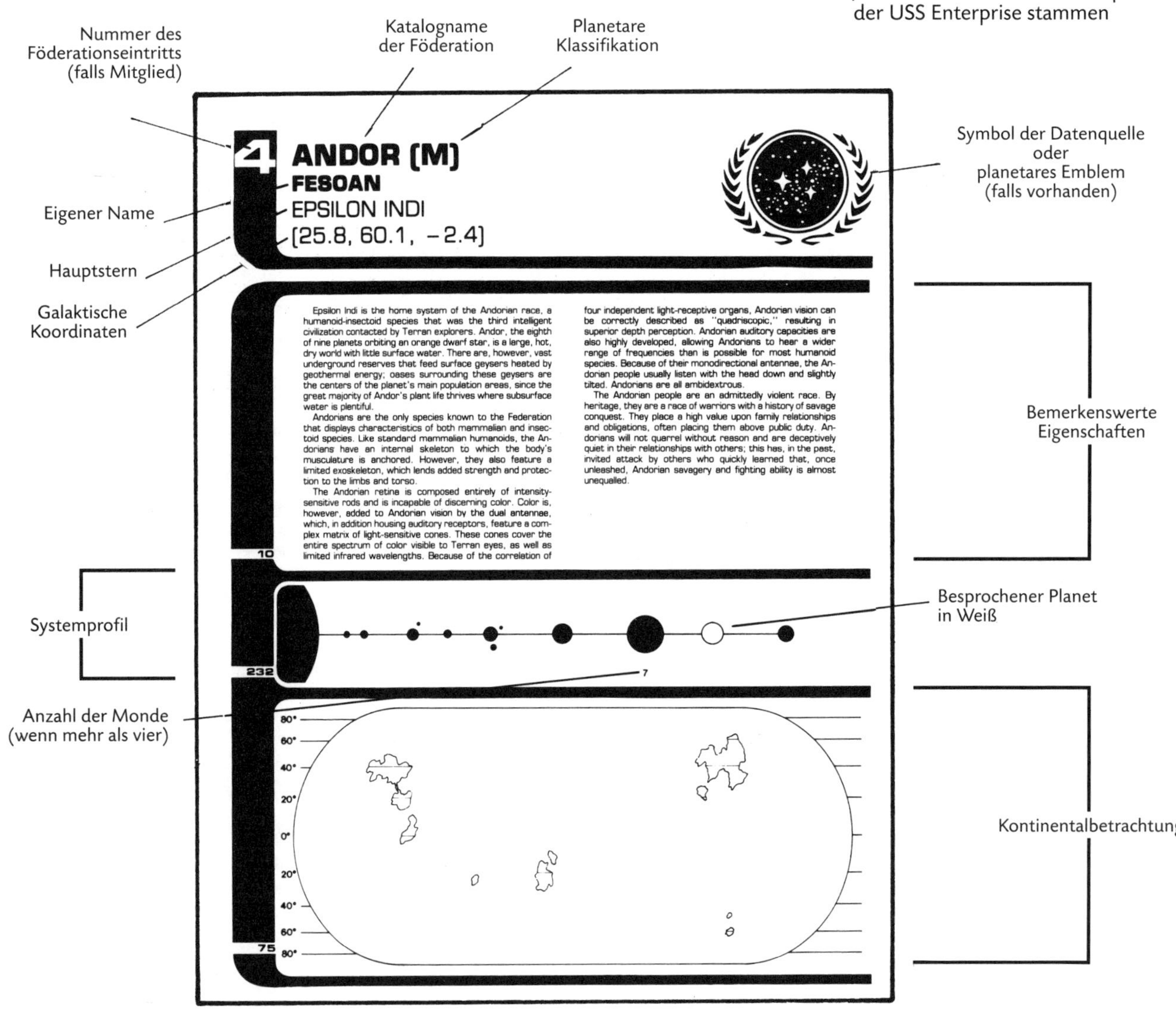

Epsilon Indi is the home system of the Andorian race, a humanoid-insectoid species that was the third intelligent civilization contacted by Terran explorers. Andor, the eighth of nine planets orbiting an orange dwarf star, is a large, hot, dry world with little surface water. There are, however, vast underground reserves that feed surface geysers heated by geothermal energy; oases surrounding these geysers are the centers of the planet's main population areas, since the great majority of Andor's plant life thrives where subsurface water is plentiful.

Andorians are the only species known to the Federation that displays characteristics of both mammalian and insectoid species. Like standard mammalian humanoids, the Andorians have an internal skeleton to which the body's musculature is anchored. However, they also feature a limited exoskeleton, which lends added strength and protection to the limbs and torso.

The Andorian retina is composed entirely of intensity-sensitive rods and is incapable of discerning color. Color is, however, added to Andorian vision by the dual antennae, which, in addition housing auditory receptors, feature a complex matrix of light-sensitive cones. These cones cover the entire spectrum of color visible to Terran eyes, as well as limited infrared wavelengths. Because of the correlation of four independent light-receptive organs, Andorian vision can be correctly described as "quadriscopic," resulting in superior depth perception. Andorian auditory capacities are also highly developed, allowing Andorians to hear a wider range of frequencies than is possible for most humanoid species. Because of their monodirectional antennae, the Andorian people usually listen with the head down and slightly tilted. Andorians are all ambidextrous.

The Andorian people are an admittedly violent race. By heritage, they are a race of warriors with a history of savage conquest. They place a high value upon family relationships and obligations, often placing them above public duty. Andorians will not quarrel without reason and are deceptively quiet in their relationships with others; this has, in the past, invited attack by others who quickly learned that, once unleashed, Andorian savagery and fighting ability is almost unequalled.

Mitgliedswelten

1 Erde (Terra) (M)

Erde

Sol

(23,9; 61,8; 0,0)

Terra ist der dritte von zehn Planeten, die Sol, einen gelben Stern mit geringer Größe umkreisen. Er ist dicht bevölkert und ist die Heimatwelt der menschlichen Rasse. Da alle Humanoiden im bekannten Raum genetische Variationen dieser Spezies sind, spekuliert man, daß Terra der „Samenplanet" bei einem uralten Experiment zur Versetzung von Lebensformen war. Eine Theorie besagt, daß eine hochentwickelte Rasse, die man „die Erhalter" nennt, einst durch die Galaxis reiste und primitive Kulturen vor der Ausrottung rettete, indem sie sie zu anderen Planeten brachte. Da die menschliche Rasse psychologisch und physiologisch sehr anpassungsfähig ist, glauben manche, daß ihr Überleben durch eine Verteilung in der Galaxis gesichert werden konnte.

Terra ist einer der Gründungsplaneten der Föderation. Er ist ein wichtiges Kultur- und Wissenschaftszentrum mit herausragenden Forschungs- und Lehranstalten. Die Sternenflotte, die wichtigste Forschungs- und Verteidigungsmacht der Föderation hat ihren Sitz auf diesem Planeten. Die Sternenflotten-Akademie befindet sich in der Hafenstadt San Francisco auf dem nordamerikanischen Kontinent.

Terra ist einer der technologisch fortschrittlichsten Planeten der Föderation und produziert dreiundvierzig Prozent der Schiffe und Waffensysteme der Föderation. Der Planet unterhält Konstruktionswerkstätten in vierzehn Planetensystemen. Leeding Engines Ltd., ein Hersteller mit Sitz auf Terra, ist zu einem der wichtigsten Lieferanten von Warpantrieben geworden.

Durch sein gemäßigtes Klima und die vielfältigen Landschaftsformen ist Terra zu einem bevorzugten Urlaubsplaneten geworden. Lunaport, die fünftgrößte Stadt der Föderation, befindet sich auf Luna, dem einzigen natürlichen Satelliten des Planeten. Dort finden sich Bewohner aus allen Teilen der Föderation. In dieser unterirdischen Stadt befinden sich einige der besten Hotels, Freizeitangebote und Transportsysteme. Das Raumfahrtmuseum der Föderation liegt auf der Oberfläche des Mondes in einem Tal, das sich „See der Ruhe" nennt. In diesem Museum kann man auch den Landeplatz der ersten Mondfähre bewundern, der zum Schutz der Fußabdrücke und der Geräte in einer Nullatmosphäre gehalten wird. Außerdem ist dort auch das alte terranische Space Shuttle **Joshua** ausgestellt, mit dem erstmals Personen aus dem Weltall gerettet werden konnten. Des weiteren findet man dort auch die UNSS **Icarus**, das Schiff, mit dem der Erstkontakt zu Alpha Centauri hergestellt wurde. Erst kürzlich gelang es dem Museum, den Transporterraum der USS **Moscow** zu erwerben. Dort fand der erste Transport eines menschlichen Wesens statt.

Anmerkung: Terra ist die technische Katalogbezeichnung für die Erde, die von Nicht-Erdbewohnern verwendet wird.

43

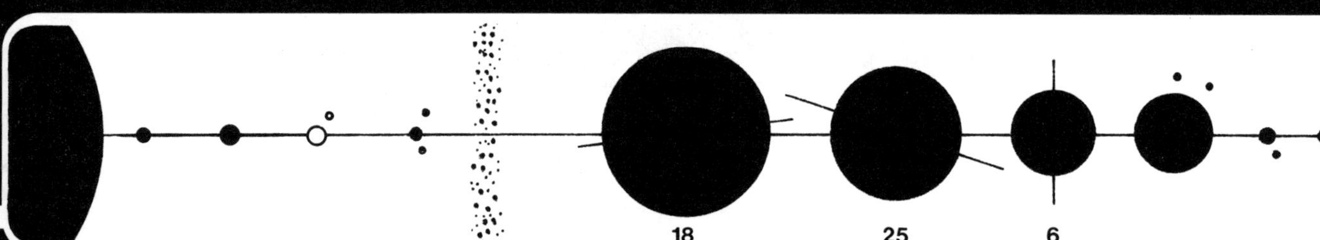

767

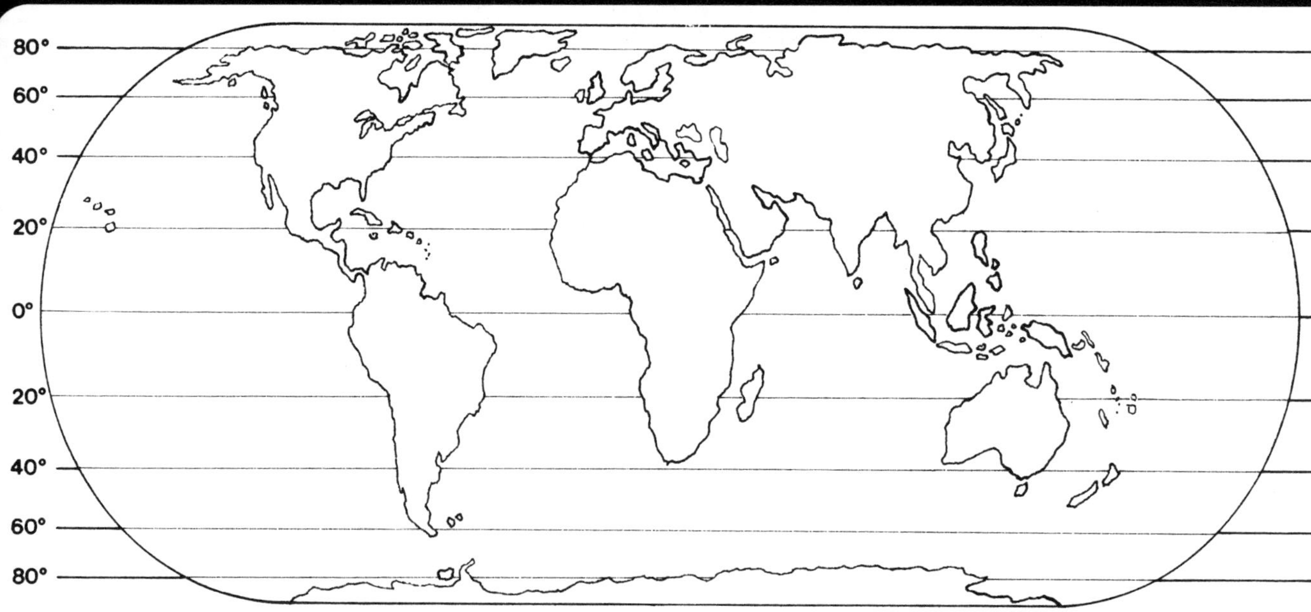

512

Historisches Archiv von Memory Alpha
Datenbankauszug (Ausdruck)

Objekt: Mensch

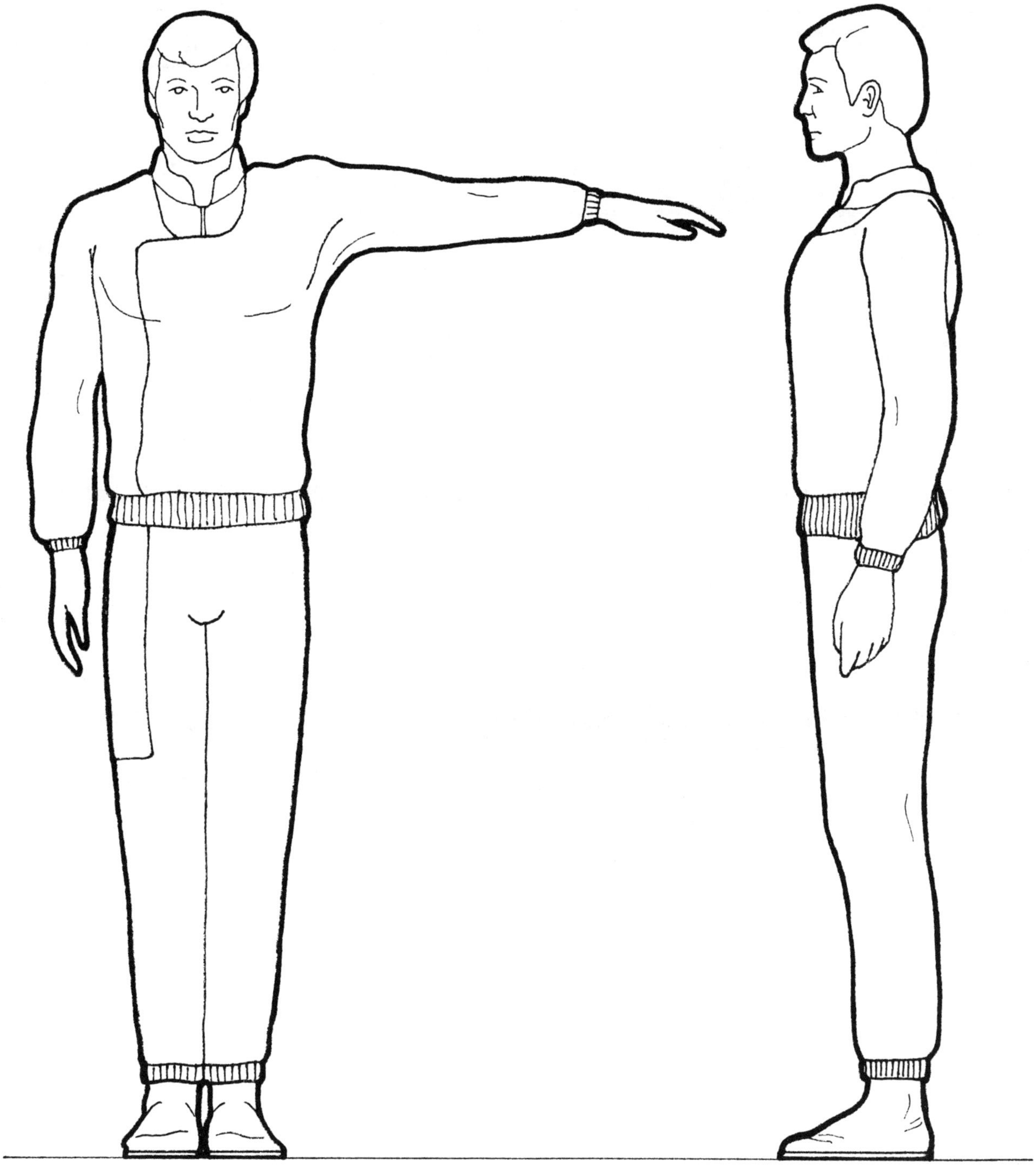

2 Vulkan (M)

T'Khasi

40 Eridani A

(19,5; 60,0; – 0,6)

40 Eridani ist ein Dreier-Sternensystem, das aus einem großen Hauptstern und zwei Zwergsternen (einer rot, einer weiß) besteht. Der Hauptstern, 40 Eridani A, ist der einzige, der eine Welt der Klasse M unterstützen kann.

Vulkan ist Teil eines Planetenpaars, das 40 Eridani A umkreist. Der andere Planet, T'Khut, ist eine Welt der Klasse H, der sich in einer trojanischen Beziehung zum Vulkan befindet. Das bedeutet, daß sich beide Planeten um einen gemeinsamen Punkt drehen. Am vulkanischen Himmel ist T'Khut ein monströser Anblick. Der Planet ist praktisch leblos, aber seine schweren Vulkanausbrüche und Sandstürme kann man von der Oberfläche des Vulkan beobachten. Terranische Astronomen benannten das trojanische Paar nach Figuren aus der irdischen Mythologie, und die Bewohner von T'Khasi waren so großzügig, diese Namen als offizielle Föderationsbezeichnung anzunehmen.

Vulkan ist ein Planet mit starker Oberflächengravitation und hohen Temperaturen. Er ist die Heimat einer weit entwickelten und hochintelligenten Spezies, der vulkanoidischen Spezies, die als zweithäufigste in der Galaxis gilt und die als Ursprungsspezies der romulanischen Rasse angesehen wird. Sie sind eine uralte, friedliche Rasse, die sich der Logik verschrieben haben und ein starkes Bewußtsein für Ehre haben. In ihrem sozialen Umfeld können sie nicht lügen oder betrügen, aber manchmal schweigen, wenn die Wahrheit für einen anderen zu schmerzhaft sein könnte. Ihre Hingabe an die Logik entstand aus einer selbstzerstörerischen Phase. Vor langer Zeit waren die Vulkanier eine feindliche Kriegerrasse, die sich von ihren starken Leidenschaften hinreißen ließ. Surak, der Vater der vulkanischen Logikphilosophie, lebte während der letzten großen Kriege auf seinem Planeten. Als beide Seiten am Ende waren, traf sich Surak mit ihren Abgesandten und vermittelte einen funktionierenden Frieden. Die Philosophie der Logik etablierte sich schließlich, und der Planet konnte vereinigt werden.

Vulkanier besitzen die Fähigkeit der Bewußtseinsberührung. Dabei handelt es sich um eine begrenzte Form der Telepathie, mit der man an den Gedanken und Emotionen anderer teilhaben kann. Bei dieser Technik müssen allerdings die starken persönlichen Barrieren abgebaut werden; daher wird sie nur im Notfall eingesetzt.

Die vulkanische Wissenschaftsakademie, die sich in der Stadt Shi-Kahr befindet, ist eine der wichtigsten Lehranstalten der Föderation. Auf der riesigen Landfläche des Planeten, die 86 % der Oberfläche bedeckt, gibt es mehrere Hafenstädte.

Das vulkanische Planetensystem hat eine Gesamtbevölkerung von 14,9 Milliarden. Fast ein Fünftel dieser Bevölkerung lebt in dem hochindustrialisierten Asteroidengürtel.

Vulkan ist ein Gründungsmitglied der Föderation und hat viel zur wissenschaftlichen Entwicklung dieser Allianz beigetragen. Vulkanische Föderationsabgesandte konnten in vielen Konflikten vermitteln, so auch in dem Disput über den Föderationseintritt von Coridan.

457

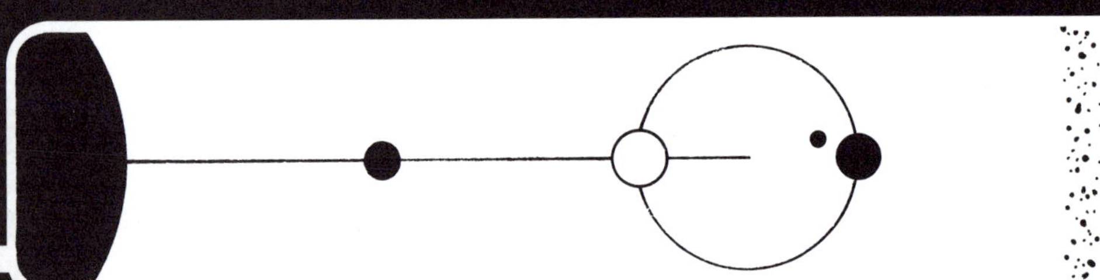

15

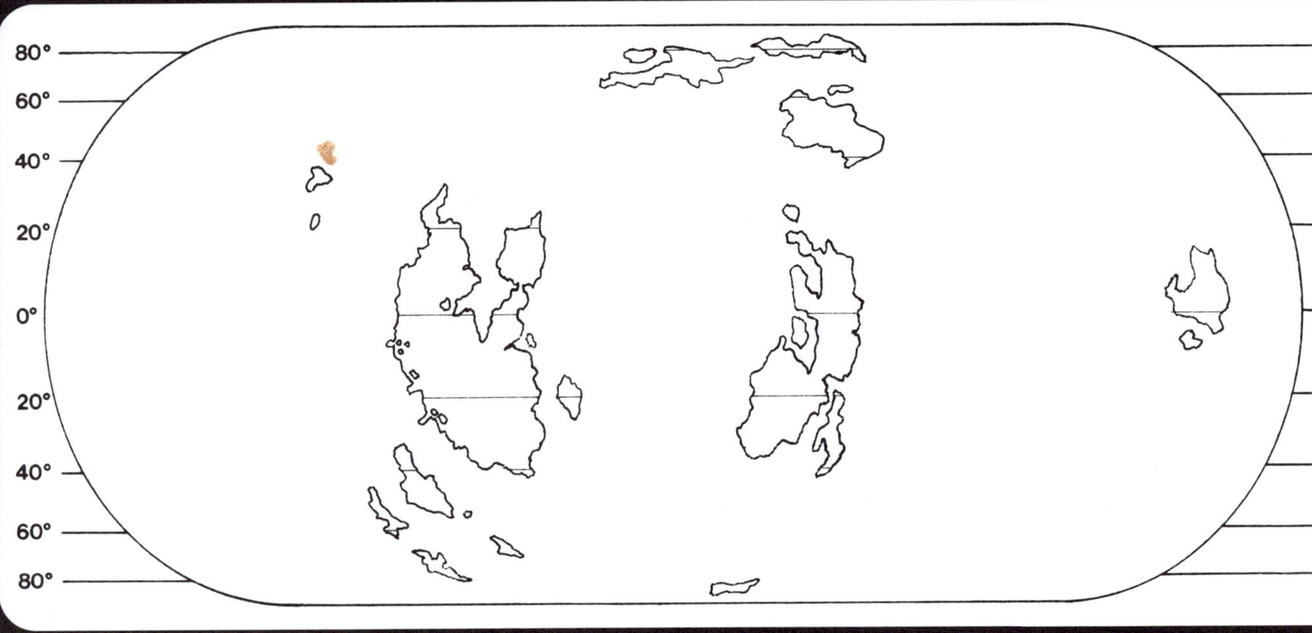

96

Historisches Archiv von Memory Alpha
Datenbankauszug (Ausdruck)

Objekt: Vulkanier

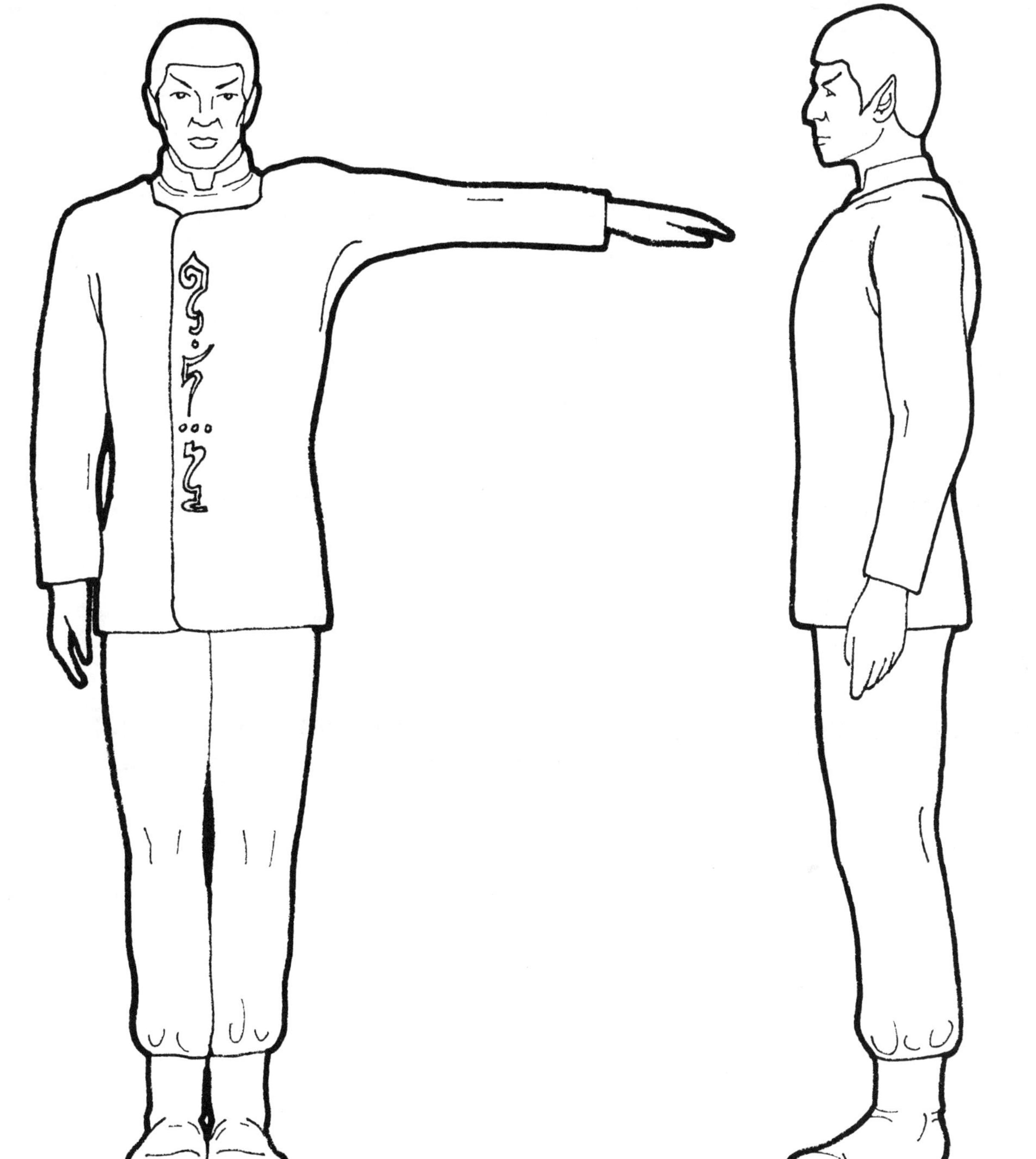

214

87

709

3

Tellar (M)

Miracht

61 Cygni
(25,0; 60,1; 2,6)

Tellar ist die fünfte Welt eines Binärsternensystems mit insgesamt acht Planeten. Der Planet und seine beiden Monde (Kera und Phinda) kreisen um die größere der beiden Sonnen.

Tellar ist eine der Gründungswelten der Föderation und die Heimat einer intelligenten, humanoiden Rasse, die von den Schweinen abstammt. Der Kontakt mit Terra war für die Tellariten der erste bekannte Kontakt. Dieser plötzliche Fremdkontakt löste eine Panik auf dem Planeten aus. Die Bevölkerung von Tellar befürchtete eine Invasion (eine Befürchtung, die durch Gerüchte über terranische Greueltaten geschürt wurde) und ruinierte beinahe die Wirtschaft ihres Planeten, als sie die Banken stürmte und ihr Geld einforderte. Eine planetenweite Katastrophe konnte durch eine weltweite Fernsehausstrahlung verhindert werden, bei der man das friedliche Treffen zwischen Harland Anders, dem Captain der USS **Earickson**, und dem tellaritischen Regenten Gartov beobachten konnte. Dieser panikartige Zwischenfall war einer der Gründe für die Einführung der Hauptdirektive.

Tellariten sind häufig aufbrausend und streitsüchtig, eine Charaktereigenschaft, durch die sie bei manchen Rassen als Kriegstreiber gelten. Die meisten Tellariten streiten sich gerne, und Debatten gehören zu den größten Attraktionen auf diesem Planeten. Die tellaritische Aussprache läßt jede Sprache hart und guttural klingen, daher sind viele der sanfteren Sprachen für Tellariten schwer zu lernen.

451

Die Tellariten sind zwar weitgehend humanoid, weisen aber einige interessante Eigenarten auf. Ihre unteren Gliedmaßen enden in harten gespaltenen Hufen, an deren hinterem Ende sich je eine Kralle befindet. Eine solche Eigenart findet man fast nur bei den Tellariten, was sie zu einer sehr ungewöhnlichen humanoiden Form macht. Trotz ihres eher rundlichen Körperbaus haben sie einen sehr guten Gleichgewichtssinn. Sie riechen und hören hervorragend, sehen allerdings nicht sehr gut. Bei der Geburt sehen die Tellariten noch sehr gut, allerdings werden sie bis zum Erreichen den Erwachsenseins (zwölf irdische Jahre) immer kurzsichtiger. Ihre Kinder werden lebend geboren und treten fast immer in Sechsergruppen auf. Ihre Lebenserwartung ist niedriger als bei den meisten anderen fortschrittlichen Rassen. Tellaritische Männer haben im Durchschnitt eine Lebenserwartung von siebenundachtzig Erdenjahren, die der Frauen liegt bei dreiundneunzig Jahren.

Tellar ist eine recht durchschnittliche Welt. Dreiundfünfzig Prozent ihrer Oberfläche sind mit Wasser bedeckt. Da die Achse des Planten einen Schrägheitsgrad von nur 1,7 Grad hat, gibt es keine Jahreszeiten auf Tellar. Die Durchschnittstemperaturen liegen am Tag bei 25 Grad Celsius, in der Nacht bei 16 Grad.

Tellariten sind begabte Ingenieure und sind führend auf den Gebieten der Antriebsforschung und des Konstruktionsdesigns.

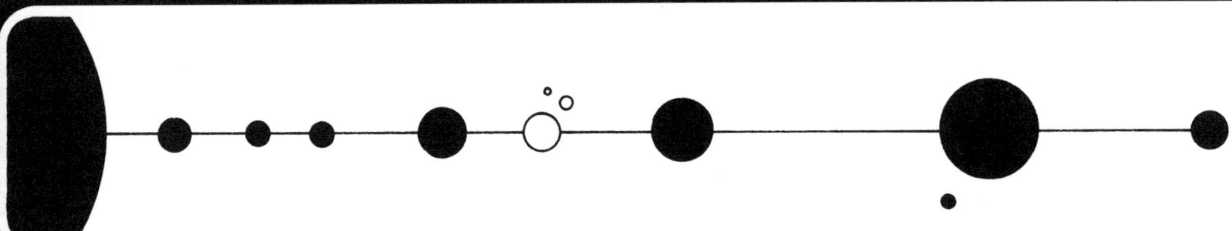

75

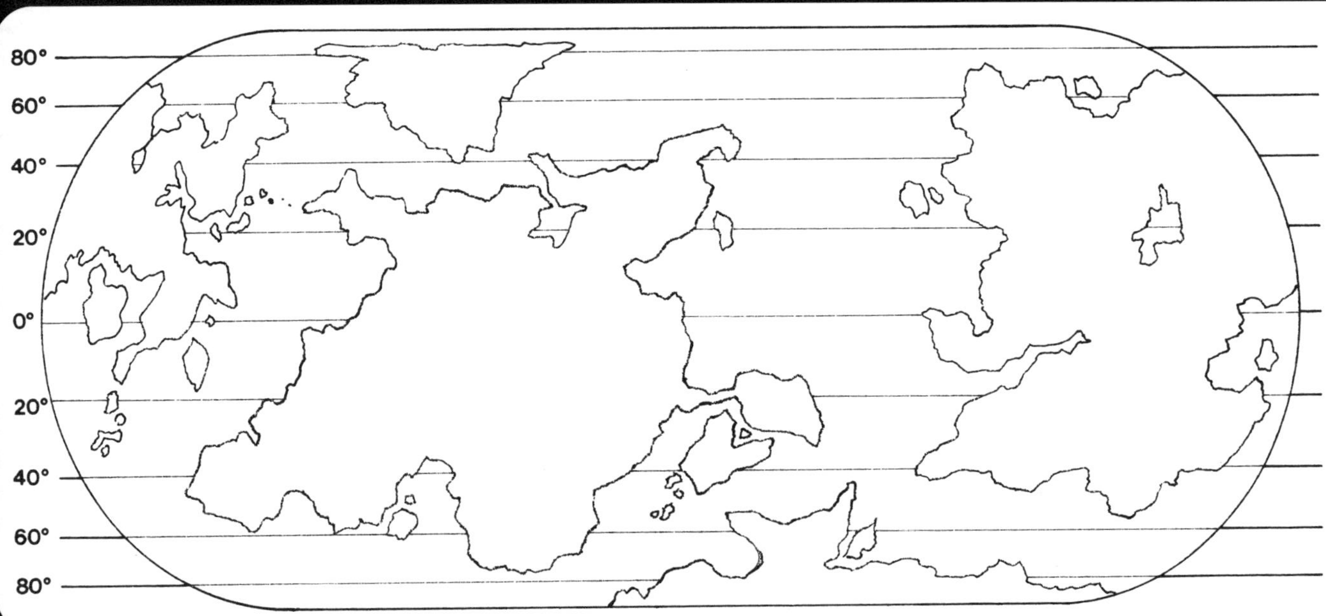

23

Historisches Archiv von Memory Alpha
Datenbankauszug (Ausdruck)

Objekt: Tellarit

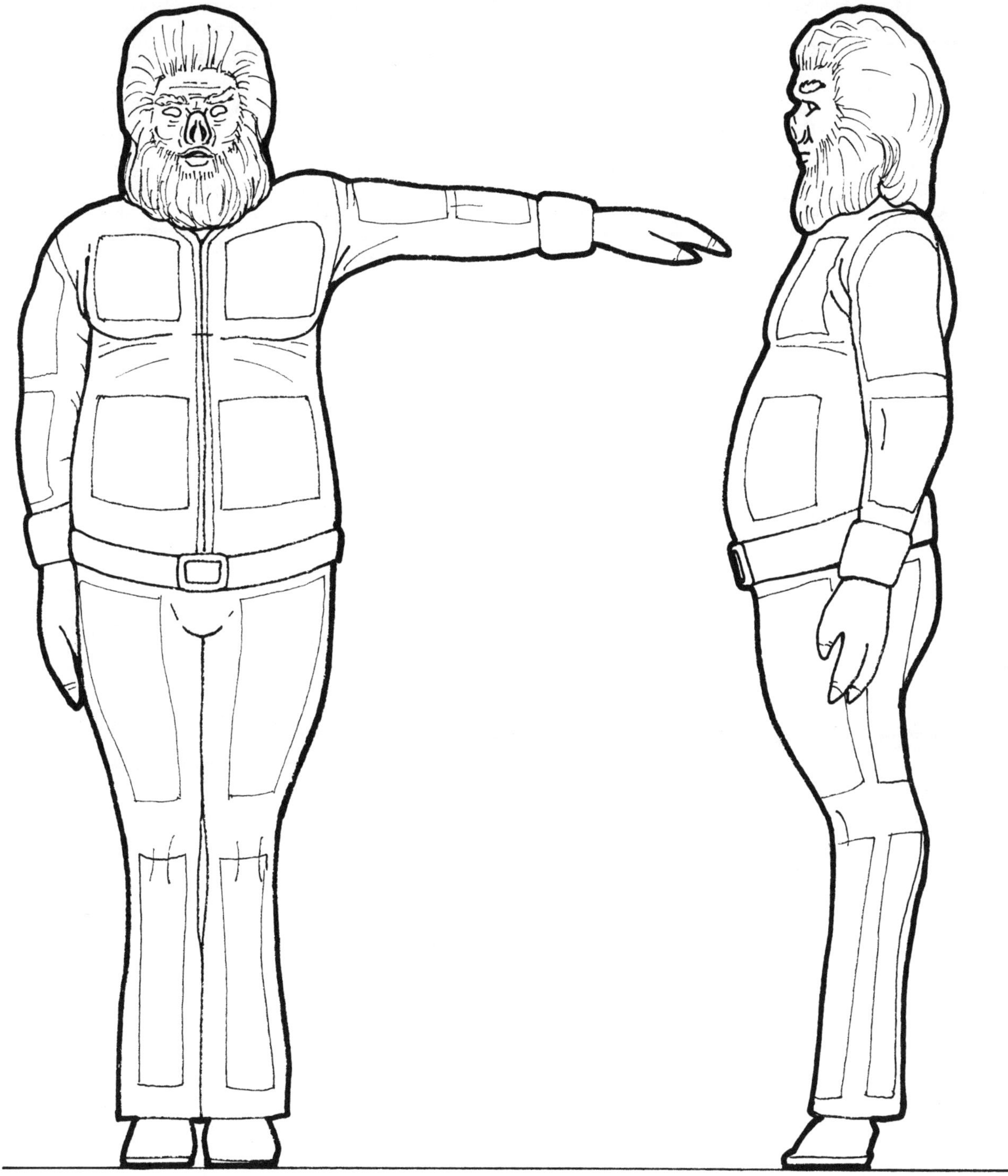

4 Andor (M)

Fesoan

Epsilon Indi

(25,8: 60,1; – 2,4)

Epsilon Indi ist die Heimat der Andorianer, einer humanoiden Insektengattung, die von terranischen Forschern als dritte intelligente Spezies kontaktiert wurde. Andor, der achte von neun Planeten, die einen orangenen Zwergstern umkreisen, ist eine große, heiße und trockene Welt, auf der es nur wenig Oberflächenwasser gibt. Allerdings gibt es riesige unterirdische Reserven, die als Geysire, die durch geothermale Energien beheizt werden, an die Oberfläche gelangen. Die wichtigsten Städte des Planeten liegen an Oasen, die sich um diese Geysire herum gebildet haben. Dort finden sich auch die vielfältigsten Pflanzenformen.

Außer den Andorianern ist der Föderation keine Rasse bekannt, die Charakteristika der Säugetiere und der Insekten in sich vereint. Wie alle Säugetiere haben auch die Andorianer ein inneres Skelett, an dem Muskulatur des Körpers hängt. Allerdings haben sie auch ein geringes äußeres Skelett, das ihre Gliedmaßen und ihren Torso schützt und ihnen größere Stärke verleiht.

Das andorianische Auge besteht aus Strängen, die Intensität wahrnehmen können, aber keine Farben sehen. Diese Aufgabe wird von den zwei Antennen auf ihrem Kopf übernommen. Diese Antennen nehmen nicht nur Geräusche wahr, sondern können durch ein komplexes Netz von lichtempfindlichen Kegeln auch visuelle Informationen weitergeben. Durch diese Kegel können die Andorianer nicht nur das menschliche Farbspektrum sehen, sondern haben auch begrenzten Zugang zum infraroten Bereich. Die Zusammenarbeit von vier lichtempfangenden Organen führt dazu, daß die Andorianer „quadroskopisch" sehen und dadurch eine hervorragende Tiefenwahrnehmung haben. Die Andorianer haben außerdem hervorragend ausgebildete Hörorgane, mit denen sie eine Bandbreite von Frequenzen wahrnehmen können, die größer ist als die der meisten humanoiden Rassen. Da ihre Antennen unbeweglich sind, hören die Andorianer zumeist mit leicht schräggelegtem Kopf zu. Alle Andorianer sind beidhändig.

Das andorianische Volk ist gewalttätig. Die Andorianer sind eine Kriegerrasse, in deren Geschichte es zahlreiche blutige Eroberungen gab. Familienzugehörigkeit und familiäre Pflichten spielen bei ihnen eine sehr große Rolle. Häufig setzen sie diesen Wert höher an als den von öffentlichen Verpflichtungen. Andorianer streiten sich nie ohne Grund und verhalten sich anderen gegenüber häufig ruhig. In der Vergangenheit hat das häufig zu Angriffen anderer Völker geführt, die dann allerdings sehr schnell lernten, daß die andorianische Kriegskunst und Gewalttätigkeit fast beispiellos in der Galaxis ist.

10

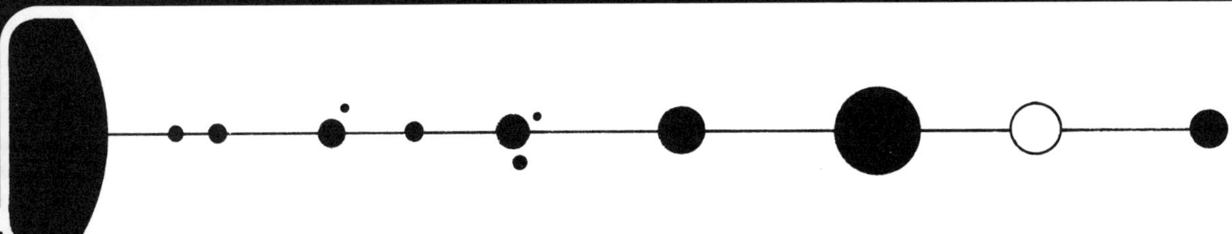

232

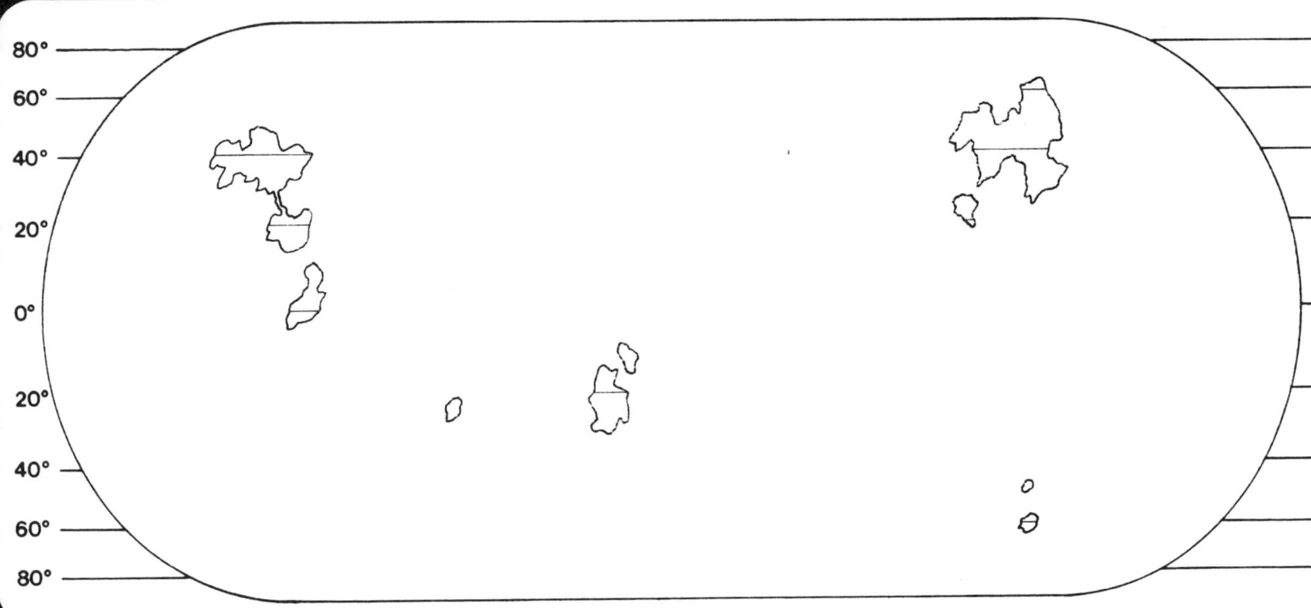

75

Historisches Archiv von Memory Alpha
Datenbankauszug (Ausdruck)

Objekt: Andorianer

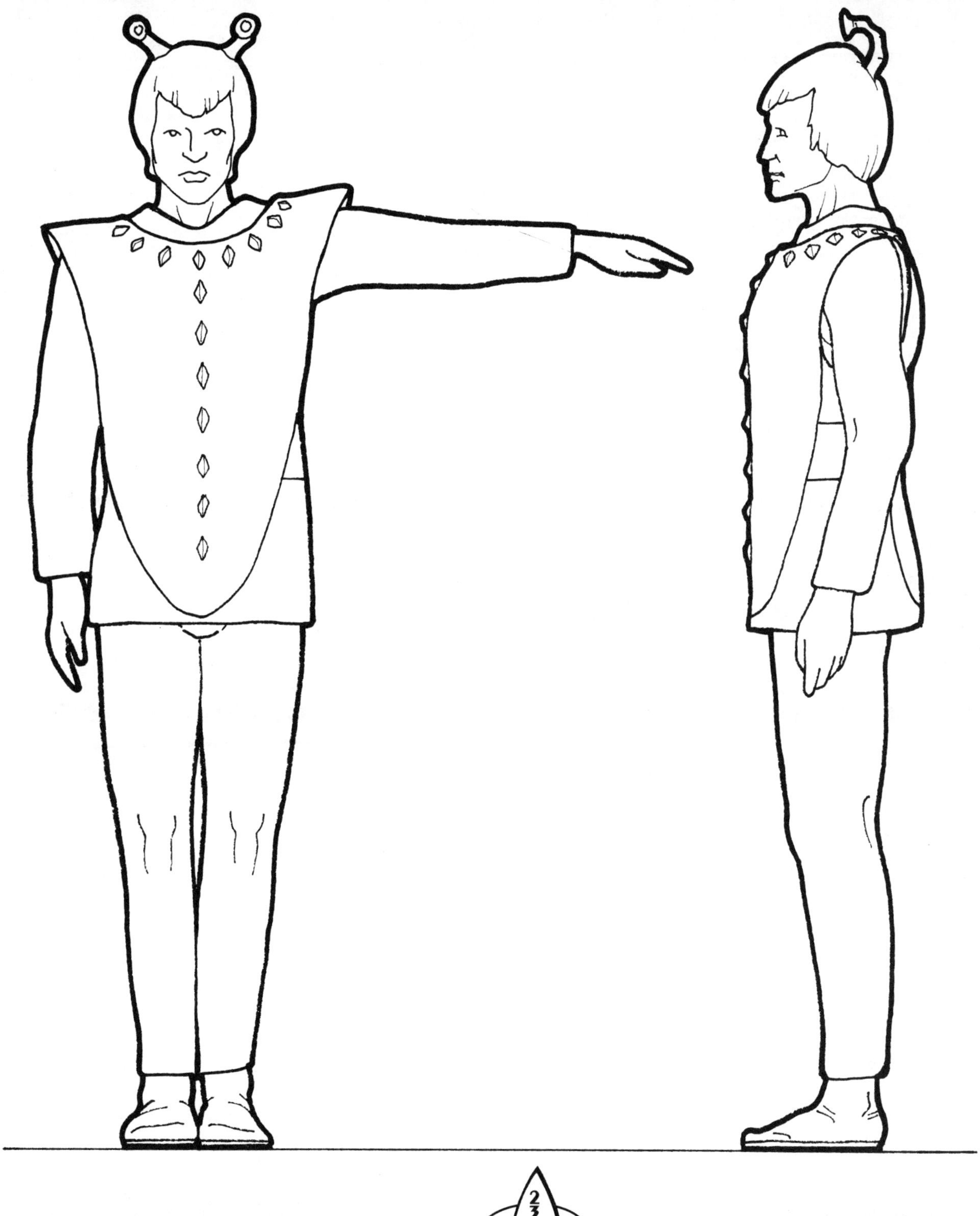

5 Alpha Centauri VII (M)

Al Rijil

Alpha Centauri

(24,6; 62,5; – 1,0)

Alpha Centauri ist ein Dreiersystem, in dem sieben Planeten zwei gelbe Sterne umkreisen. Der dritte Stern ist ein roter Zwerg, der am centaurischen Himmel nur als helles Licht zu sehen ist. Der vierte, fünfte und siebte Planet gehören der Klasse M an und haben humanoides Leben. Nur die Humanoiden auf dem siebten Planeten sind technologisch fortschrittlich.

Alpha Centauri war die erste bewohnte Welt, die von terranischen Entdeckern gefunden wurde. Im terranischen Jahr 2048 fand der erste tatsächliche Kontakt mit einem Abgesandten der centaurischen Raumflotte statt. Die USS **Icarus** unter dem Kommando von Captain Roger Tauber begegnete im Orbit des siebten Planeten einem centaurischen Schiff. Beide Parteien verhielten sich offen und freundlich, und so kam es zu einem sofortigen kulturellen Austausch. Hier ist ein Auszug aus dem Logbuch von Lt. Commander Frank Jocasta, dem Wissenschaftsoffizier der **Icarus**:

„Die letzten zwei Tage waren die interessantesten in meiner wissenschaftlichen Karriere. Ich habe mich mit dem centaurischen Physiker Zefrem Cochrane unterhalten. Natürlich können wir uns nicht richtig unterhalten, da keiner die Sprache des anderen spricht, aber wir können durch die Sprache der Mathematik miteinander kommunizieren. Ich verstehe die Formeln zwar immer noch nicht richtig, aber er hat mir gezeigt, daß der Raum sich entlang einer gekrümmten Zeitwelle bewegt… Sollte das stimmen, werden wir die Lichtgeschwindigkeit durchbrechen können".

786

Alpha Centauri VII ist eine klassische Welt der Klasse M. Ihre Masse und ihr Klima gleichen der Erde. Ihre Bevölkerung ist recht humanoid, und es gibt Hinweise, daß die Centaurer moglicherweise von Griechen abstammen, die im dritten Jahrhundert vor Christus von der Erde geholt wurden. Im Jahr 2039 entdeckte das Raumschiff **Enterprise** zum ersten Mal Hinweise auf intelligentes Leben in diesem System, als es Funksignale auffing. Neun Jahre später fand der Kontakt statt.

Alpha Centauri war eine der fünf Gründungswelten der Föderation. Als Zefrem Cochrane die Raumwarp-Grundlagen entdeckte, wurde für die Föderation endlich die Erforschung des tiefen Raums möglich. 2055 lieferte Cochrane Industries den ersten Warpantrieb, den WD-1. In diesem kleinen Gerät flog der Schimpanse Rosy in einem Experiment mit Warp 1,5. Die ersten centaurischen Warpantriebe sorgten dafür, daß sich die Grenzen der Föderation rasch ausdehnten.

Alpha Centauri hat momentan eine Bevölkerung von 21 Milliarden. Die Universität von Delthara, die sich auf dem nördlichen Kontinent befindet, ist eine der wichtigsten Lehranstalten in der Föderation.

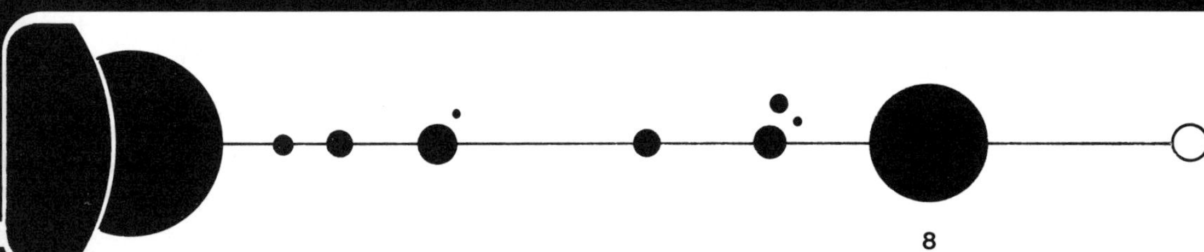

34

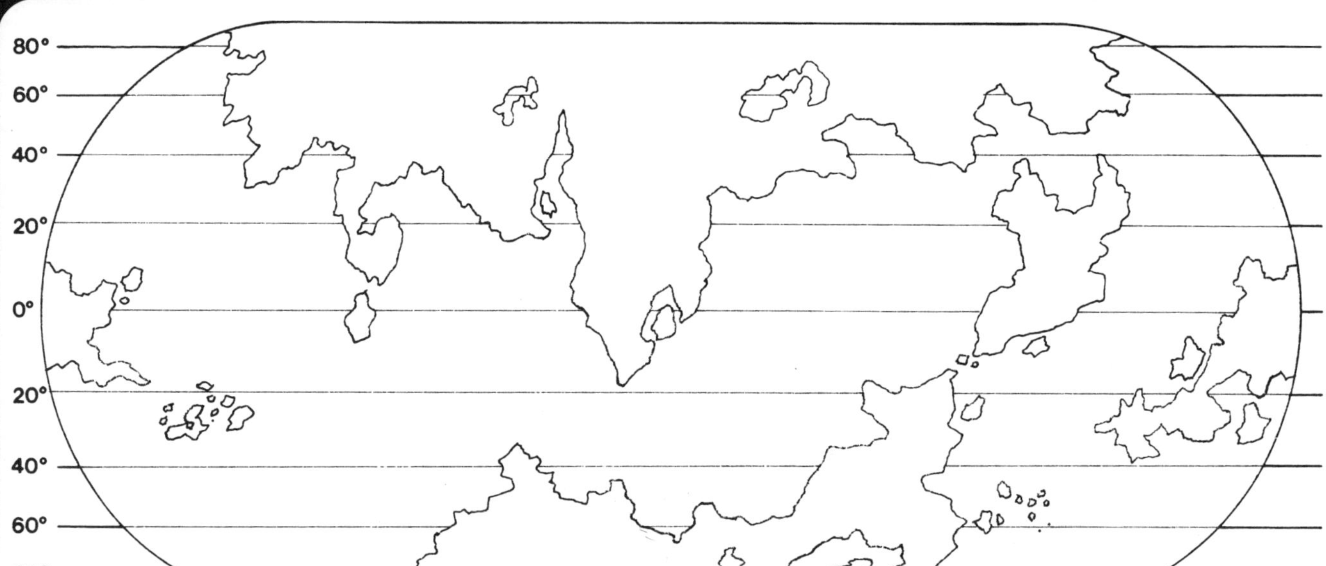

88

Historisches Archiv von Memory Alpha
Datenbankauszug (Ausdruck)

Objekt: Centaurer

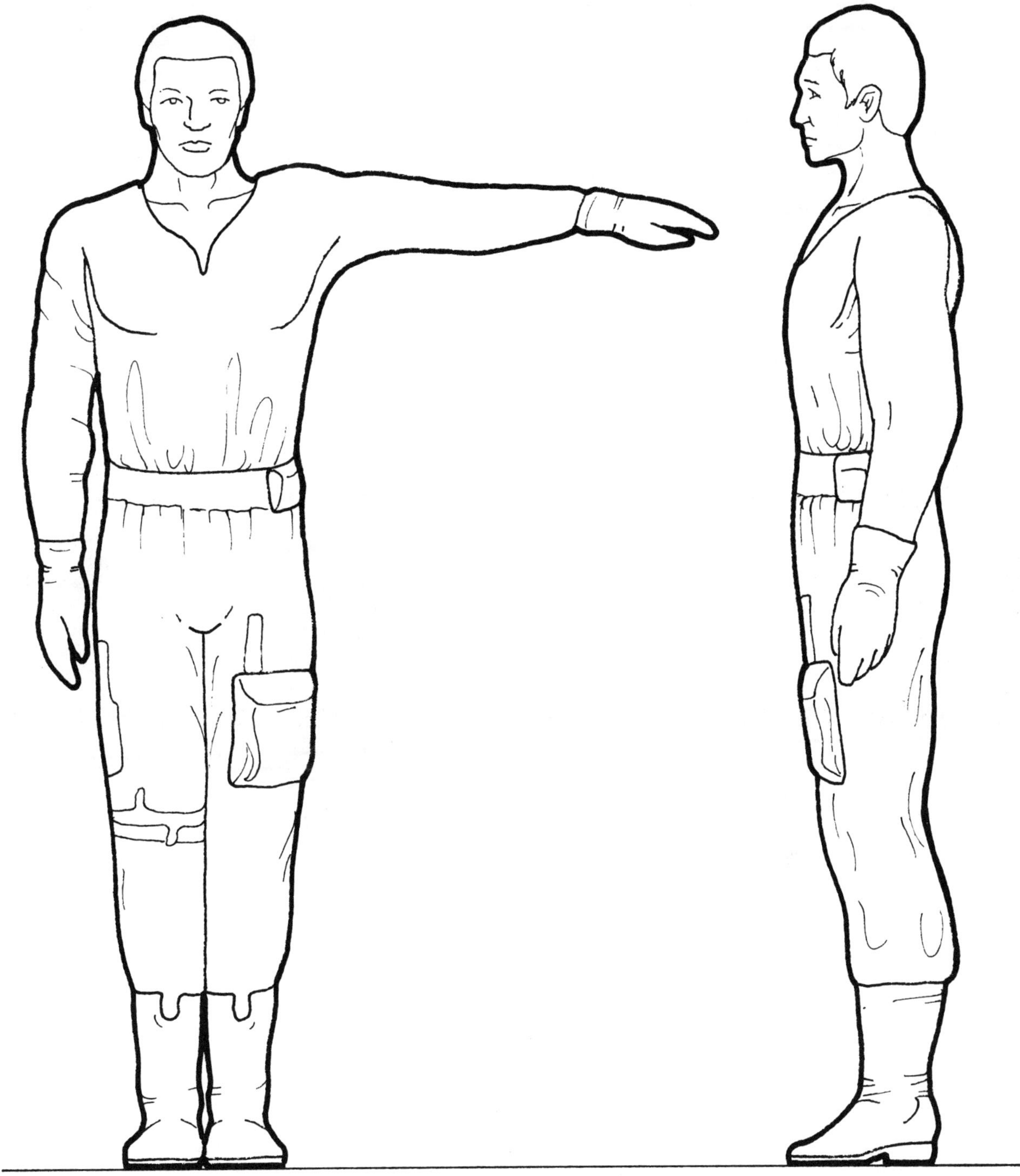

344

56

117

6

Alpha III (L)

Kericindal

Alpha

(28,5; 52,8; 19,0)

Alpha ist ein System mit fünf Planeten, die einen gelben Stern durchschnittlicher Größe umkreisen. Die beiden äußeren Welten, Alpha IV und Alpha V, sind Gasriesen, die sich langsam um sich selbst bewegen, während sie um Alpha kreisen. Der erste und zweite Planet sind unbewohnbar. Alpha I hat keine Atmosphäre und ist geologisch tot. Der zweite Planet ist eigentlich ein riesiger Vulkan mit giftiger Atmosphäre. In diesem System gibt es einen Asteroidengürtel zwischen dem ersten und dem zweiten Planeten und einen zwischen dem dritten und dem vierten Planeten.

Alpha III ist ein Planet der Klasse L, also erdähnlich ohne geologische Aktivität. Im zweiundzwanzigsten Jahrhundert wurde der Planet von einer irdischen Kolonie besetzt. Auf dem Planeten fand man keine Zivilisation, allerdings stieß man bei späteren Ausgrabungen auf Spuren einer Zivilisation, die vor Tausenden von Jahren untergegangen war. Diese Rasse nannte ihre Welt Kericindal. Obwohl sie ein hohes technologisches Niveau erreicht hatten, verließen sie nie ihren Planeten, um das All zu erforschen.

Die wichtigste Spezies, die von den ersten Siedlern auf Alpha III entdeckt wurde, war ein aufrecht gehendes Reptil mit mäßiger Intelligenz. Diese Wesen sind recht zahm und gewöhnen sich schnell an Menschen. Das macht sie zu den idealen Haustieren. Außerdem sind sie loyaler als die meisten niedrigeren Lebensformen.

214

Der Planet wurde durch die Gesetze von Alpha III bekannt. Dieses Dokument gilt als wichtigste Aussage über Menschenrechte seit der fundamentalen Erklärung der Marskolonien. Durch diese Gesetze wurden unabhängige Sternensysteme gegründet, die sich grob an Platos **Republik** orientierten. Außerdem schufen diese Gesetze Grundlagen für die Rechtslehre innerhalb der Föderation.

Alpha III ist eins von sieben Mitgliedern des Sicherheitsrates der Föderation.

03

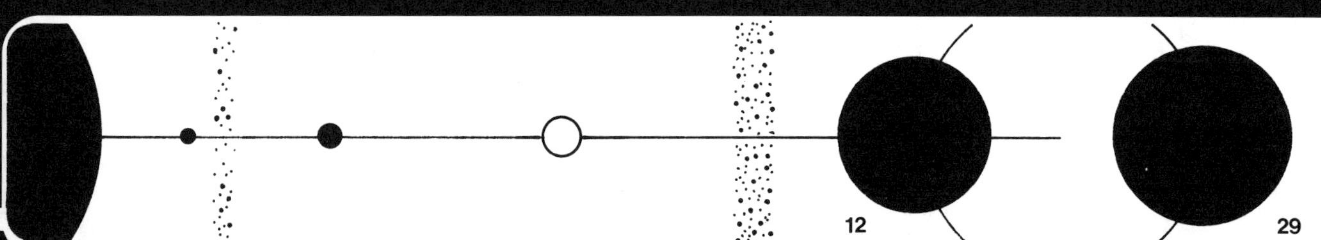

54

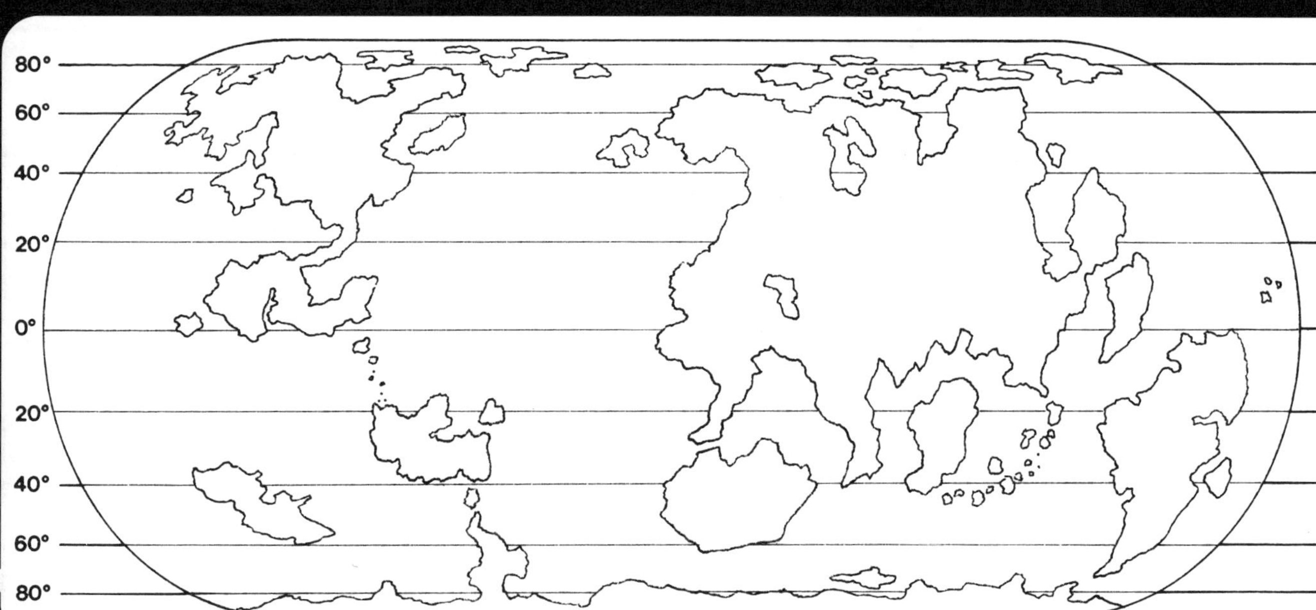

Historisches Archiv von Memory Alpha
Datenbankauszug (Ausdruck)

Objekt: Alpha-Reptil

65

708

144

Höhe:
0.94 Meter
Gewicht:
30 kg
Lebenserwartung:
23 Jahre

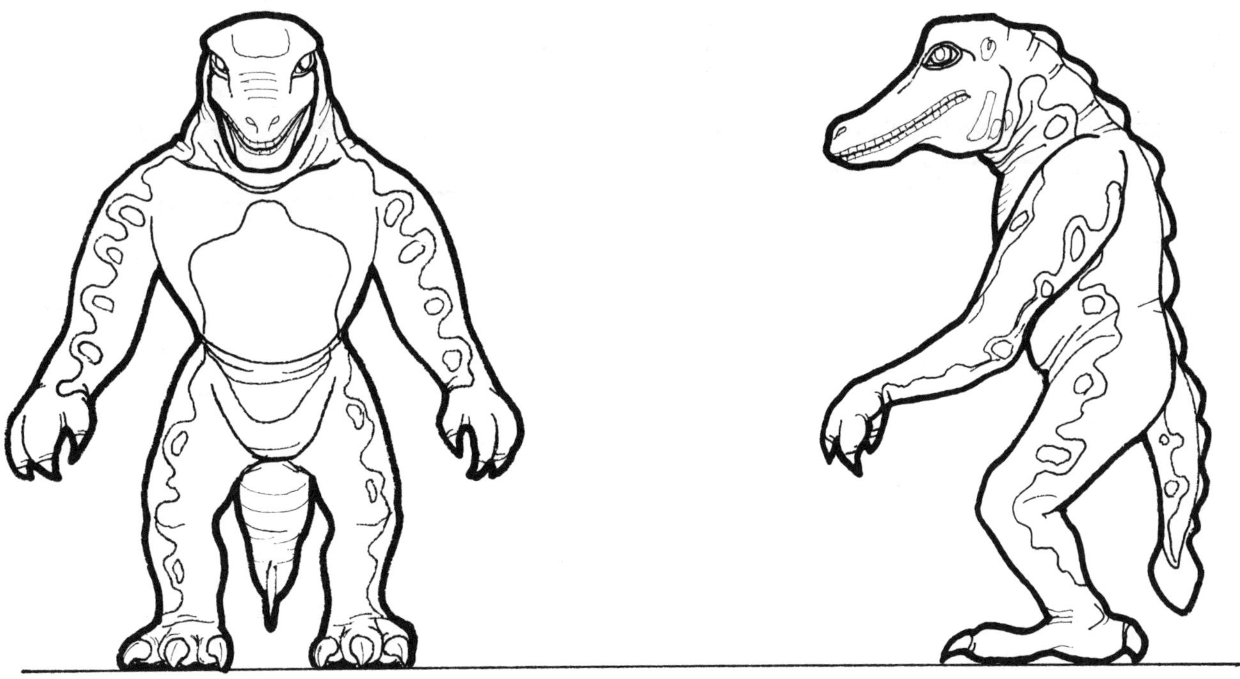

7 Vega IX (M)

Kesir-Tosharra

Vega

(28,2; 61,3; 6,9)

Vega ist ein großer weißer Stern mit zehn Planeten. Vega IX ist ein Planet der Klasse M, der von einer kleinen menschlichen Siedlung und einer fortschrittlichen humanoiden Rasse bewohnt wird. Beide Gruppen stammen nicht von diesem Planeten. Die humanoide Zivilisation, eine Kolonie des Planeten Delta III, war rund hundert Jahre vor der menschlichen Siedlung dort. Auf Vega IX gab es eine einheimische Zivilisation, die einen Großteil des Planeten kontrollierte und als veganische Tyrannen bekannt war. Diese Zivilisation starb aus. Man glaubt, daß es sich bei den Bewohnern um eine kybernetische oder komplett mechanische Rasse gehandelt hat.

Eine Hinterlassenschaft dieser Veganer ist die veganische Choriomeningitis, eine Viruserkrankung, bei der es zu einer Gehirnentzündung, hohem Fieber und einem Prickeln in dem Armen und im Rükken kommt. Wird der Patient nicht behandelt, stirbt er innerhalb von vierundzwanzig Stunden. Man hat entdeckt, daß dieser Mikroorganismus von der veganischen Rasse künstlich hergestellt wurde. Leider wurde er zuerst nicht entdeckt, so daß die Krankheit von Siedlern in andere Föderationsgebiete gelangte, wo es zu heftigen Ausbrüchen der Krankheit kam. Man konnte schon bald einen Impfstoff finden, der heute Teil des Immunisierungsprogramms vor Weltraumreisen ist.

Die wichtigste Lebensform auf Vega IX ist eine gefährliche, affenartige Kreatur, die Scora genannt wird. Diese Tiere können bis zu 4,5 Meter groß werden und sind reine Pflanzenfresser. Scora sind unglaublich stark. Zum Glück für die zivilisierten Bewohner des Planeten halten sie sich zumeist in schwer erreichbaren Gebieten in den zahlreichen Bergketten auf.

909

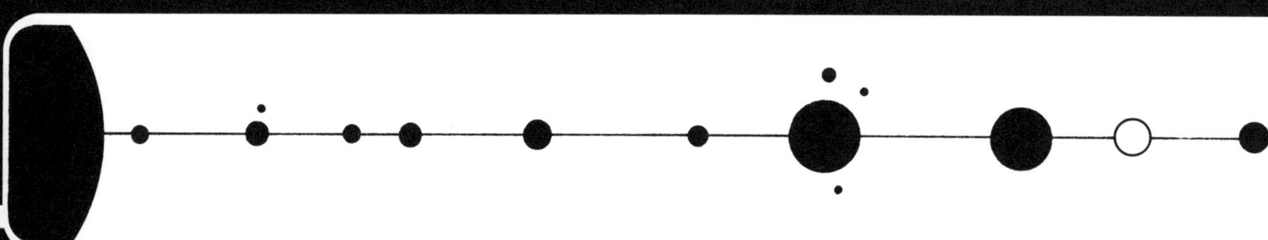

513

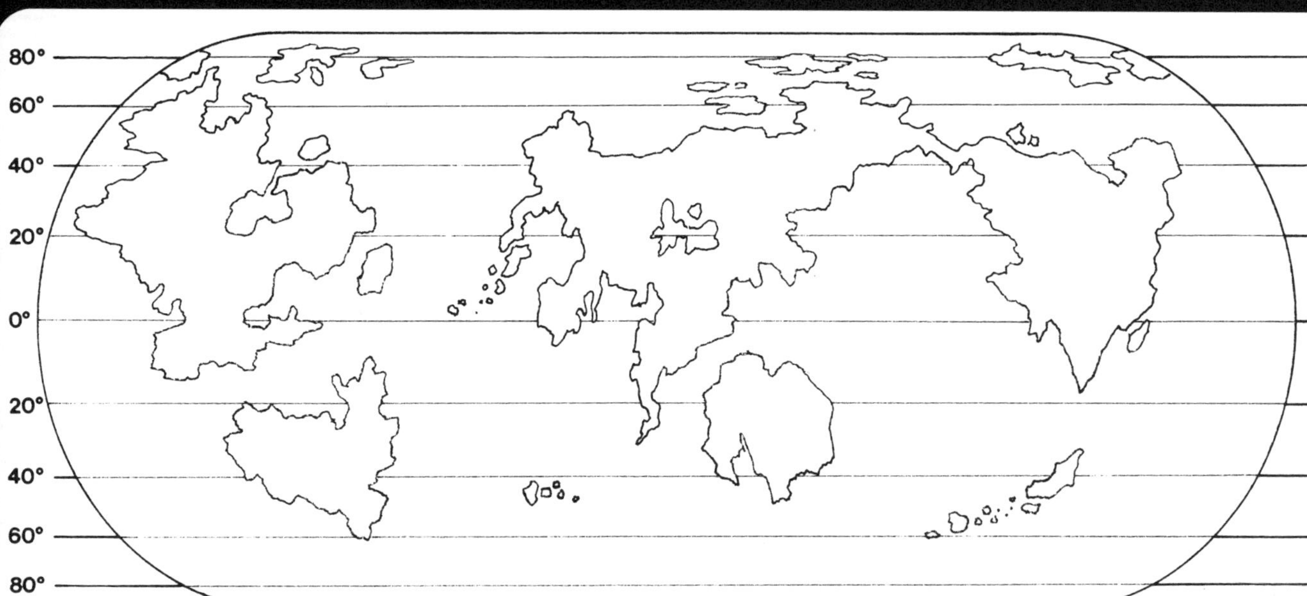

817

Historisches Archiv von Memory Alpha
Datenbankauszug (Ausdruck)

Objekt: Veganische Scora

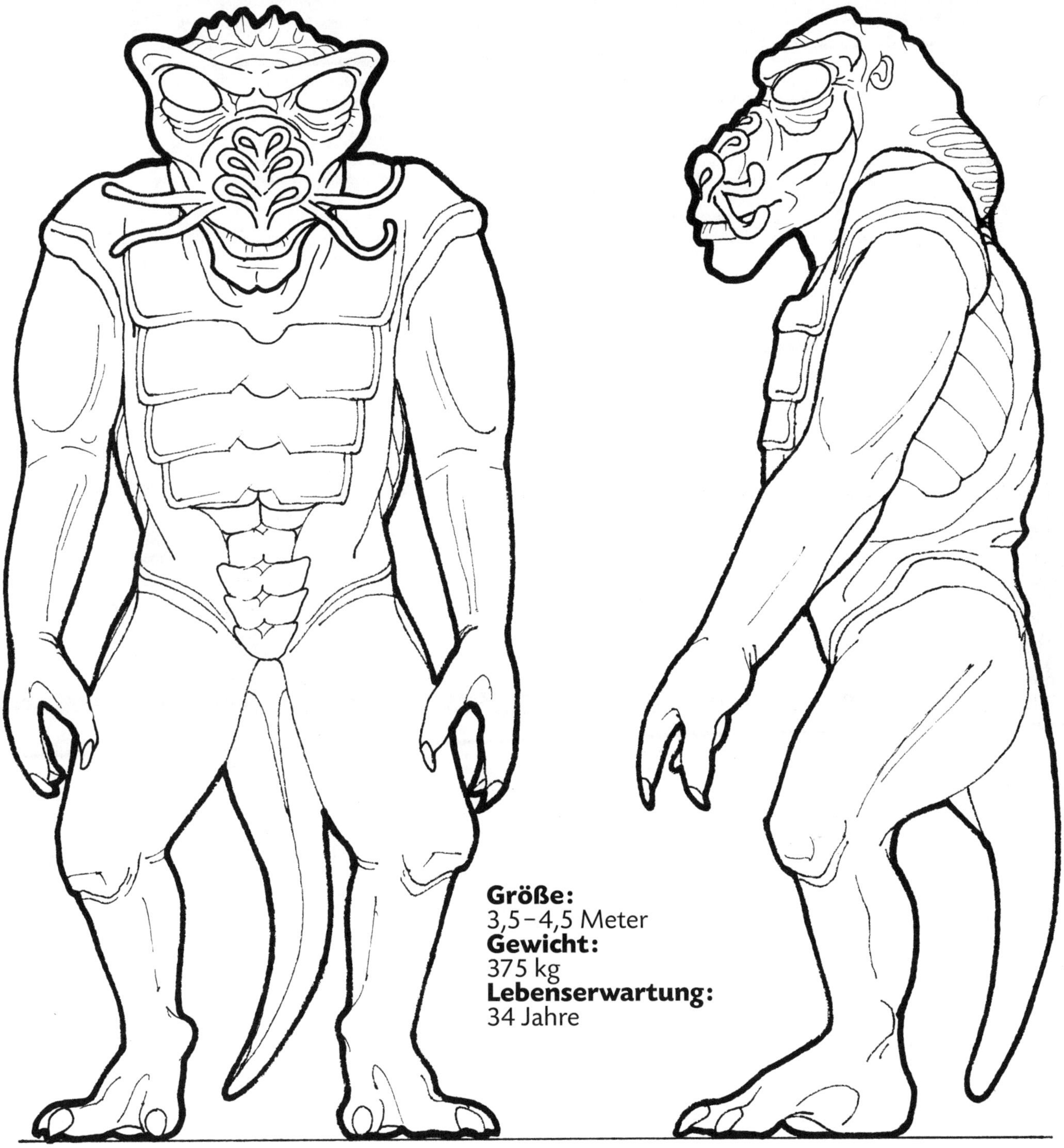

Größe:
3,5–4,5 Meter
Gewicht:
375 kg
Lebenserwartung:
34 Jahre

8 Deneb II, IV, V (M)

Kreta, Kidta, Kelta

Daneb A

(142,7; – 143,4; 382,5)

Deneb ist ein großes Sternensystem mit einer Gesamtbevölkerung von 29 Milliarden. Zusammen mit Sol und Rigel ist es eins der größten kulturellen Zentren innerhalb der Föderation. Es liegt weit oberhalb der galaktischen Ebene und ist damit das entfernteste Mitgliedssystem. Deneb ist ein System mit fünf Planeten, die in diesem Doppelsternsystem um einen weißen Giganten kreisen. Die Planeten II, IV und V gehören der Klasse M an und weisen vielfältiges intelligentes Leben auf. Deneb III ist eine Wasserwelt der Klasse N und hat viele nichtintelligente Lebensformen.

Deneb II ist der einzige Planet des Systems mit einer eingeborenen Zivilisation. Die humanoid wirkende Zivilisation mit 1,8 Milliarden Einwohnern steht kurz vor der Entdeckung der interstellaren Raumfahrt und liegt auf der Richterskala bei G-minus.

Auf Deneb IV befindet sich eine kleine Föderationskolonie mit 17 000 Einwohnern. Der Planet besteht größtenteils aus einer wunderschönen, unberührten Wildnis, die das Ziel zahlreicher Landurlaube ist. Außerdem gibt es riesige Ozeane und kleinere Sumpfgebiete. Die bekannteste eingeborene Lebensform ist der fleischfressende denebische Schleimteufel. Diese Amphibie ernährt sich in der Hauptsache von Fischen und anderen Wasserlebewesen, die es mit seinen Vorderklauen aufspießt. Schleimteufel haben eine Größe, die zwischen 100 und 120 cm liegt, und sie benutzen eine Art natürliches Radar, um ihre Beute aufzuspüren. Zum Glück gibt es nicht
60 viele Schleimteufel, so daß Angriffe auf Menschen selten sind.

Deneb V ist die am stärksten bewohnte Welt des Systems. In ihrem Raumhafen findet man ein Trainingszentrum der Sternenflotte, große Werften und Vergnügungseinrichtungen. An der Föderationsakademie der Wissenschaften, die sich auf dem Fertol-Kontinent befindet, graduierten einige der bekanntesten Wissenschaftler der Föderation. Die Deneber verklagten einmal die Föderation wegen eines Betrugsfalls, in den ein gewisser Harcourt Fenton Mudd verwickelt war. Dieser selbständige Händler verkaufte den Denebern gefälschte Rechte an einem vulkanischen Treibstoffsystem. Mudd, der nach dem denebischen Gesetz mit der Todesstrafe rechnen mußte, floh von dem Planeten, bevor er verhaftet werden konnte. Als Geste des guten Willens gaben die örtlichen Föderationsbehörden den Denebern ihr verlorenes Geld zurück. Daraufhin wurde die Anklage zurückgezogen.

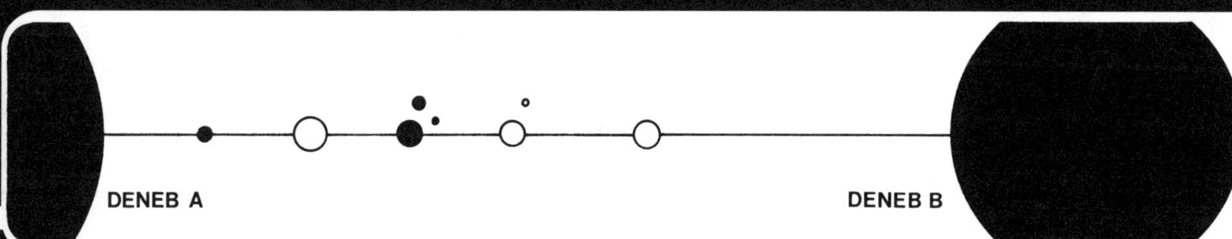

223

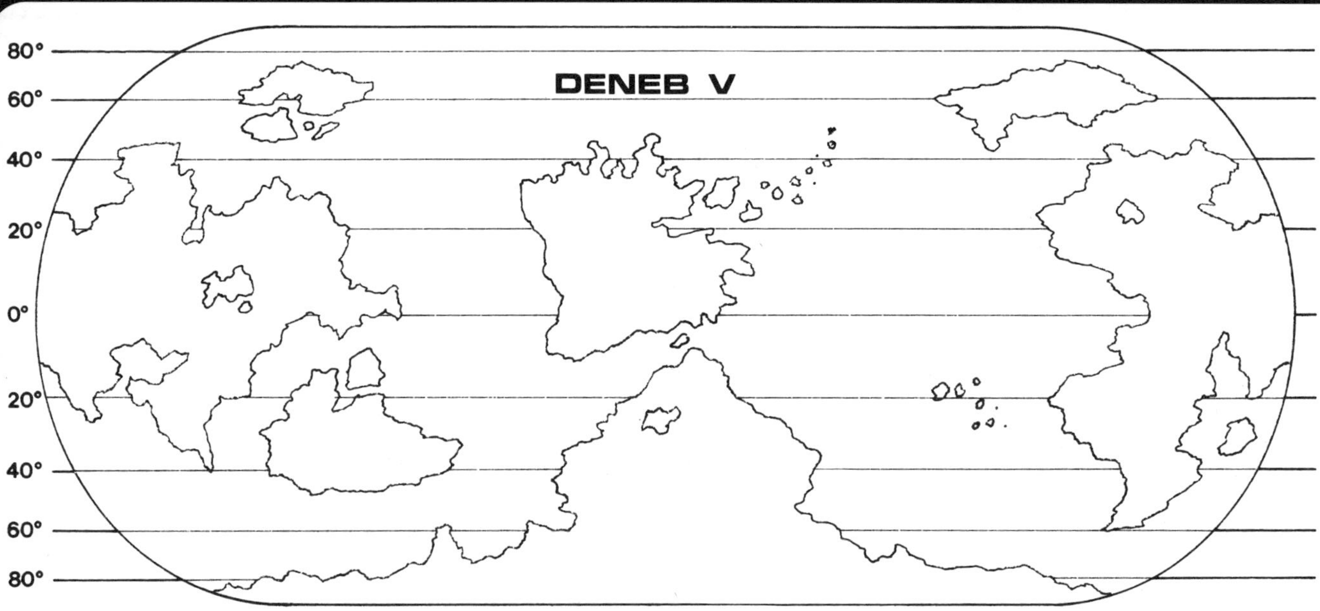

125

Historisches Archiv von Memory Alpha
Datenbankauszug (Ausdruck)

Objekt: denebischer Schleimteufel

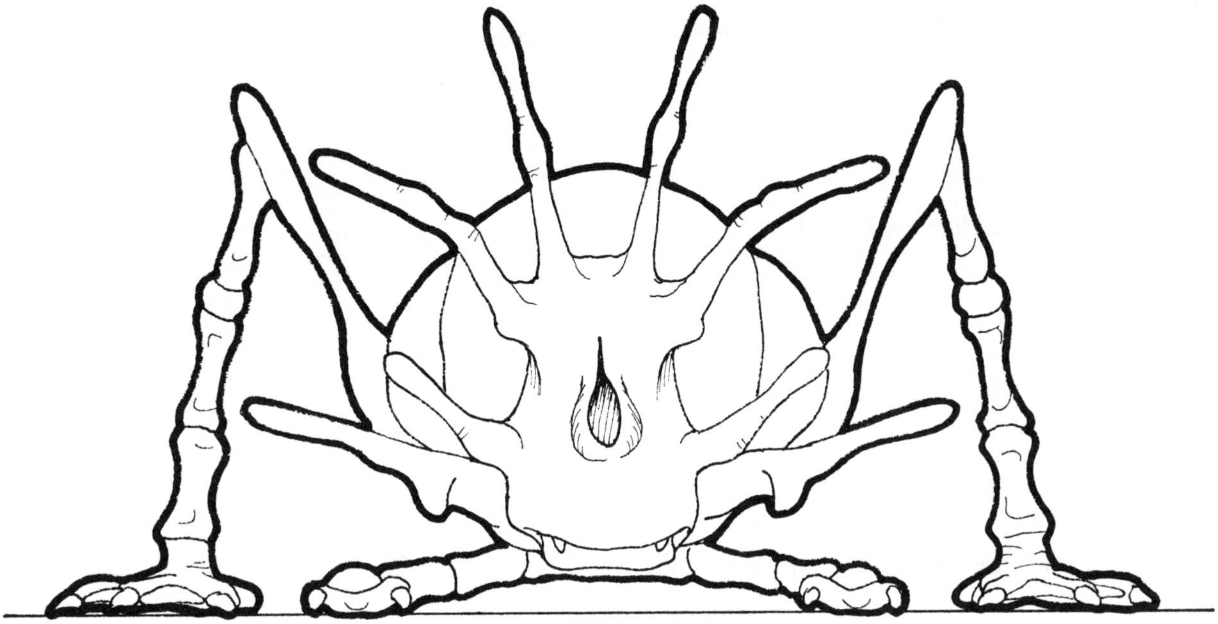

Länge:
0,1 – 1,2 Meter
Gewicht:
7 – 26 kg
Lebenserwartung:
17 Jahre

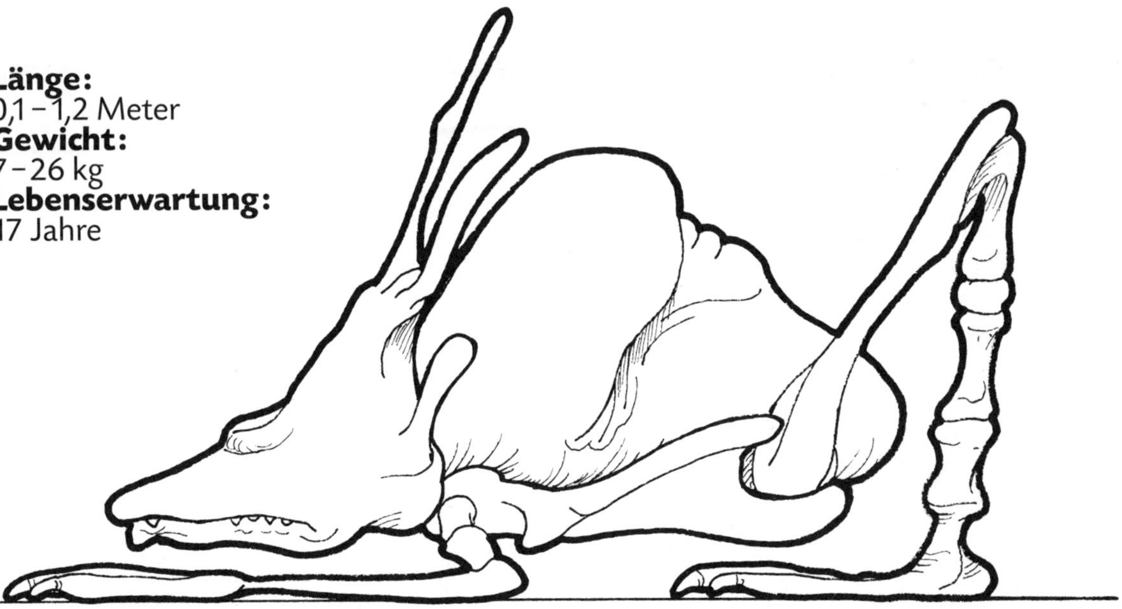

9 Marcos XII (L)

kein eigener Name

Marcos

(26,9; 82,8; – 2,2)

Marcos (genauer gesagt Marcos XII) ist der zwölfte Planet eines Systems mit zwanzig Planeten. Er umkreist einen orangenen Stern mittlerer Größe, und sein Orbit liegt direkt hinter einem dichten Asteroidengürtel. Der Planet selbst ist geologisch nicht aktiv, allerdings gibt es auf seinem einzigen natürlichen Satelliten, Lora, zahlreiche Vulkane und Lavaströme, die dessen Oberfläche ständig neu formen.

Marcos ist keine bemerkenswerte Welt. Auf ihr gibt es eine humanoide Bevölkerung, die aus vielen Teilen der Föderation stammt. Unter anderem findet man dort Menschen, Vulkanier, Centauren und Veganer. Die sechs Millionen Bürger dieser Kolonie haben eine funktionierende, halbanarchistische Regierung und sind durch ihre fortschrittlichen Anbaumethoden fast autark geworden. Marcos ist zwar Mitglied der Föderation, lehnt aber eine Einbeziehung in den intergalaktischen Handel noch ab, da man sich lieber selbst versorgen möchte.

Marcos hat eigentlich nur eine wirklich bemerkenswerte Lebensform. Dabei handelt es sich um eine der seltsamsten Pflanzen in der Föderation. Dieser baumartige Organismus, der Piersols Reisender genannt wird (nach dem Botaniker, der ihn entdeckte), bewegt sich frei über den Planeten, ohne Wurzeln zu schlagen. Der Reisende bewegt sich auf fußartigen Ästen und nimmt Nährstoffe direkt aus Flüssen, Teichen und anderen Frischwasserreserven auf. Dazu benutzt er tentakelähnliche Gliedmaßen. Reisende sind nicht intelligent und besitzen keine Wahrnehmungsfähigkeiten. Trotzdem scheinen sie einen Instinkt zu besitzen, der sie von einer Nahrungsquelle zur anderen führt. Reisende stellen für kein Tier eine Gefahr dar, abgesehen von kleinen Lebensformen, die von ihnen niedergetrampelt werden könnten, während die Reisenden blind nach Nahrung suchen.

088

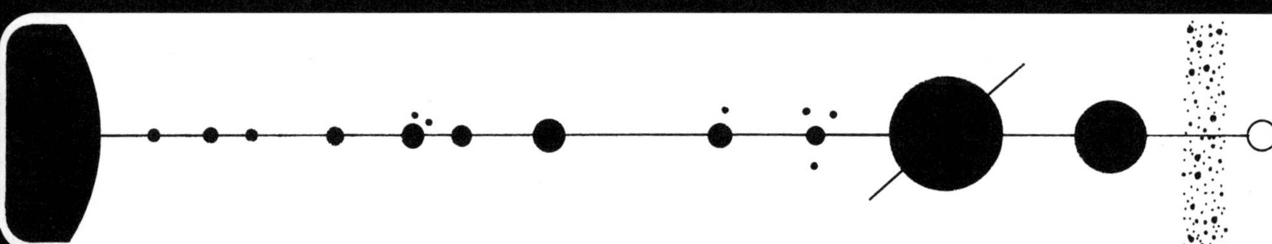

35

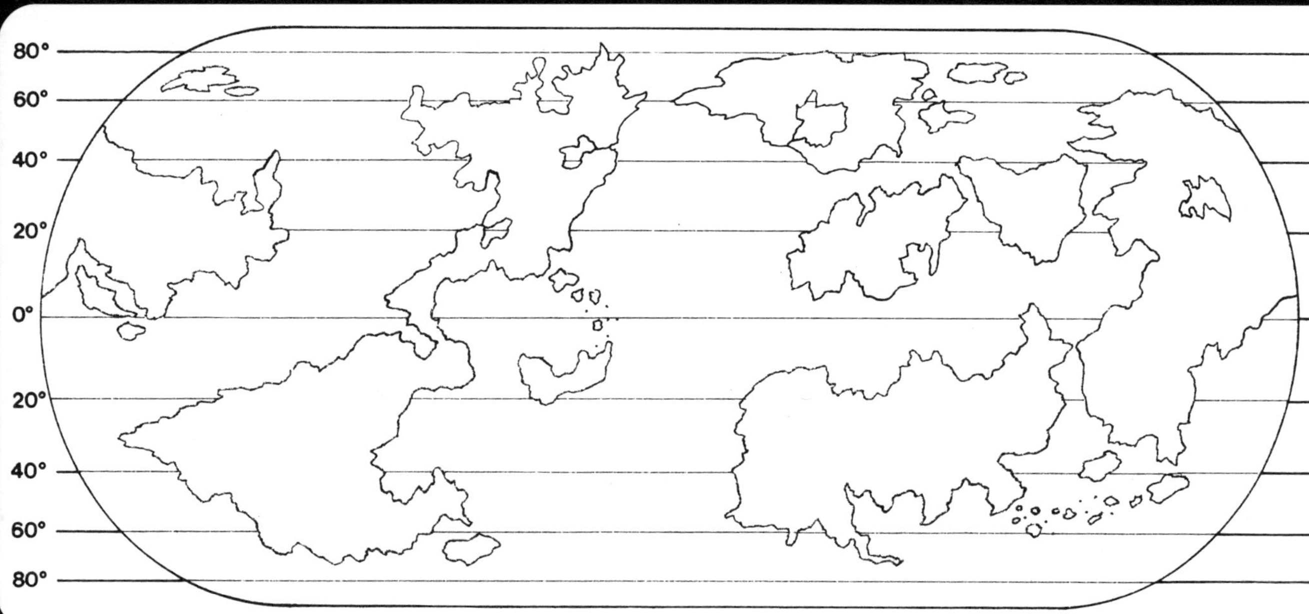

45

Historisches Archiv von Memory Alpha
Datenbankauszug (Ausdruck)

Objekt: Piersols Reisender

10

Izar (M)

kein eigener Name

Epsilon Bootis

(36,7; 84,7; 17,6)

Izar ist eine dicht bevölkerte Welt mit großen Raumhäfen. Diese Welt ist der dritte von fünf Planeten, die in einem Doppelsystem um einen kleinen orangenen Stern kreisen. Der andere Stern ist ein kleiner blauer Zwerg.

Izar war eine frühe Erdkolonie, die in der Zwischenzeit völlig unabhängig geworden ist. Der Planet ist dicht bevölkert, obwohl er das angeblich schlechteste Wetter in der Föderation hat. Starke Winde, Sandstürme und Tornados sind an der Tagesordnung. Aus diesem Grund befinden sich weite Teile der Städte unter der Oberfläche. Der Planet ist geologisch stabil, und Erdbeben sind fast ausgeschlossen.

Auf dem Kontinent Pangaea befindet sich die Kharicson-Ausbildungsbasis der Sternenflotte. Diese Basis ist eine der wichtigsten Ausbildungszentren für Shuttlepiloten. In New Seattle, der größten Stadt und gleichzeitig der Hauptstadt des Planeten, befindet sich das Institut für Meteorologie. Dabei handelt es sich um das wichtigste Wetterforschungszentrum der Föderation.

Izar wurde berühmt, weil Garth, einer der brillantesten Kommandanten der Sternenflotte, von dort stammte. Seine Missionen sind Pflichtlektüre an der Sternenflotten-Akademie, und viele Kadetten sehen in ihm einen legendären Helden.

24

67

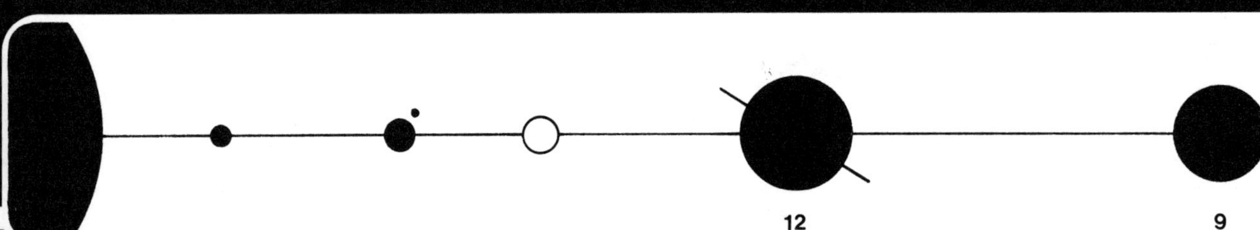

114

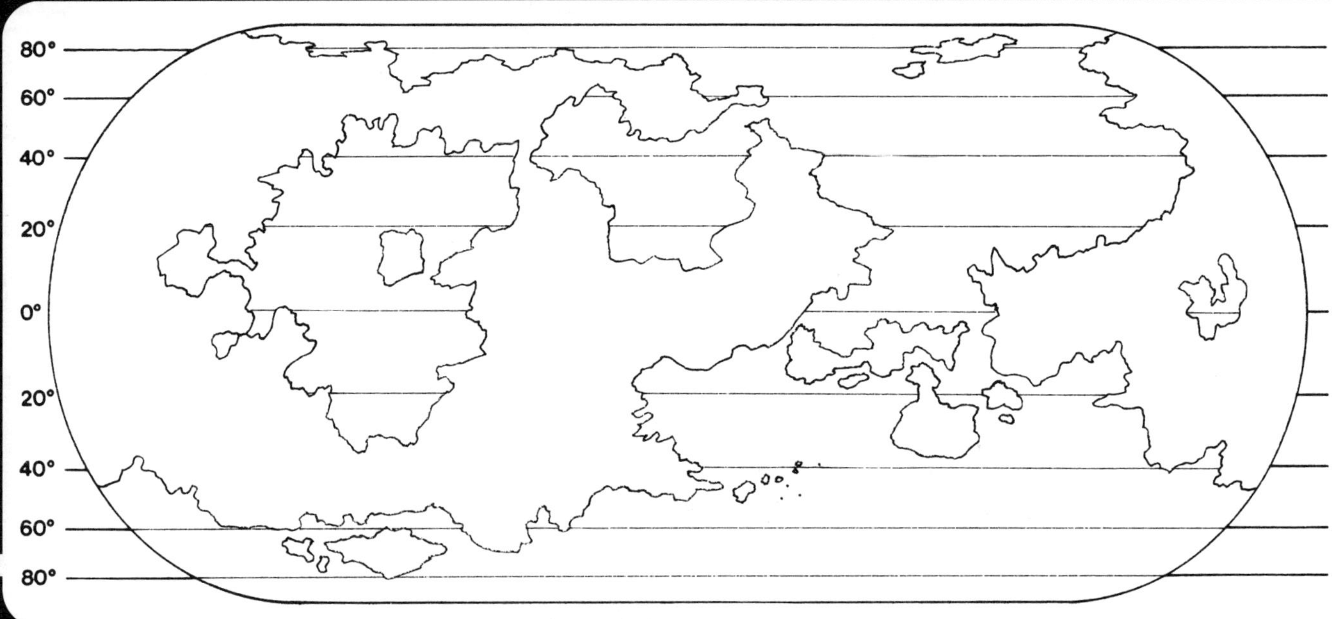

Historisches Archiv von Memory Alpha
Datenbankauszug (Ausdruck)

Objekt: Institut für Meteorologie – Gebäude A

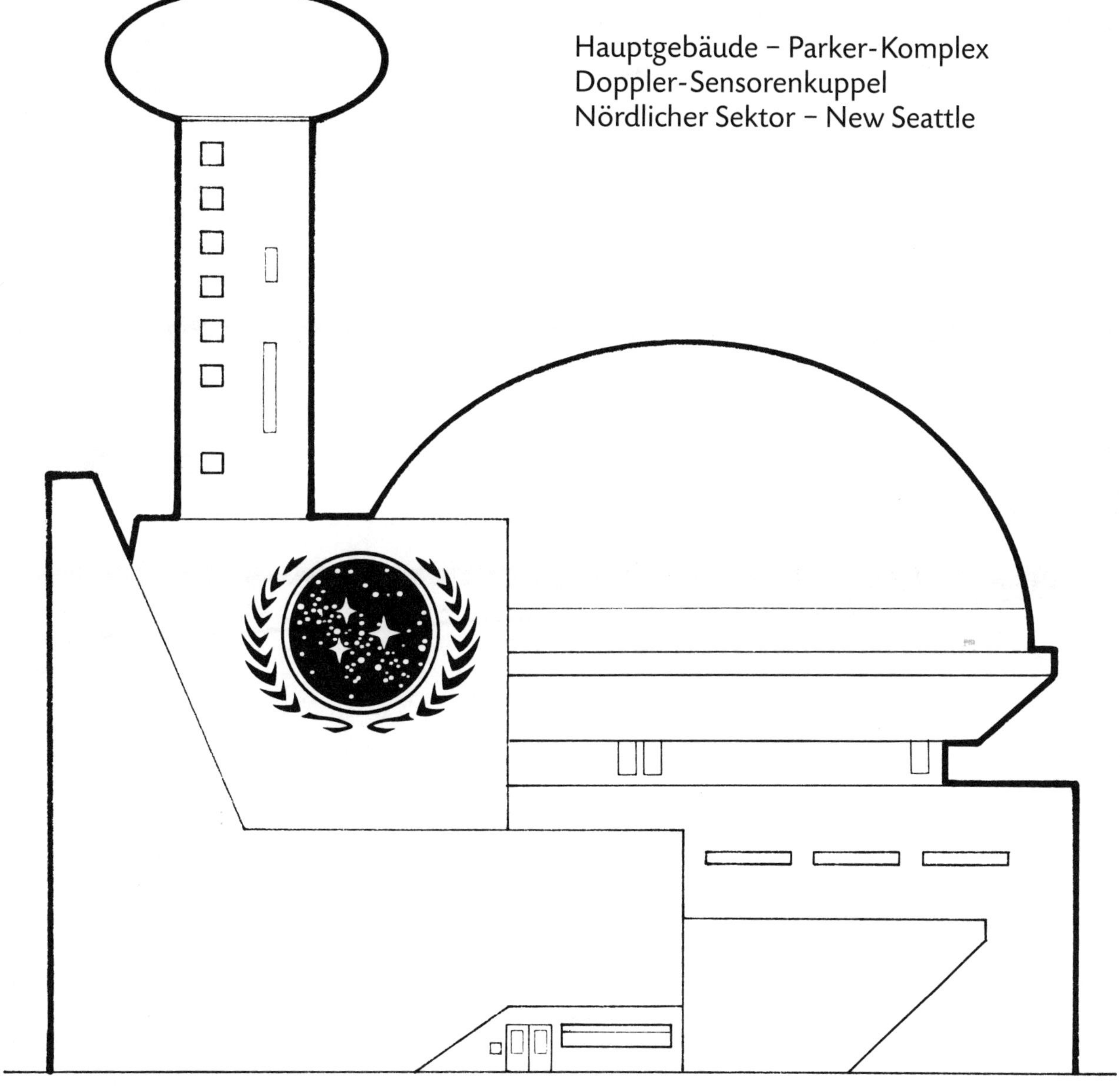

Hauptgebäude – Parker-Komplex
Doppler-Sensorenkuppel
Nördlicher Sektor – New Seattle

08
214
053

1
1

Rigel II, IV–VIII (M)
keine eigenen Namen
Rigel
(– 209,9; 7,7; – 136,0)

Rigel ist ein Vierersternensystem, das zwei interessante Sterne enthält. Der eine ist ein blauweißer Superriese und der andere ein etwas kleinerer blauweißer Riese. Um sie kreisen insgesamt dreizehn Planeten, von denen sechs bewohnt sind. Diese bemerkenswert hohe Anzahl von Welten der Klasse M läßt sich durch den großen bewohnbaren Orbitalbereich des Systems erklären und durch den Hecht-Strahlungsgürtel, der die Planeten von der tödlichen Strahlung des Superriesen abschirmt.

Rigel II und Rigel IV, die manchmal auch die Rigel-Kolonien genannt werden, wurden vor weniger als zweihundert Jahren von Terranern besiedelt. In der Zwischenzeit sind daraus wichtige Föderationswelten mit einer Gesamtbevölkerung von über acht Milliarden geworden.

Rigel V wird von 1,5 Milliarden friedlicher Humanoider bewohnt. Aufgrund der großen physischen Ähnlichkeit zwischen ihnen und den Vulkaniern, hält man sie für einen Zweig dieser Rasse. Seit 2184 ist Rigel V ein Mitglied der Föderation. In diesem Jahr wurden die Rigel-Verträge zum Gesetz erklärt.

Rigel VI und VII sind ein Doppelplanetensystem in einem trojanischen Orbit. Rigel VI ist ein wichtiges Handelszentrum, in dem die meisten Frachtlieferungen zwischen der Föderation und den anderen Mitgliedern des Systems koordiniert werden. Rigel VII, eine große Welt der Klasse M, wird von einer kriegerischen, neanderthalerartigen Rasse namens Kalar bewohnt. Die Kalar sind technologisch recht primitiv und liegen auf der Richterskala der Kulturen bei D-plus. Im allgemeinen meidet man den Planeten. Die ersten Kontaktversuche endeten gewalttätig, da die Kalar ihre Einsamkeit bevorzugten.

Rigel VIII, auch als Orion bekannt, beherbergt eine humanoide Bevölkerung, die aus 5,4 Milliarden aggressiver, gelbhäutiger Krieger besteht. Durch die ersten irdischen Erkundungsschiffe bekamen sie die Möglichkeit zur Raumfahrt und nutzten sie, indem sie zwei Planeten um Rigels blauen Giganten kolonisierten und mit dem Aufbau eines Piratenimperiums begannen. Sie handelten hauptsächlich mit Orion-Frauen. Als die Nachfrage nach grünhäutigen, erotischen und aggressiven Tänzerinnen stieg, bauten sie einen großangelegten Sklavenhandel auf. Dieser Handel wurde schließlich durch die Föderation abgeschafft.

Rigel XII ist eine Wüstenwelt der Klasse G. Durch seine großen Diliziumvorkommen wurde der Planet zu einer wichtigen Rohstoffquelle für die Föderation, die eine kleine Bergarbeiterkolonie auf der Oberfläche betreibt. Eine unterirdische, vollautomatische Raffinerieanlage läuft konstant, um die ständige Nachfrage in der Föderation zu decken.

77

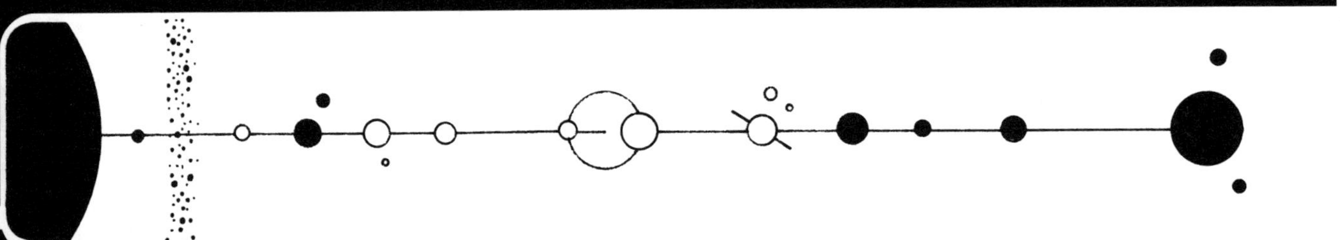

313

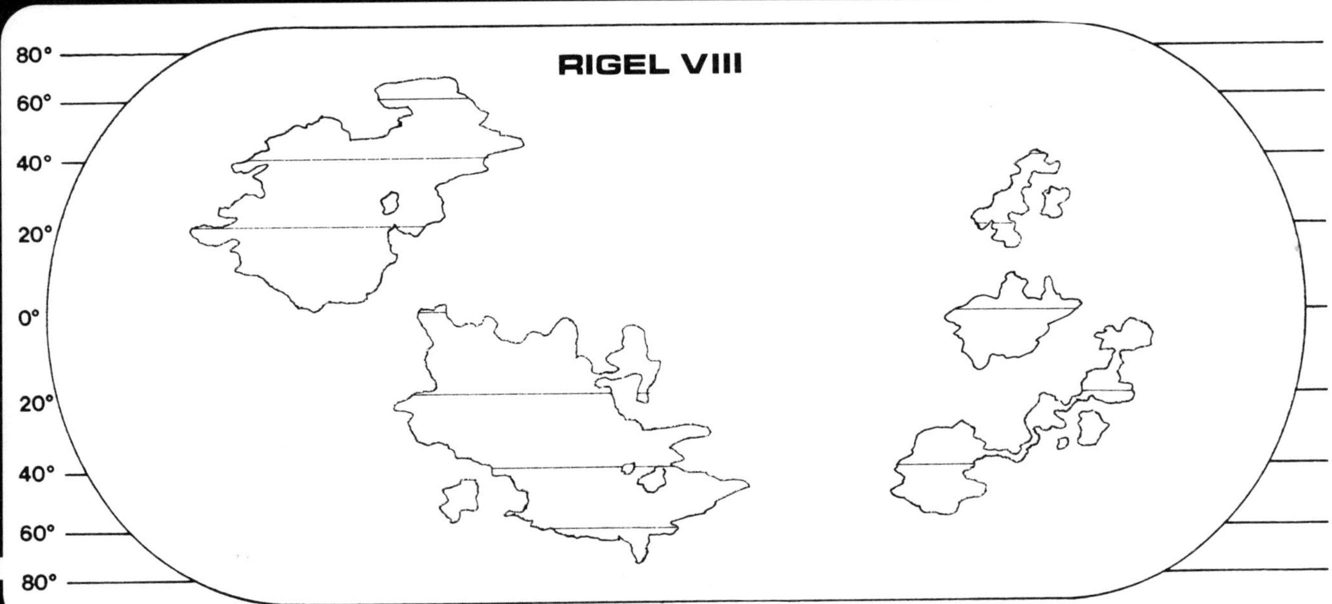

94

Historisches Archiv von Memory Alpha
Datenbankauszug (Ausdruck)

Objekt: Rigelianischer Kalar

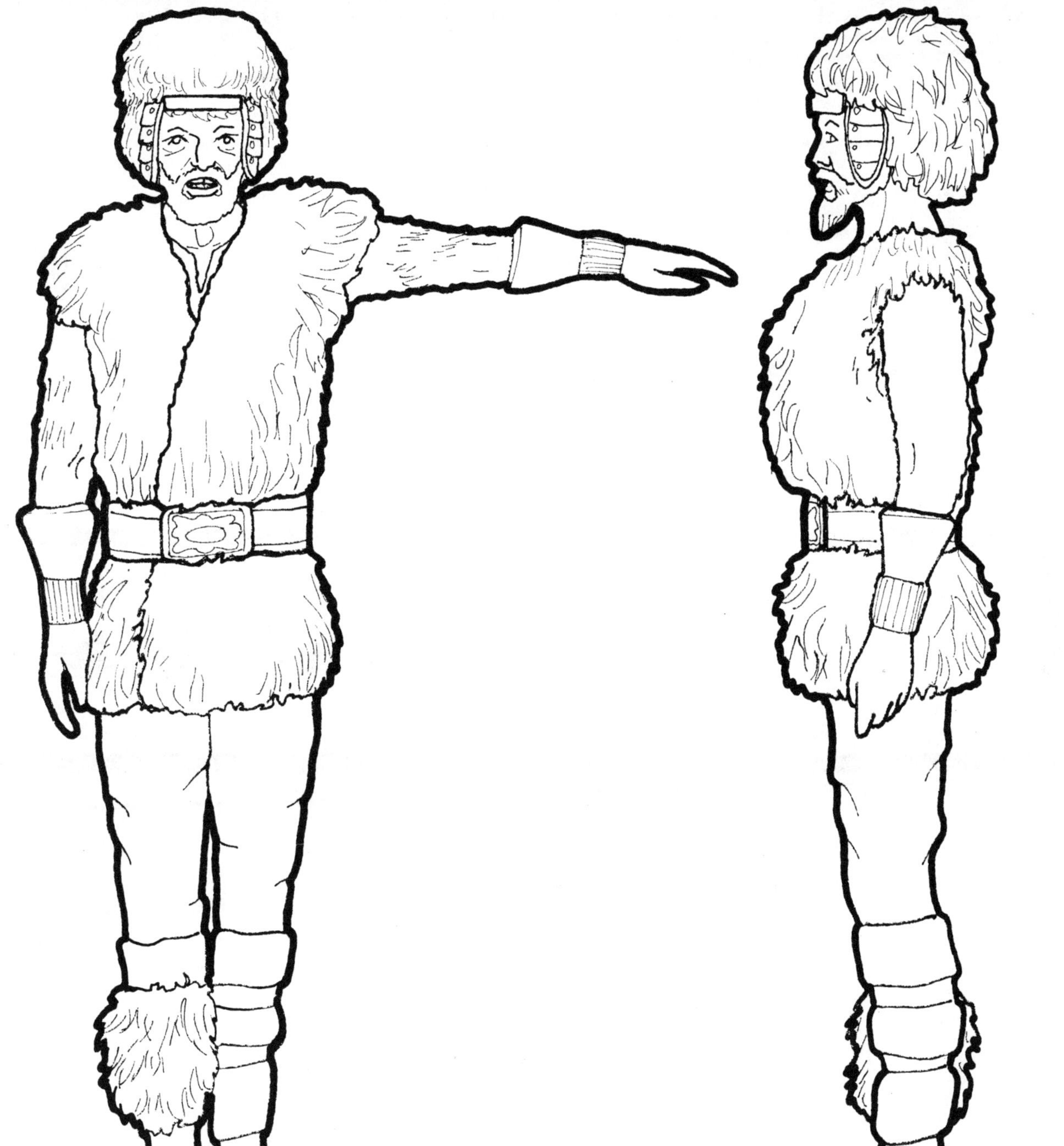

111

432

56

1 2

Cait (M)

Ferasa

15 Lyncis

(41,9; – 228,3; – 12,6)

Cait ist der zweite von zwölf Planeten, die einen gelben Stern von mittlerer Größe umkreisen. Cait ist der winzige bewohnbare Planet des Systems und hat zwei Monde, Rea und Sura.

Die eingeborenen Caitianer sind eine klar katzenartige Rasse, die vermutlich von einer uralten Kolonisierungsgruppe der Kzinti abstammen. Sie gehen aufrecht, haben eine dichte, orangene Mähne, einen langen Schwanz und große, goldene Augen, mit denen sie nachts hervorragend sehen können. Die Sprache der Caitianer besteht aus zahlreichen sanften Tönen, die mit einer tiefen, schnurrenden Resonanz gesprochen werden; wegen dieser Art der Kommunikation haben die Caitianer große Schwierigkeiten beim Erlernen phonetischer Sprachen.

Caitianer können hervorragend hören und nehmen weitaus mehr Frequenzen wahr als die meisten Humanoiden. Aus diesem Grund spezialisieren sich die meisten Caitianer, die in die Sternenflotte eintreten, auf Kommunikation und Sonarwissenschaften.

Im Gegensatz zu den Kzinti sind die Caitianer von Natur aus nicht kriegerisch. Sie gelten als eine der kooperativsten und intelligentesten Mitgliedsrassen, und caitianische Besatzungsmitglieder sind in der Sternenflotte begehrt.

Der Asteroidengürtel, der zwischen der fünften und der sechsten Welt liegt, bietet eine reichhaltige Rohstoffquelle und enthält neben
87
zahlreichen Erzen und Mineralien auch Dilizium. Orbitale Raffinerien innerhalb des Gürtels decken die Diliziumnachfrage in diesem Teil der Föderation.

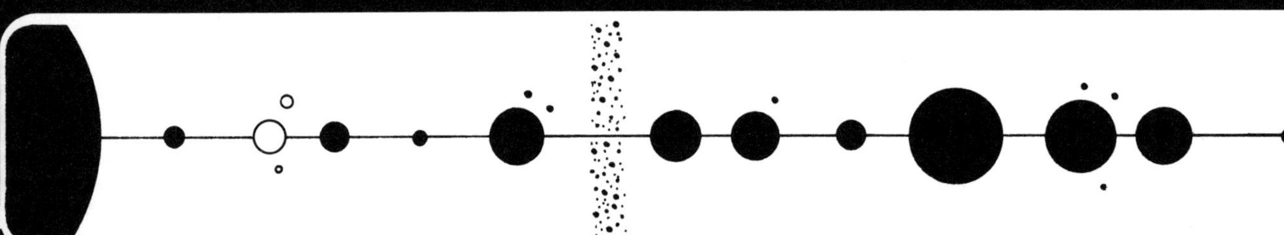

54

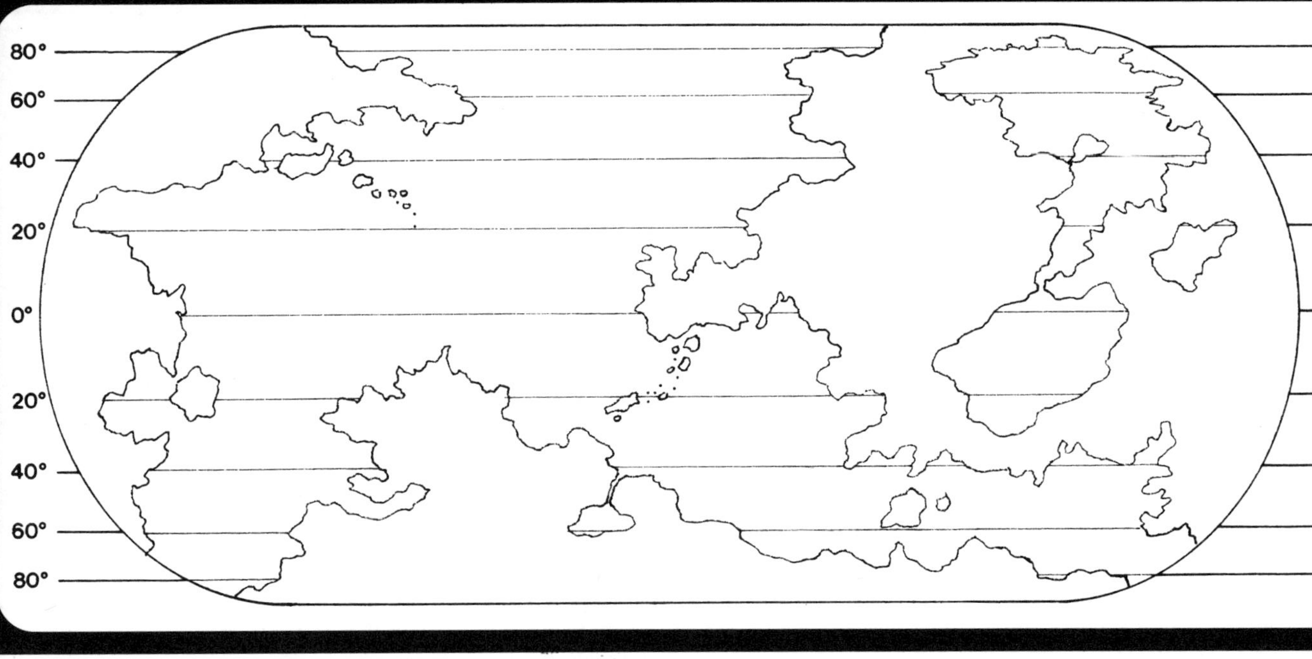

290

Historisches Archiv von Memory Alpha
Datenbankauszug (Ausdruck)

Objekt: Caitianer

797

88

14

1
3

Antos IV (M)

Dorafane

Antos

(18,1; – 20,4; – 6,1)

Antos ist ein gelbes Riesensternsystem mit fünf Planeten. Nur der dritte und der vierte weisen Leben auf. Antos III ist ein Planet der Klasse K, der eine dünne Atmosphäre und etwas Oberflächenwasser hat. Das eingeborene Leben beschränkt sich auf primitive Einzeller und einfache Pflanzen.

Antos IV ist die Heimatwelt einer friedlichen, uralten Rasse von Humanoiden, die wesentlich älter als die Menschheit sind. Antos IV ist zwar ein Planet der Klasse M, aber in den nördlicheren und südlicheren Teilen des Planeten herrscht eine tödliche Kälte, so daß Leben nur im Äquatorbereich möglich ist. Die Bewohner haben in dieser Gegend eine extrem fortschrittliche Kultur entwickelt und haben Gebäude konstruiert, über deren Bauweise in der Föderation noch gerätselt wird. Vom Weltraum aus wirkt diese zentrale Region wie ein Lichtgürtel, der sich um den Planeten zieht. Dieses Phänomen läßt sich durch die leuchtenden Eigenschaften der antosianischen Metalle erklären. Auf Bitte der Antosianer gab es bis jetzt nur einen sehr beschränkten Kontakt zwischen ihnen und der Föderation, daher weiß man nur wenig über ihre Kultur, Technologie oder Architektur.

Antos IV ist zwar ein Mitglied der Föderation, hat seine Teilnahme allerdings auf den Kontakt per Subraumfunk beschränkt. Der Grund für diese Zurückhaltung war lange ein Rätsel, bis der im Sterben liegende Captain Garth von der Sternenflotte auf diesem Planeten notlanden mußte. Um sein Leben zu retten, teilten die Antosianer mit ihm ein Geheimnis, das sie seit Jahrtausenden bewahrt hatten: Garth erhielt das medizinische Wissen der Antosianer. Dazu gehörte auch die Macht, seine Gestalt willentlich zu ändern. Die Antosianer hatten die Technik der cellularen Metamorphose perfektioniert und konnten sich in jedes Wesen oder Objekt der gleichen Masse verwandeln. Die fortschrittlichen Antosianer hielten dieses Wissen für so gefährlich, daß sie es für sich behielten. Sie hatten recht, denn durch diese Macht wurde Garth von Izar kurze Zeit später wahnsinnig, ein Zustand, in dem er mehrere Jahre lang blieb. Durch ein neues Medikament konnte er später geheilt werden, er verlor jedoch seine gestaltwandlerischen Fähigkeiten.

Antos V ist ein Gasriese mit siebzehn Monden. Der dritte Mond, Sowtha, gehört zur Klasse L und beherbergt ein Treibstoffdepot der Föderation.

99

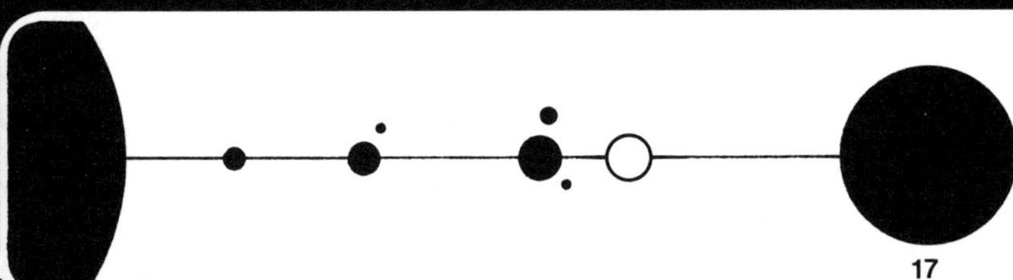

25

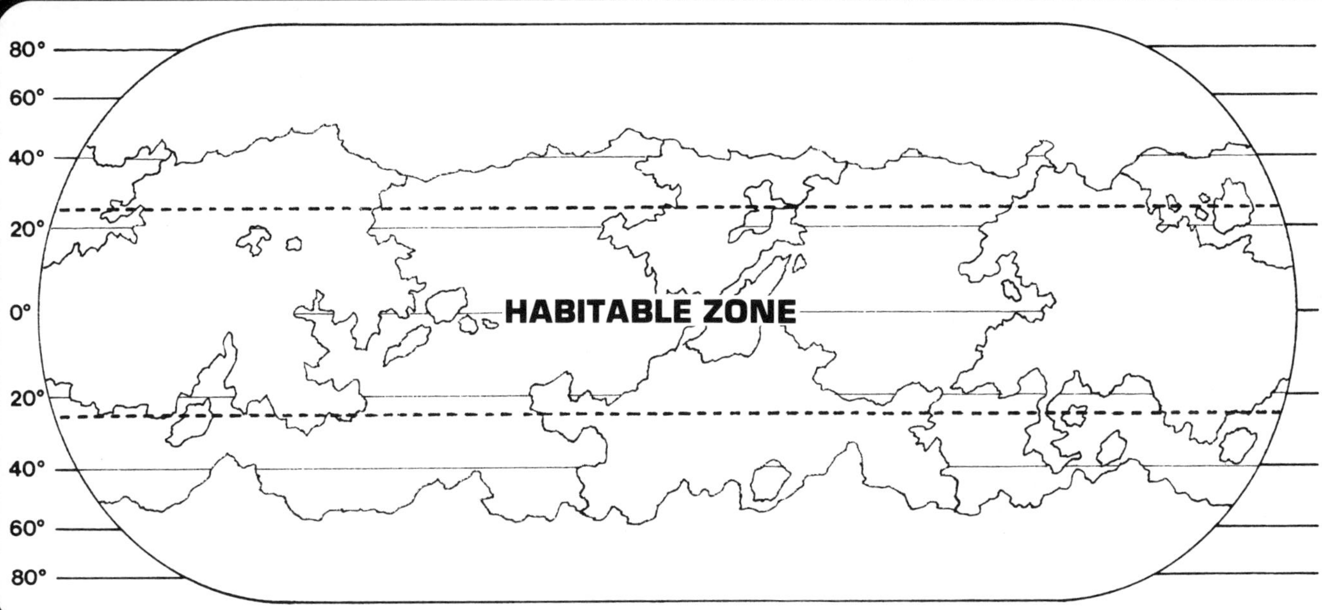

86

Historisches Archiv von Memory Alpha
Datenbankauszug (Ausdruck)

Objekt: Antosianer

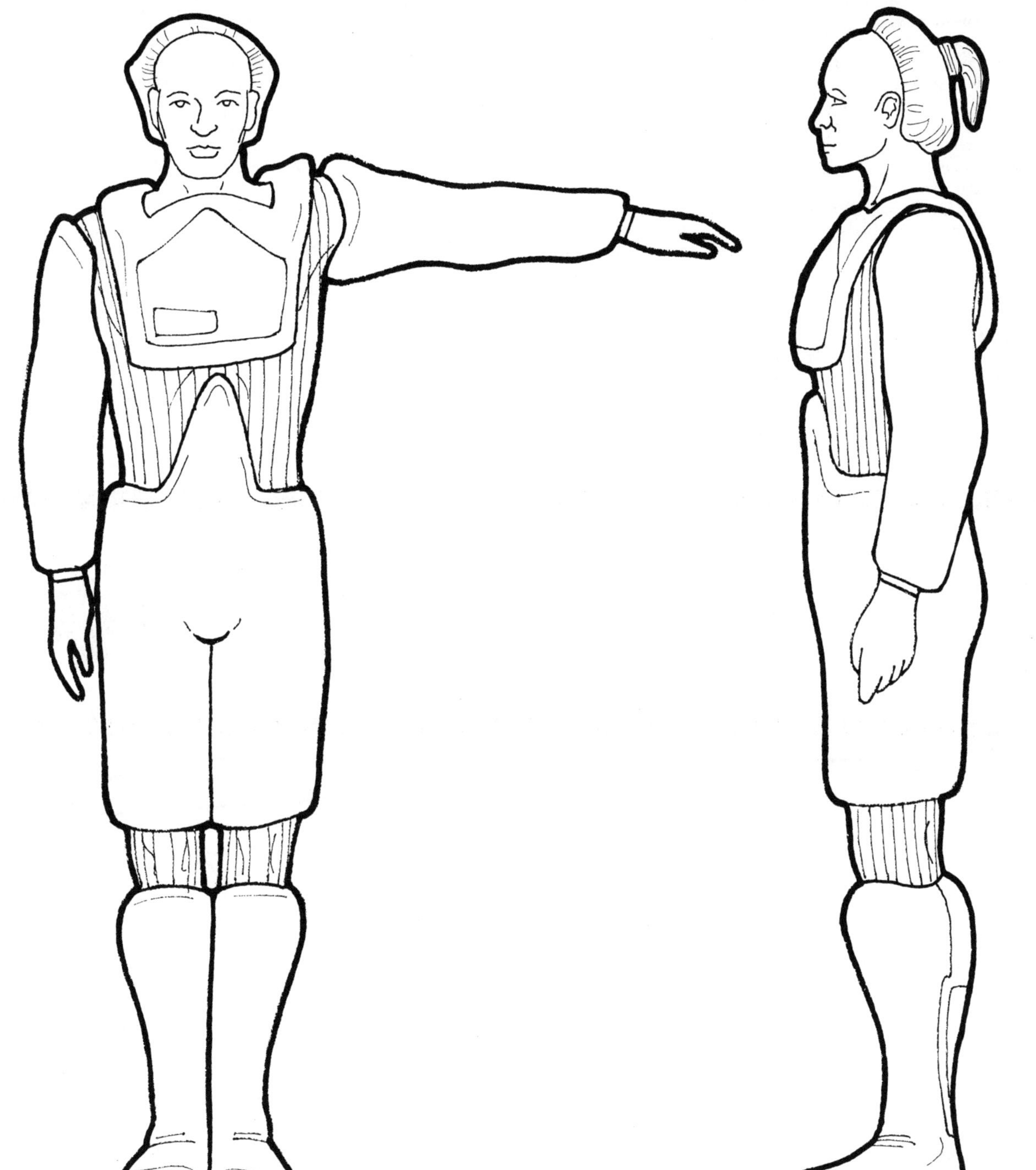

06

644

33

14

Catulla (M)
Cendo-Prae
Theta Pictoris
(277,6; – 73,7; – 13,9)

Catulla ist der sechste Planet im System Theta Pictoris. Dieses System hat einen rot-orangenen Stern mittlerer Größe und neun Planeten. Im Masseverhältnis entspricht Catulla ungefähr Terra; der Planet hat zwei Monde, Milon und Milar. Auf Catulla lebt eine aufstrebende humanoide Zivilisation mit 9,5 Millionen Einwohnern, die ihren Planeten mit einem riesigen industriellen Netz bedeckt haben. Vor langer Zeit wurde während eines Atomkriegs fast alles vernichtet. Nur das gesammelte Wissen blieb übrig. Seit Jahrhunderten bemühen sich die Catullaner, die Zivilisation wieder aufzubauen, die sie einst hatten.

Botschafter Tongo Sil von Catulla ist ein Mann mit herausragenden Fähigkeiten. Seine Studien in Raumwissenschaften und interplanetaren Beziehungen haben schon häufig zu Durchbrüchen in schwierigen Verhandlungen geführt, und er hat auf zahlreichen Föderationswelten für Frieden und Kooperation gesorgt. Für seine Bemühungen wurde er mit dem Palmenblatt von Axanar, dem Seltye-Orden und dem Nobel- und Zee Magnee-Preis ausgezeichnet.

Harrell Hullworks ist einer der wichtigsten Schiffsrumpfhersteller innerhalb der Föderation. Der Hauptsitz der Firma befindet sich am nördlichen Rand des Kontinents Tesakar. Verschiedene Werften sind in den geostationären Orbit verlegt worden.

018

03

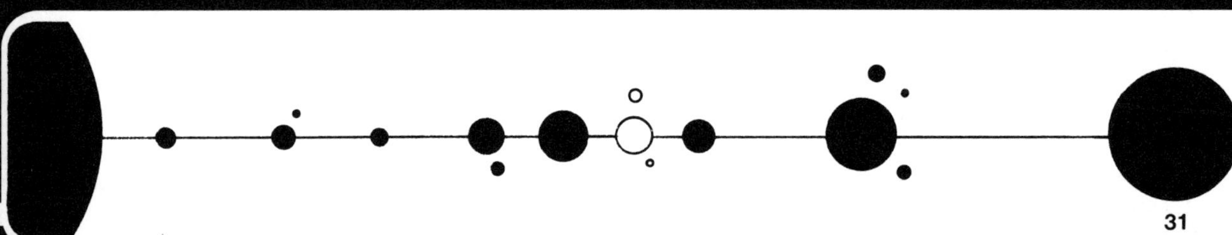

69

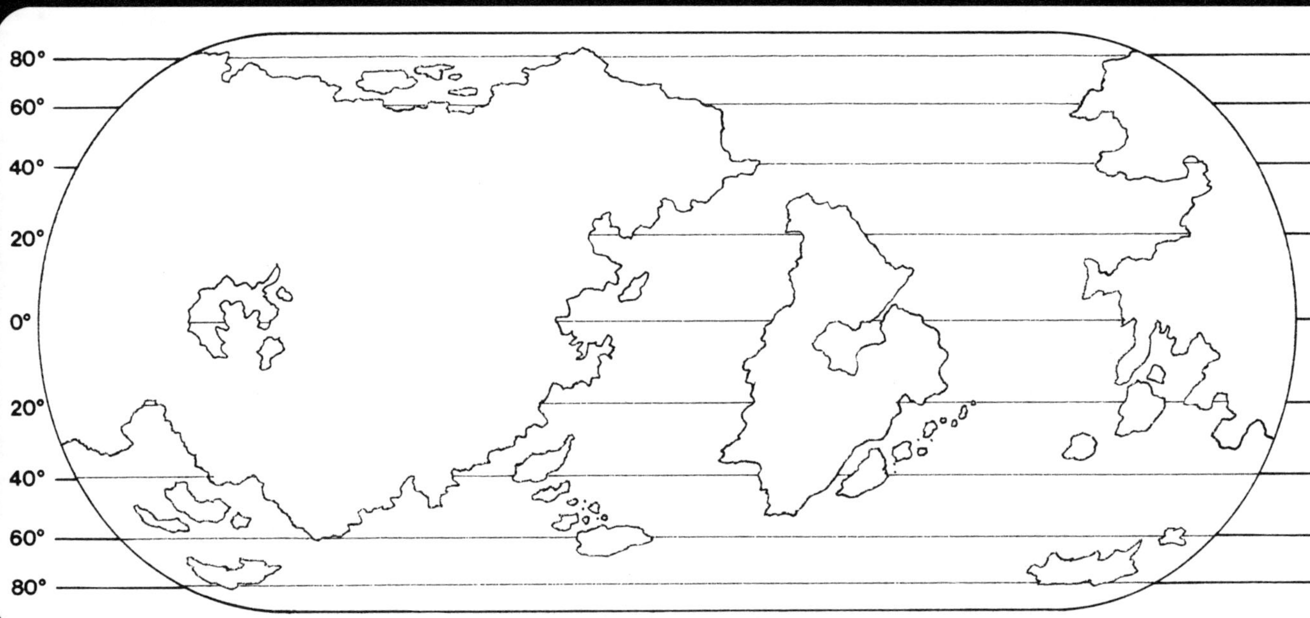

Historisches Archiv von Memory Alpha
Datenbankauszug (Ausdruck)

Objekt: Catullaner

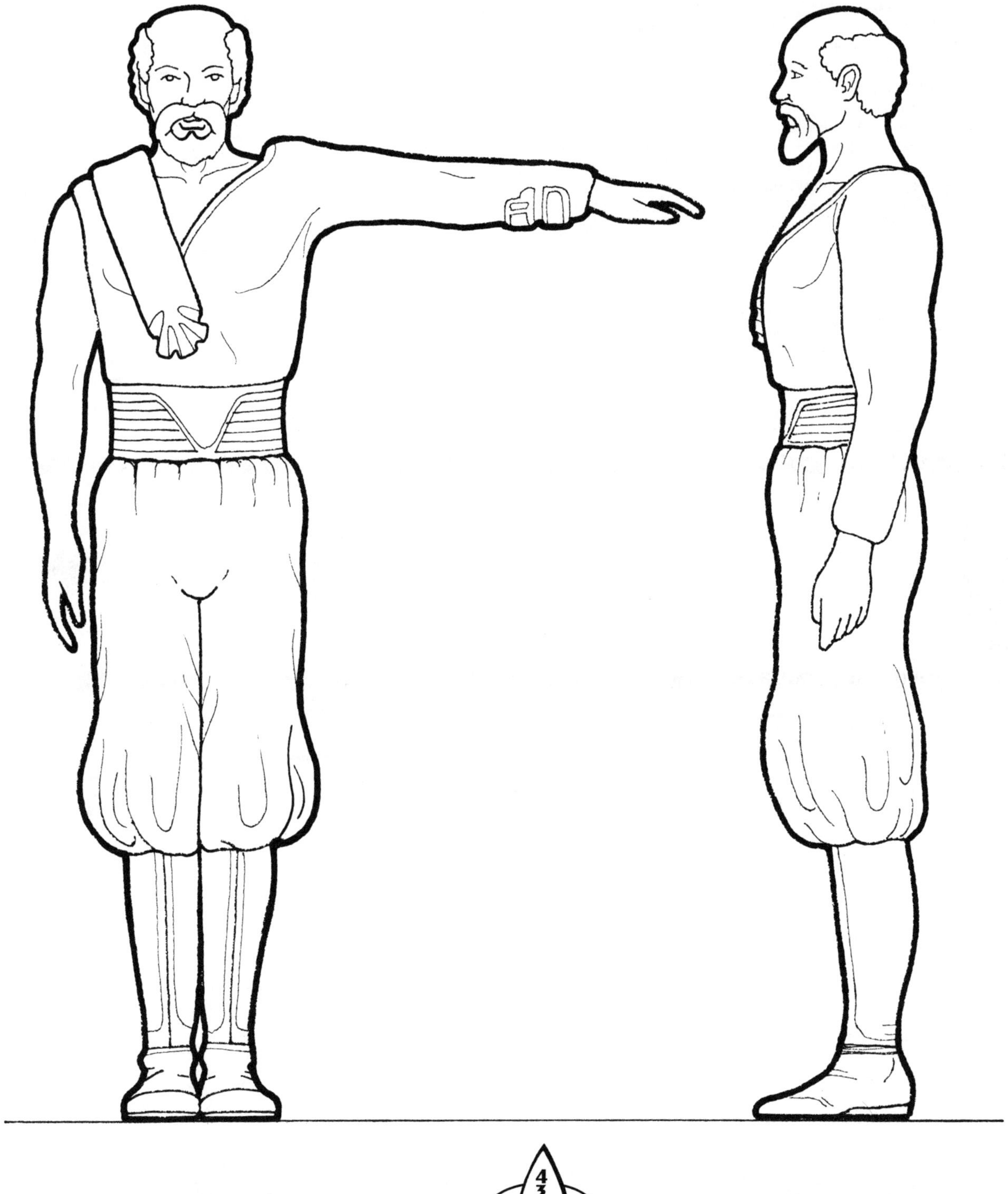

121

22

73

15

Tiburon(M)

Simeran

Omega Fornacis A
(– 121,9; – 207,4; 236,4)

Tiburon ist der dritte von sieben Planeten, die in einem Doppelsternsystem um den roten Zwergstern Omega Fornacis A kreisen. Tiburon ist etwas größer als Terra und besitzt eine sauerstoffreiche Atmosphäre, die etwas dünner als auf den meisten Welten der Klasse M ist. Tiburon ist der einzig bewohnte Planet dieses Systems.

Tiburon ist der Heimatplanet einer fortschrittlichen humanoiden Rasse, die zu den entferntesten Mitgliedern der Föderation zählen. Die Bewohner unterscheiden sich zwar in vielen Dingen von Menschen, sind aber trotzdem im Prinzip humanoid. Bei genetischen Untersuchungen stellte man fest, daß die Tiburoner leicht mutierte Nachkommen der irdischen Menschen sind, wodurch die bekannte „Weltsamentheorie" erneut bestätigt wird.

Die Simeran-Wissenschaftsakademie befindet sich in der Hauptstadt Onakk. Sie ist eine der berühmtesten Kommunikations- und Elektronikzentren innerhalb der Föderation. Simeranische Wissenschaftler haben zahlreiche wichtige Entdeckungen gemacht. Einige dieser Wissenschaftler, wie Dr. Rota Sevrin und Professor Andrew Tempest haben Bücher verfaßt, die momentan an der Sternenflotten-Akademie verwendet werden.

Dr. Sevrin war ein Spezialist auf dem Gebiet der Kommunikation und beschäftigte sich auch mit der Theorie der Akustik und Elektronik. Später mußte er erfahren, daß er an Synthococcus Novae litt, einer hochansteckenden, aber kontrollierbaren Krankheit. Daher mußte er seine Reisen auf technologisch fortschrittliche Welten beschränken, was seine Lebensaufgabe, die Forschung, stark behinderte. Dr. Sevrin verlor schließlich den Verstand und beging Selbstmord.

187

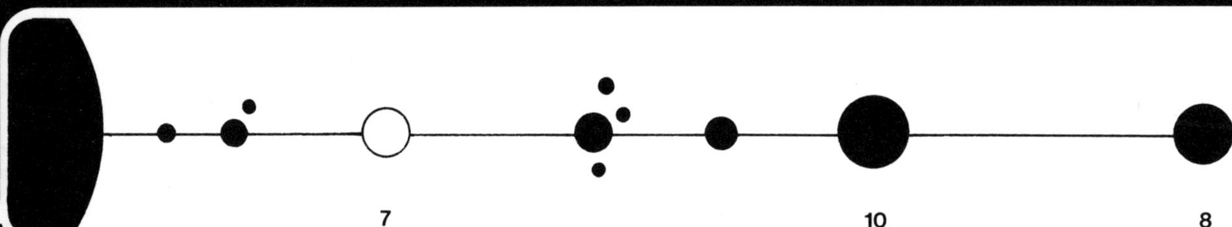

11

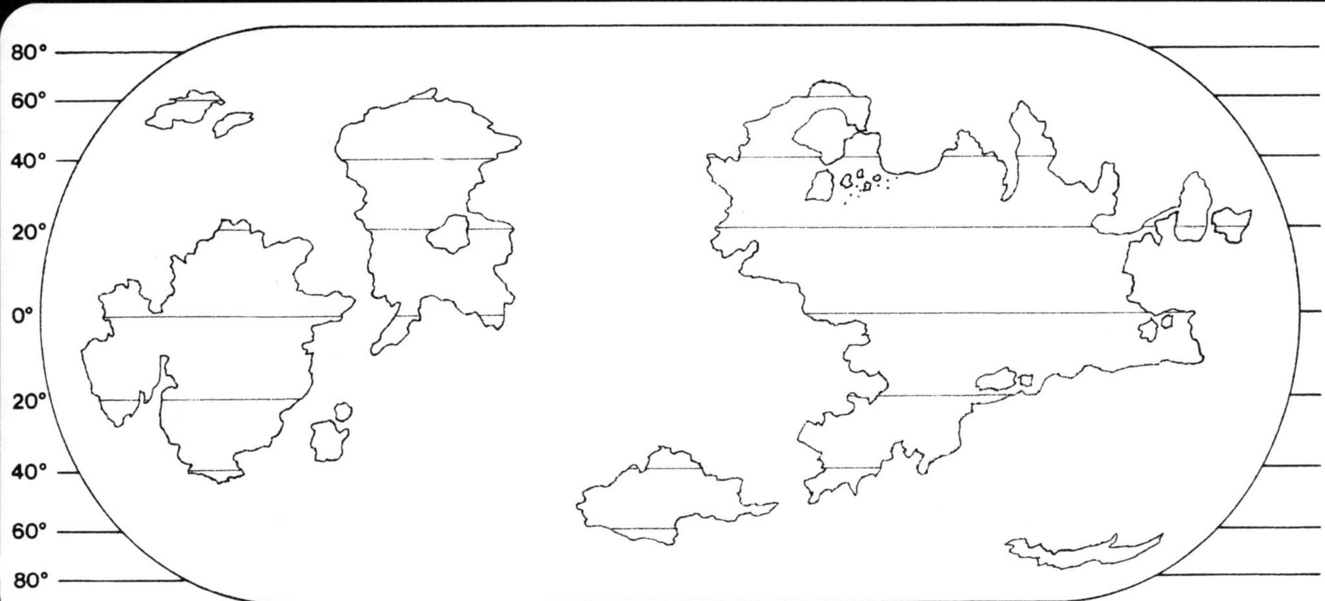

32

Historisches Archiv von Memory Alpha
Datenbankauszug (Ausdruck)

Objekt: Tiburoner

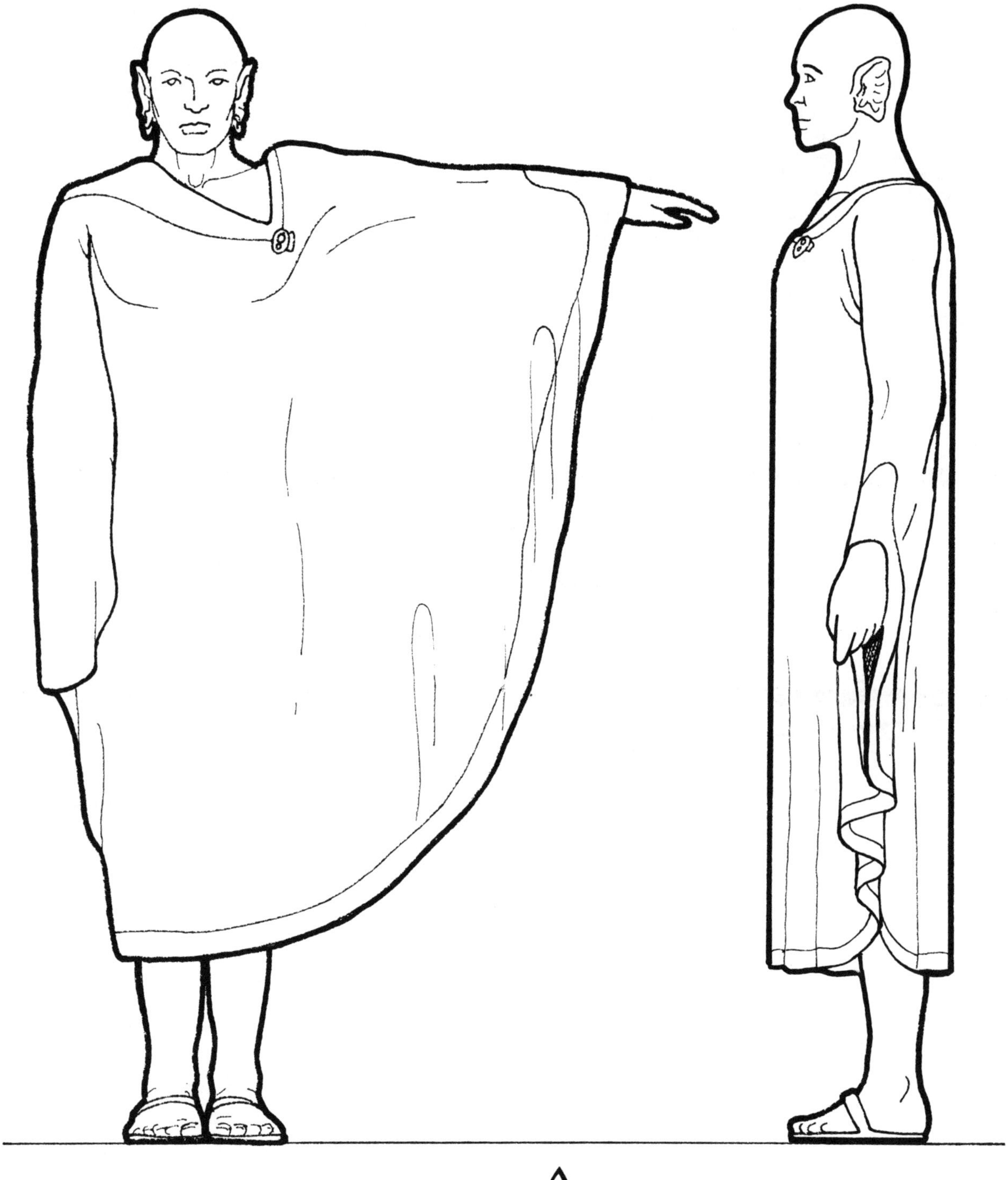

16

Merak II (M)

kein eigener Name

Merak

(11,2; 72,7; 17,1)

Merak II ist der zweite von vier Planeten, die einen weißen Stern mittlerer Größe umkreisen. Auf dem Planeten wurde eine Landwirtschaftskolonie gegründet. Mit viertausend Bewohnern ist nur ein sehr kleiner Teil des Planeten bewohnt. Trotz der wenigen Farmer und Verwalter produziert der Planet mehr als 60 % des Bedarfs an Getreide und Mehl in diesem Sektor.

Vor einigen Jahren wurde die gesamte Ernte des Planeten beinahe durch eine botanische Seuche unbekannten Ursprungs vernichtet. Im Angesicht dieser Katastrophe arbeiteten Föderationswissenschaftler fieberhaft an einer Lösung. Es gelang ihnen, die Seuchenorganismen zu isolieren. Sie fanden heraus, daß Zienit, ein seltenes Mineral, die Zerstörung aufhalten und eventuell sogar umkehren könnte. Das Föderationsraumschiff **Enterprise** wurde sofort zum Planeten Ardana umgeleitet, auf dem sich die einzig bekannten Zienitvorkommen innerhalb der Föderation befinden. Nach einigen Verhandlungen konnte die Besatzung der **Enterprise** das Mineral auf Merak II übergeben, und die Seuche wurde rechtzeitig gestoppt.

Merak II hat einen Mond, der von den Kolonisten Watcher genannt wird. Die Planeten drei und vier sind Gasriesen, die von einem großen Asteroidengürtel getrennt werden.

59

376

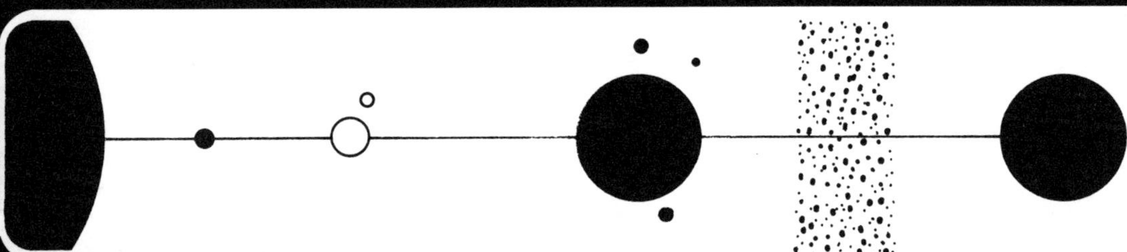

55

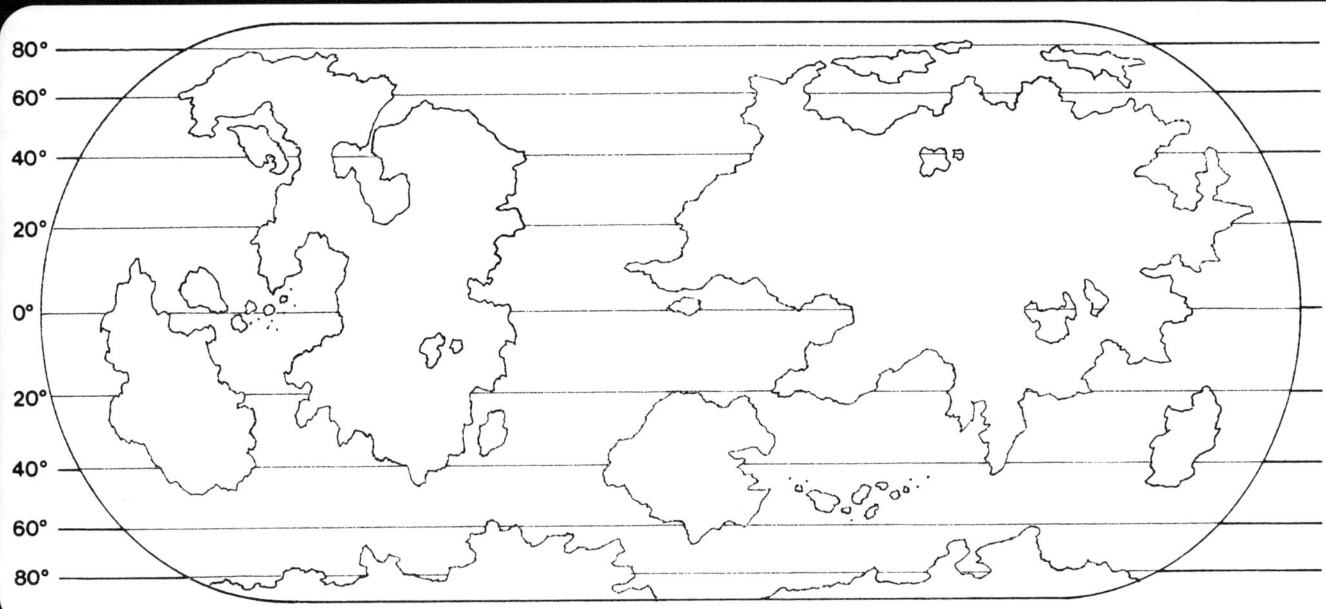

Historisches Archiv von Memory Alpha
Datenbankauszug (Ausdruck)

Objekt: Merakaner

77

78

223

17 Aldebaran (M)

kein eigener Name

Alpha Tauri

(10,6; 56,5; — 15,1)

Aldebaran ist der dritte von vier Planeten, die in einem Doppelsternsystem um einen orangenen Riesen kreisen. Aldebaran war eine der ersten Föderationskolonien und ist in der Zwischenzeit zu einem wichtigen Raumhafen mit vielfältigen Unterhaltungsmöglichkeiten geworden.

Das System Alpha Tauri enthält auch einen roten Zwergstern, der den Hauptstern in einer Entfernung von 97,5 Milliarden Kilometern umkreist. Ähnlich einem Kometen zieht er eine mehrere Millionen Kilometer lange Spur aus Mineralien und Eis hinter sich her. Diese stark reflektierende Spur läßt sich am aldebaranischen Nachthimmel sehr schön beobachten.

Die Werft New Aberdeen, die sich an der östlichen Küste des Hauptkontinents befindet, ist die sechstgrößte Werft der Föderation und der wichtigste Hersteller von schweren Kreuzern. Die Schiffsteile werden auf der Planetenoberfläche gefertigt, in die Umlaufbahn gebracht und dort in einem Raumdockzentrum zusammengefügt.

Eine kleine humanoide Bevölkerung von ungefähr einer Million Aldebaraner lebt in der Gegend um New Aberdeen. Dort befindet sich auch ein Versorgungszentrum der Sternenflotte und einige kleine private Werften. Diese Industrien beschäftigen einen Großteil der Bevölkerung.

Das Tierleben auf dem Planeten beschränkt sich auf einfache Lebensformen, die sich größtenteils in den Ozeanen befinden. Der aldebaranische Muschelmund, ein sich langsam bewegendes Weichtier, das im flachen Salzwasser lebt, ist eine geschätzte Delikatesse, die in den meisten Fischrestaurants auf dem Planeten angeboten wird.

33

212

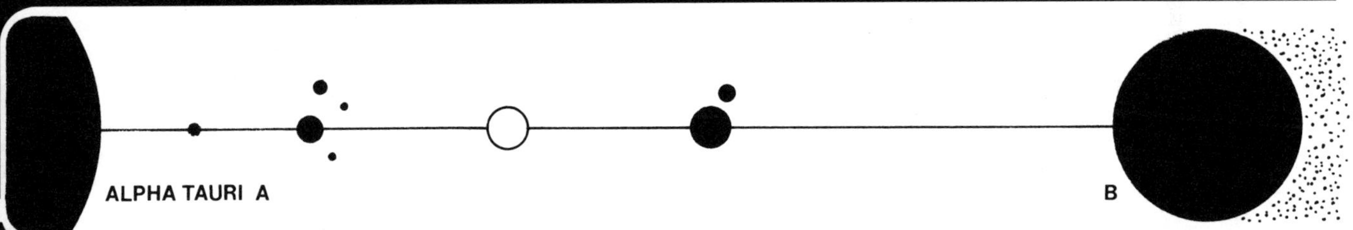

22

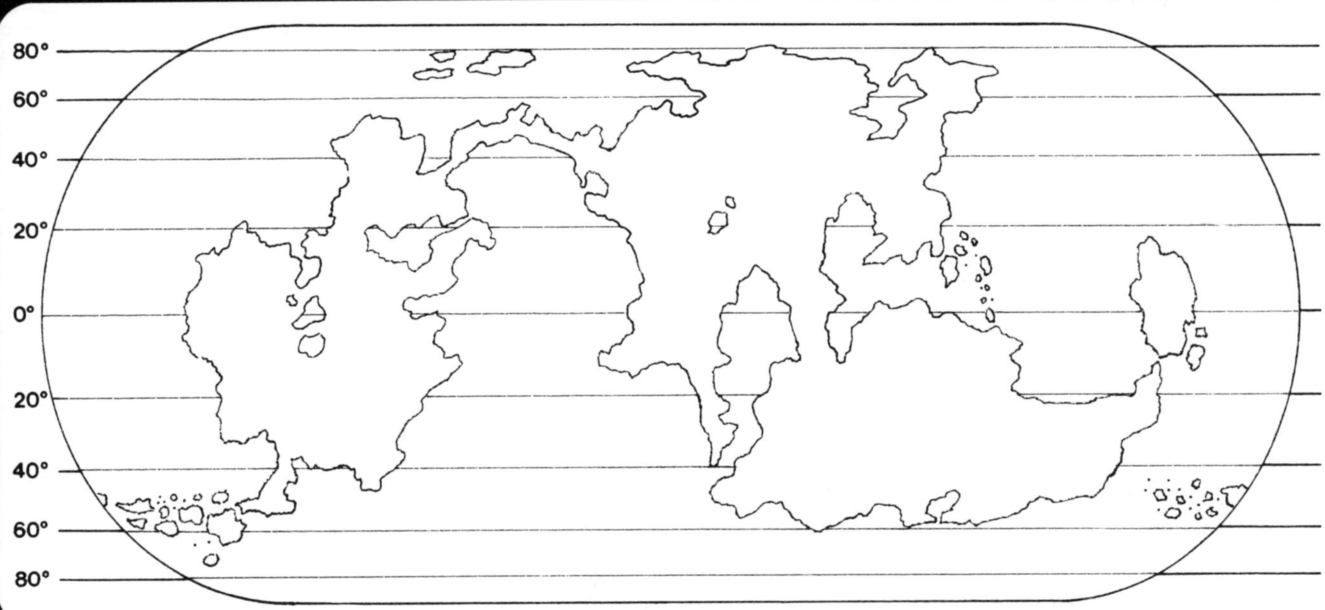

Historisches Archiv von Memory Alpha
Datenbankauszug (Ausdruck)

Objekt: Aldebaranischer Muschelmund

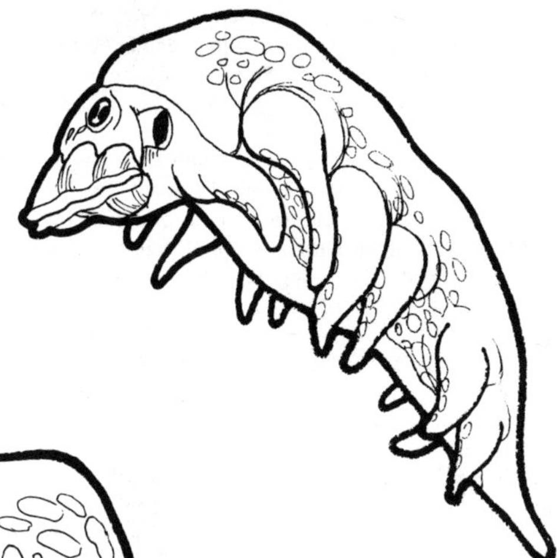

Länge:
0,45–0,60 Meter
Gewicht:
2–4 kg

18

Mu Leonis II (M)

Ardana

Mu Leonis A

(8,5; 106,3; 9,8)

Ardana ist der dritte von drei Planeten, die Mu Leonis A, einen roten Stern in einem Binärsystem umkreisen. Ardana selbst hat keinen Mond, die beiden anderen Planeten haben je einen. Der erste Planet gehört der Klasse C an. Seine Tagestemperaturen liegen um 300 Grad Celsius. Der zweite gehört der Klasse D an und weist ebenfalls keine Lebensformen auf.

Die Bevölkerung von Ardana stammt trotz gegensätzlicher Legenden vermutlich nicht von diesem Planeten. Bei Tests, die man über einen Zeitraum von mehreren Jahren durchführte, entdeckte man erhebliche genetische Unterschiede zwischen den eingeborenen Primaten und der Bevölkerung, deren Aminosäuren völlig anders aufgebaut sind.

Der Ursprung der Ardaner verliert sich im Nebel der Zeit, bekannt ist nur, daß sie eine fortschrittliche Technologie mit auf den Planeten brachten. Die herrschende Klasse lebt in einem riesigen Antigrav-Komplex namens Stratos City und hat sich so wortwörtlich eine Heimat in den Wolken geschaffen. Diese schwebende Metropole ist das herausragendste Beispiel der Schwerkraftmanipulation, das in der Föderation bekannt ist. Die Technik, mit der die Ardaner diese Konstruktion errichtet haben, ist immer noch ein Rätsel.

Die Bürger von Stratos City haben sich völlig den Wissenschaften und den Künsten verschrieben. Es gibt keine Polizeikräfte, da die Stadtbewohner jede Art von Gewalt aus ihrer Kultur verbannt haben.

Ardana hat die einzig bekannten Zienitvorkommen. Dabei handelt es sich um ein Mineral mit antibakteriellen Eigenschaften, das der Hauptexportschlager des Planeten ist. Zienit wird auf der Oberfläche abgebaut und kann aufgrund seiner weichen Eigenschaften nur per Hand geschürft werden. Die Arbeiter müssen dabei Filtermasken tragen, da Zienit in seiner unverarbeiteten Form ein geruchloses Gas abstößt, das die Kontrollzentren des humanoiden Gehirns schädigt. Die Symptome einer solchen Vergiftung sind Gereiztheit, Verwirrung, Wahnsinn und schließlich der Tod.

Die Bevölkerung von Ardana war jahrhundertelang in zwei Klassen gespalten. Die obere intellektuelle Klasse lebte in Stratos City, während die untere Klasse in den Minen arbeiten mußte. Die Herrscherklasse wußte nicht, daß die geringe Intelligenz der Arbeiter von den Gasen ausgelöst wurde und nicht angeboren war. Auf Wunsch der Föderation wurde dieses Kastensystem abgeschafft, so daß heute alle Bürger die Früchte der Exportindustrie genießen können.

676

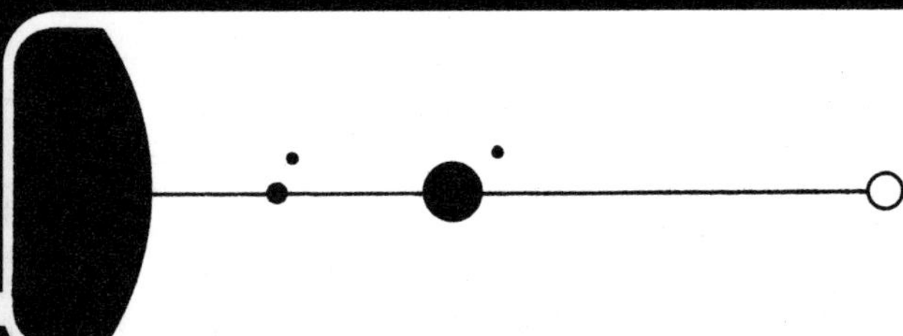

144

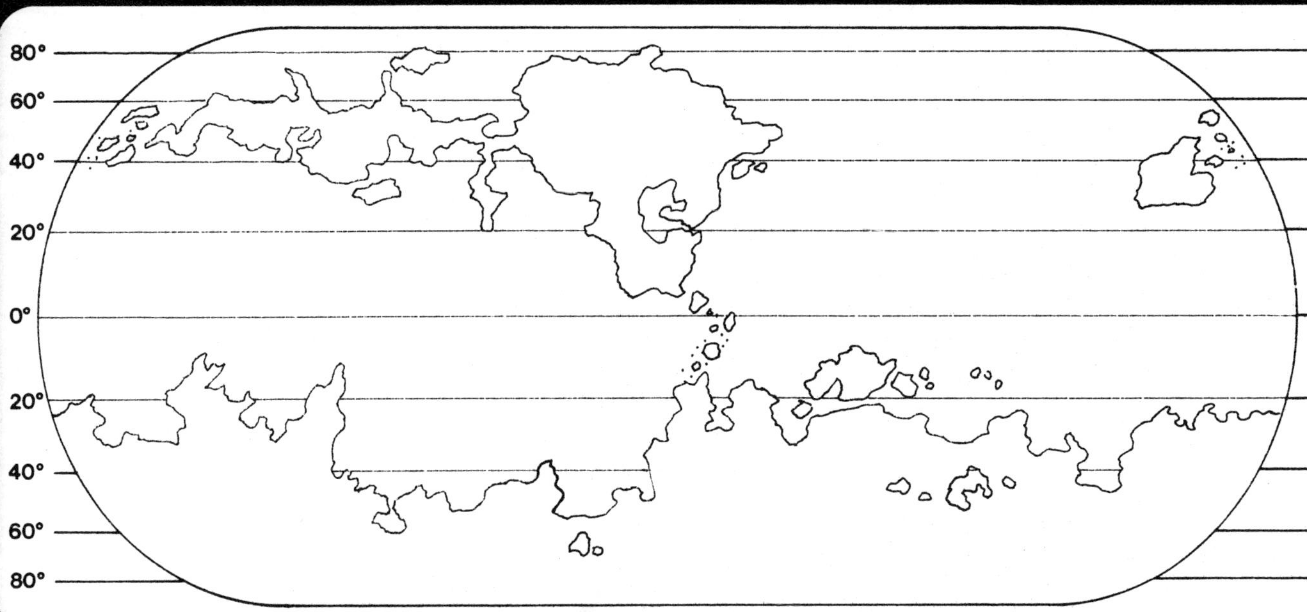

15

Historisches Archiv von Memory Alpha
Datenbankauszug (Ausdruck)

Objekt: Ardaner

19

Argelius II (M)

Nelphia

Argelius B

(– 154,7; – 59,2; – 121,2)

Argelius II ist der zweite von zehn Planeten, die in einem Doppelsystem um einen gelben Stern kreisen. Dieser Planet ist ein Paradebeispiel für eine Welt der Klasse M. Die Zusammensetzung seiner Atmosphärengase entspricht fast genau der von Terra. Auch die Jahreszeiten sind sehr ähnlich. Siebenundvierzig Prozent des Planeten werden von Landmassen bedeckt, der Rest teilt sich in fünf Ozeane auf. Wie Terra hat auch dieser Planet einen Mond, der allerdings etwas größer ist und eine dünne Atmosphäre besitzt.

In der ganzen Föderation ist Argelius wegen der Gastfreundschaft und der Freundlichkeit seiner Bewohner bekannt. Aus diesem Grund wird er häufig für Landurlaube angeflogen. Die hedonistische Kultur des Planeten hat dazu geführt, daß zahlreiche Urlaubs- und Unterhaltungszentren gegründet wurden. Die humanoiden Argelianer sind so friedliebend und vergnügungssüchtig, daß verschiedene planetare Regierungen Verwaltungsbeamte und andere Staatsdiener von anderen Planeten importieren müssen.

Vor dieser friedvollen Gegenwart gab es Argelius II allerdings auch eine Zeit globaler militärischer Konflikte, die vor 1400 Jahren fast zur Zerstörung ihrer Kultur führten. Ähnlich den Vulkaniern, suchten auch die Argelianer nach einer neuen Philosophie, aber im Gegensatz zu den Vulkaniern bauten sie ihre nicht auf Logik sondern auf Vergnügen auf.

18

Seit ihrem Großen Erwachen haben die Argelianer jede Form der Gewalt abgelegt und ihre Türen jedem geöffnet, der sie besuchen wollte. Außenweltler werden mit offenen Armen aufgenommen und können auch für immer bleiben, wenn sie es wünschen.

Ein eher ungebetener Gast war ein Wesen, das die Galaxie seit Jahrtausenden durchstreifte und auf der Suche nach Welten war, wo es Furcht auslösen konnte. Dieses Wesen, was Redjac genannt wurde, übernahm die Körper anderer, um Morde und andere schreckliche Verbrechen zu begehen. Dieses körperlose Wesen war zuvor auf der Erde aufgetreten und verbreitete als Jack the Ripper im London des ausgehenden 19. Jahrhunderts Angst und Schrecken. Von dort aus begab sich Redjac nach Alpha Proxima II, wo es sich sehr ähnlich verhielt. Schließlich gelangte das Wesen nach Rigel IV, wo die Bevölkerung ihm den Namen Beratis gab. Während seines Angriffs auf Argelius II wurde das Wesen von einem Föderationsschiff zerstört, von dem es in Teilen ins All gebeamt wurde.

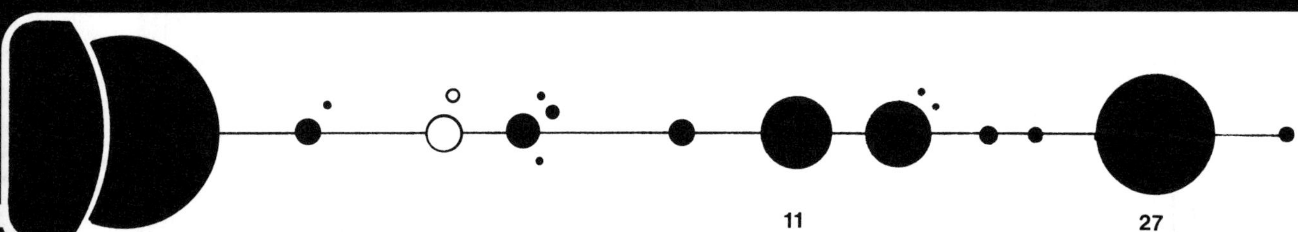

34

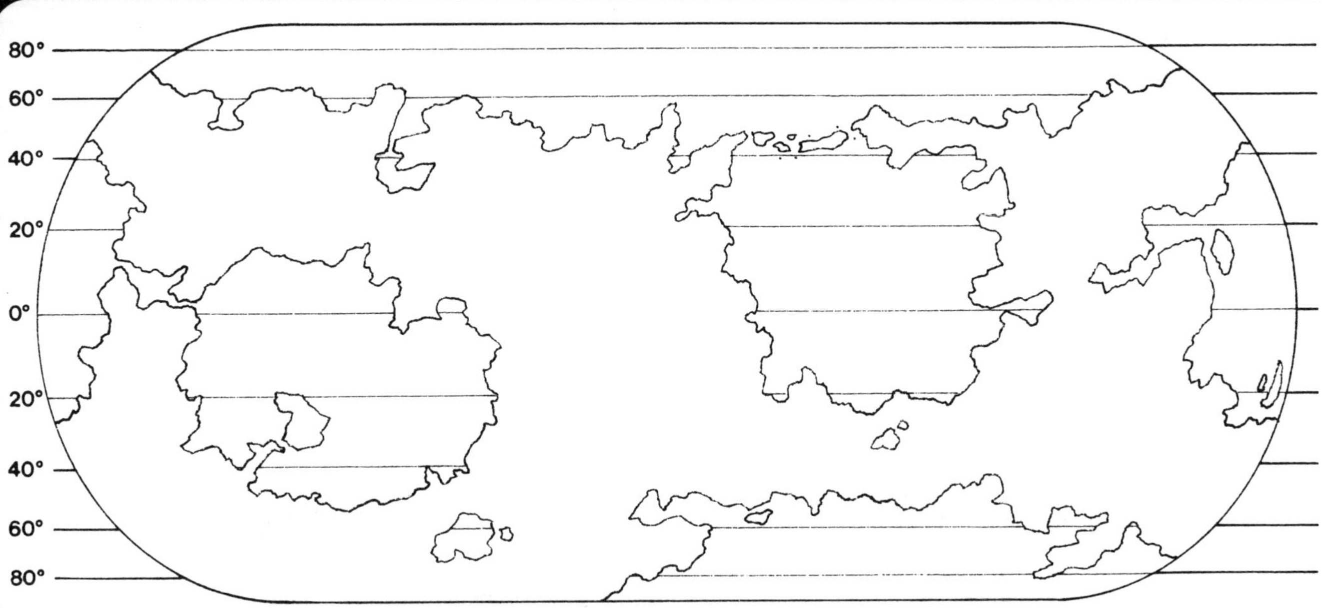

797

Historisches Archiv von Memory Alpha
Datenbankauszug (Ausdruck)

Objekt: Argelianer

20

Daran V (M)

kein eigener Name

Daran

(– 127,5; – 139,2; – 19,7)

Daran V ist ein Mitgliedsplanet der Föderation mit einer Bevölkerung von 3,7 Milliarden. Daran war ursprünglich eine Erdenkolonie, die in der Zwischenzeit auch eine recht große deltanische Bevölkerung gewonnen hat. Erst kürzlich haben tellaritische Siedler auf dem Planeten einen großen industriellen Komplex errichtet.

Daran V ist der fünfte von zehn Planeten, die einen orangenen Stern mittlerer Größe umkreisen. Auf keiner der restlichen Welten gibt es Leben, um den sechsten Planeten kreist allerdings ein Raumhafen der Föderation.

Daran wäre beinahe zerstört worden, als man entdeckte, daß sich ein Asteroidenschiff namens **Yonada** auf Kollisionskurs befand. Als diese künstliche Welt noch 396 Tage von dem Planeten entfernt war, entdeckte man eine Möglichkeit, mit der man den Kurs korrigieren konnte, so daß beide Bevölkerungen gerettet werden konnten.

54

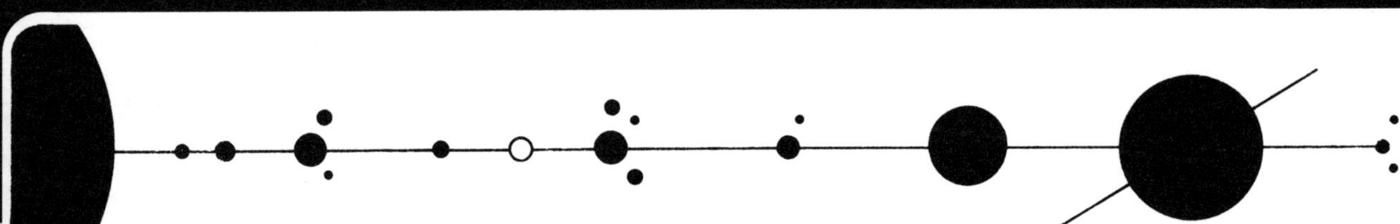

49

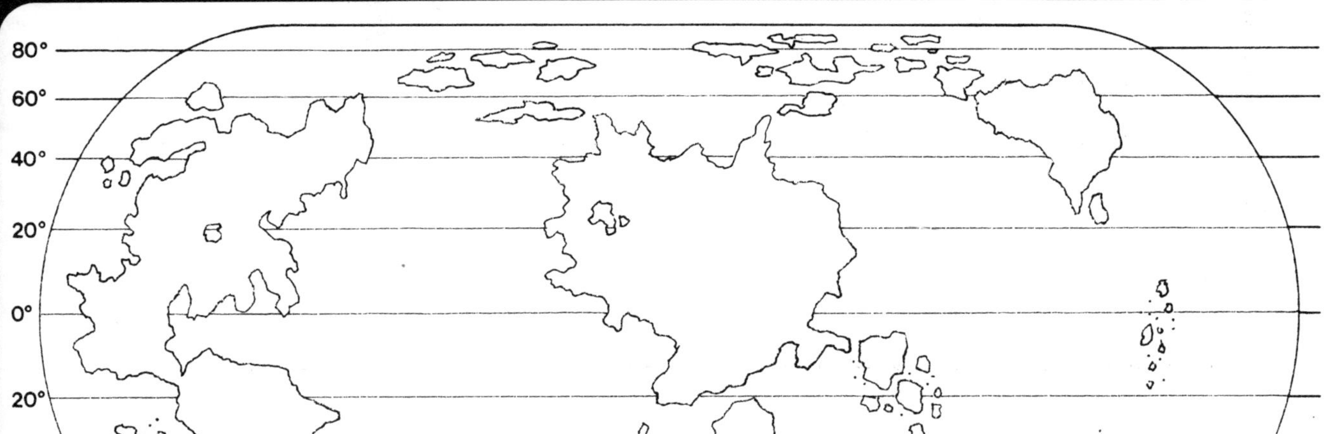

901

Historisches Archiv von Memory Alpha
Datenbankauszug (Ausdruck)

Objekt: Sternenkarte – Flug der Yonada

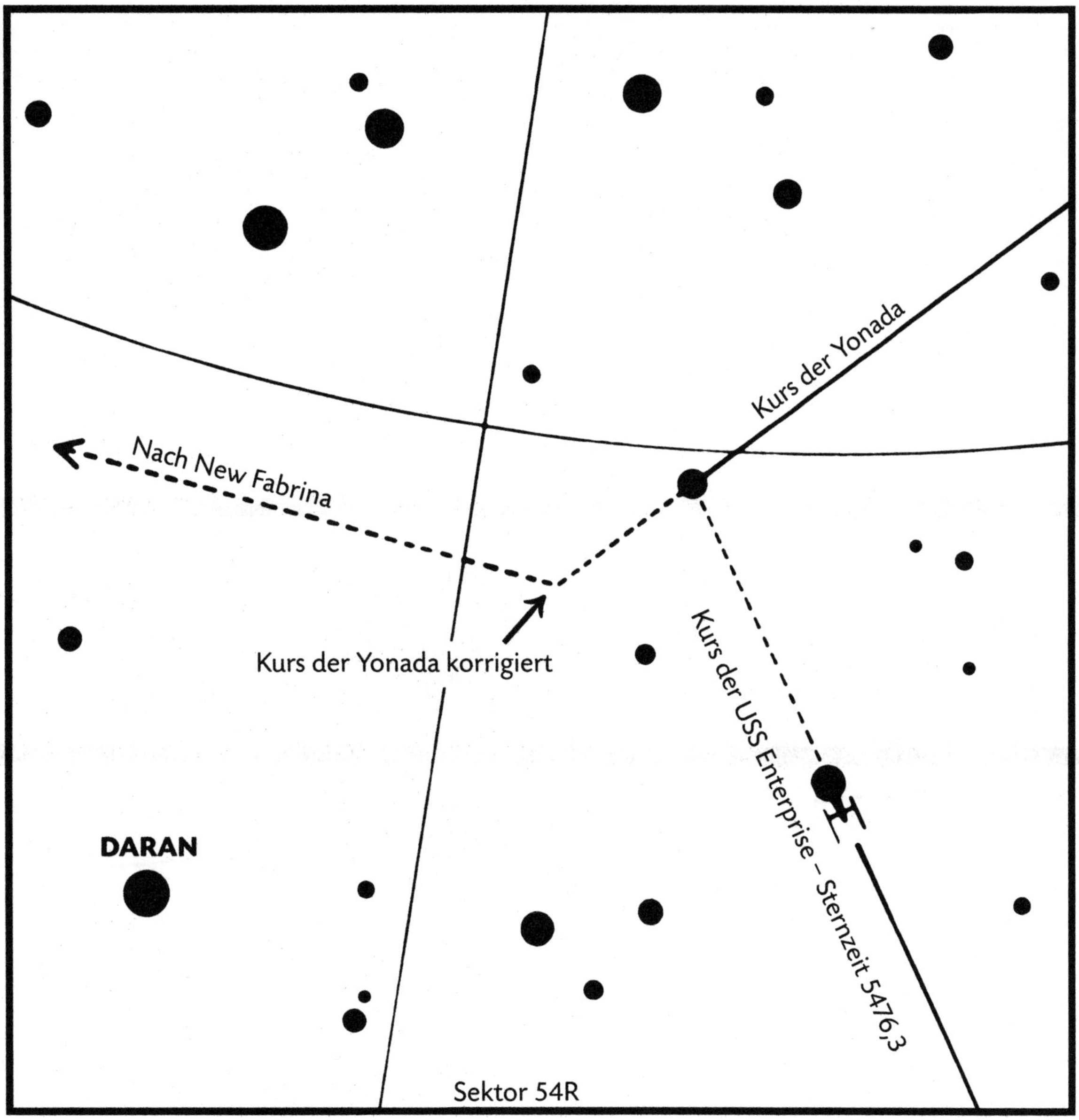

21

Aurelia (L)

Meriabii

XI Hercules

(176,7; 44,5; – 63,3)

Aurelia ist der zweite von drei Planeten, die XI Hercules, einen roten Riesen, umkreisen. Der dritte Planet ist ein beringter Gasriese, mit zwölf Monden. Zwei von diesen Monden liefern die meisten Erze und Mineralien, die von den Aurelianern benötigt werden. Ein riesiger Asteroidengürtel liegt hinter dem Orbit des dritten Planeten. Dieser Gürtel umkreist die Sonne in einem Winkel von siebenunddreißig Grad, gesehen von der planetaren Orbitalebene.

Die Aurelianer leben auf dem zweiten Planeten. Sie sind elegante, vogelartige Wesen mit einer ausgewachsenen Flügelspannweite von rund drei Metern. Diese aufrecht gehenden, intelligenten Wesen zählen zu den Humanoiden und sind wegen ihrer Begeisterung für die Geschichte der Föderation bekannt geworden. Sie haben eine der größten Bibliotheken zu diesem Thema errichtet und werden häufig von Föderationswissenschaftlern aufgesucht.

Die Aurelianer leben auf den Gipfeln der zahlreichen Bergketten ihres Planeten, wo sie tiefe, miteinander verbundene Höhlen bauen. Die Aurelianer sind hervorragende Steinmetze. Die polierten und geschwungenen Linien ihrer Höhlenkonstruktionen ziehen zahlreiche Besucher aus anderen Planetensystemen an.

14

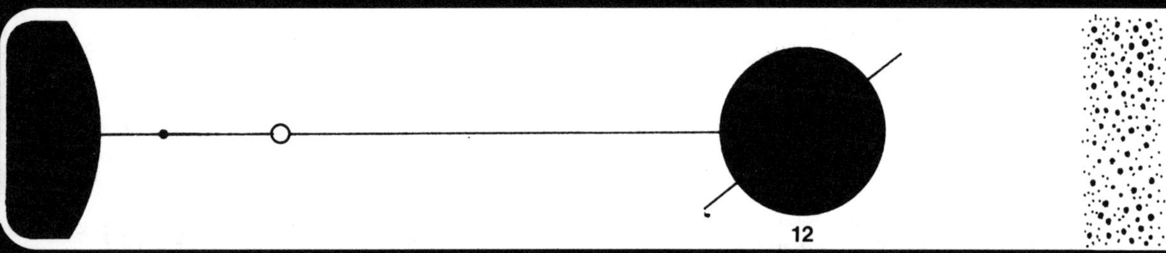

388

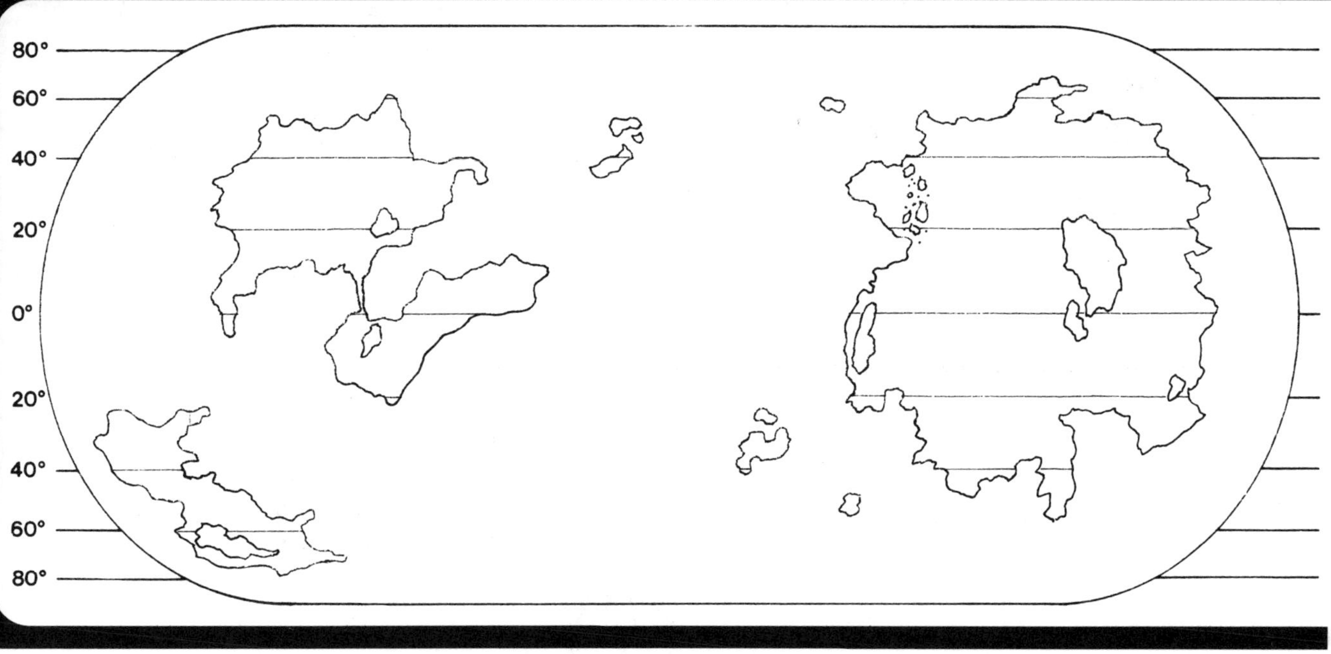

885

Historisches Archiv von Memory Alpha
Datenbankauszug (Ausdruck)

Objekt: Aurelianer

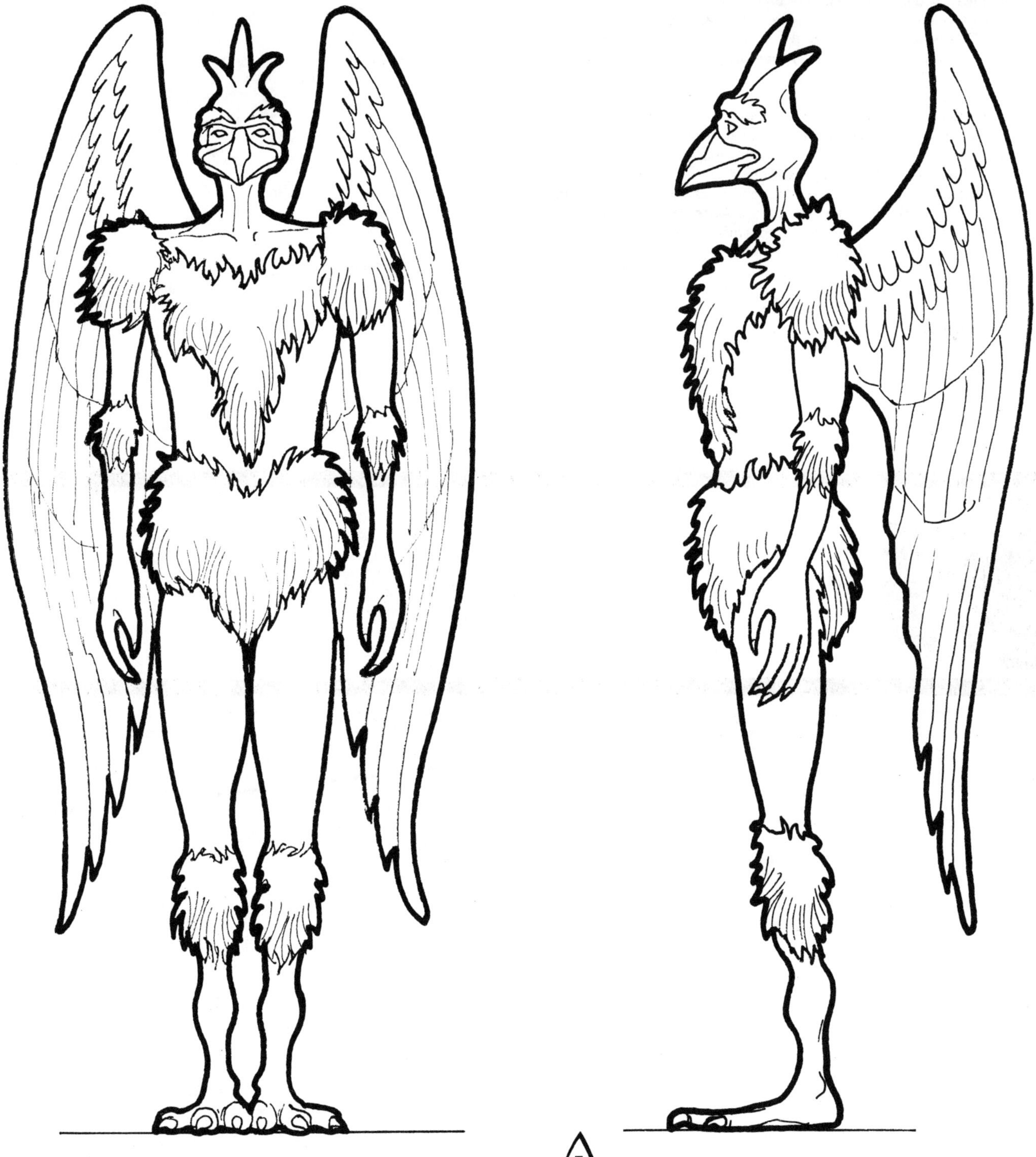

22

Mantilles (M)

kein eigener Name

Pallas XIV

(245,5; 188,3; – 56,1)

Mantilles ist die entfernteste bewohnte Welt in der Föderation. Der Planet ist einer von zweien im System Pallas XIV. Das System besteht aus zwei gelben Zwergsternen, die umeinander kreisen. Die zwei Planeten, Mantilles und Bezaride, kreisen in einer elliptischen Umlaufbahn um beide Sterne.

Hier sollte man anmerken, daß es bis vor kurzem noch einen dritten Planeten, Alondra, in diesem System gab. Dieser äußerste Planet des Systems wurde von einem riesigen wolkenartigen Organismus zerstört, der sich durch das All bewegte und Planeten und andere Himmelskörper als Nahrung verschlang. Alondra war ein Planet der Klasse J, auf dem es keine Lebensformen gab. Die Wolke konnte kurz vor Mantilles von der Besatzung der USS **Enterprise** gestoppt werden, die mit der Wolke Kontakt aufnehmen konnte und sie überredete, die 82 Millionen Bewohner des Planeten zu verschonen.

Bezaride, der innere Planet, gehört der Klasse K an, wurde bis jetzt aber noch nicht kolonisiert. Bezaride hat eine marsähnliche Atmosphäre. Möglicherweise gab es dort einmal eine Zivilisation, die vor langem untergegangen ist.

205

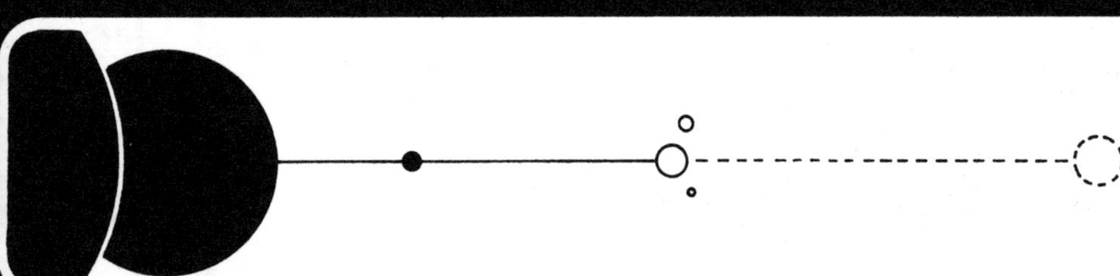

13

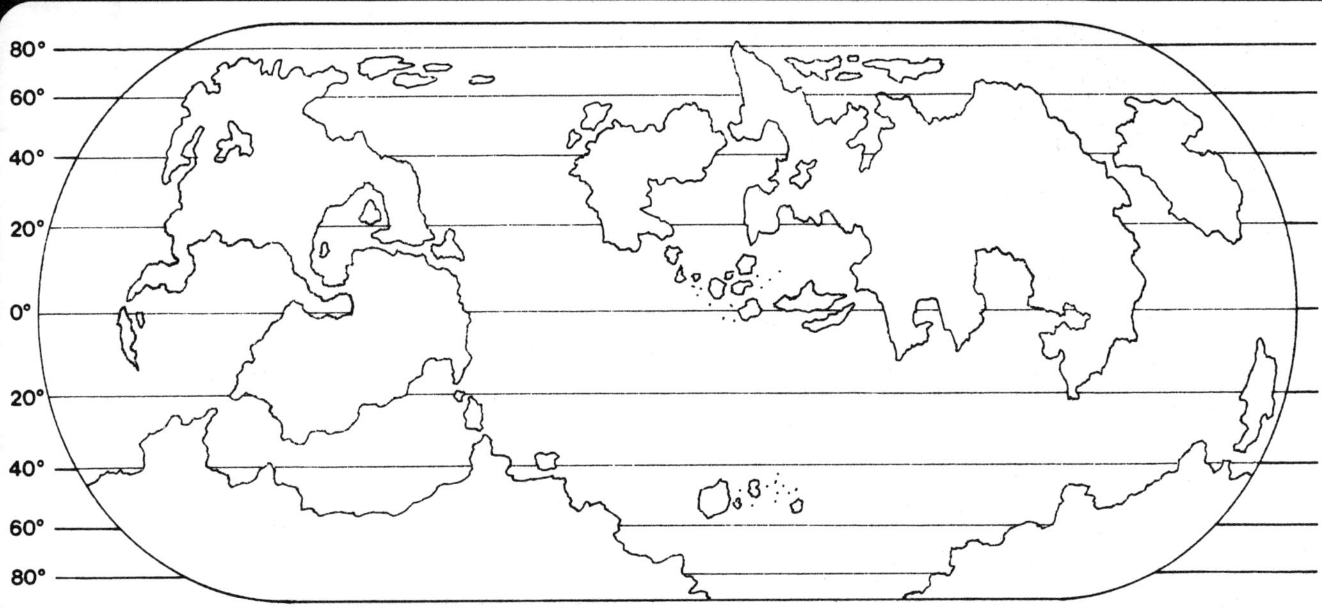

187

Historisches Archiv von Memory Alpha
Datenbankauszug (Ausdruck)

Objekt: Sternenkarte – Flug des Wolkenorganismus

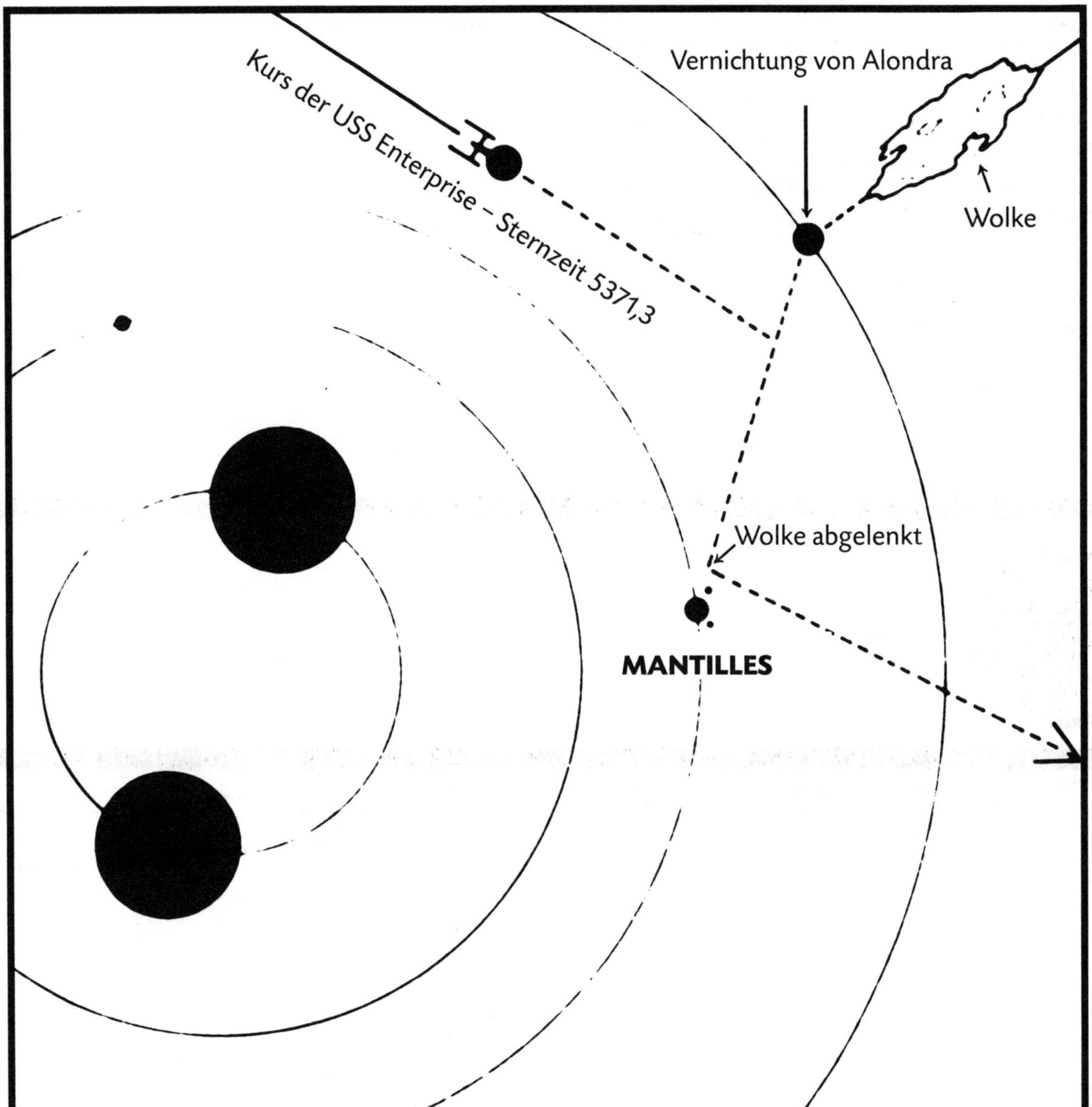

2
3

Medusa (C)

Visalayan

XI Hydrae

(27,2; 137,6; – 41,3)

Dieses Binärsystem besteht aus einem hellen, weißen Stern und einem gelben Zwergstern. XI Hydrae besitzt acht Planeten, von denen keiner auf Kohlenstoff aufgebaute Lebensformen besitzt. Der vierte Planet wird allerdings von einer körperlosen Rasse bewohnt. Medusa ist eine typische Welt der Klasse C, die von einer unbemannten Sonde erforscht wurde. Der Planet ist von einer dichten Schicht aus extrem heißem Kohlendioxyd umgeben.

Die Medusen sind eine Rasse von hochintelligenten, körperlosen Wesen, die elektromagnetisch sind. Der Kontakt zwischen ihnen und der Föderation ist sehr begrenzt.

Die Medusen verfügen über erstaunliche wissenschaftliche Fähigkeiten und besitzen telepathische Möglichkeiten, die die anderer Föderationsmitglieder weit übertreffen. Falls nötig, können Medusen auf Föderationsschiffen reisen, aber nur, wenn sie in einem speziellen elektromagnetischen Behälter bleiben. Bei einem so engen Kontakt mit humanoiden Rassen gibt es allerdings ein gewisses Risiko. Obwohl die Gedanken der Medusen im Prinzip freundlich sind, ist ihr Anblick doch so furchtbar, daß ein humanoider Beobachter sofort den Verstand verliert. Durch spezielle Augenschilde können die härtesten Frequenzen herausgefiltert werden, so daß das Risiko minimiert werden kann.

Medusen haben die interstellare Navigation zu einer Kunstform erhoben und sind herausragende Navigatoren. Dieses Talent ist das Ergebnis ihres völlig anderen Sensorensystems. Man spekuliert, daß sie in der Lage sind, sich elektromagnetisch mit mehreren tausend Leitsternen zu verbinden, von denen einige sogar außerhalb des Bereichs von Langstreckensensoren liegen.

Diese Lebensformen haben einen starken Sinn für Schönheit. Seit ihrem Eintritt in die Föderation haben sie viele der Kunstformen kennen und lieben gelernt.

110

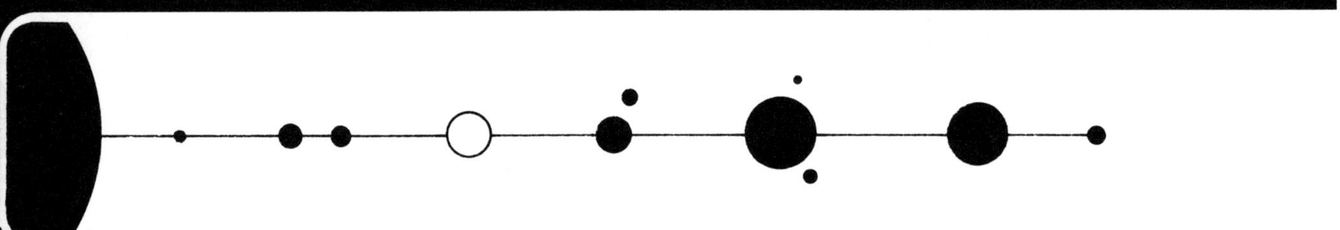

21

96

Historisches Archiv von Memory Alpha
Datenbankauszug (Ausdruck)

Objekt: Elektromagnetischer Behälter der Medusen

Größe:
0,78 Meter
Zusammensetzung:
äußere Hülle – Trittanium-Legierung

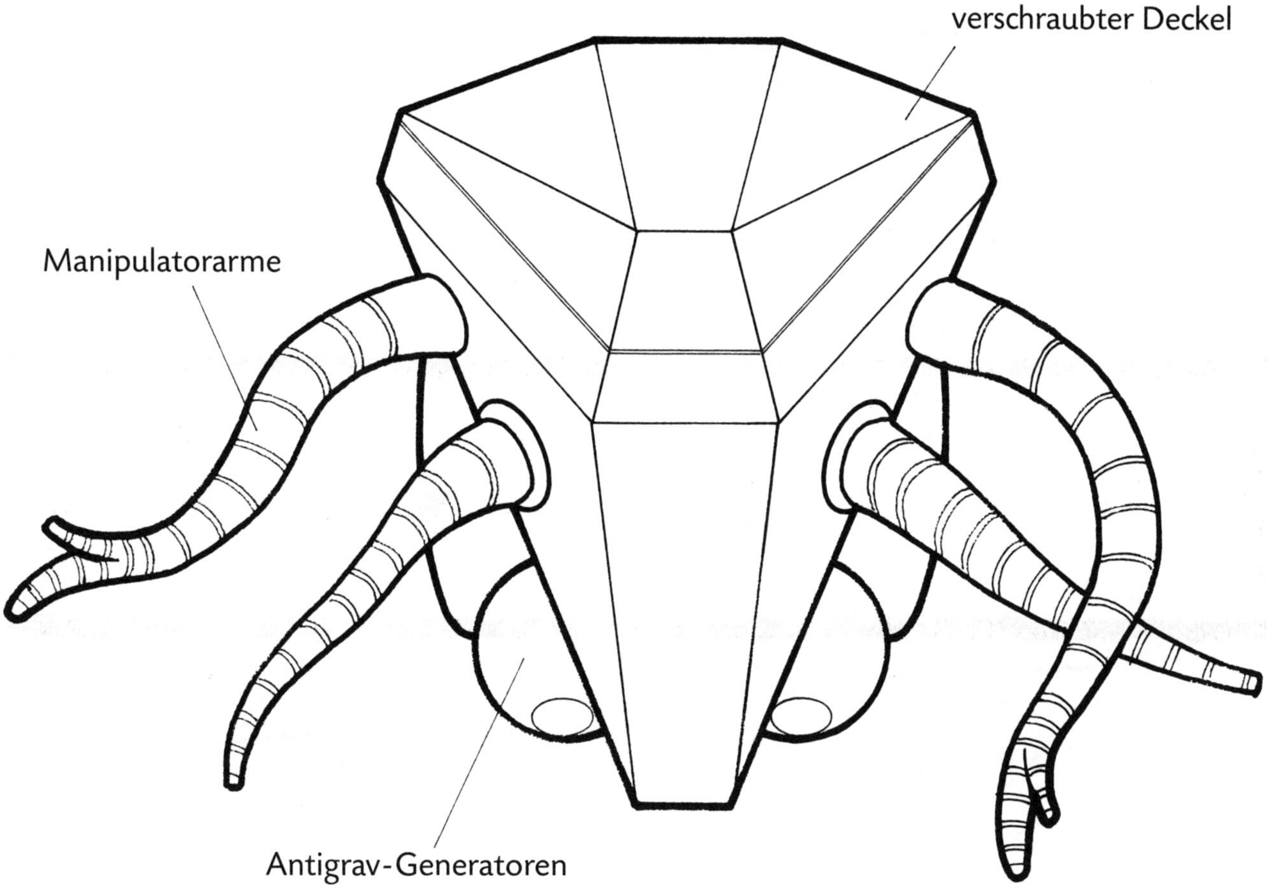

313
04
58

24

Coridan (M)

Desotriana

Coridan

(29,7; 64,3; 29,9)

Das Coridan-System besitzt insgesamt vier bewohnte Welten; das ist abgesehen von Rigel und Terra mehr als bei jedem anderen Föderationssystem. Auf Coridan III liegt der Schwerpunkt der Bevölkerung, aber das gesamte System wird unter einer Regierung zusammengefaßt. Der Stern Coridan ist ein roter Zwerg, der von zehn Planeten umkreist wird. Asteroidengürtel liegen zwischen dem zweiten und dritten sowie zwischen dem achten und neunten Planeten. Der äußere Gürtel enthält zahlreiche seltene Erze.

Nach der Entdeckung der interplanetaren Raumfahrt gründeten die Bewohner von Coridan III Kolonien auf dem vierten, siebten und neunten Planeten. Die humanoiden Coridaner haben sich recht dünn verteilt, was andere Rassen schon öfter zu Überfällen und illegalem Erzabbau im äußeren Asteroidengürtel verleitet hat.

Bevor Coridan Mitglied der Föderation wurde, stand der Planet im Zentrum einer Kontroverse, die vor vielen Jahren auf der Babelkonferenz diskutiert wurde. Die Schwierigkeiten begannen, als reiche Diliziumvorkommen auf Coridan IX entdeckt wurden. Die Orionen und die Tellariten begannen mit einer geheimen Minenorganisation, worauf man versuchte, Coridan zum Föderationsmitglied zu machen, um diese Vorkommen durch die Sternenflotte vor anderen Rassen schützen zu können. Botschafter Sarek von Vulkan leitete die große Fraktion, die für eine Aufnahme des Planeten war. Orion und Tellar stimmten gegen die Aufnahme, um ihre geheimen Interessen in diesem System zu schützen.

87

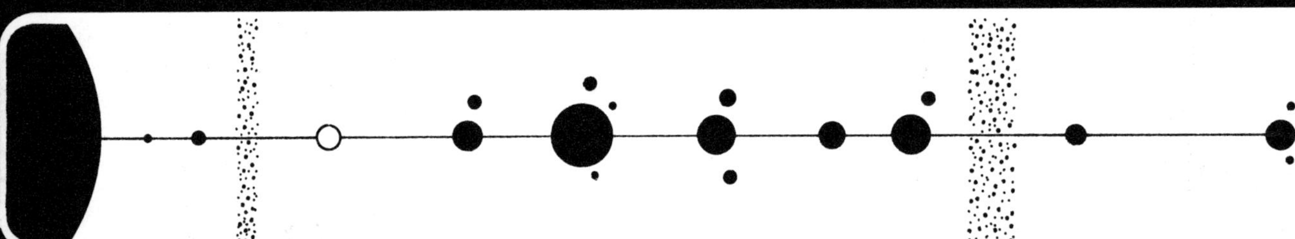

333

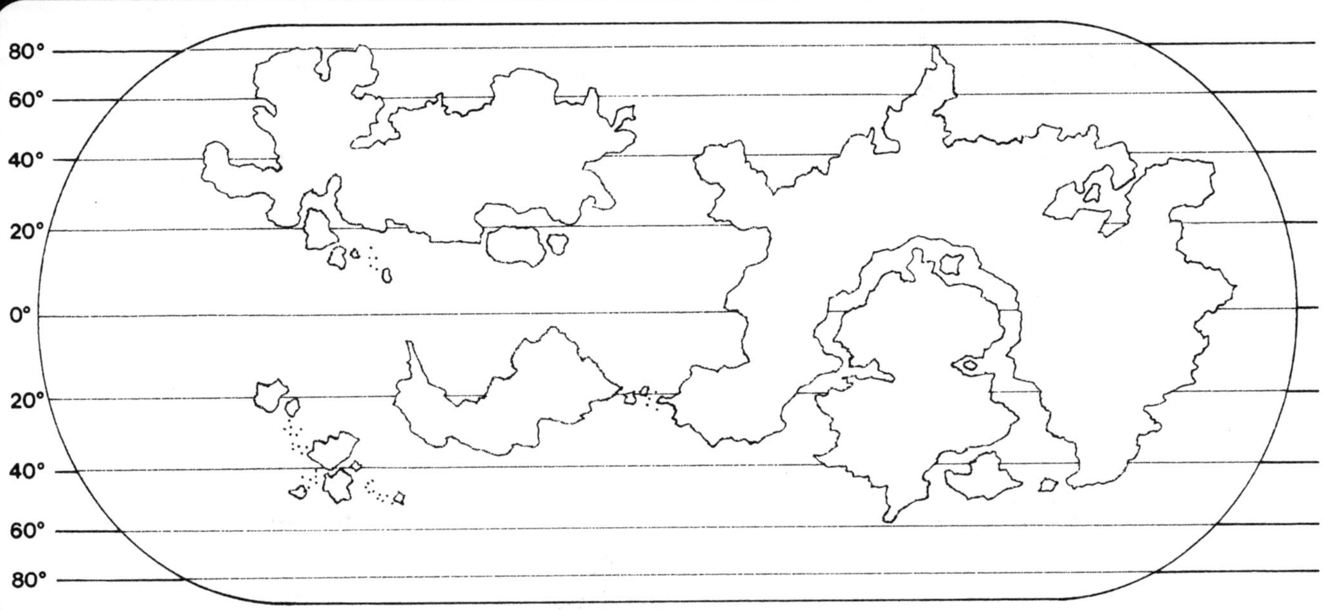

146

Historisches Archiv von Memory Alpha
Datenbankauszug (Ausdruck)

Objekt: Coridaner

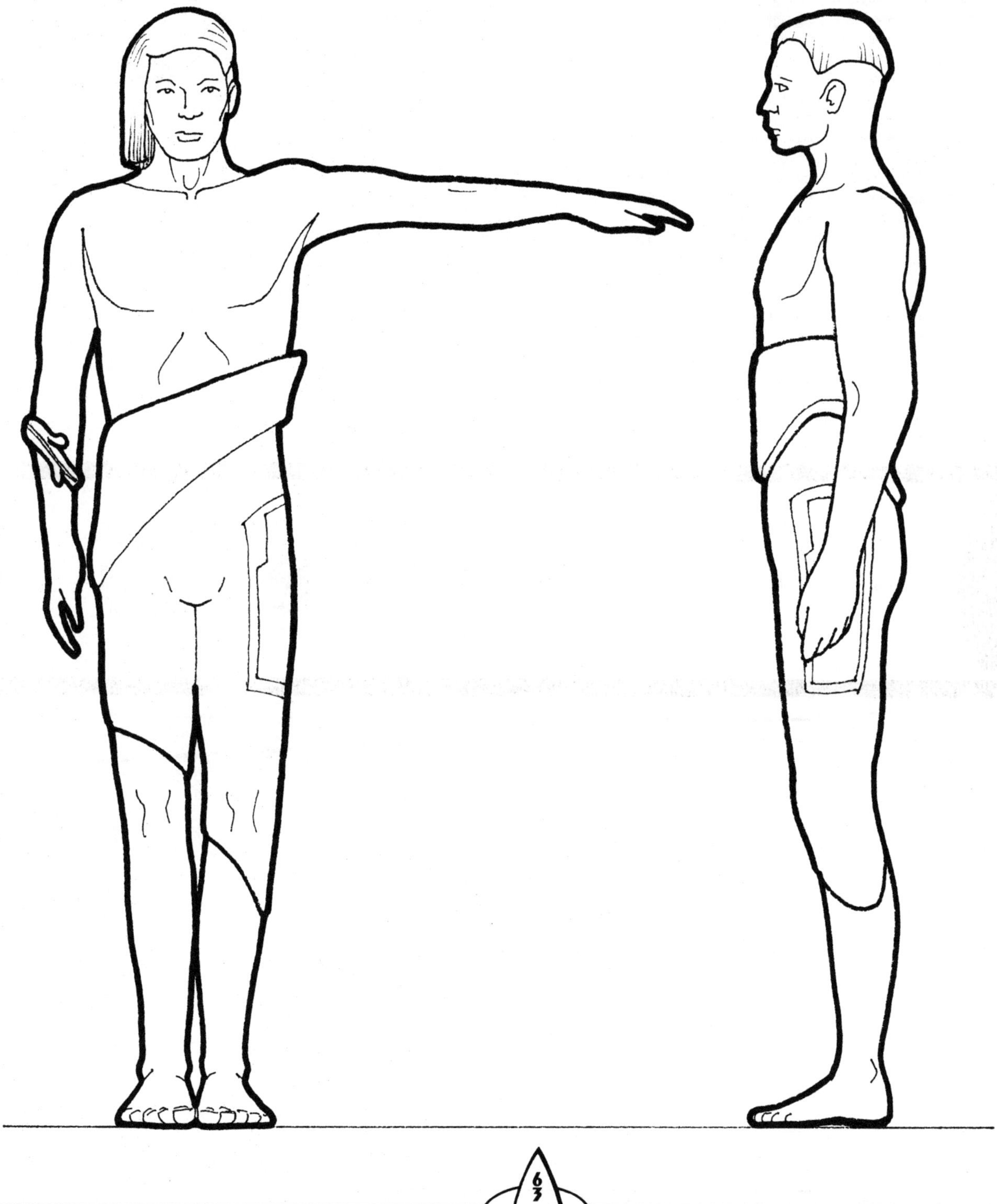

166
743
02

25

Delta (M)

Seyalia

Delta Tricatu

(187,3; 89,9; – 17,3)

Delta ist der fünfte von acht Planeten, die den weißen Zwergstern Delta Tricatu umkreisen. Der Planet hat zwei Monde, Seyann und Cinera. Auf beiden gibt es große unterirdische Städte mit Hafenanlagen der Föderation.

Delta ist eine wunderschöne, grüne Welt mit riesigen Wäldern, die einen Großteil der Landmasse bedecken. Der Schutz der vielfältigen Flora ist schon seit langem eine der Prioritäten der Bewohner. Es ist interessant, daß Delta die geringste Anzahl aussterbender Tiere in der Föderation hat. Dies ist das Resultat einer kunstvollen Verknüpfung von Technologie und Natur.

Die Deltaner sind humanoid und unterscheiden sich nur geringfügig von der terranischen Norm. Sie sind, abgesehen von Augenbrauen und Wimpern, haarlos. Die Deltaner wurden durch ihre starke sexuelle Anziehungskraft bekannt. Beide Geschlechter senden die stärksten Pheromone aus, die in der Föderation bekannt sind. Dieses natürliche Aphrodisiakum wirkt sich auf alle anderen humanoiden Rassen aus, ist bei Deltanern aber am effektivsten. Aus diesem Grund müssen Deltaner einen Zölibatsschwur tätigen, bevor sie in Einrichtungen arbeiten können, wo Angehörige anderer Rassen beschäftigt sind.

Die Deltaner haben eine chemische Verbindung entwickelt, mit der die Kraft dieser Pheromone herabgesetzt werden kann. Diese Behandlung ist mittlerweile in engen Lebensverhältnissen, wie zum Beispiel auf Raumschiffen, zur Routine geworden.

34

Deltaner sind außerdem natürliche Empathen, die Humanoiden medizinisch helfen können, indem sie ihren Schmerz absorbieren oder verringern. Sie sind hervorragende Ärzte und Krankenpfleger und können bei medizinischen Notoperationen eine Art „Gedankenverschmelzungs-Betäubung" bei dem Patienten anwenden. Wie die Vulkanier sind auch die Deltaner hervorragende Telepathen, die leicht die Emotionen anderer lesen können.

67

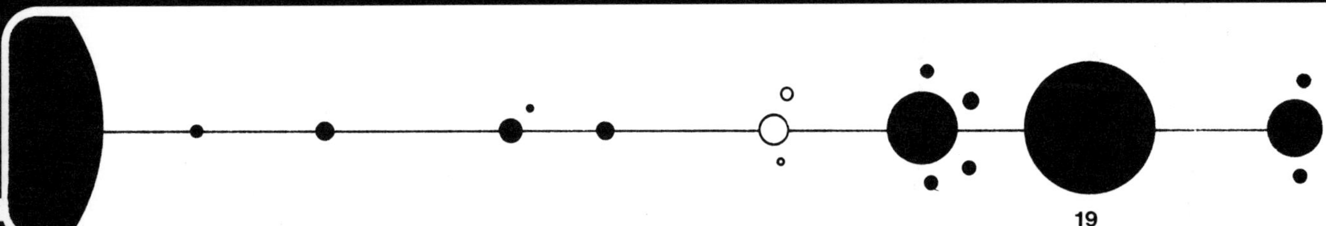

39

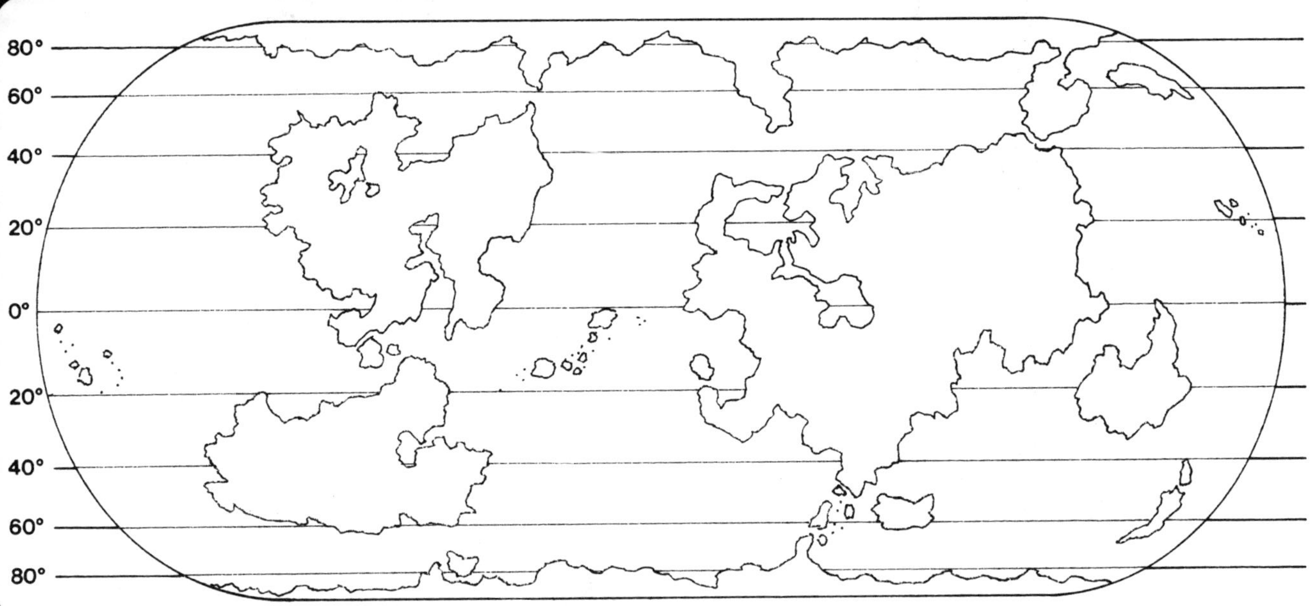

Historisches Archiv von Memory Alpha
Datenbankauszug (Ausdruck)

Objekt: Deltaner

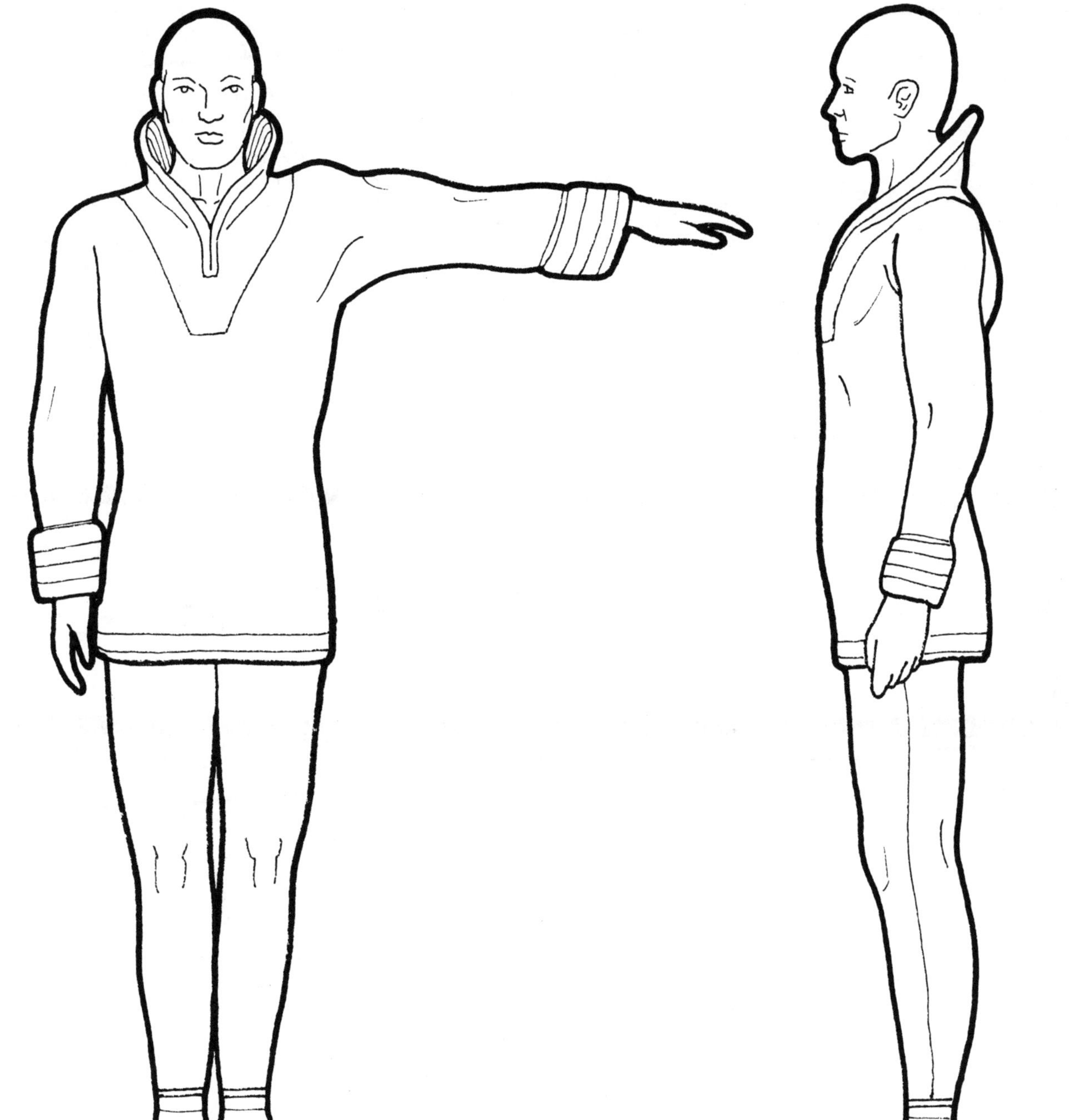

245

63

07

26

Sauria (L)
Lyaksti'kton
UFC 512
(– 166,3; – 43,3; 62,1)

Sauria ist der vierte von neun Planeten, die UFC 512, einen weißen Stern im äußeren Sektor des Föderationsraums, umkreisen. Sauria ist eine Welt mit gemäßigtem Klima, deren Oberfläche in gleichen Anteilen aus Land und Wasser besteht. Es gibt keine Kontinente, nur große Inseln, die ein Netz aus bewohnbaren Gegenden formen.

Die saurianische Rasse ist reptilienartig und geht aufrecht. Ihre Gestalt ist humanoid, aber sie haben eine rauhe Haut und große, gelbliche Augen. Ihre vier Herzen verleihen ihnen große Stärke und Ausdauer.

Als sie zuerst von der Föderation kontaktiert wurden, besaßen sie bereits die technischen Möglichkeiten zur interstellaren Raumfahrt, zeigten aber kein Interesse an ihrer Nutzung, weil sie nicht an außerirdisches Leben glaubten. Statt dessen setzten sie all ihre kreativen Energien in den Künsten und der Musik ein. Religion war ihnen völlig fremd, aber das Konzept einer Theologie faszinierte sie so stark, daß sie bei allen Verhandlungen die Anwesenheit eines Priesters forderten.

Die Saurianer nannten die Terraner „Kyrrstn'Kwynn", was sich mit „die nach Gottes Angesicht erschaffen wurden" übersetzen läßt.

Die Saurianer haben eine melodische, fast schon musikalische Sprache, die gesungen werden muß und von den meisten Humanoiden nicht erlernt werden kann. Die Saurianer haben allerdings keine Probleme, phonetische Sprachen, wie zum Beispiel Englisch auszusprechen.

056

Saurianische Namen bestehen immer aus drei Teilen und lassen sich nur schwer übersetzen. Der erste und zweite Teil besteht aus dem Geburtsnamen und dem Clannamen, was in etwa der terranischen Tradition der Vor- und Nachnamen entspricht. Der letzte Namensteil stellt eine historische Beziehung dar und ändert sich ständig mit fortschreitendem Alter des Saurianers. Dieser Teil bezieht sich auf Angaben wie Geburtsort, Geschlecht, persönliche Leistungen, Familienstand, Beruf oder sogar Hobbies. So kann der letzte Name eines Saurianers mehr als fünfzig Buchstaben lang sein. Aus praktischen Gründen wird er im allgemeinen auf drei Buchstaben zusammengekürzt, die mit Apostrophen voneinander getrennt sind. Saurianer verändern häufig ihre Namen, wenn sie mit Außenweltlern zusammentreffen, damit auch diese sie aussprechen können. „Lyaksti'kton", der Name, den die Saurianer ihrer Welt gegeben haben, läßt sich ungefähr mit „Versorger des wertvollen Lebens" übersetzen.

Sauria ist als Hersteller des saurianischen Brandys bekannt geworden. Dieses wohlschmeckende, alkoholische Getränk hat den Ruf, eines der besten Getränke im bekannten Universum zu sein. Die Saurianer selbst sind gegen die stark rauschauslösenden Nebeneffekte immun.

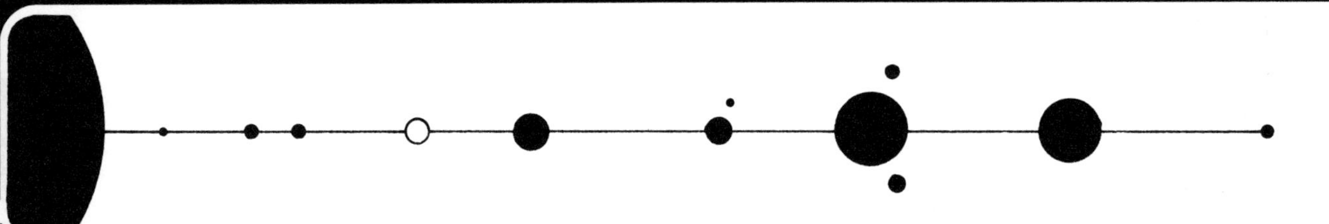

46

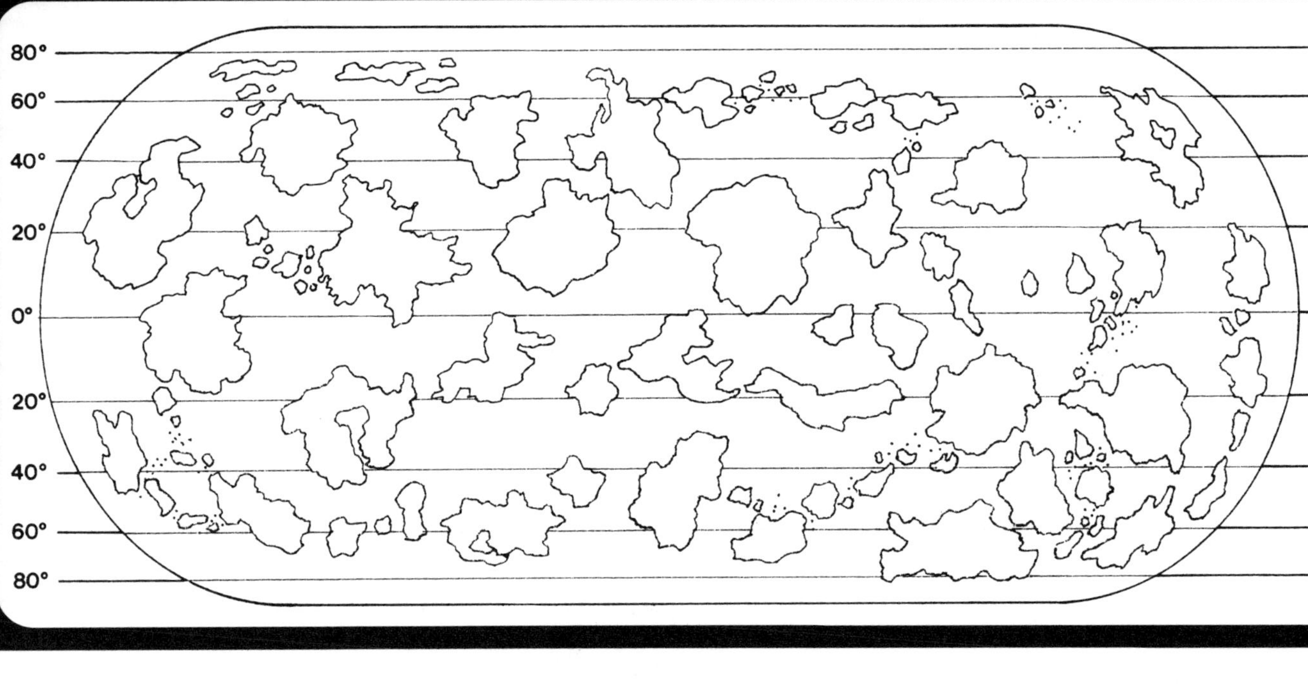

218

Historisches Archiv von Memory Alpha
Datenbankauszug (Ausdruck)

Objekt: Saurianer

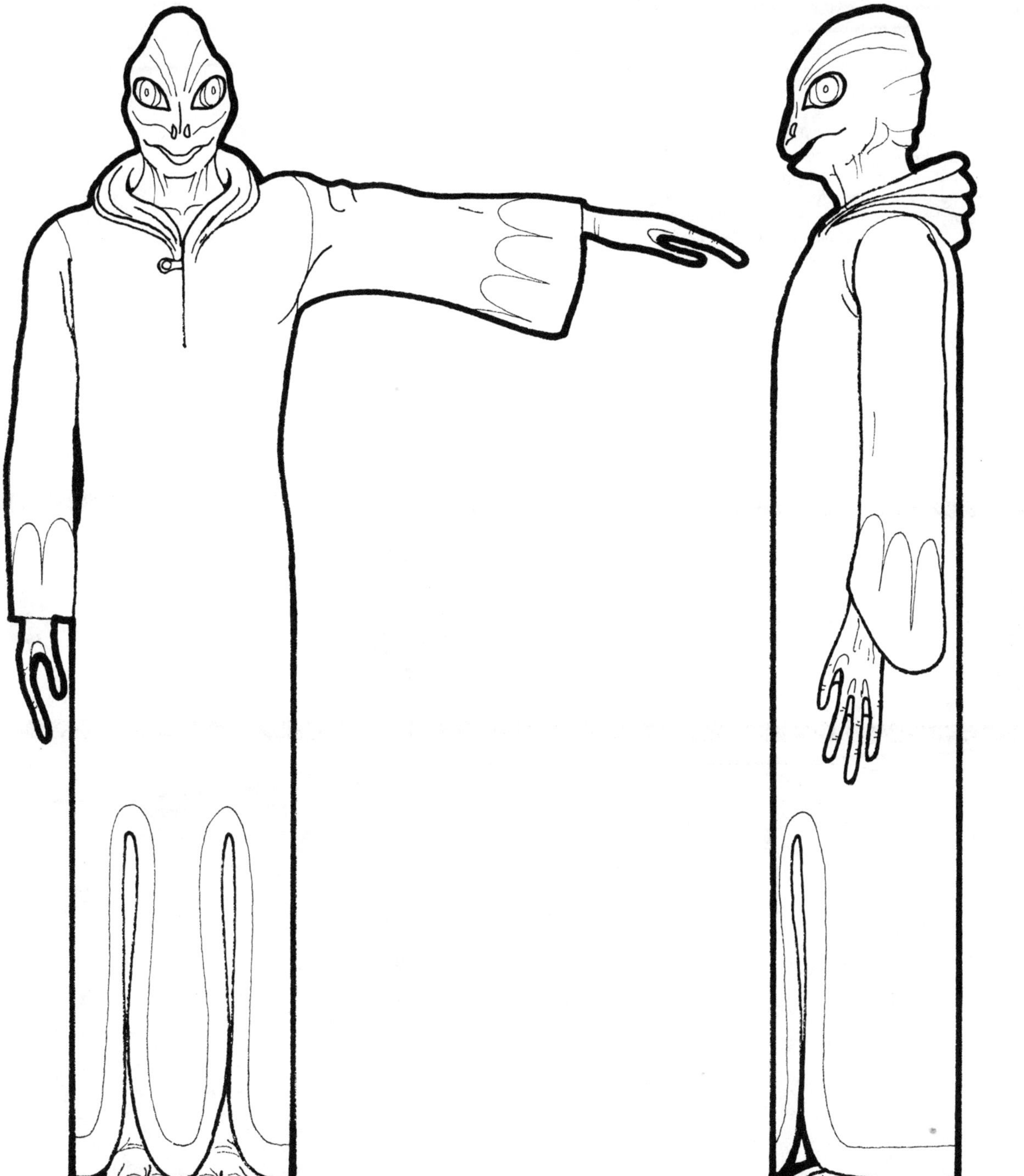

132

11

06

27

Yonada (nicht klassifiziert)

New Fabrina

UFC 376082

(– 51,1; – 93,6; – 91,4)

Yonada, ein hohler Asteroid mit rund 300 km Durchmesser, ist kein Planet, sondern ein Raumschiff, das so konstruiert wurde, daß es wie ein natürlicher Himmelskörper wirkt. Seine Bewohner, die im Inneren leben, wissen nicht, daß ihre Welt künstlich ist. Sie sind die Nachkommen des uralten Volk der Fabrini. Die Fabrini wußten, daß ihre Sonne explodieren würde und bauten Yonada, ein riesiges, nuklear betriebenes Schiff, das sie auf eine zehntausend Jahre lange Reise schickten. Gegen Ende dieser Reise kam es jedoch durch einen Computerfehler zu einer Änderung der Flugbahn. Die Yonada befand sich plötzlich auf Kollisionskurs mit Daran V. Zum Glück konnte eine Katastrophe durch einen Eingriff der Föderation gestoppt werden. Die Yonada kehrte auf ihren ursprünglichen Kurs zurück und trat schließlich in die Umlaufbahn eines Planeten ein, der heute als New Fabrina bekannt ist. Diese Welt der Klasse M ist der dritte von sieben Planeten, die UFC 376082 umkreisen.

19

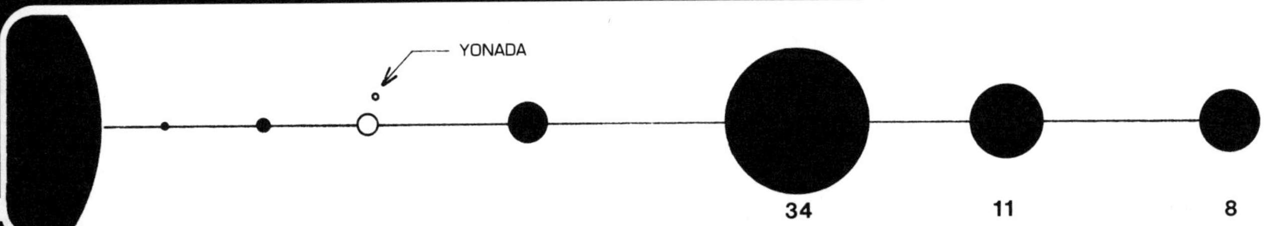

94

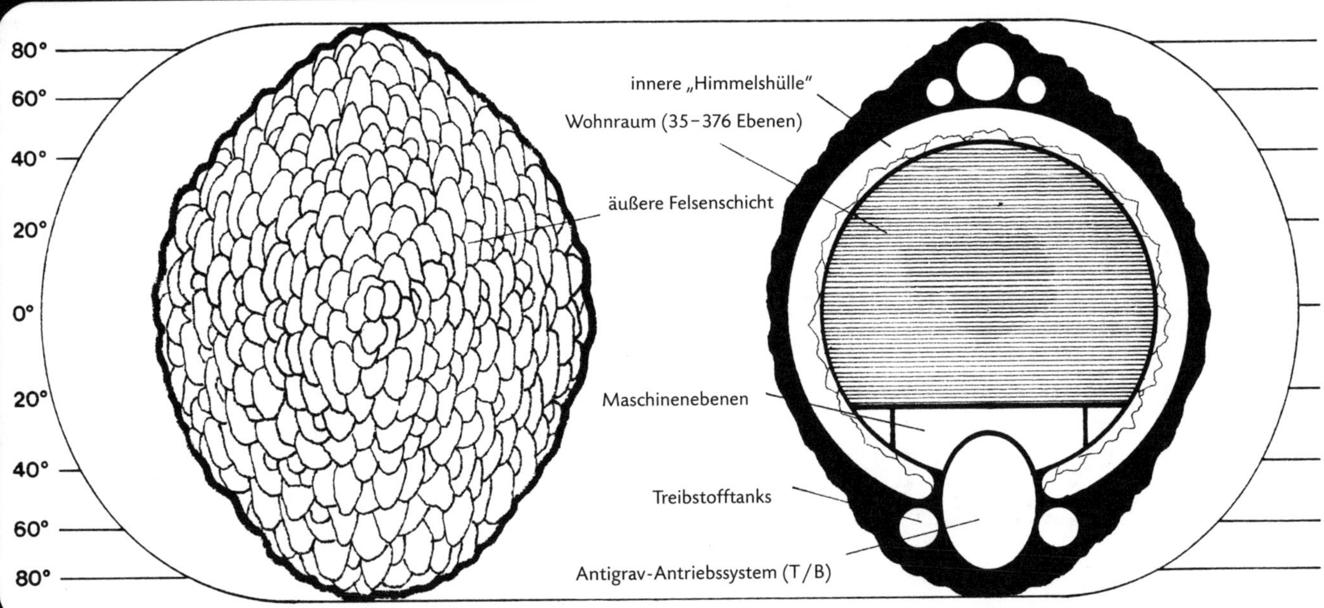

115

Historisches Archiv von Memory Alpha
Datenbankauszug (Ausdruck)

Objekt: Fabrini

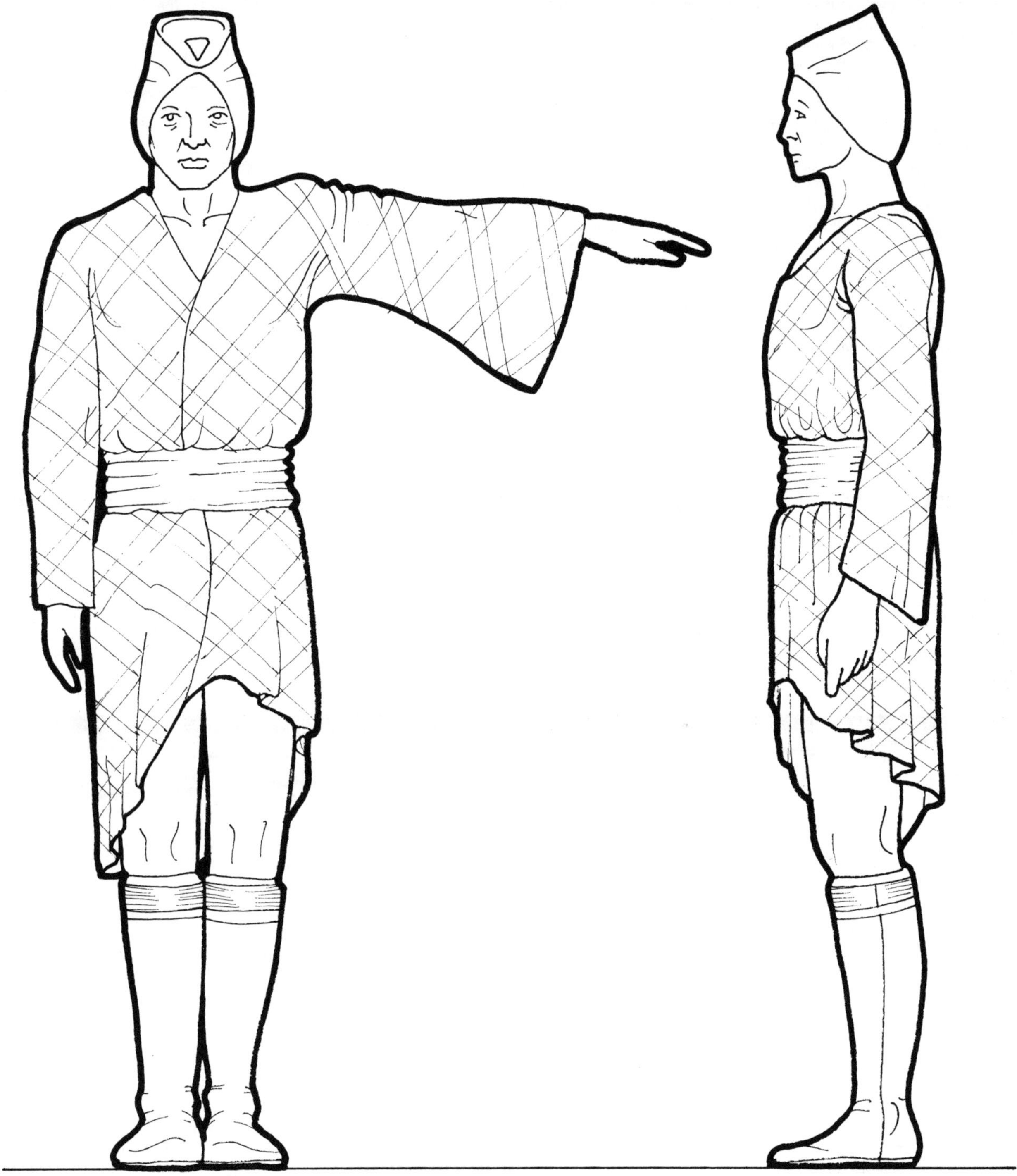

221

109

85

2 8

Theta Kiokis II (M)

Melkot

Theta Kiokis

(– 76,9; – 145,9; – 12,7)

Melkot ist der zweite von sechs Planeten, die Theta Kiokis, einen gelben Stern mittlerer Größe, umkreisen. Der Planet wurde zwar nur oberflächlich untersucht, zeigt aber in seiner unteren Atmosphäre klare Merkmale einer Welt der Klasse M, während die oberen Atmosphärenschichten aus dichten Kohlendioxydwolken bestehen.

Die Melkot, oder „Melkotianer", wie sie manchmal auch genannt werden, haben nur begrenzte physische Körper und führen alle Aufgaben mit ihren hochentwickelten psychischen Kräften durch. Sie haben eckige Köpfe und dicke, rauhe Hälse, die in einem dünnen Torso mit zahlreichen Tentakeln enden. Man glaubt, daß die Melkot in der Luft schweben und sich durch Telekinese bewegen. Sie sind hervorragende Illusionisten, die in den Gedanken anderer Rassen ganze Umgebungen erschaffen können, die nicht von der Realität zu unterscheiden sind.

Die Melkot sind von Natur aus fremdenfeindlich und schützen ihr System mit einem Netz von Bojen. Diese Bojen warnen jedes herannahende Raumschiff und sorgen außerdem für eine mentale Kommunikation mit dem eindringenden Raumschiff. Durch lange Bemühungen der Föderation konnten die Melkot schließlich davon überzeugt werden, zumindest einem beschränkten kulturellen Austausch zuzustimmen.

44

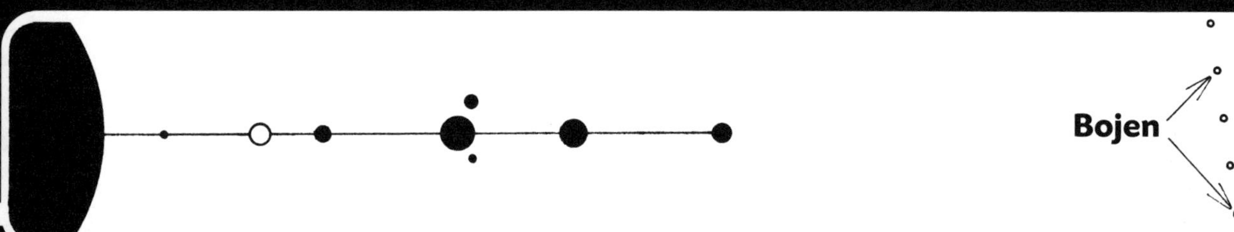

566

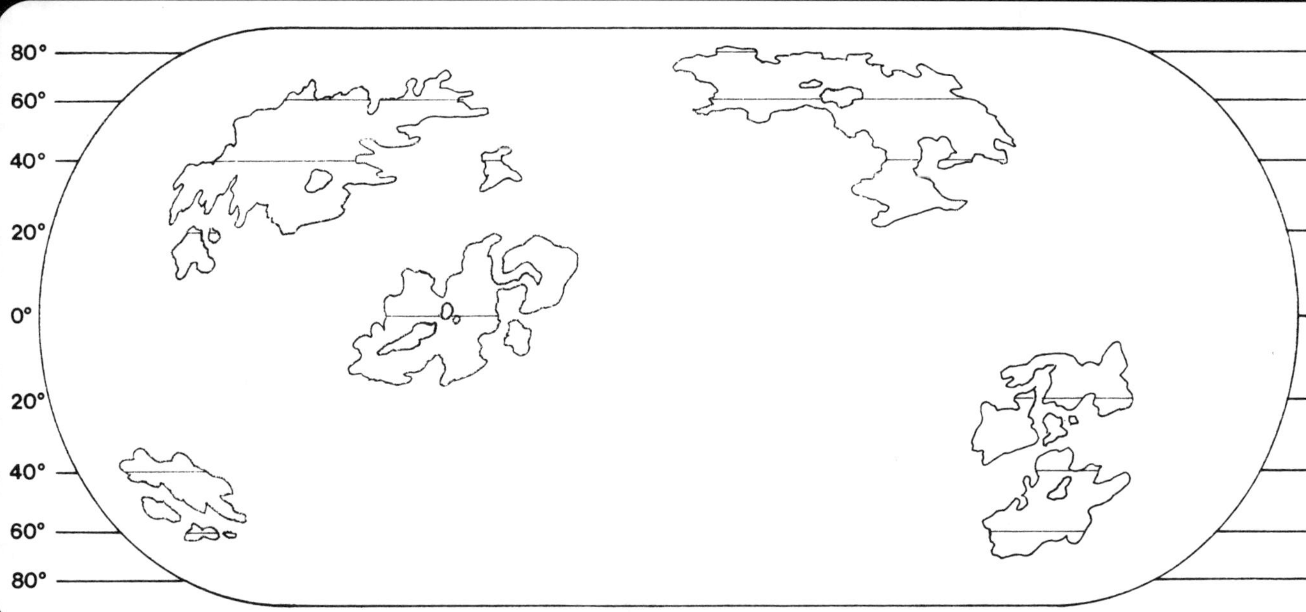

143

Historisches Archiv von Memory Alpha
Datenbankauszug (Ausdruck)

Objekt: Melkotianer

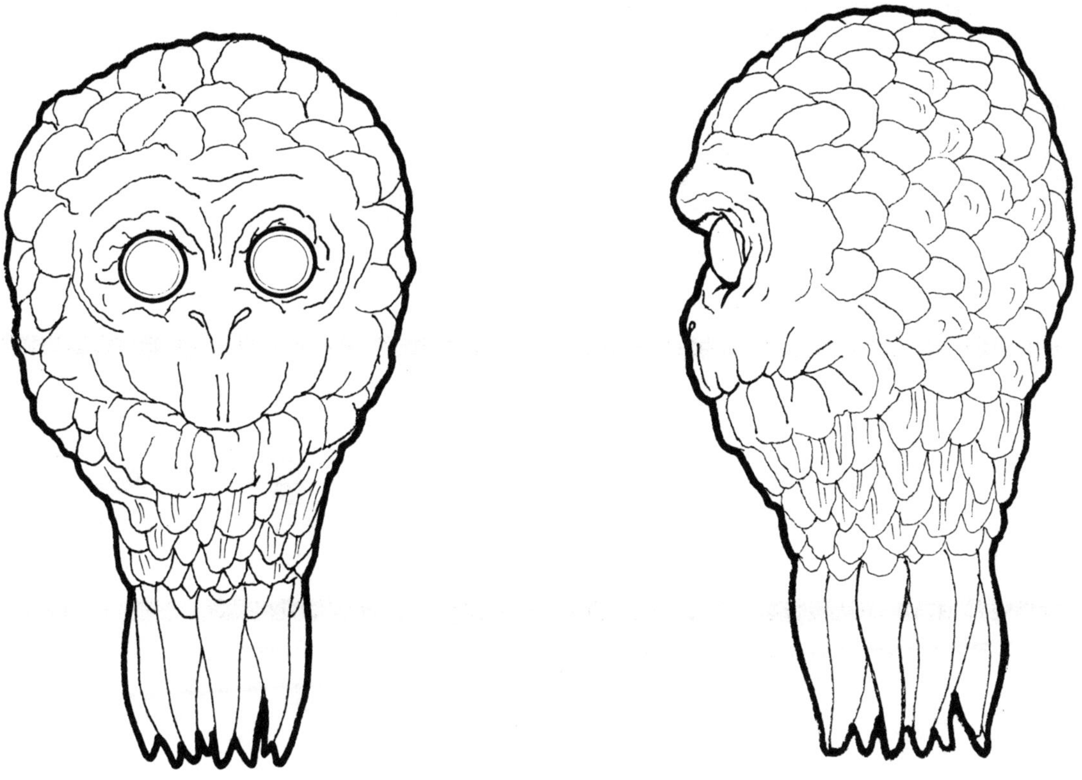

97

118

32

29 Betazed (M)

Cyndriel

Beta Veldonna

(– 292,3; – 93,3; – 88,1)

Betazed ist die fünfte Welt in einem System von acht Planeten. Sie umkreist einen gelben Stern mittlerer Größe, der Beta Veldonna genannt wird. Betazed ist der einzige Planet, der Leben und einen Mond hat. Dieser große Himmelskörper der Klasse K heißt Lonita; auf ihm gibt es eine große betazoidische Kolonie.

Betazed ist eine bemerkenswert schöne Welt und wird von Händlern und anderen Besuchern manchmal auch „das Juwel in der äußeren Krone" genannt. Ein Großteil des Planeten ist von Wildnis bedeckt, in der es Tausende verschiedener Tierarten gibt. Die Gipfel der hohen Berge bestehen aus vielschichtigen Kristallen, in denen sich die Strahlen der betazoidischen Sonne brechen und die Landschaft mit vielfältigen Farben überfluten. Im Boden finden sich facettenhafte, grüne Minerale namens Versina, die der Erde einen glitzernden Anschein geben.

Die Betazoiden sind humanoid und ähneln den Menschen so stark, daß es häufig zu Heiraten zwischen Angehörigen beider Völker kommt. Sie sind hervorragende Telepathen. Da ihre Gedanken stets offenliegen, basiert ihre Kultur auf Wahrheit und Offenheit. Betazoiden lassen sich nur schwer beleidigen, allerdings brauchen andere Rassen häufig etwas Zeit, bis sie sich an diese vollkommene Offenheit gewöhnt haben.

Betazoidische Kinder werden im Alter von vier Jahren einem Ehepartner versprochen. Es gibt zwischen den beiden Geschlechtern bis zum Alter von 26 keinerlei soziale Kontakte. Zu diesem Zeitpunkt werden die versprochenen Ehepartner einander erneut vorgestellt und verheiratet. Sollte einer der Partner vor diesem Zeitpunkt sterben, hat der andere das Recht, sich einen neuen Partner frei zu wählen.

22

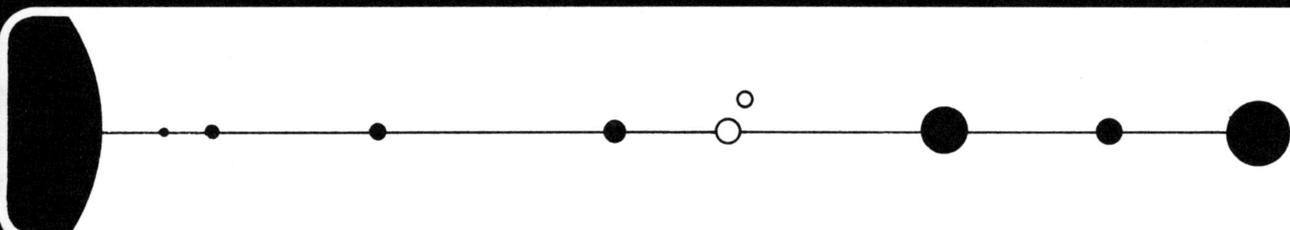

233

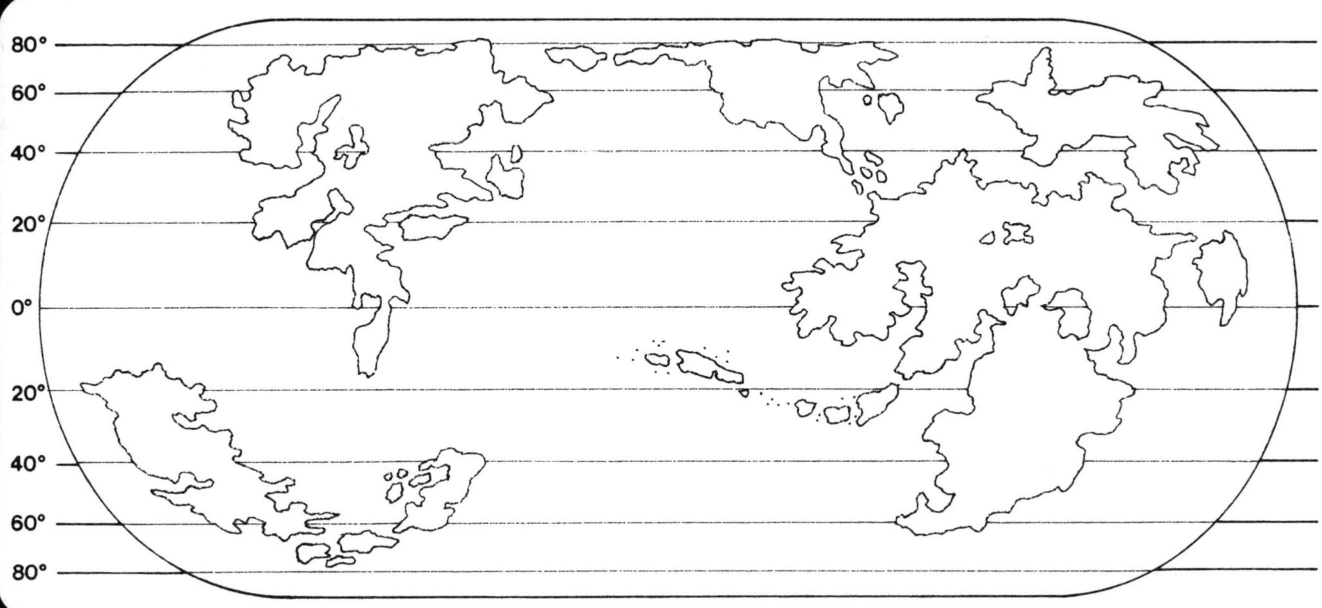

877

Historisches Archiv von Memory Alpha
Datenbankauszug (Ausdruck)

Objekt: Betazoide

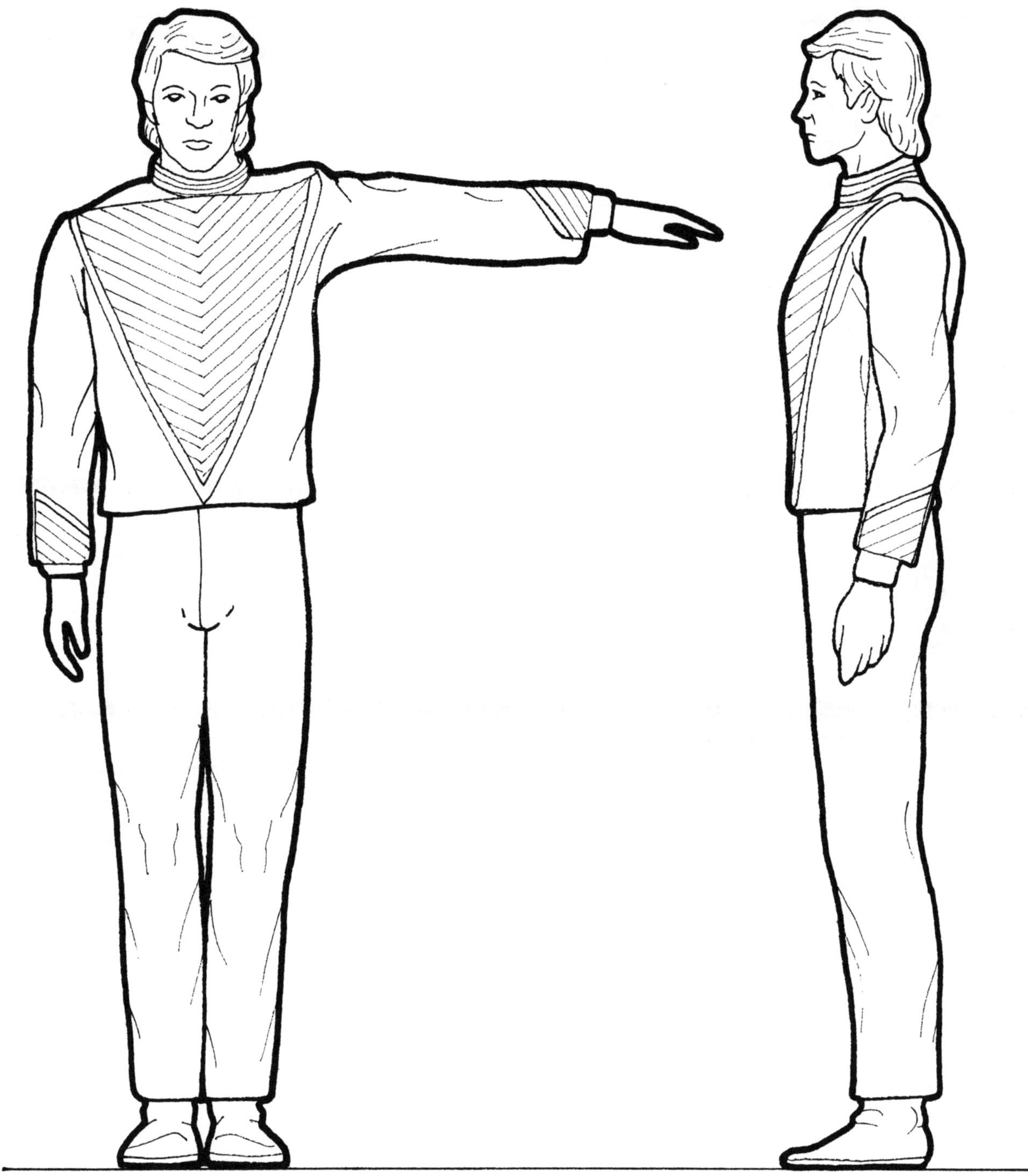

30

Bynaus (M)
101100010100110
Sigma Regonis
(– 296,4; 98,9; – 46,3)

Bynaus ist der vierte Planet in einem ehemaligen Dreiersternsystem. Der Planet kreist um Sigma Regonis A und C. Vor kurzem wurde Sigma Regonis B zur Nova, aber die Zerstörungen reichten nur bis zum zweiten Planeten des Systems. Die beiden inneren, leblosen Planeten wurden völlig vernichtet.

Die Binären sind eine eingeschlechtliche Rasse, die mit Erreichung der Reife gebären. Die Kinder werden immer in Paaren geboren und bleiben ihr Leben lang psychisch miteinander verbunden. Die Binären sind recht klein für eine humanoide Rasse. Ausgewachsen erreichen sie ungefähr eine Größe von 1,20 Meter.

Über einen Zeitraum von Jahrhunderten haben sich die Binären geistig langsam mit ihrem hochentwickelten Zentralcomputerkomplex verbunden. Sogar ihre Gedankenfolgen sind schon fast binär zu nennen. Ihre Hauptsprache besteht aus extrem schnellen Wortfolgen, bei denen Informationen so schnell weitergegeben werden, daß das Gehirn der Binären nicht alles verarbeiten kann. Ein Gedächtnisgerät, das sie an der Hüfte tragen, ist direkt mit dem Gehirn verbunden. Es nimmt alle Informationen auf und gibt sie bei Bedarf an das Gehirn weiter. Binäre Geschwisterpaare sind miteinander so eng verbunden, daß sie paarweise mit anderen kommunizieren und sich dabei abwechseln.

Als Sigma Regonis B kurz vor der Explosion stand, wußten die Binären, daß der elektromagnetische Impuls die Daten ihres planetaren Computers vernichten würde. Um diese Katastrophe, bei der alle Binären sterben würden, zu verhindern, luden sie das gesamte Wissen ihrer Welt in die Bordcomputer des Föderationsschiffs USS **Enterprise**. Nach der Explosion und dem Abklingen des elektromagnetischen Impulses gab die **Enterprise** sämtliche Informationen wieder an das planetare Datensystem zurück.

39

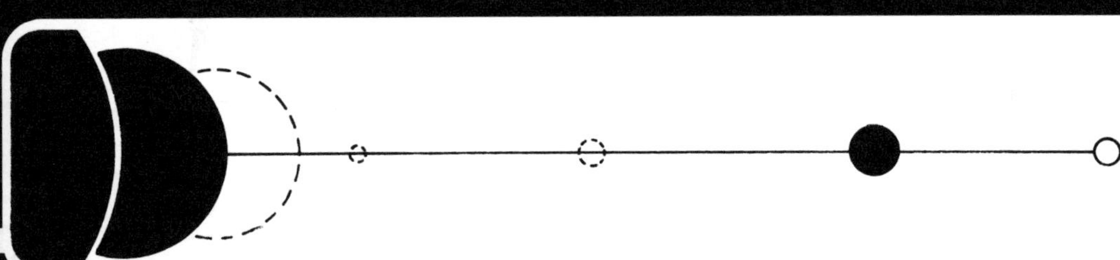

04

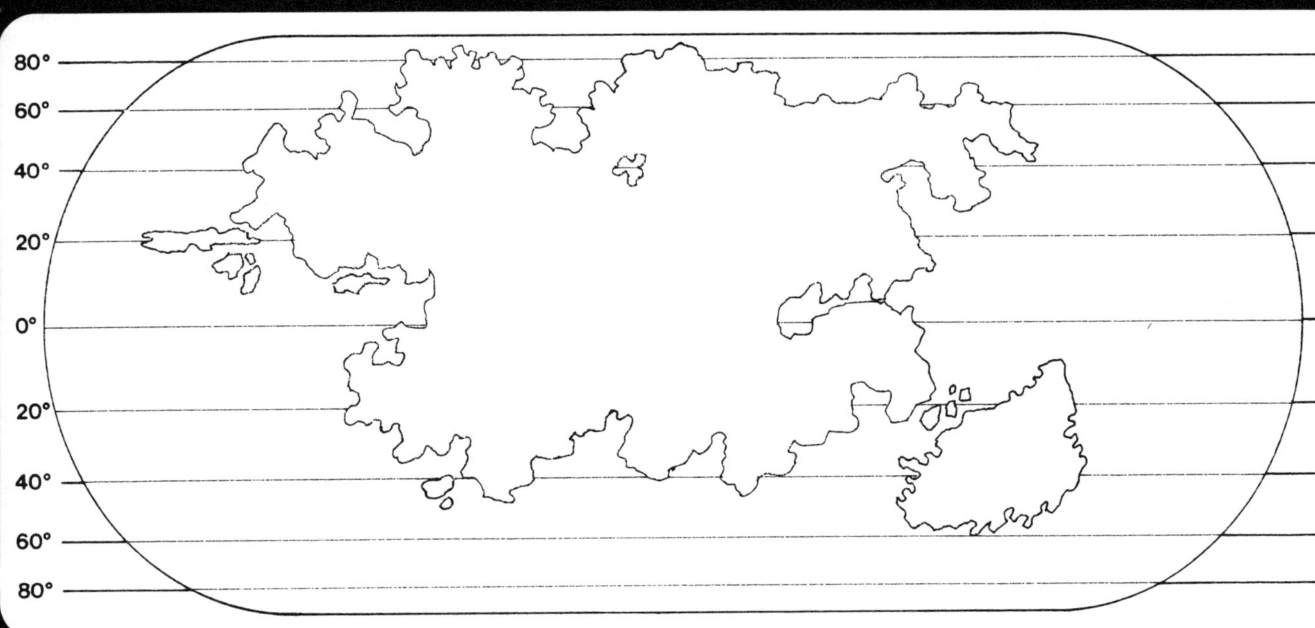

677

Historisches Archiv von Memory Alpha
Datenbankauszug (Ausdruck)

Objekt: Binäre

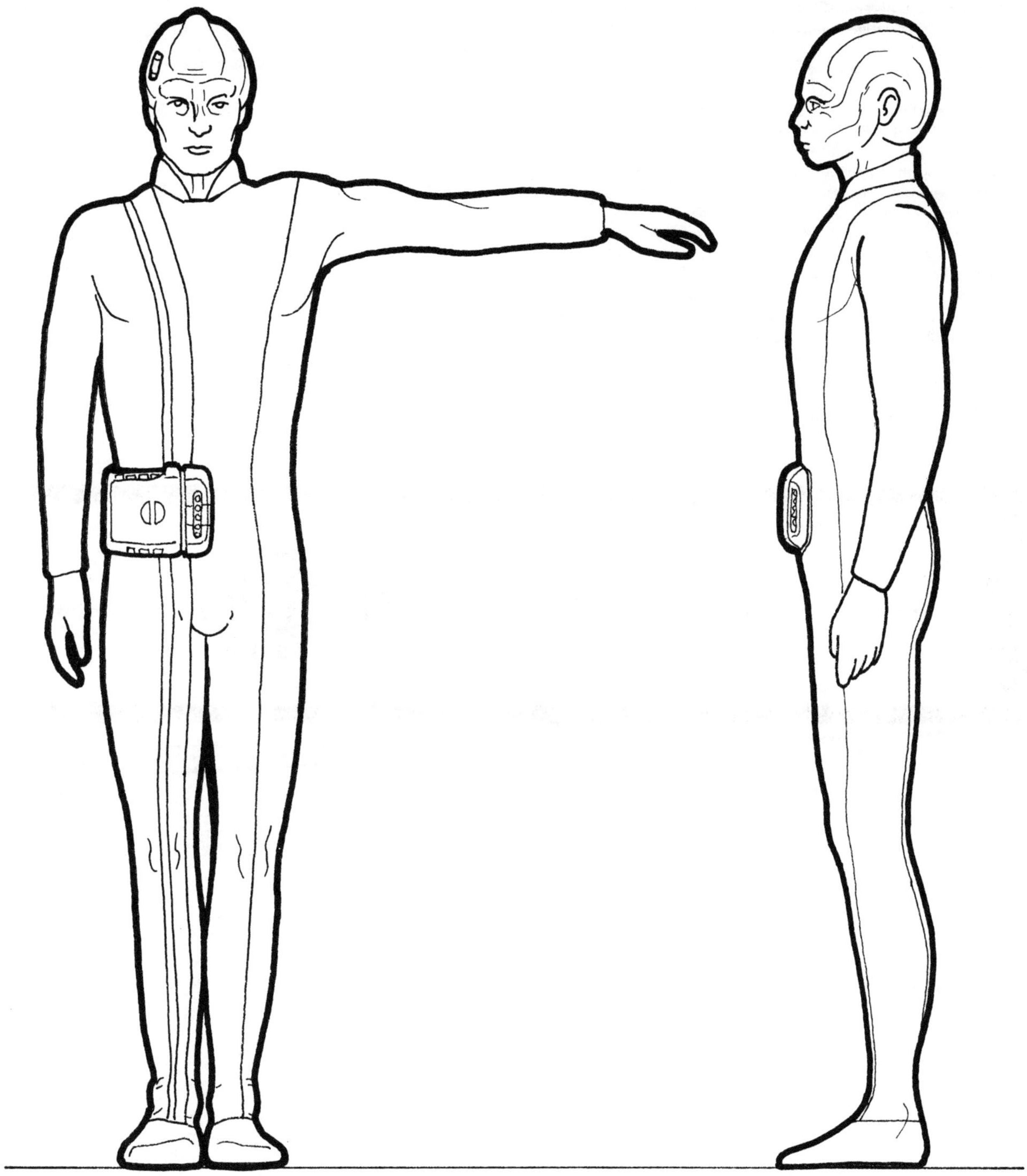

66

301

27

31

Benzar (M)

Pheradon

Gamma Xertia

(301,4; – 57,4; 84,4)

Benzar ist der dritte von dreizehn Planeten, die den roten Riesen Gamma Xertia umkreisen. Benzar hat zwei Monde, Herti und Dwora, und besitzt eine riesige Raumstation, auf der 2,3 Millionen Einwohner leben.

Benzars Atmosphäre entspricht der eines Planeten der Klasse M. Sie besteht größtenteils aus Sauerstoff und Stickstoff, weist aber auch einige seltene Gase auf, die für die benzitische Atmung enorm wichtig sind. Diese Gase, die von keiner anderen humanoiden Rasse gebraucht werden, sind für die Benziten so wichtig, daß sie sie auf Föderationsschiffen oder anderen Welten mit sich führen müssen. Sie tragen einen kleinen Apparat an ihrem Hals, der die benötigten Gase in bestimmten Intervallen automatisch ausstößt.

Benziten sind wegen zweier Leidenschaften bekannt: Spiele und Computerprogrammierung. Mordock, ein Benzite und Träger des galaktischen Computernetzwerkspreises Vedallus, entwickelte eine mittlerweile gängige Angriffsstrategie für Della-Schach, die heute als Mordock-Strategie bezeichnet wird. Andere technologische Entwicklungen der Benziten führten dazu, daß die Datenspeicherung in Sternenbasen der Föderation erheblich vergrößert werden konnte.

Kein anderer Planet im System Gamma Xertia ist bewohnt, allerdings gibt es auf einem der größeren Asteroiden im Gürtel zwischen dem neunten und dem zehnten Planeten eine unterirdische Mineneinrichtung.

107

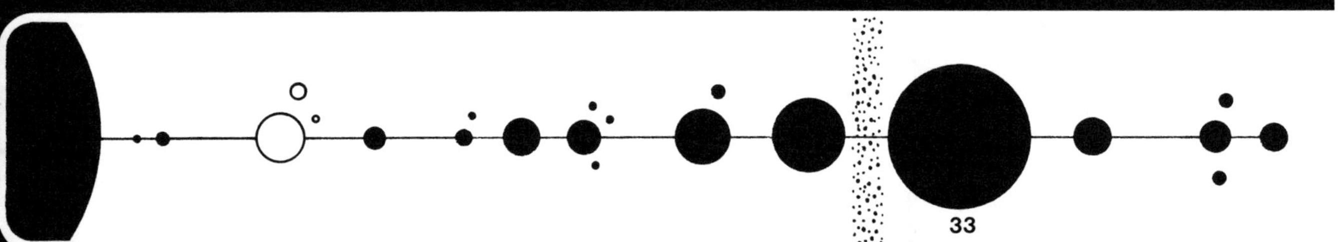

343

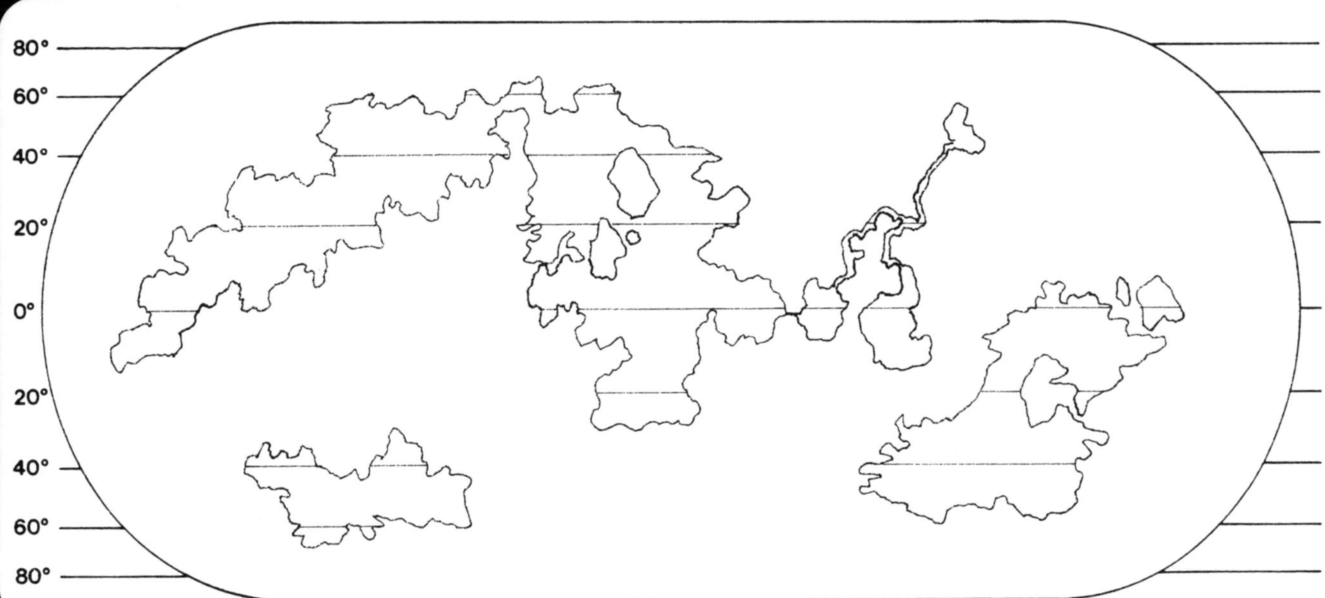

089

Historisches Archiv von Memory Alpha
Datenbankauszug (Ausdruck)

Objekt: Benzite

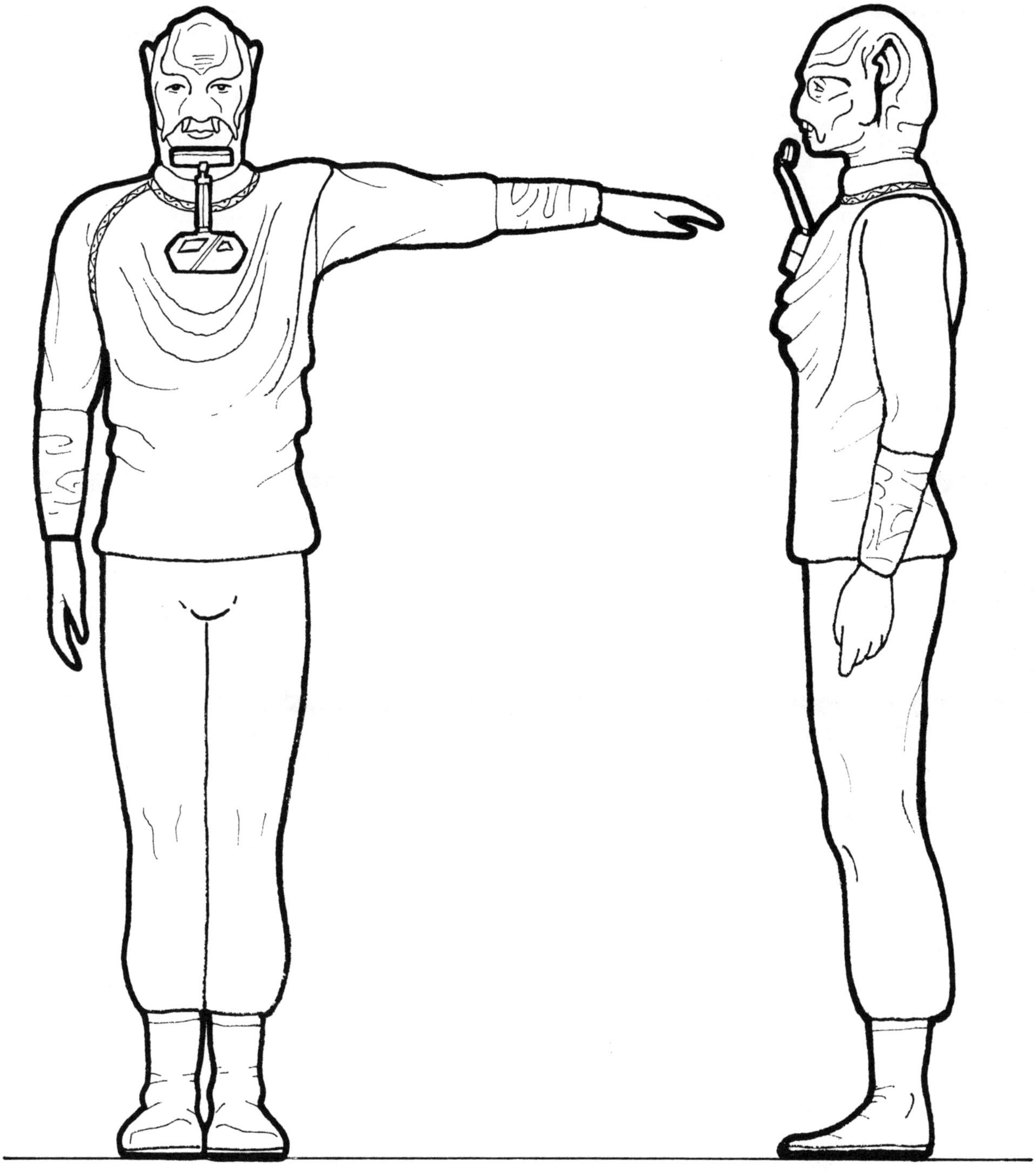

82

446

13

3 2 Phylos II (M)

Merari

Phylos

(306,5; – 98,9; 187,4)

Phylos ist ein großer oranger Stern am oberen, äußeren Ende des Föderationsquadranten Drei-Süd. Sein zweiter Planet gehört der Klasse M an und hat ein breitgefächertes Pflanzenleben, allerdings keine Tierwelt. Die Flora von Phylos II läßt den Planeten vom Weltraum aus grün erscheinen.

Die Phylosianer sind intelligente Pflanzenwesen, die grob humanoid aussehen. Sie besitzen Köpfe, Augenstiele, Beinauswüchse und einen Körper mit mehreren astartigen Gliedmaßen. Sie sind passiv und sehnen sich nach einem galaktischen Frieden. Alle teilen den planetenweiten Traum, sich ins All zu begeben und für Frieden zu sorgen.

Leider stirbt diese Rasse aus. Dr. Stavos Keniclius, der während der eugenischen Kriege Wissenschaftler auf der Erde war, wanderte nach Phylos II aus, nachdem er sich geweigert hatte, eine genetisch überlegene Menschenrasse zu schaffen. Die Phylosianer empfingen ihn mit offenen Armen und halfen ihm bei seinen Versuchen, das Kloning zu perfektionieren. Leider brachte er, ohne es zu wissen, eine neue Bakterie auf den Planeten, gegen die die Phylosianer nicht resistent waren. Viele starben bei der weltweiten Seuche, und die Sporenzellen der Überlebenden wurden steril. Viel später kehrte Keniclius mit einem Wissenschaftsteam der Föderation zurück. Aus den genetischen Informationen der Phylosianer versuchten sie, künstlich eine gesunde, nicht sterile Gruppe zu schaffen. Es gibt zwar Fortschritte, aber es ist immer noch ungewiß, ob die Rasse überleben wird.

Zu den anderen Lebensformen gehört auch eine Pflanze namens Swooper. Diese nicht intelligente Pflanze wird ungefähr fünf Meter lang und fliegt Angriffe auf andere Wesen. Die Retlaw-Pflanze von Phylos ist eine anscheinend harmlose, 20 cm hohe Pflanze, die in Wirklichkeit ein beweglicher, hochgiftiger Organismus ist. Sein Stich löst sofortige Lähmung und kurze Zeit später den Tod aus, wenn dem Körper nicht sofort ein chemisches Gegenmittel verabreicht wird, das in den Körpern der Phylosianer natürlich produziert wird.

612

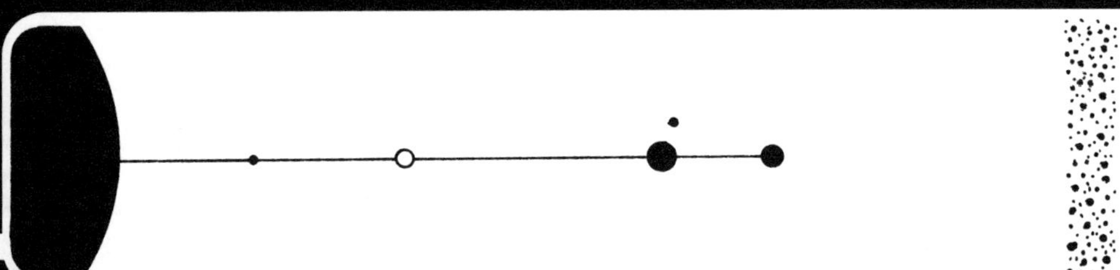

89

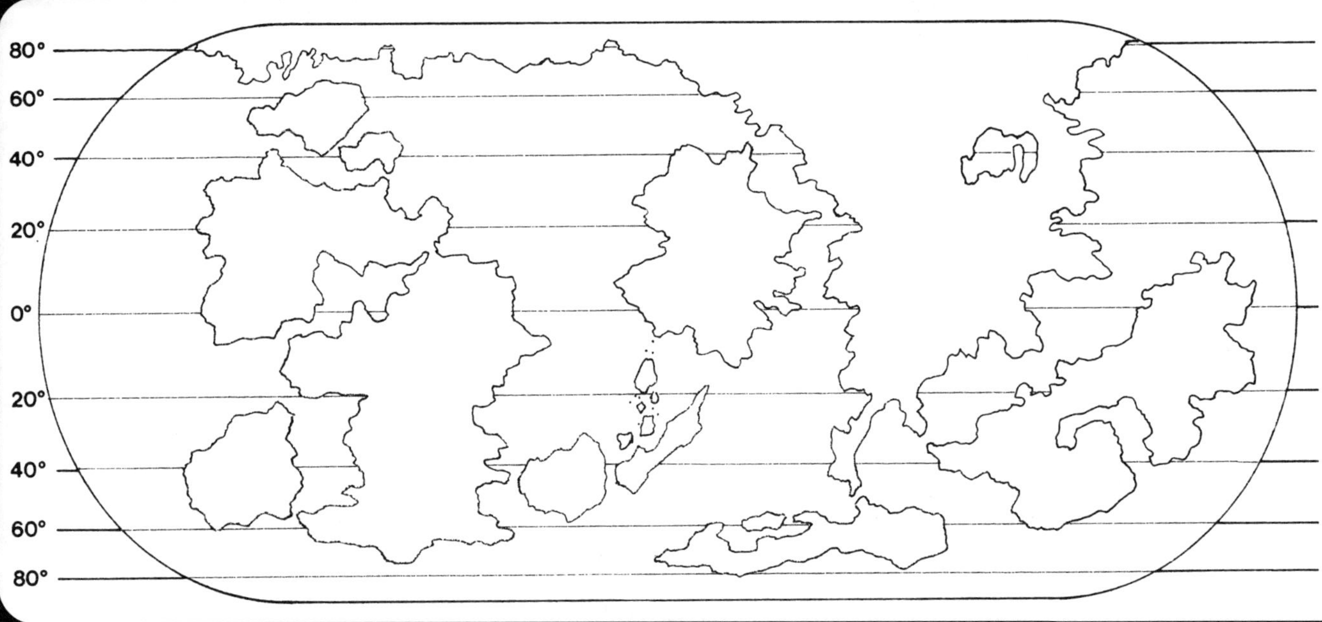

724

Historisches Archiv von Memory Alpha
Datenbankauszug (Ausdruck)

Objekt: Phylosianer

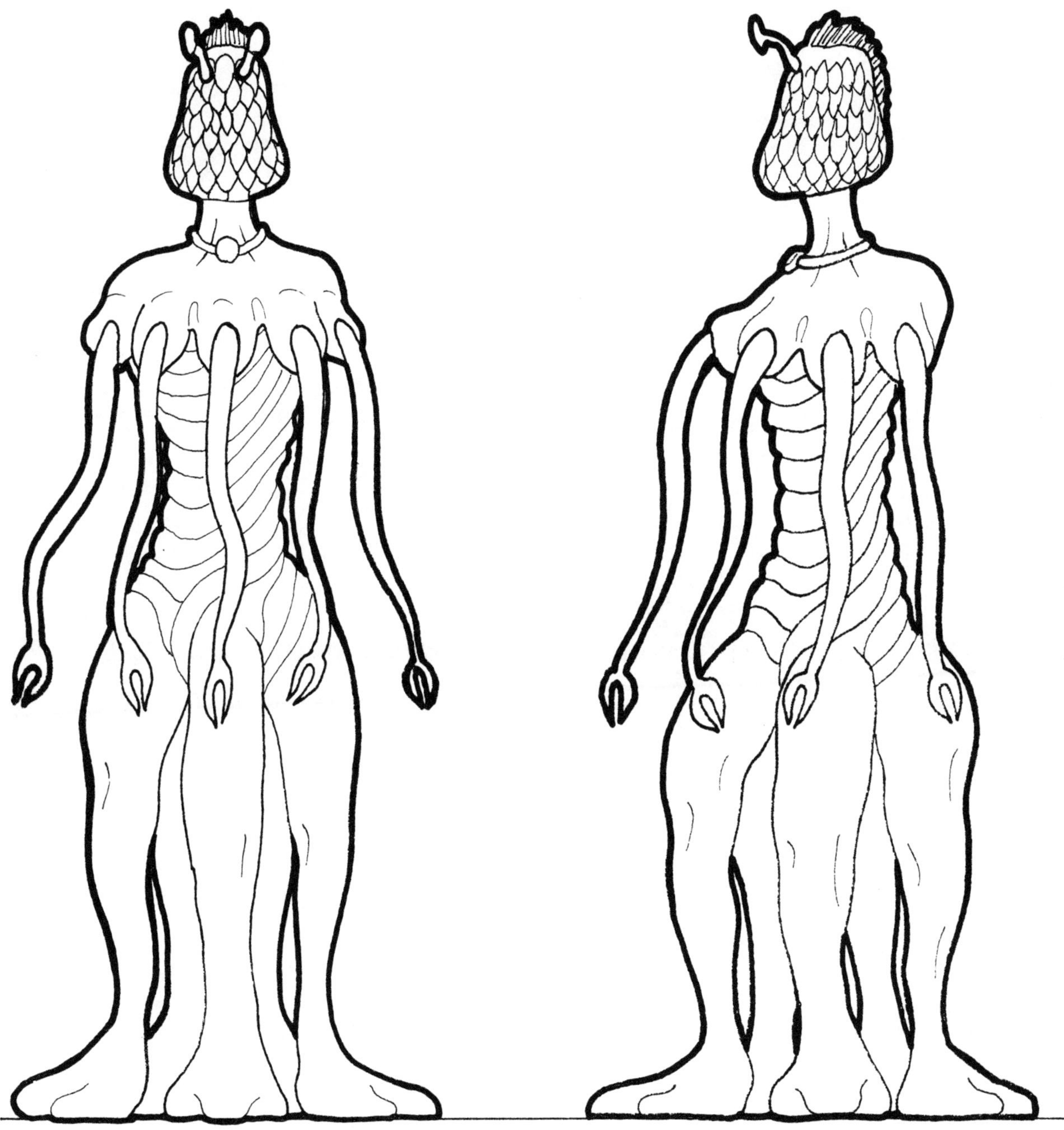

16

433

45

Neutrale und/oder unabhängige Welten

Antares B III (L)
kein eigener Name
Antares
(172,1; 118,9; – 13,9)

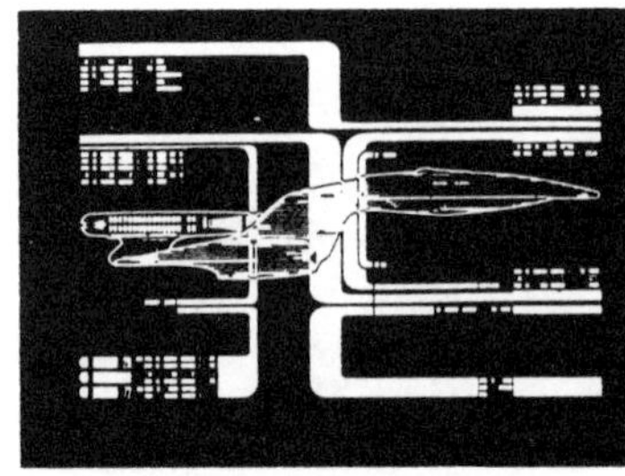

Antares ist der Name eines Binärsystems, das aus einem roten Riesenstern und einem sekundären gelben Zwergstern besteht. Das System enthält insgesamt neun Planeten, von denen vier den Hauptstern und fünf den Sekundärstern umkreisen. Keine der Welten ist bewohnt.

Antares B III ist die Heimat einiger interessanter, niedriger Lebensformen, wie zum Beispiel der antarische Trockenwurm. Der beliebte Handelsartikel antarisches „Glühwasser" besteht aus Trockenwürmern, die in einer lebenserhaltenden Flüssigkeit liegen.

Phentora, ein Getreide, das nur auf Antares B III wächst, wird bei der Destillation und Produktion von antarischem Brandy benutzt. Das Getränk besitzt eine hellblaue Farbe und ist in der Föderation sehr beliebt.

700

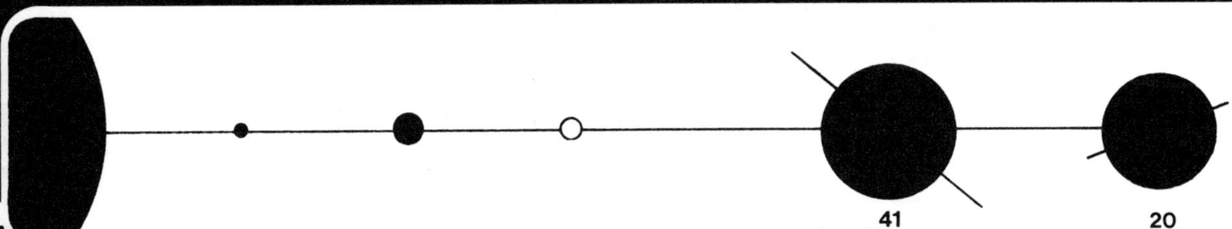

254

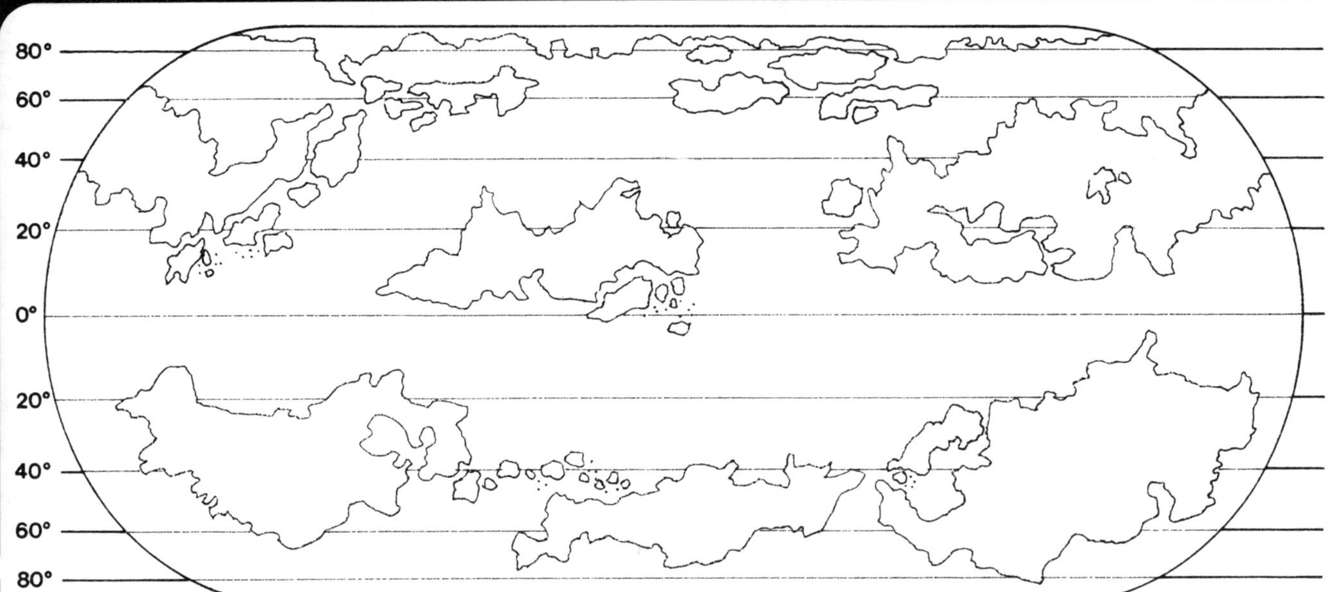

23

Bibliothekscomputer
USS Enterprise (NCC-1701-D)
Datenbankauszug (Ausdruck)
Objekt: Antarischer Trockenwurm

Ansicht 100fach vergrößert
(tatsächliche Größe: 0,5 cm)

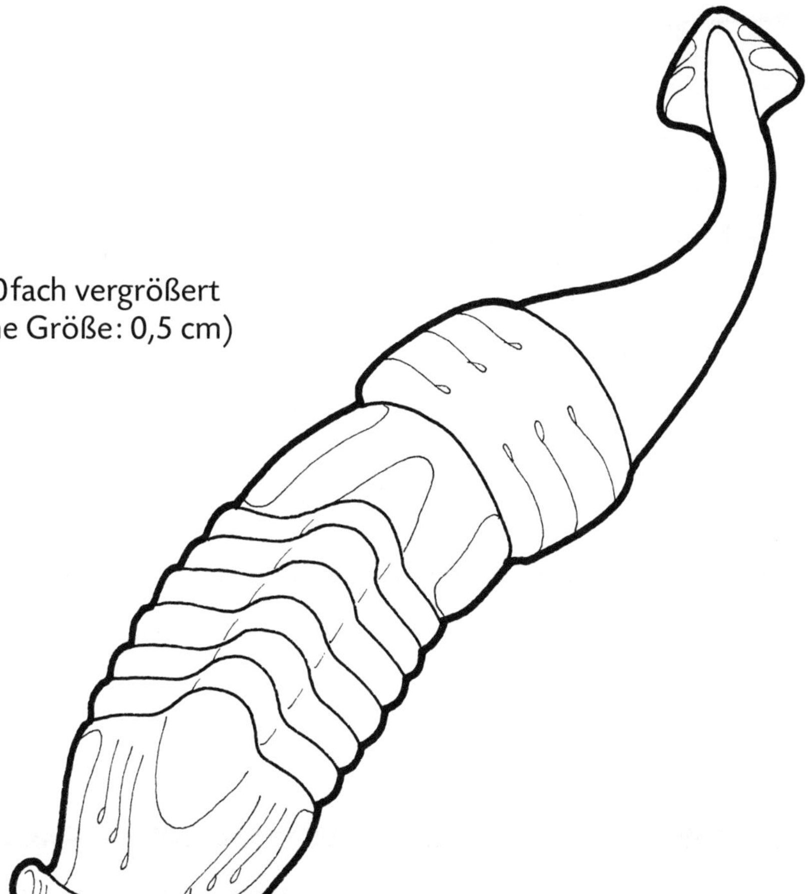

wirkliche Größe

Argo (N)
Hestalor
UFC 78856
(133,4; – 45,5; 32,9)

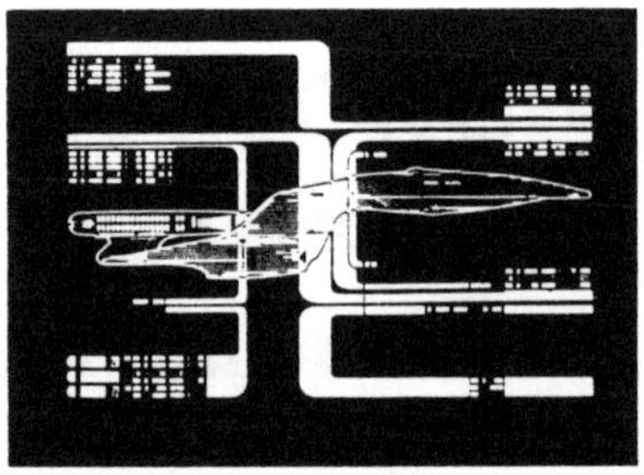

Argo ist der einzige Planet des Systems UFC 78856. Dies ist eine blaugrüne Wasserwelt, die unter Nebel verborgen liegt. Ihre Sonne ist ein gelber Stern mittlerer Größe, der sich am äußeren Rand des Föderationsraums befindet.

Seismische Störungen von unglaublicher Größe führten vor langer Zeit dazu, daß die Landmassen im Meer versanken und nur wenige kleine Inseln zurückblieben. Erst vor kurzem fand man heraus, daß die Ozeane des Planeten von einer intelligenten, in Städten lebenden Rasse namens Aquaner bewohnt werden. Diese wasseratmenden Bewohner sind humanoid und haben Schwimmhäute an Händen und Füßen, eine Rückenflosse und grünliches Haar. Die Aquaner waren einst Luftatmer, die sich genetisch veränderten, um sich dem Leben im Meer anzupassen. Durch die weiterentwickelten medizinischen Techniken ihrer Kultur wurde diese Veränderung möglich. In der Zwischenzeit hassen und fürchten sie alle luftatmenden Wesen.

Einige der Wesen, die in den Ozeanen leben, sind recht groß und gefährlich. Eines von ihnen ist der Duitra, der wie ein denebischer Wal aussieht und aggressiv ist. Dieses Tier wird auch als Sur-Schlange bezeichnet. Da es sehr selten ist, wird sein Fang von den Aquanern untersagt.

36

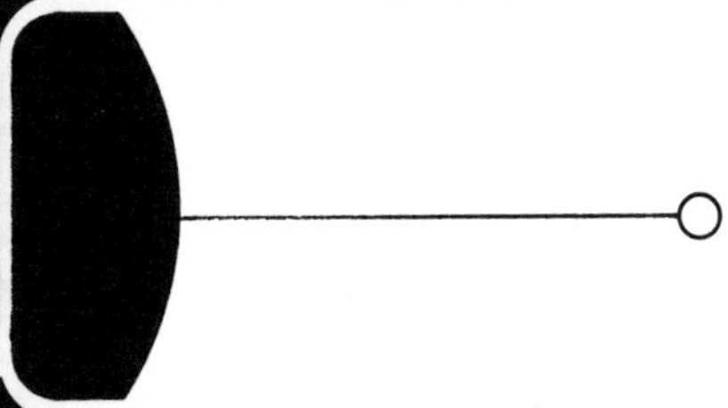

55

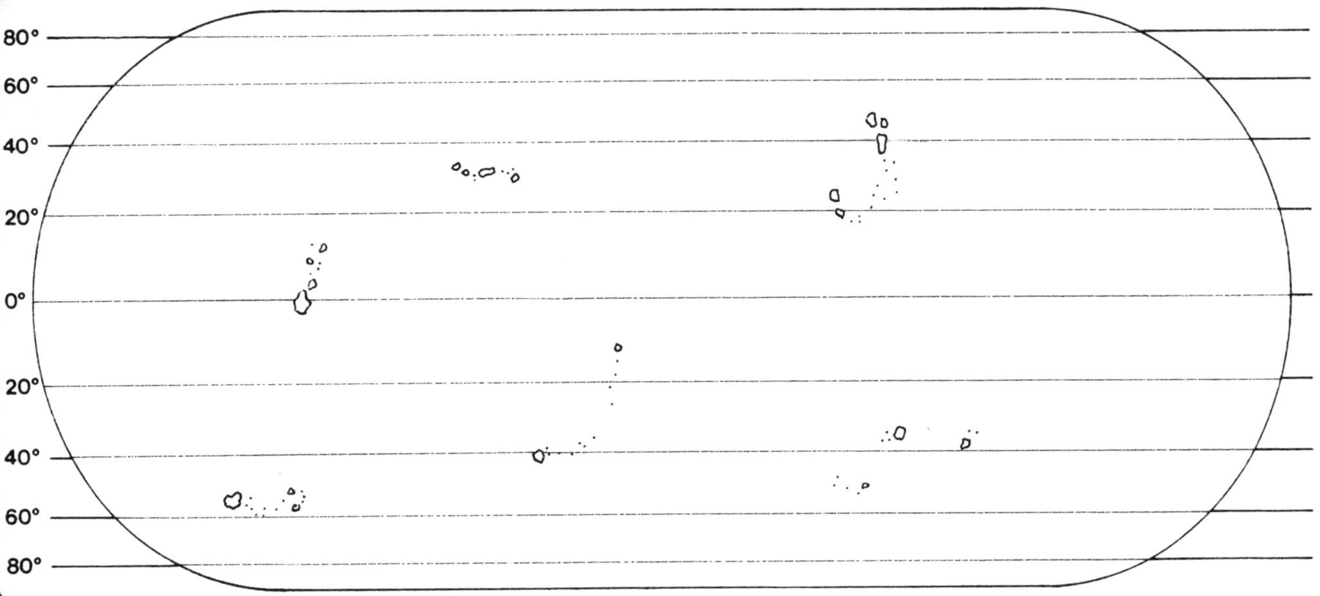

178

Bibliothekscomputer
USS Enterprise (NCC-1701-D)
Datenbankauszug (Ausdruck)
Objekt: Argonischer Aquaner

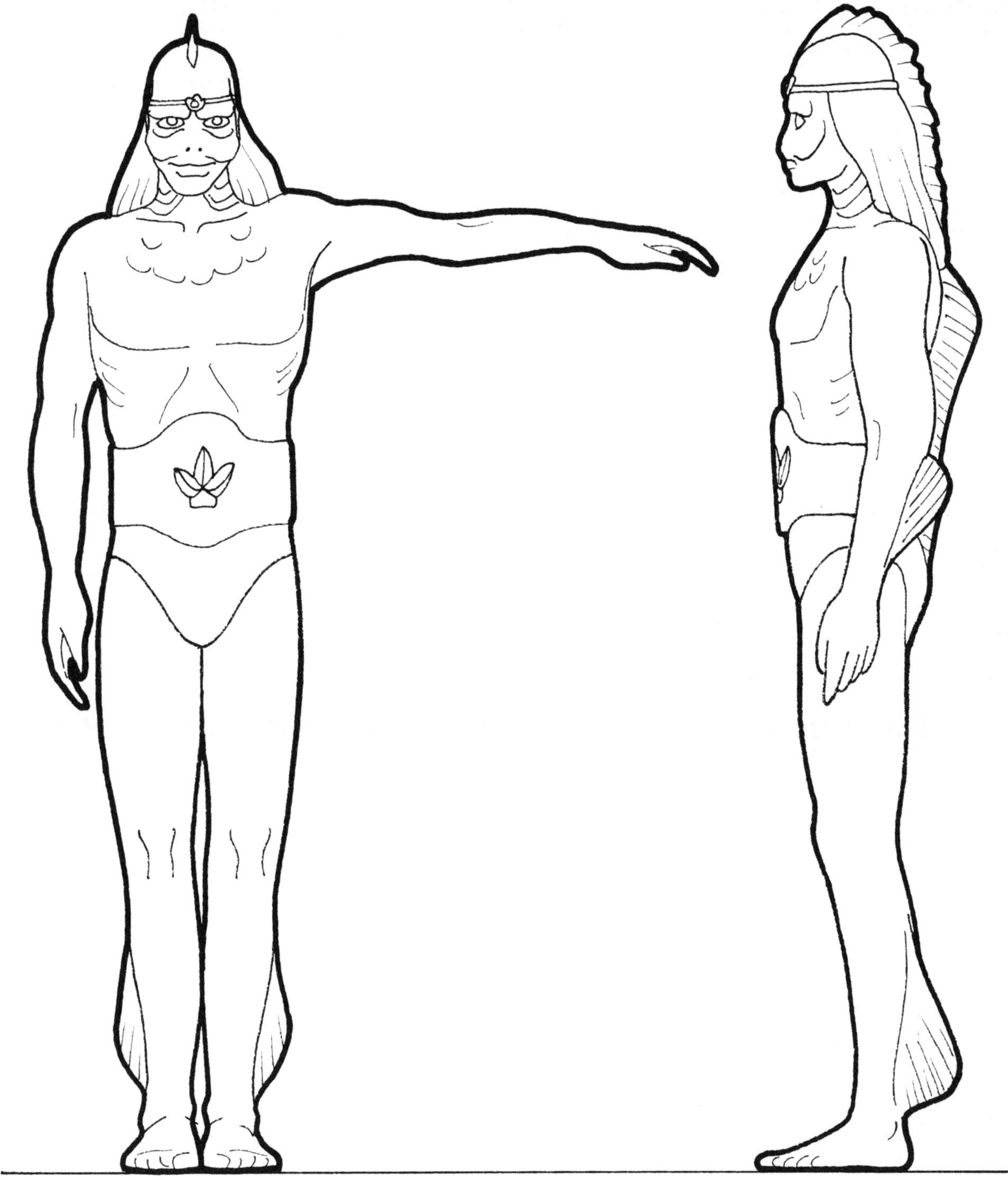

Berengaria VII (M)
kein eigener Name
Berengaria
(– 21,4; – 51,8; – 60,3)

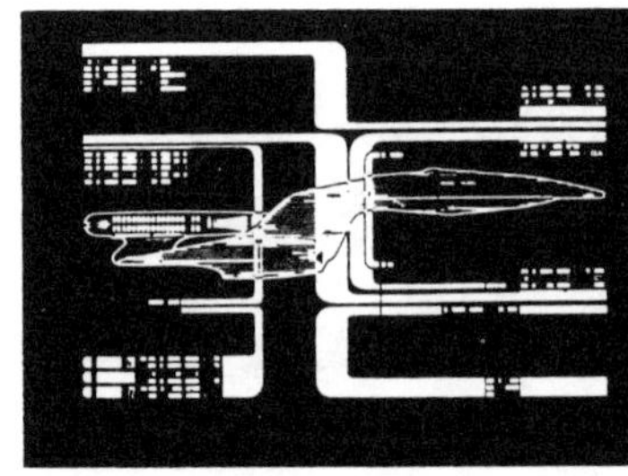

Berengaria ist ein roter Riesenstern, der von dreizehn Planeten umkreist wird. Der siebte und der achte Planet gehören der Klasse M an, während die anderen elf Planeten eigentlich große Asteroiden sind, die keine Atmosphäre besitzen. Berengaria VII hat drei Monde, die einfach Alpha, Beta und Gamma genannt werden. Dies sind die einzigen natürlichen Satelliten in dem System. Keiner der Planeten hat intelligentes Leben.

Die dominante Spezies von Berengaris VII ist eine Rasse von wunderschönen, geflügelten Reptilien, die als „Drachen von Berengaris VII" bezeichnet werden und bis zu 18 Meter lang werden können. Ihre Lebenserwartung ist noch ein Rätsel, aber viele glauben, daß sie bis zu siebenhundert Erdjahre alt werden können. Die Drachen sind von Natur aus friedlich und haben noch nie einen Beobachter angegriffen. Man nimmt an, daß sie reine Pflanzenfresser sind und sich nur von den vielfältigen Pflanzenformen auf ihrem Planeten ernähren.

Man nahm lange an, daß die Flügel der Drachen nicht genug Auftrieb erzeugen könnten, um ihnen einen Flug zu ermöglichen. Kürzlich entdeckte man allerdings, daß die Drachen ein komplexes System innerer Organe besitzen, mit denen sie Wasserstoff aus dem Wasser ziehen und dieses Gas in Säcke pumpen, die sich an ihrem Bauch und ihrem Schwanz befinden. Diese Säcke haben die gleiche Funktion wie die Schwimmblase terranischer Fische. Das Gewicht des Drachen wird durch die Gase, die leichter als Luft sind, reduziert. Der überschüssige Wasserstoff erreicht schließlich den Mund des Drachen und wird dort beim Ausatmen elektrochemisch entzündet. Es wäre möglich, daß ähnliche Wesen vor langer Zeit auf der Erde gelebt haben und der Grund für die zahlreichen Drachenlegenden des Planeten sind.

66

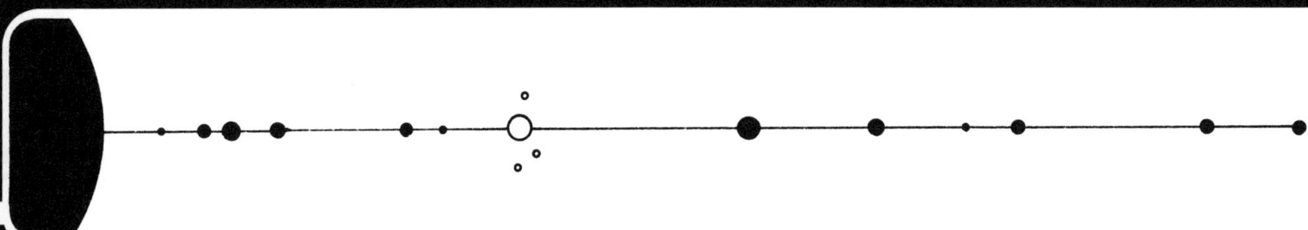

333

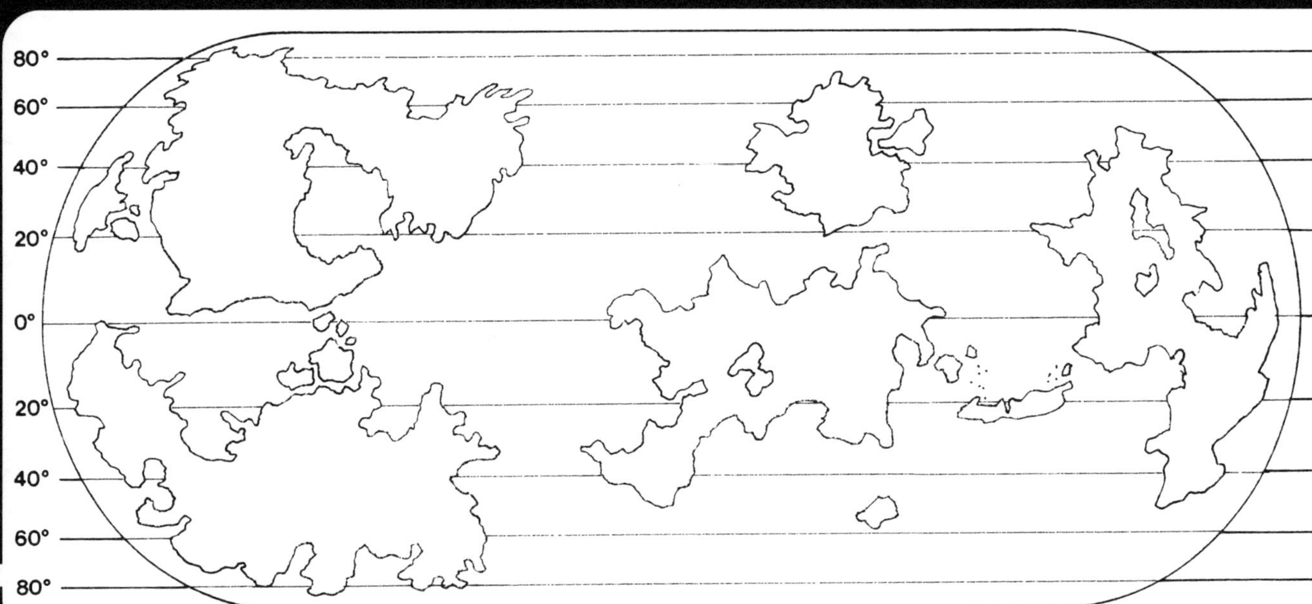

65

Bibliothekscomputer USS Enterprise (NCC-1701-D)

Datenbankauszug (Ausdruck)

Objekt: Berengarianischer Drache

Beta III (M)
Landru
UFC 611 -Beta
(90,1 ; 71,9; — 2,4)

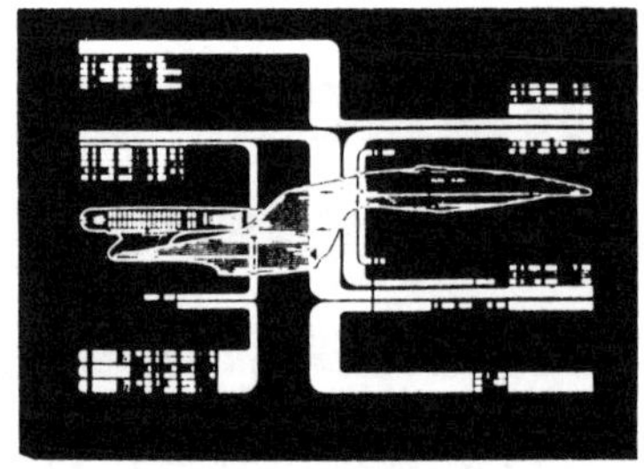

UFC 611 ist ein Binärsystem, das aus zwei hellen, gelben Sternen besteht, die die Bezeichnung 611-Alpha und 611-Beta tragen. 611-Alpha hat keine Planeten, während um Beta fünf kreisen.

Der dritte Planet, Beta III, ist eine Welt der Klasse M mit zwei Hauptkontinenten und mehreren großen Ozeanen. Zu einer Zeit lebte auf dem Planeten eine hochentwickelte, technologische Gesellschaft von humanoiden Wesen, die alle von einer künstlichen Intelligenz regiert wurden. Vor sechstausend Jahren endete das Wachstum dieser Zivilisation allerdings durch eine Fehlfunktion des Computers. Der Computer war ursprünglich von Landru, einem der brillantesten Wissenschaftler des Planeten programmiert worden und sollte Landrus Lehren auch nach seinem Tod predigen, damit die Gesellschaft friedvoll und stabil blieb. Durch eine Fehlinterpretation der Daten schuf der Computer allerdings eine stagnierende, kontrollierte Gesellschaft. Technisches Wissen ging verloren, während die Bewohner auf einen primitiveren Stand zurückfielen. Außenseiter, die auf den Planeten kamen, wurden von der gedankenkontrollierten Gesellschaft „absorbiert".

Ein Landetrupp der Föderation, der das Verschwinden der USS **Archon** untersuchen sollte, begegnete dieser Kultur. Sie überzeugten den Computer davon, daß er mit seinem strengen Kontrollsystem der Gesellschaft Schaden zufügte. Der Computer gab schließlich seine Kontrolle über das Volk von Beta III auf, damit sie ihre eigene Gesellschaft gründen konnten.

Diese ehemals kontrollierte Gesellschaft hat um Föderationshilfe gebeten und befindet sich auf dem Weg, eine eigenständige Regierung zu bilden. Wachstum und Fortschritt sind auf dem ganzen Planeten erkennbar.

90

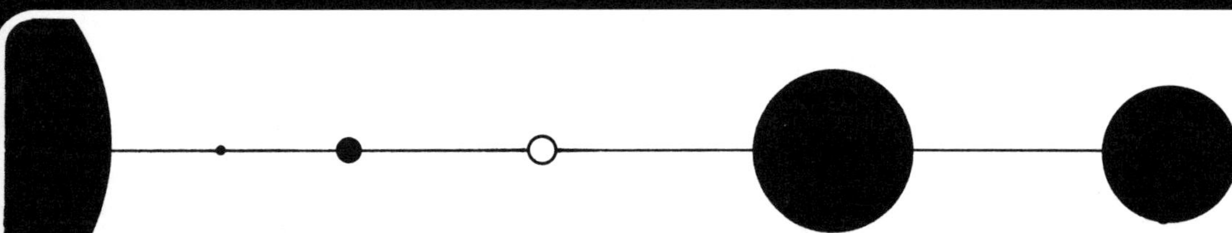

780

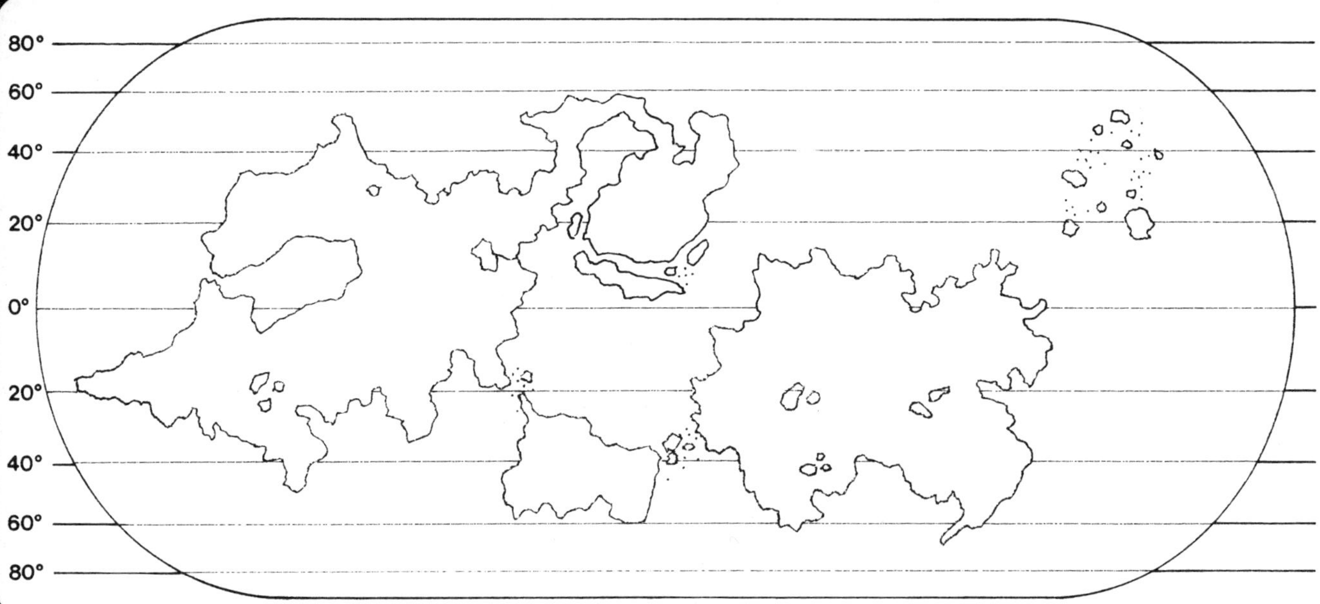

54

Bibliothekscomputer USS Enterprise (NCC-1701-D)
Datenbankauszug (Ausdruck)
Objekt: Betaner

Capella IV (G)

Kohath

Capella

(11,1; 60,0; 4,6)

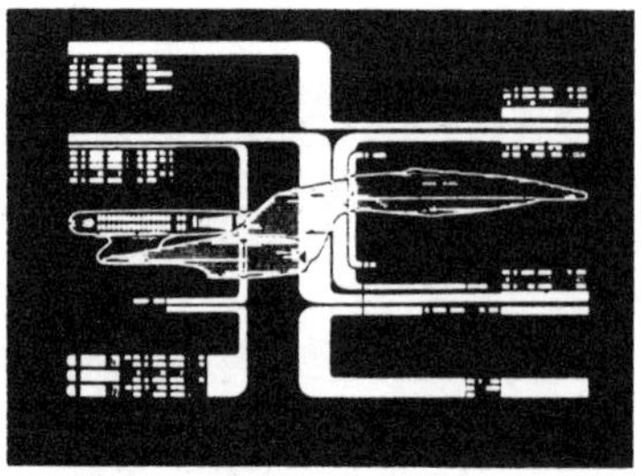

Das Capella-System enthält vier Sterne. Zwei von ihnen sind gelbe Sterne mittlerer Größe, die ein sich umkreisendes Paar formen. Sie werden in einer Entfernung von 0,17 Lichtjahren von zwei roten Zwergsternen umkreist. Dieses Doppel-Binärsystem ist einzigartig im Föderationsraum und wird häufig für astrophysikalische Forschungen genutzt.

Der einzig bewohnte Planet ist der äußerste von vier Planeten, die das zentrale gelbe Sternenpaar umkreisen. Capella IV ist eine Wüstenwelt der Klasse G, die eine kleine Bevölkerung umherziehender Humanoiden hat. Man nimmt an, daß sie die Nachfahren der vermißten Expedition der USS **Ceres** sind, die vor über hundert Jahren verschwand.

Der Planet hat große Vorkommen des seltenen Elements Topalin, das für Lebenserhaltungssysteme vieler Kolonien benötigt wird. Nach langen Verhandlungen konnte sich die Föderation mit dem klingonischen Imperium über eine Aufteilung der Schürfrechte einigen.

Diese Welt ist auch die Heimat der capellanischen Stromkatze, der grausamsten und unzähmbarsten Bestie des bekannten Universums. Sie ist ungefähr so groß wie ein irdischer Braunbär, hat rostrotes Fell, goldene Augen, einen kurzen Schwanz und braune Stacheln auf dem Rücken.

Wenn das Tier sich bewegt, umgibt es sich mit einer weißen elektrisch geladenen Aura. Dabei ist es so schnell wie ein terranischer Gepard. Diese Katze kann Stromschläge von bis zu zweitausend Volt in einem Umkreis von sieben Metern austeilen. Noch keine Stromkatze überlebte mehr als einige Tage in Gefangenschaft.

Die Capellaner leben in Zelten und sind ständig unterwegs. Sie glauben, daß nur die Starken überleben sollten und haben daher keinerlei medizinische Behandlungsmethoden entwickelt. Sie sind wie die Vulkanier von Geburt an in der Lage, Schmerzen zu kontrollieren.

Ihre Kultur ist stark traditionsabhängig. Sie sind ein sehr ehrliches Volk und halten ihr Wort immer. Die ersten Kontaktteams der Föderation fanden heraus, daß die Capellaner jedes Zeichen von Schwäche widerlich finden, während das Zeigen von Stärke eine Kriegserklärung darstellt. Sie empfinden den Kampf als sehr angenehm.

05

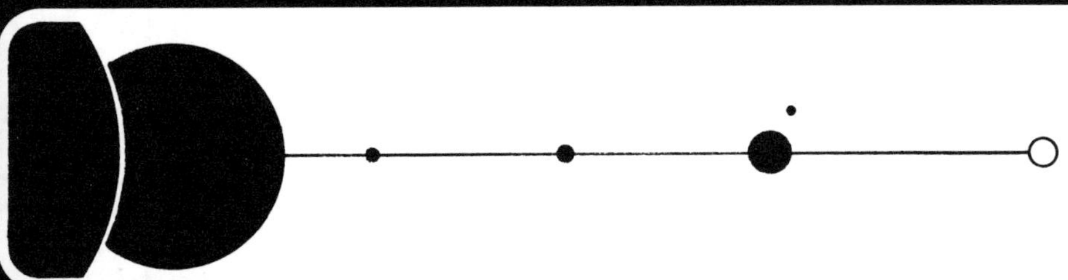

118

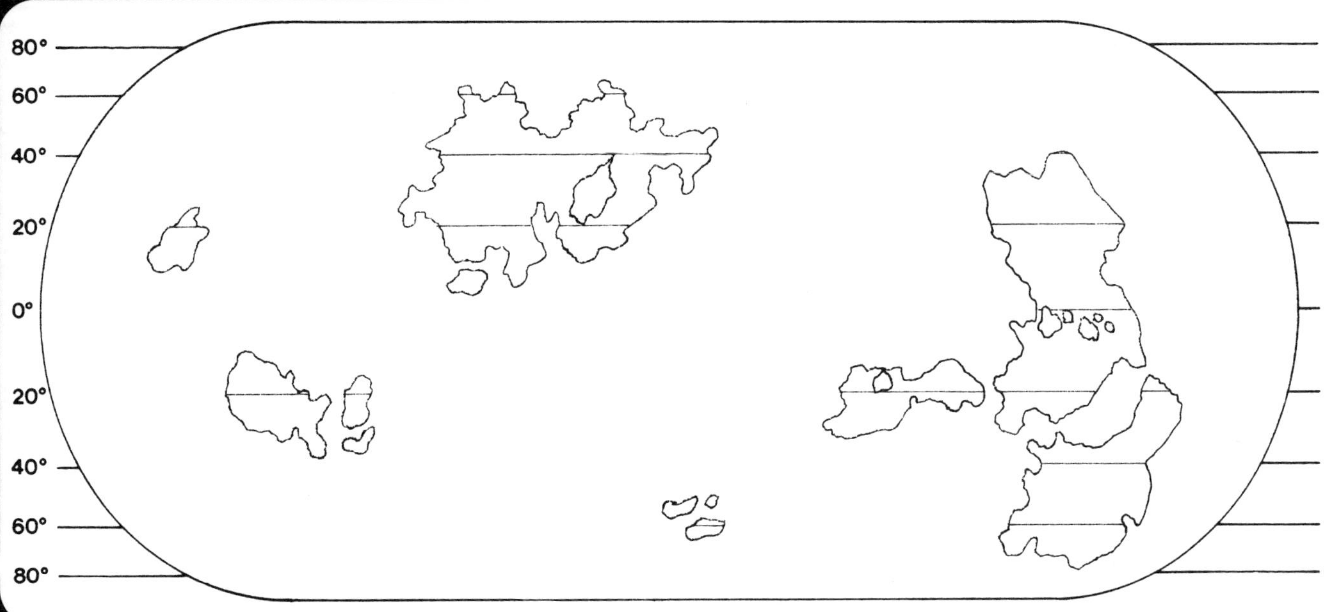

42

Bibliothekscomputer USS Enterprise (NCC-1701-D)

Datenbankauszug (Ausdruck)

Objekt: Capellaner

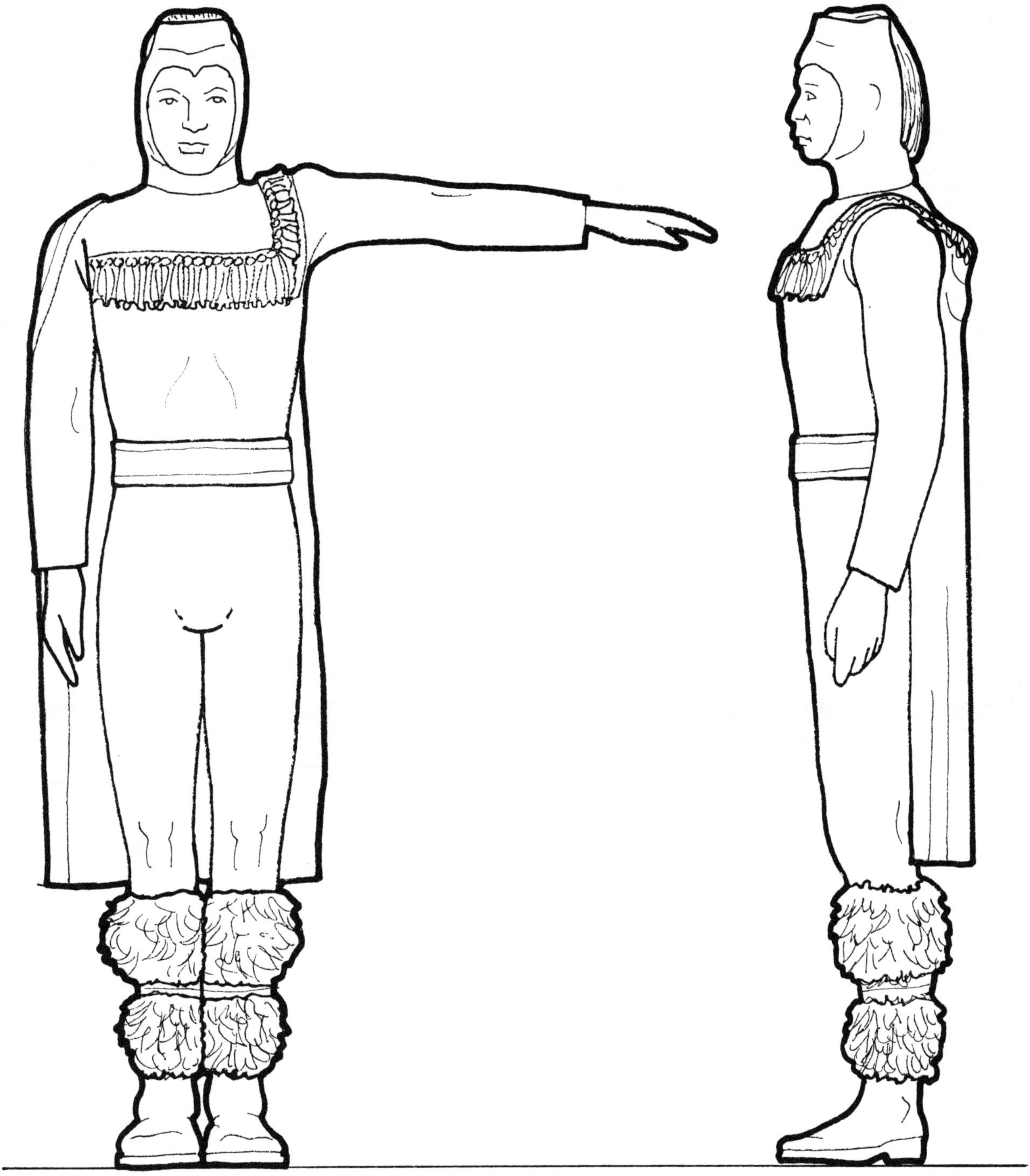

Ceti Alpha V (G)

kein eigener Name

Ceti Alpha (Menkar)
(12,4; 49,5; — 19,7)

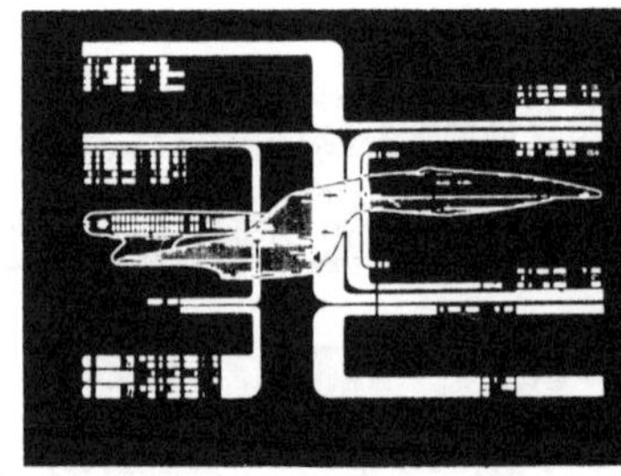

Ceti Alpha, auch Menkar genannt, ist ein großer, orangener Stern mit fünf Planeten. In dem System gab es früher sechs Planeten, aber der hinterste wurde bei einer natürlichen Katastrophe vernichtet.

Direkt vor und hinter der Umlaufbahn von Ceti Alpha VI gab es je einen Gürtel, der aus steinigen Trümmern bestand. Diese Gürtel lagen so nah, daß der Planet ständig von Meteoriten bombardiert wurde. Einige dieser Steine waren so groß, daß sie die Atmosphäre durchdrangen und auf der Oberfläche einschlugen. Die Staubwolken dieser Einschläge wurden ständig in die Atmosphäre geschleudert.

Schließlich wurde der Planet von einem Meteor getroffen, der die Größe des irdischen Mondes hatte. Die Kruste des Planeten wurde an der Einschlagstelle direkt vernichtet. Spinnennetzartige Bruchstellen breiteten sich an der Oberfläche aus, und der innere thermale Druck des Planeten brach explosionsartig durch die Kruste hindurch. Ceti Alpha VI explodierte. Riesige Trümmerstücke breiteten sich in alle Richtungen aus.

Ceti Alpha V wurde bei dieser Explosion von der starken Druckwelle erfaßt. Dadurch veränderte sich die Achsenstellung des fünften Planeten, dessen Klima sich plötzlich von Klasse M zu Klasse G änderte. Die gesamte Fauna verschwand, nur einige Tiere überlebten.

Eine der wenigen Lebensformen, die die Katastrophe überlebten, waren kleine Parasiten. Ausgewachsen erreichen sie eine Größe von ungefähr dreißig Zentimetern. Sie tragen ihre Jungen in kleinen Hautfalten, die sich zwischen ihrer Rückenpanzerung befinden. Die Aale leben im Sand des Planeten und bewegen sich sehr schnell.

Die Jungen greifen manchmal Menschen an, indem sie sich durch das Ohr in ihre Körper fressen. Sie wickeln sich um die Hirnrinde, wodurch der befallene Mensch geistig leicht manipuliert werden kann. Wenn die Aale wachsen, üben sie Druck auf das Gehirn des Opfers aus. Der Mensch wird schließlich wahnsinnig und stirbt.

44

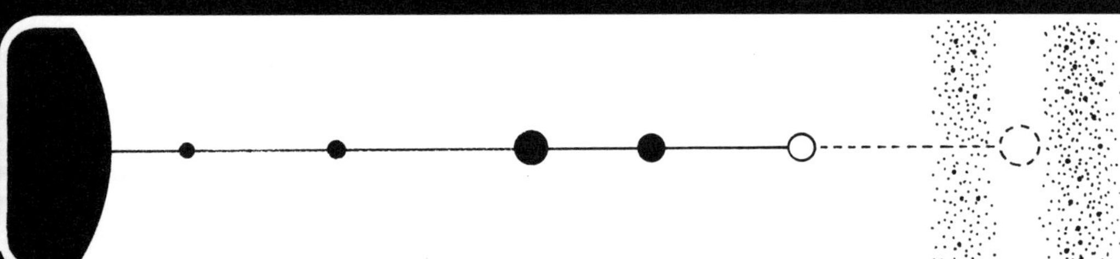

565

333

Bibliothekscomputer USS Enterprise (NCC-1701-D)

Datenbankauszug (Ausdruck)

Objekt: Menkaranischer Ceti-Aal

76

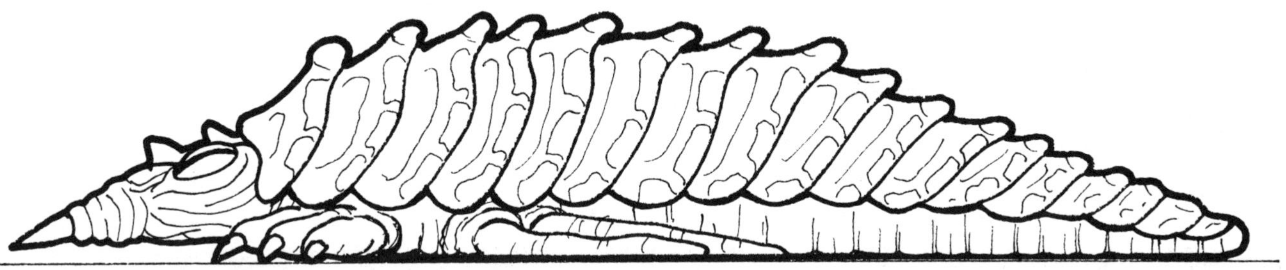

39

Länge:
0,36 m

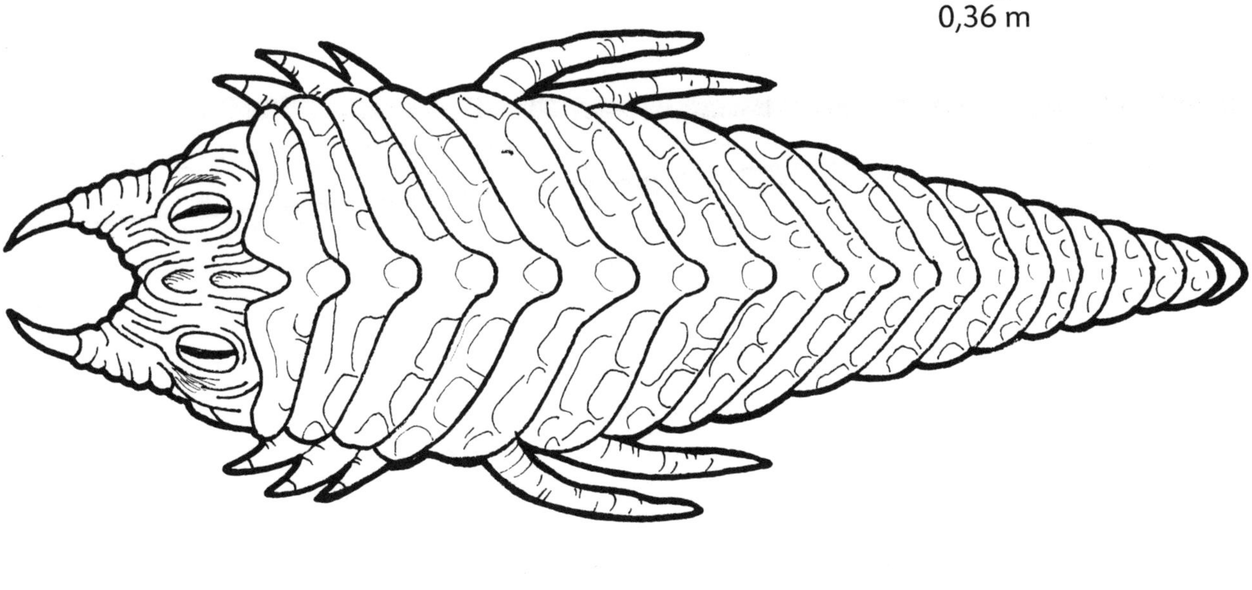

755

Delos III, IV (M)

Ornara, Brekka

Delos

(262,3; – 43,2; – 93,5)

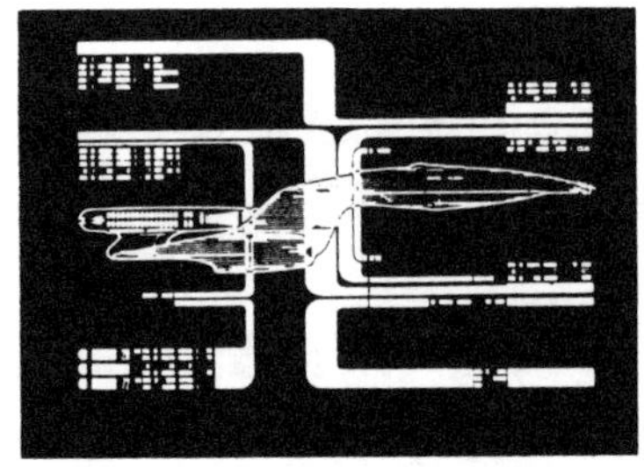

Delos ist ein gelber Stern mittlerer Größe mit einem durchschnittlichen System. Im Inneren des Sterns kommt es gelegentlich zu erheblichen Veränderungen des magnetischen Felds, was auf der Sternenoberfläche zu erheblichen Erschütterungen führt.

Nur zwei der Planeten sind bewohnbar. Der dritte, Ornara und der vierte, Brekka, sind beide Klasse M und beherbergen humanoide Kulturen, die auf der Richterskala der Kulturen mit F plus angegeben werden. Beide Planeten beherrschen die Grundzüge der interplanetaren Raumfahrt.

Diese beiden Kulturen haben eine seltsame Symbiose entwickelt und brauchen einander, um zu überleben. Ornara deckt alle industriellen Bedürfnisse der beiden Planeten ab und liefert Dinge wie Nahrung, Kleidung, Baustoffe und Transportfahrzeuge. Im Gegenzug wird Ornara von Brekka mit einer stark rauschauslösenden Droge versorgt, von der die Bevölkerung abhängig ist. Diese Substanz, die Felicium genannt wird, wurde ursprünglich als Medikament gegen eine Seuche entwickelt, von der Ornara heimgesucht wurde. Dieses Medikament machte allerdings so schnell süchtig, daß es sich auf dem Planeten bereits etabliert hatte, bevor man diese Nebenwirkung entdeckte. Viele Ornaraner glauben immer noch, daß sie an der längst vergangenen Seuche sterben werden, wenn sie kein Felicium erhalten. Die Brekkianer kennen zwar die wahren Hintergründe, wissen aber auch, daß ihre Wirtschaft zusammenbrechen würde, wenn
889 die Ornaraner sich von dieser Sucht lösen würden. Als bekannt wurde, daß die Brekkianer die Sucht der Ornaraner förderten, brach die Föderation den Kontakt sofort ab.

56

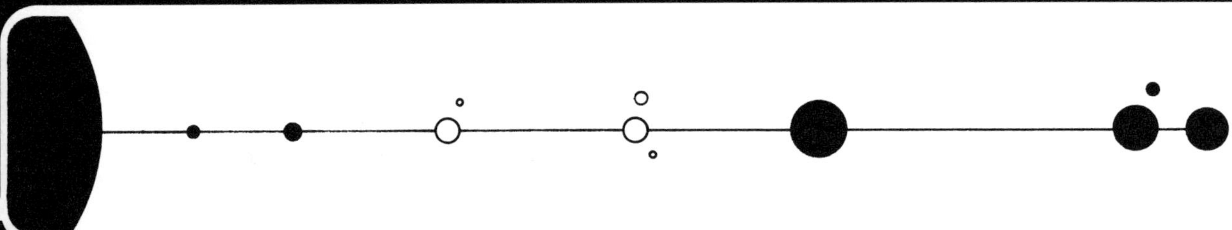

414

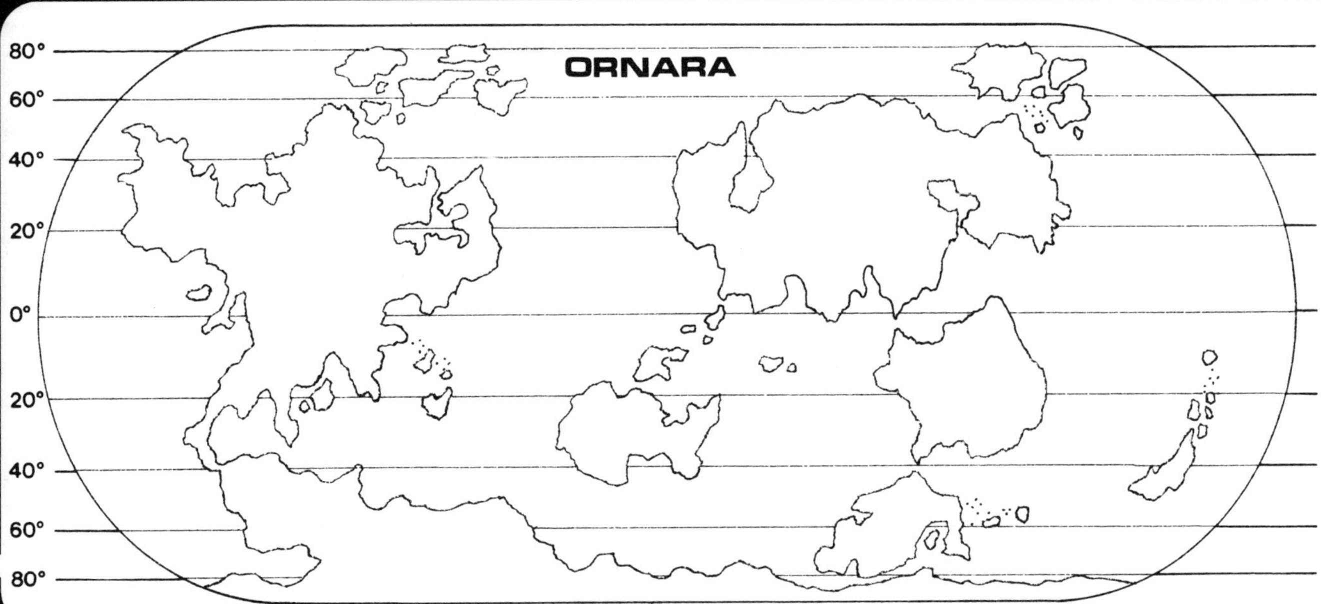

Bibliothekscomputer USS Enterprise (NCC-1701-D)
Datenbankauszug (Ausdruck)
Objekt: Delosianer

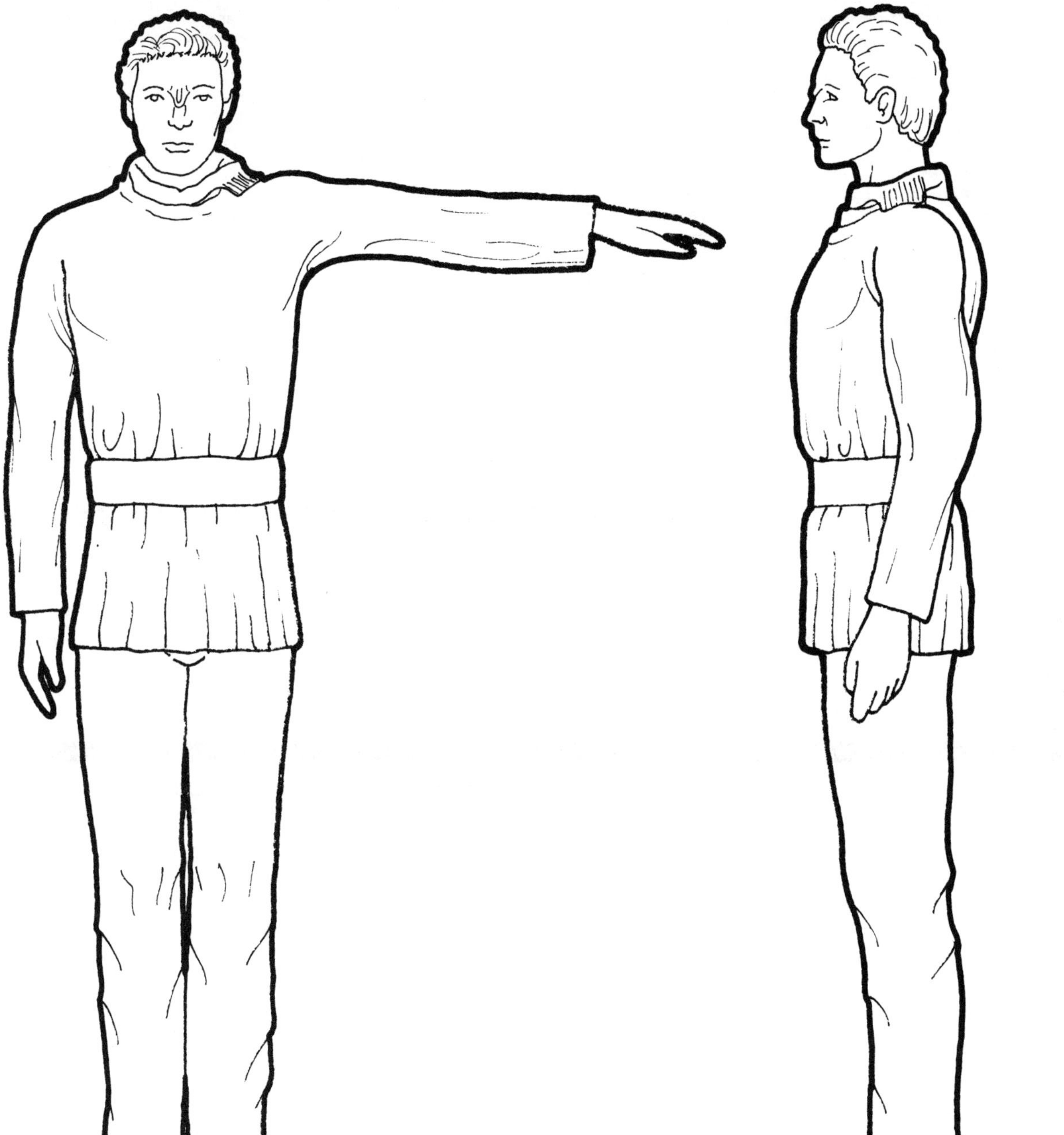

121

54

46

Delta Dorado VII (M)

Gideon

Delta Dorado

(54,5; 42,7; – 242,9)

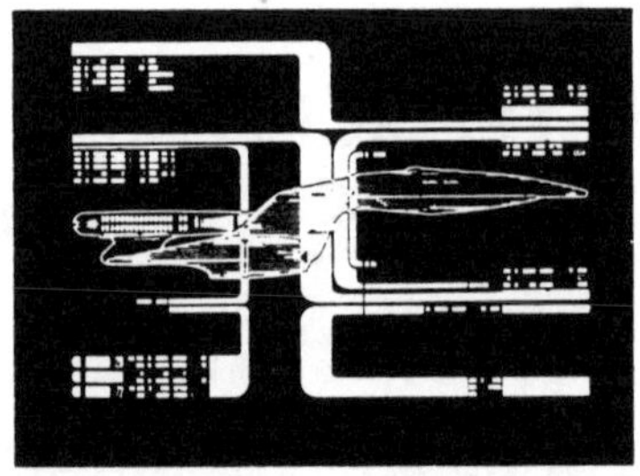

Gideon ist der siebte von acht Planeten, die den großen, weißen Stern Delta Dorado umkreisen. Gideons Oberfläche ist zu vierundachtzig Prozent von Land bedeckt. Auf dem Planeten lebt eine hochentwickelte humanoide Spezies.

Durch einen der Föderationswissenschaft noch unbekannten Prozeß wurde Gideon zu einer Welt, auf der es keine Krankheiten, keine Bakterien und keine Viren gibt. Dadurch stieg die Lebenserwartung der Bewohner ständig an. Der Tod war praktisch unbekannt und trat nur auf, wenn sich ein Körper nicht mehr regenerieren konnte.

Die Bewohner liebten das Leben so sehr, daß sie jede Geburtenkontrolle strikt ablehnten. Die Geburtenrate stieg mit jedem Jahr. Diese Krise wurde schließlich so extrem, daß fast jeder Quadratmeter der Landmasse bewohnt war. Als die Bevölkerung 500 Milliarden erreichte und damit größer war als die der gesamten Föderation, suchten die Bewohner verzweifelt nach einer Lösung. Man faßte den Plan, veganische Choriomeningitis auf den Planeten einzuschleppen. Die Gideoner hatten keine natürlichen Abwehrkräfte, und die Krankheit entwickelte sich schnell zu der furchtbarsten Seuche der Geschichte. Sechsundneunzig Prozent der Bevölkerung starben. Die abgehärteten Überlebenden begannen damit, den Planeten erneut aufzubauen. Die Bewohner liebten einander so sehr, daß sie es als Ehre auffassten, für ihre Mitbewohner sterben zu dürfen.

211

Die Überlebenden haben wiederholt die Kontaktaufnahme mit der Föderation abgelehnt. Allerdings nahmen sie das Geschenk zahlreicher Phaserenergie-Vernichtungseinheiten an, die benötigt wurden, um die Toten wegzubringen, bevor sich neue Krankheiten entwickeln konnten. Heute ist der Planet größtenteils unbewohnt.

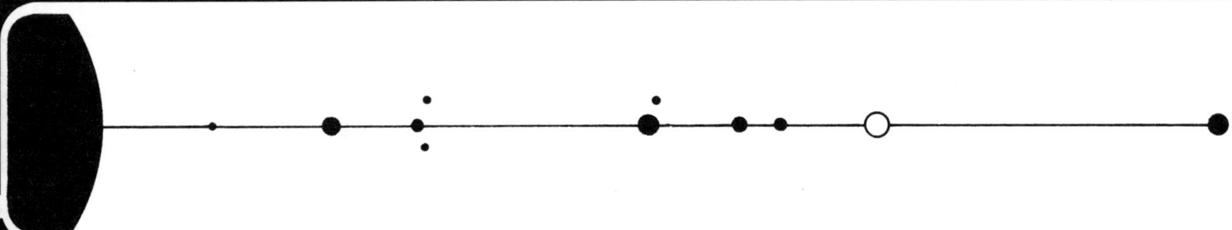

55

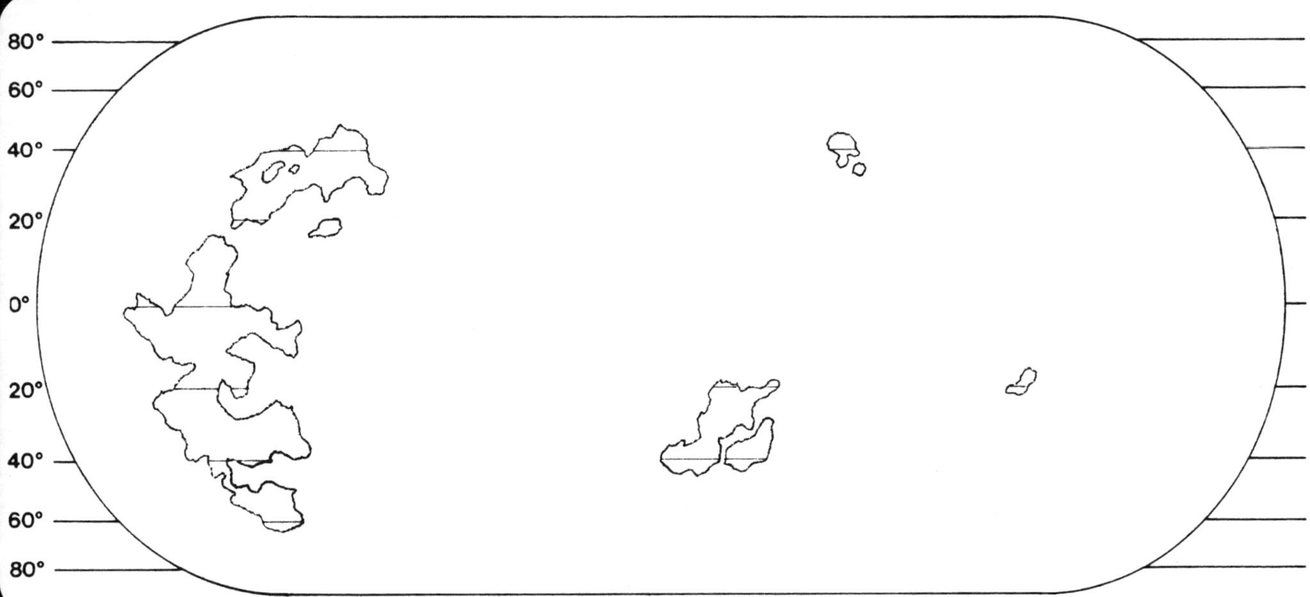

94

EXCALBIAN
EXCALBIA I

THOLIAN
THOLIA

HORTA WITH EGG NODULES
JANUS VI

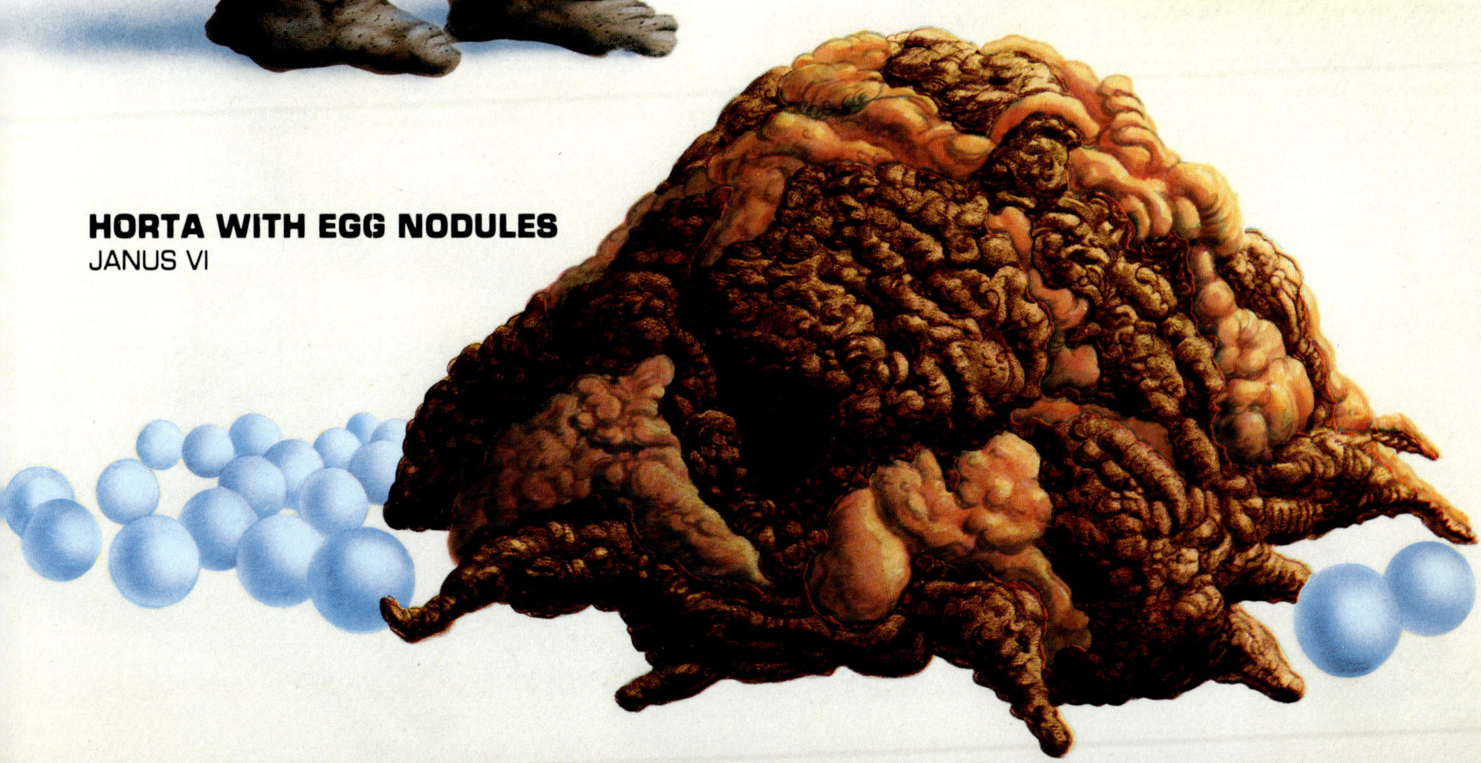

MUGATO
ZETA BOOTIS III

M-113 CREATURE
PLANET M-113

TARG
KLING

SCORA
VEGA IX

DENEBIAN SLIME DEVIL
DENEB IV

PUNCHATZ

CAPELLAN POWER CAT
CAPELLA IV

BERENGARIAN DRAGON
BERENGARIA VII

EELBIRD
REGULUS
LE-MATYA
VULCAN
SEHLAT
VULCAN

BEAUREGARD WEEPER
ZETA RETICULI A

TALOSIAN SINGING PLANT
TALOS IV

MAKO ROOT PLANT
ZETA BOOTIS III

KAFERIAN APPLES
KAFERIA

SPORE PLANT
OMICRON CETI III

PIERSOL'S TRAVELLER
MARCOS XII

Bibliothekscomputer USS Enterprise (NCC-1701-D)

Datenbankauszug (Ausdruck)

Objekt: Gideone

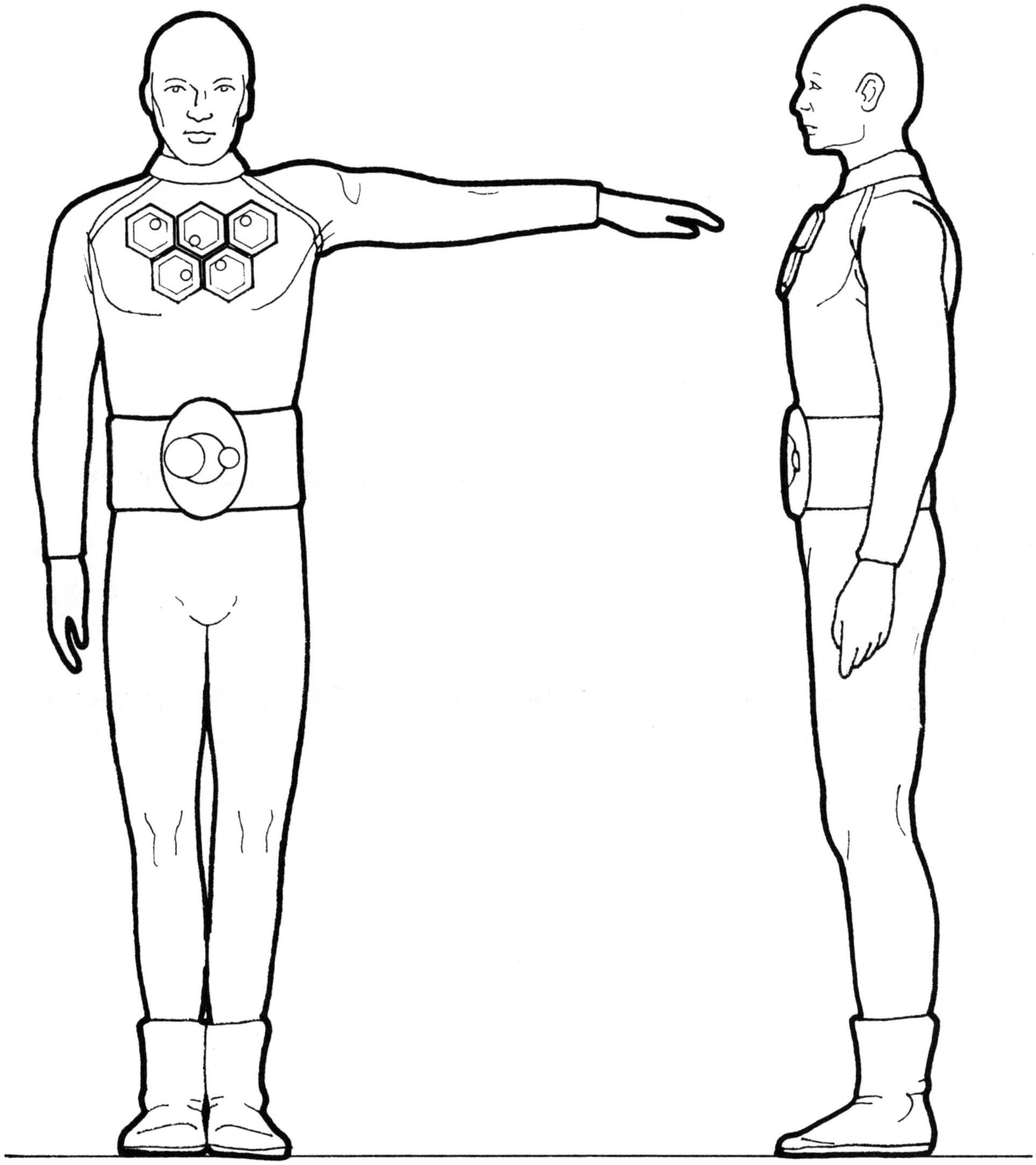

76

888

45

Dimorus IV (M)
eigener Name nicht bekannt
Dimorus
(– 26,7; – 18,8; – 27,9)

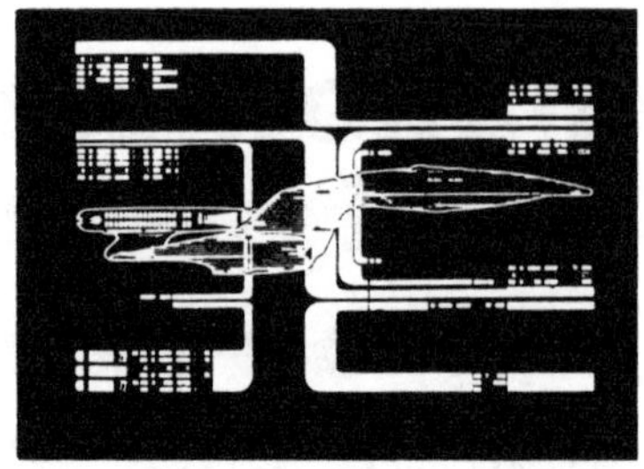

Dimorus IV ist der vierte von acht Planeten, die zwei orangene Sterne mittlerer Größe umkreisen. Dimorus IV ist völlig von Wäldern und dichtem Unterholz bedeckt. Dieses riesige Waldgebiet wird durch große unterirdische Wasserspeicher versorgt und ist die Heimat zahlreicher Lebensformen.

Der Planet wird von rattenähnlichen Wesen bewohnt. Sie gehen aufrecht und werden ungefähr halb so groß wie Humanoide. Dimorus wurde ursprünglich als Forschungsstation für Botaniker genutzt. Die Föderation stellte den Planeten allerdings unter Quarantäne, als man entdeckte, daß die intelligenten Rattenwesen extrem fremdenfeindlich sind. Mitglieder der ersten Expeditionen wurden häufig von den Wesen angegriffen, die sie mit hochgiftigen Pfeilen beschossen. Eine Verwundung führte immer zum Tod. Man entwickelte zwar schließlich ein Gegengift, aber die Expeditionen wurden wegen der Gefahr für die Außenteams und wegen der unnötigen Verärgerung der Rattenwesen trotzdem eingestellt.

176

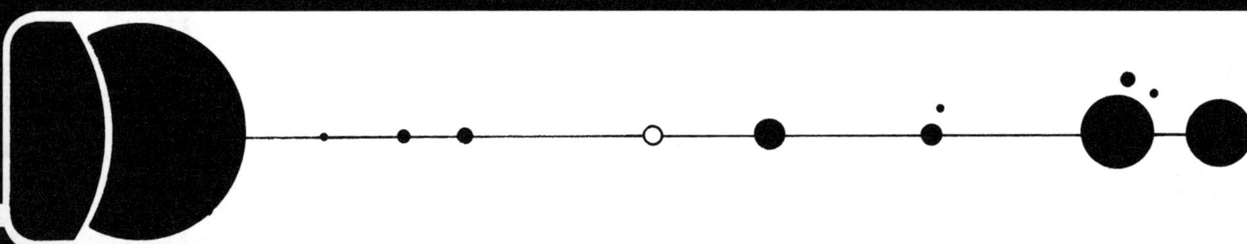

32

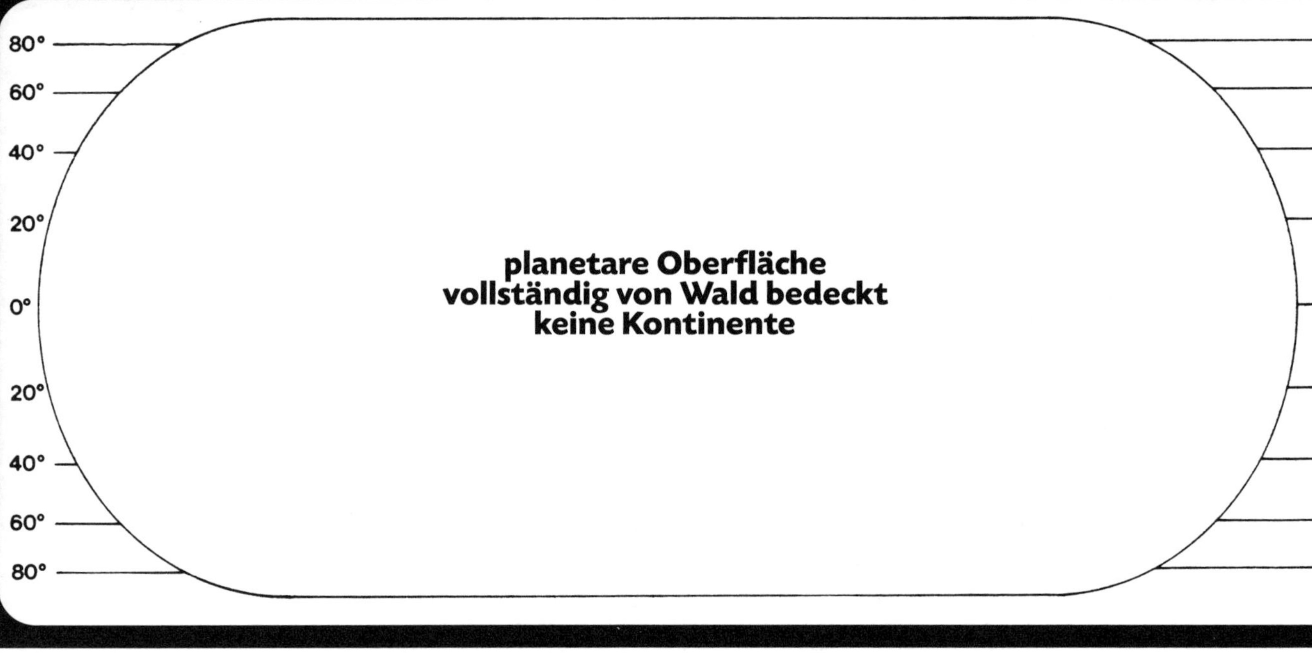

134

Bibliothekscomputer USS Enterprise (NCC-1701-D)
Datenbankauszug (Ausdruck)
Objekt: Dimorusianer

Höhe:
0,7 m
Gewicht:
32 kg
Lebenserwartung:
14 Jahre

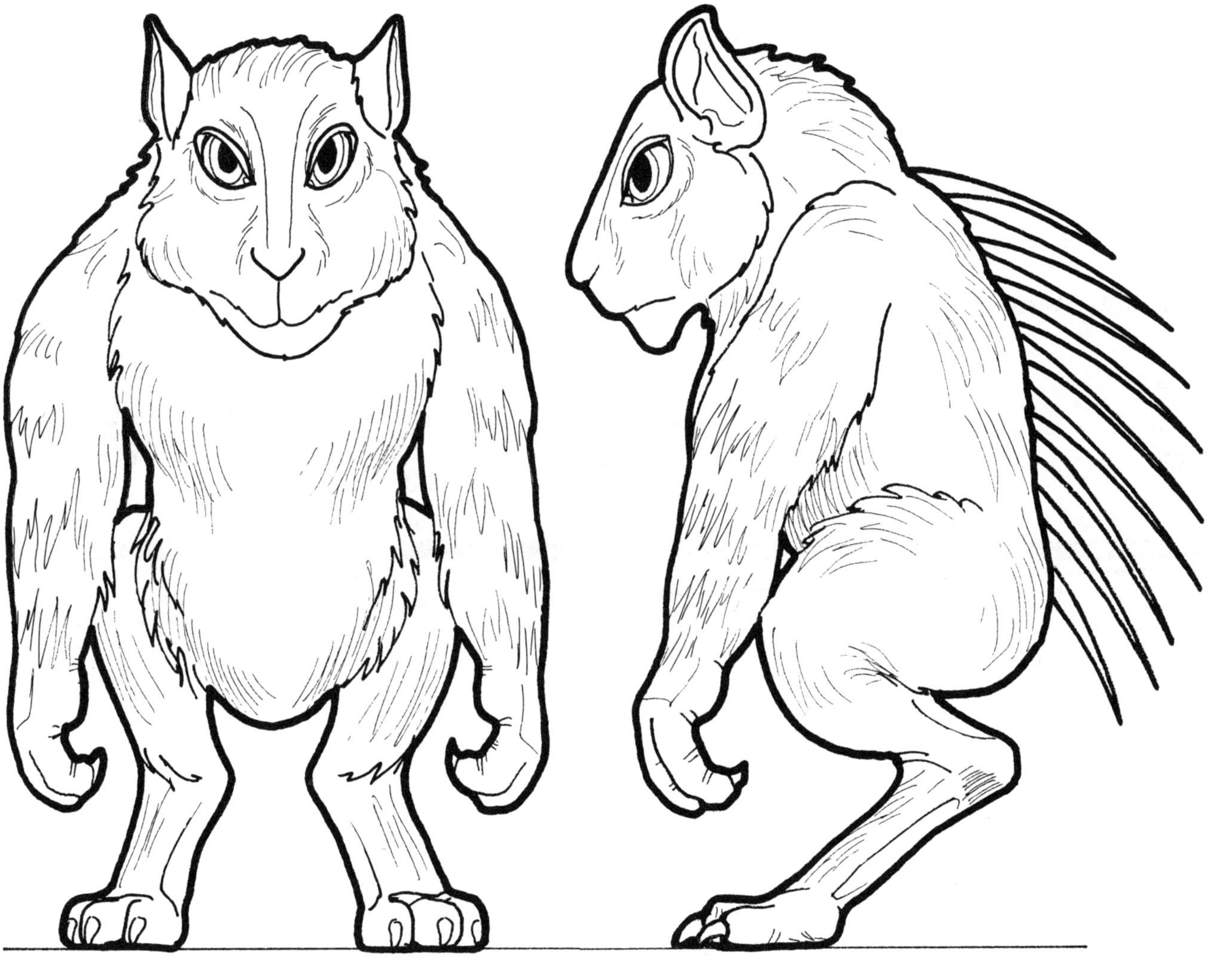

912

65

01

892-IV (M)
Magna Roma
UFC 892

(– 132,1; – 101,1; – 56,7)

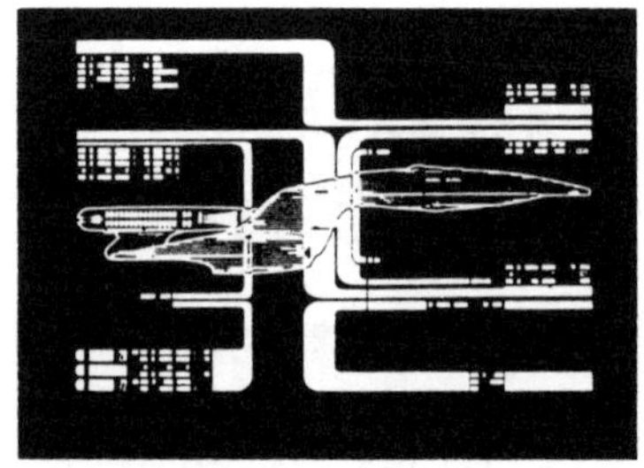

UFC-892 ist ein gelber Zwergstern, der ein System mit elf Planeten besitzt, das stark an das terranische Solsystem erinnert. Allerdings besitzt UFC-892 einen Planeten, der sich in einer so dichten Umlaufbahn um den Stern befindet, daß er praktisch nur aus Lava besteht.

Der vierte Planet könnte Terras Zwillingswelt sein und ist ein gutes Beispiel für Hodgkins Gesetz der parallelen Planetenentwicklung. Er gehört der Klasse M an, hat das gleiche Wasser-Land-Verhältnis wie die Erde, eine Dichte von 5,5, einen Durchmesser von 7917 Meilen und eine Atmosphäre, die zu achtundsiebzig Prozent aus Stickstoff und zu zwanzig Prozent aus Sauerstoff besteht. Physikalisch wie kulturell ist der Planet ein Duplikat der Erde des zwanzigsten Jahrhunderts. Allerdings gibt es doch einige wesentliche Unterschiede.

Auf Magna Roma konnte sich das römische Imperium im Gegensatz zu Terra halten. Als der Planet entdeckt wurde, gab es auf ihm eine ungewöhnliche Mischung aus Technologie und Grausamkeit. Es gab Sklavenhaltung und Spiele, bei denen zur Unterhaltung getötet wurde, waren eine gängige Praxis. Wie auf der Erde gab es auch auf Magna Roma ein cäsarisches Recht und eine christliche Religion. Allerdings dauerte es fast zweitausend Jahre, bis sich das Christentum etablierte und die römische Diktatur zusammenbrach.

Seitdem hat sich Magna Roma sehr schnell entwickelt. Nach der Abschaffung der gladiatorenartigen Spiele, kam es in ihrer Kultur
499 und ihrer Technologie zu großen Sprüngen. Magna Roma steht kurz davor, Mitglied der Föderation zu werden. Sie haben wertvolle Waren, Dienstleistungen und Personal zu bieten.

76

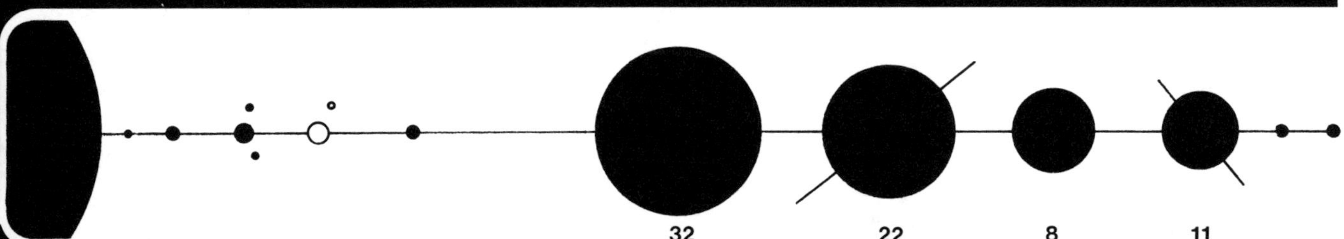

128

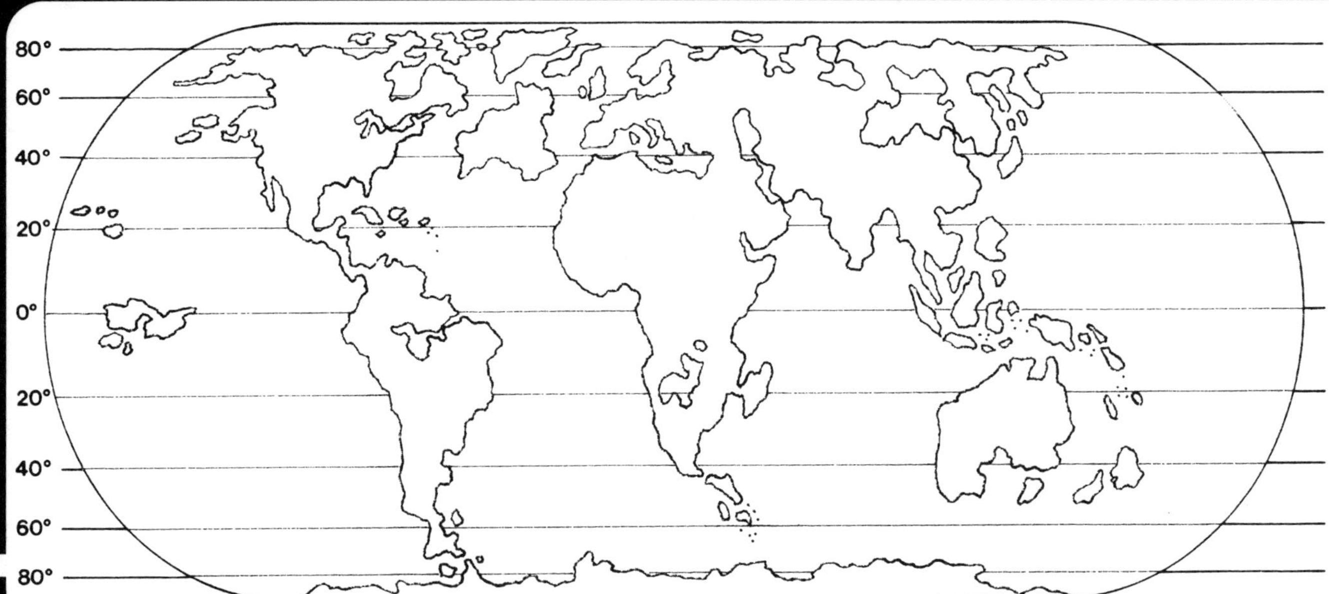

Bibliothekscomputer USS Enterprise (NCC-1701-D)

Datenbankauszug (Ausdruck)

Objekt: Magna-Romaner (Sklave)

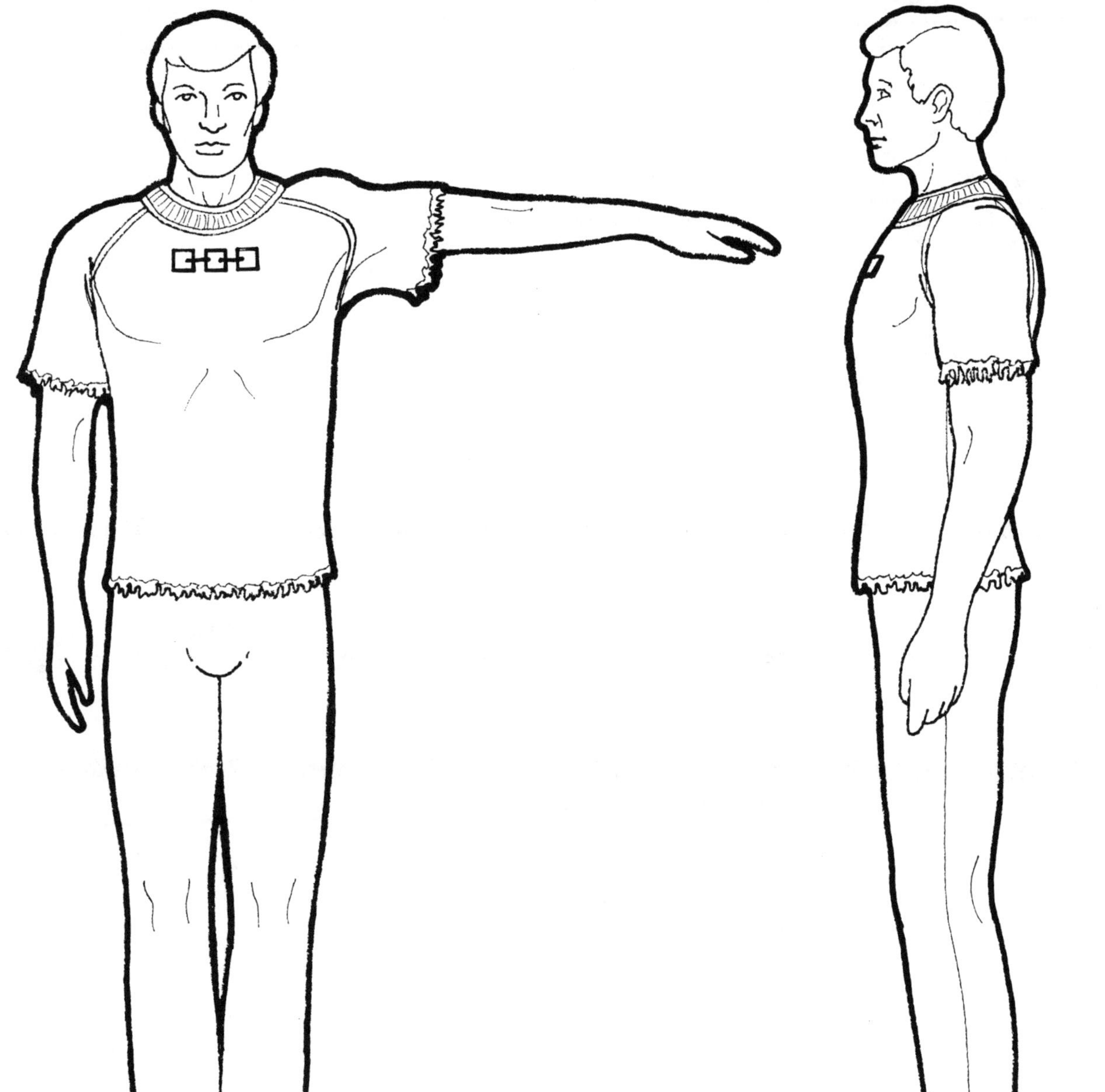

04

56

033

Eminiar III, VII (M)

Vendikar, Eminiar

Eminiar

(– 37,0; 222,3; 25,1)

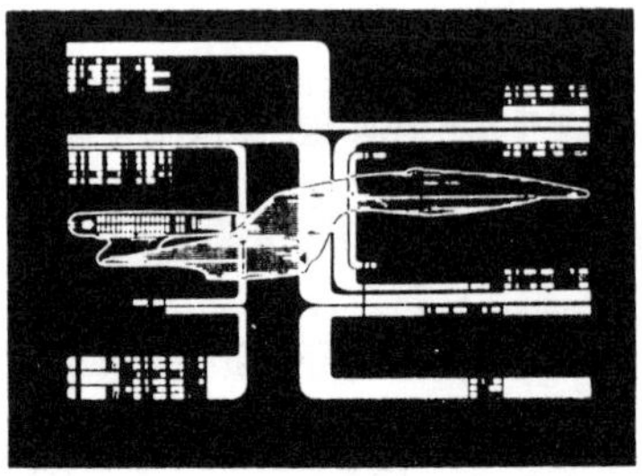

Eminiar ist ein großer gelber Stern in dem dichten Sternenhaufen NGC-321. Er hat ein System mit elf Planeten, die äußeren beiden sind beringte Gasriesen. Von den festen Planeten sind nur der dritte und der siebte Klasse M. Beide sind bewohnt.

Eminiar III, auch Vendikar genannt, war ursprünglich eine Kolonie von Eminiar VII. Auf beiden Planeten gibt es eine hochentwickelte, humanoide Zivilisation, die eine der fortschrittlichsten, der Föderation bekannten Computertechnologien besitzen.

Die Bewohner der beiden Welten haben erst vor kurzem einen Bürgerkrieg beendet, der mehr als fünfhundert Jahre dauerte. Ihr Krieg war unblutig und wurde von Computern gekämpft, die durch militärische Systeme miteinander verbunden waren. Bei einem Angriff rechnete der Computer Erfolg oder Mißerfolg aus. War der Angriff erfolgreich, berechnete er daraufhin, welche Verluste es gegeben hatte. Diese „Verluste" mußten sich daraufhin zu Vernichtungsstationen begeben, wo sie getötet wurden. Sollte sich eine Person nicht melden, würde dies einen Vertragsbruch darstellen, der durch einen Angriff mit echten Waffen bestraft werden würde.

Ein Föderationsschiff, das sich in der Umlaufbahn von Eminiar VII befand, wurde „getroffen". Die Eminianer verlangten, daß sich die Besatzung des Schiffs in die Desintegrationskammern begeben sollte. Der Captain des Schiffs lehnte das ab und brachte so die beiden Parteien, die sich einem echten Krieg nicht stellen wollten, an den Verhandlungstisch. Nach langen Gesprächen einigte man sich auf einen Waffenstillstand, aus dem schließlich ein echter Friede wurde. Der Krieg endete, nachdem Millionen in den Desintegrationskammern gestorben waren.

Momentan unterhält das Eminiarsystem Handelsbeziehungen zur Föderation und denkt über eine Mitgliedschaft nach.

211

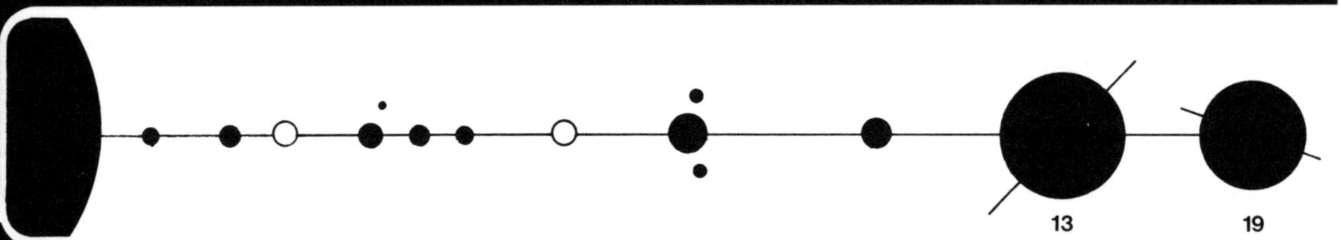

03

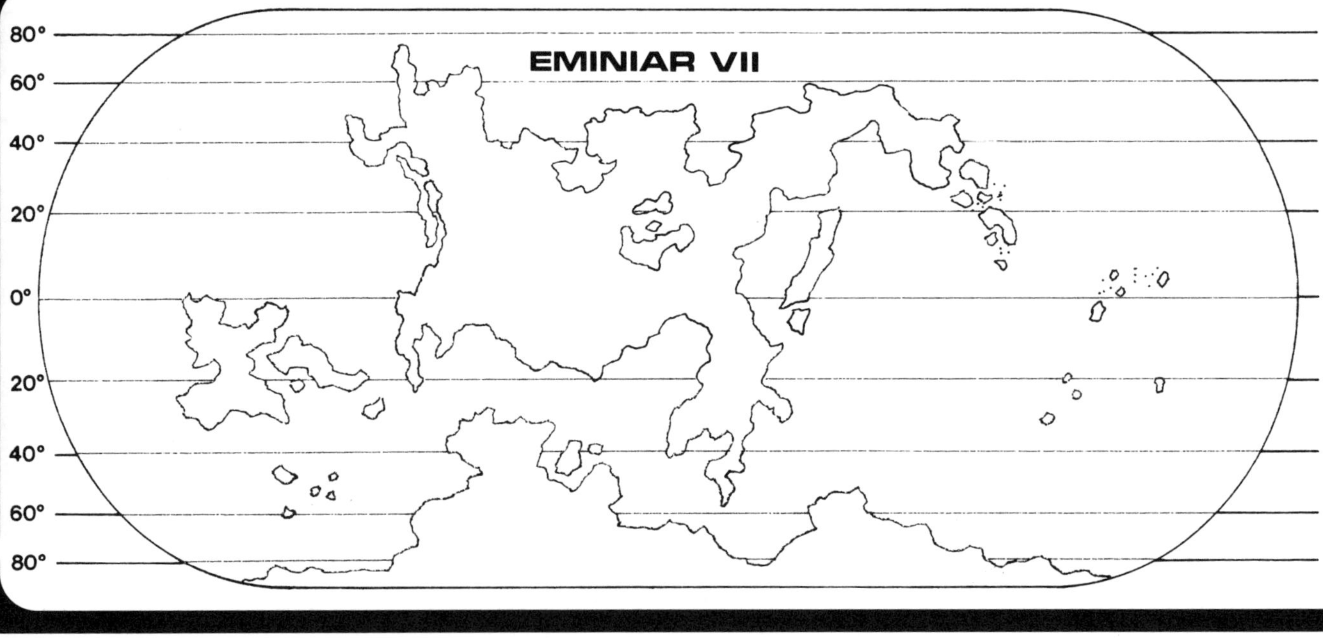

67

Bibliothekscomputer USS Enterprise (NCC-1701-D)

Datenbankauszug (Ausdruck)

Objekt: Eminianer

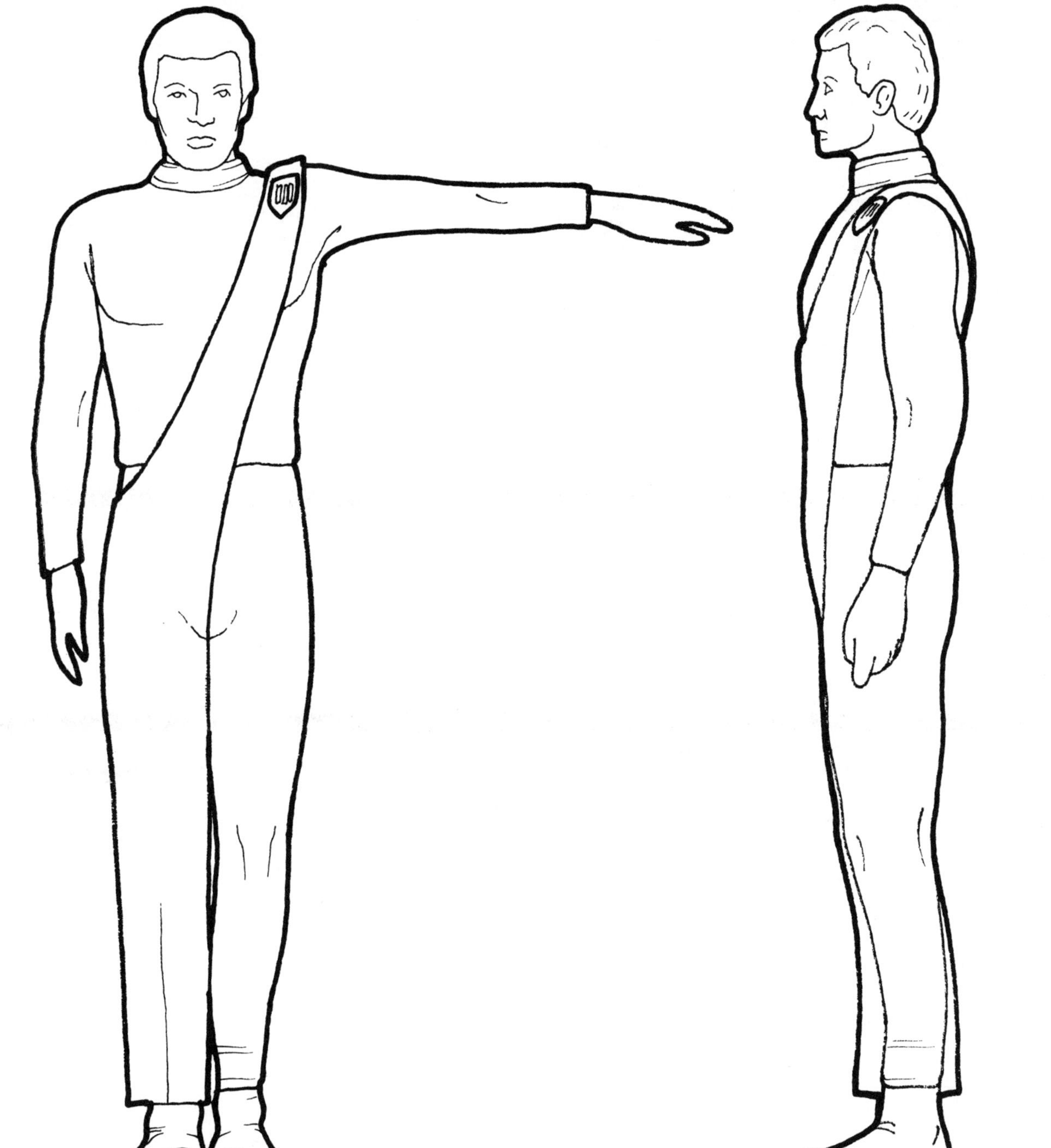

Excalbia I (I)

eigener Name unbekannt

Excalbia

(– 54,8; – 157,7; – 193,4)

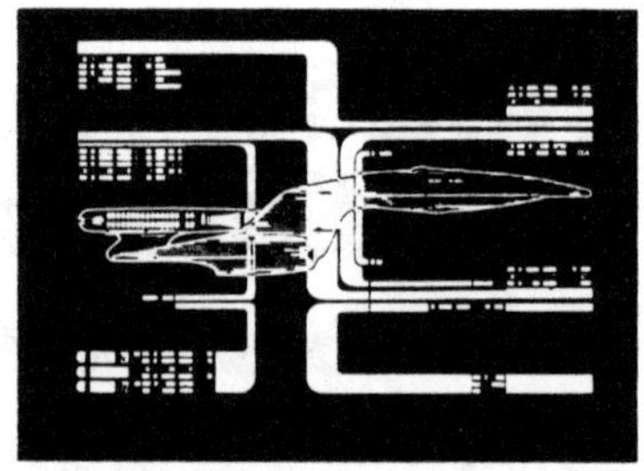

Excalbia ist der erste von drei Planeten, die einen blau-weißen Riesenstern umkreisen. Wie viele Planeten der Klasse I besteht auch dieser größtenteils aus geschmolzener Lava und Urgasen. Im Gegensatz zu den meisten Welten dieser Klasse gibt es auf Excalbia eine intelligente Lebensform.

Die Excalbianer sind eine Kohlenstoffrasse, deren Körperchemie auf Kalzium-Karbonat basiert. Man weiß nur wenig über ihre Fähigkeiten oder ihre Gesellschaft. Bekannt ist, daß sie ihren Planeten verändern können, um andere Umgebungen für Forschungen zu schaffen.

Excalbianer sind Wesen aus „lebendigem Stein", die keine offensichtlichen inneren Organe besitzen und unglaublich hohe Körpertemperaturen besitzen. Sie können aus ihren Körpern Mineralien abziehen, um Quartzlinsen zur Sicht oder Klauen zur Handhabung zu formen. Die Umformung ihrer eigenen Körper scheint keine Grenzen zu kennen.

Seit einem Zwischenfall, bei dem Captain Kirk und Commander Spock von der USS **Enterprise** beinahe getötet wurden, steht der Planet unter einer allgemeinen Quarantäne. Die beiden Offiziere wurden von den Excalbianern zu einem Kampf bis zum Tod gezwungen. Die Excalbianer hofften, durch diesen Kampf den Unterschied zwischen Gut und Böse besser verstehen zu können. Um weitere Zwischenfälle zu vermeiden, darf der Planet nicht angeflogen werden.

51

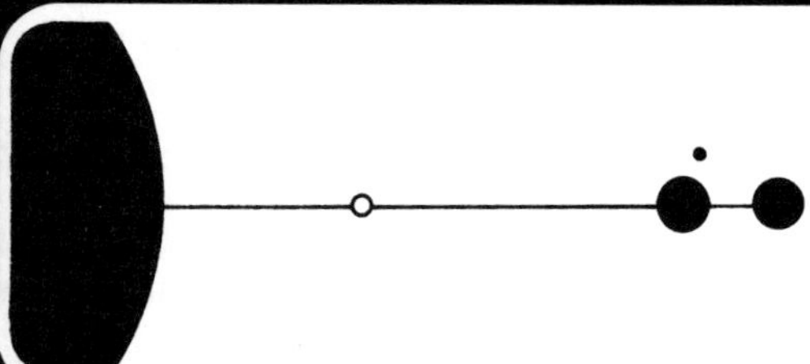

768

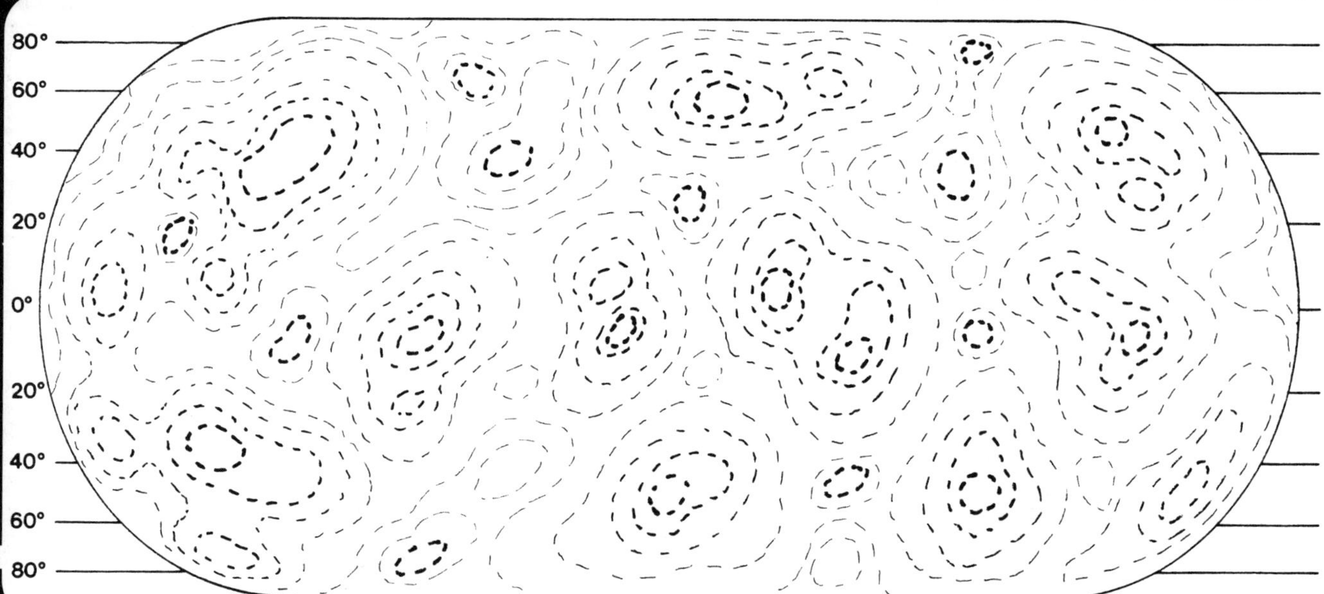

44

Bibliothekscomputer USS Enterprise (NCC-1701-D)

Datenbankauszug (Ausdruck)

Objekt: Excalbianer

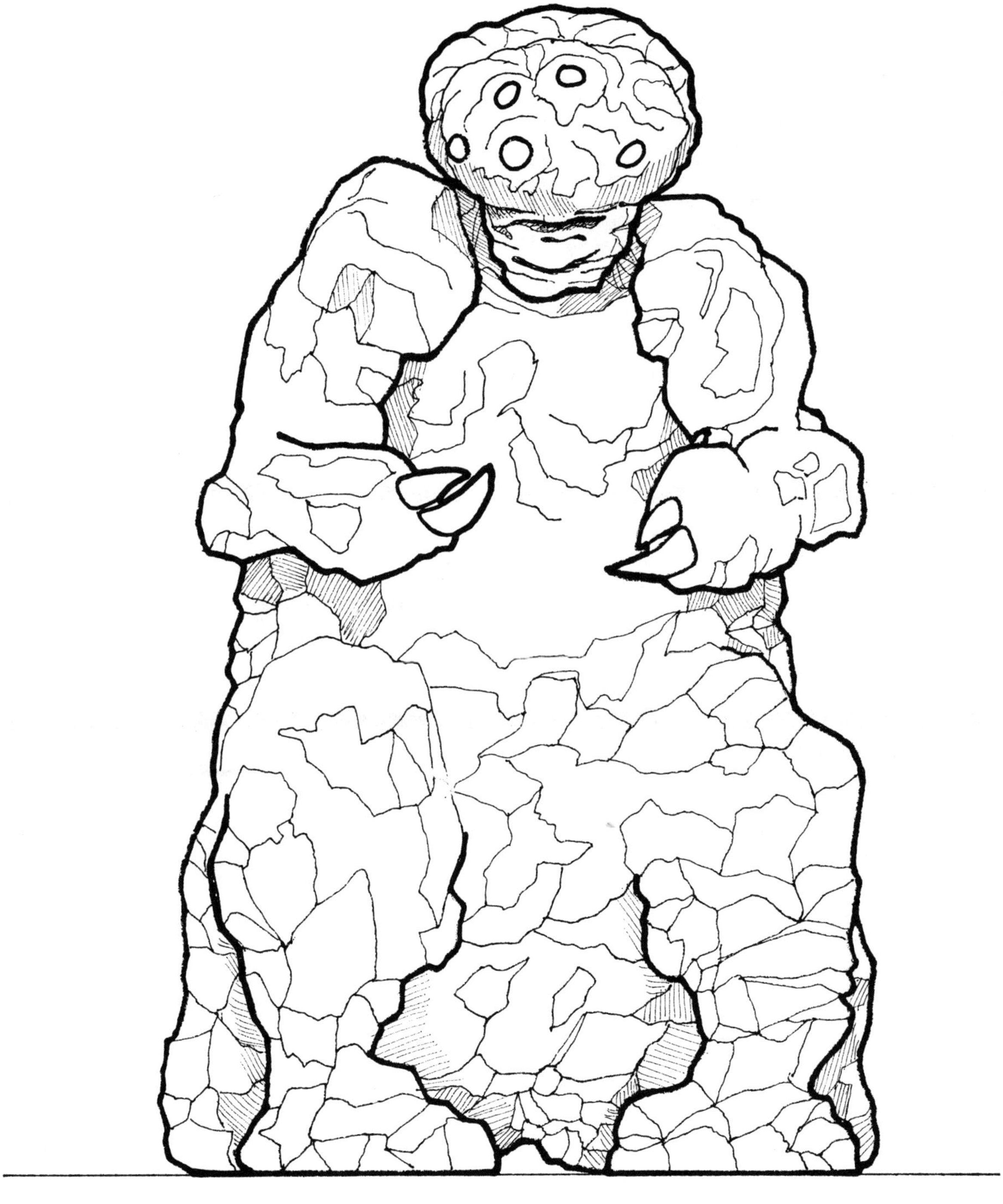

322

08

378

Gamma Trianguli VI (M)

Vaalel

Gamma Trianguli
(– 170,5; – 126,0; 91,6)

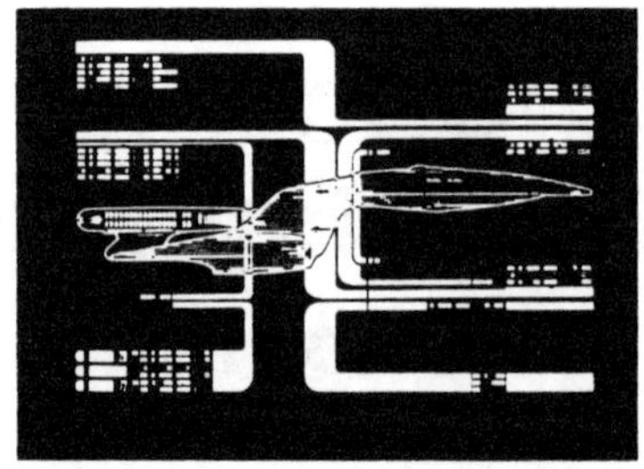

Gamma Trianguli ist ein gelber Gigant, der elf Planeten und drei große Asteroidengürtel besitzt. Die Planeten acht bis elf sind Gasgiganten, Planeten neun und zehn haben Ringe.

Gamma Trianguli VI ist der einzige bewohnte Planet des Systems. Dies ist eine tropische Dschungelwelt, die sogar an ihren Polen noch Temperaturen von über 20°Celsius hat. Eine allgegenwärtige Gefahr auf dem Planeten besteht aus einem regenbogenfarbenen Mineral, dessen Elementenmischung den Felsen extrem instabil macht. Bei einer plötzlichen Bewegung kann er explodieren.

Der Planet hat eine humanoide Bevölkerung, die aus weniger als eintausend Personen besteht, deren Lebenserwartung bei zweihundertfünfzig Jahren liegt. Diese einfachen Bewohner haben nur eine primitive Kultur und keine Technologie. Sie stellen nur die einfachsten Werkzeuge her. Bis vor kurzem wurde die Bevölkerung von einem riesigen, unterirdischen Computersystem regiert, das die Eingeborenen „Vaal" nannten. Erbaut wurde es vermutlich von der Zivilisation, die diese Humanoiden auf den Planeten brachte. Dieser Computer überwachte alle Aspekte im Leben der Humanoiden und kontrollierte sogar die Umwelt. Das System wurde leider zerstört, bevor sich Föderationswissenschaftler mit dem Klimakontrollsystem beschäftigen konnten.

07

825

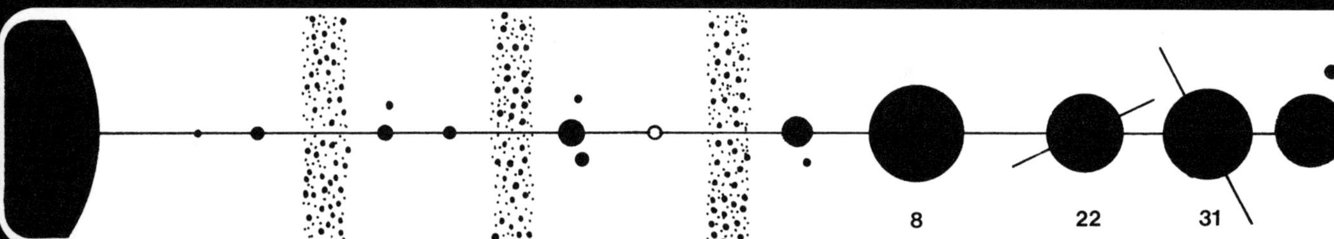

87

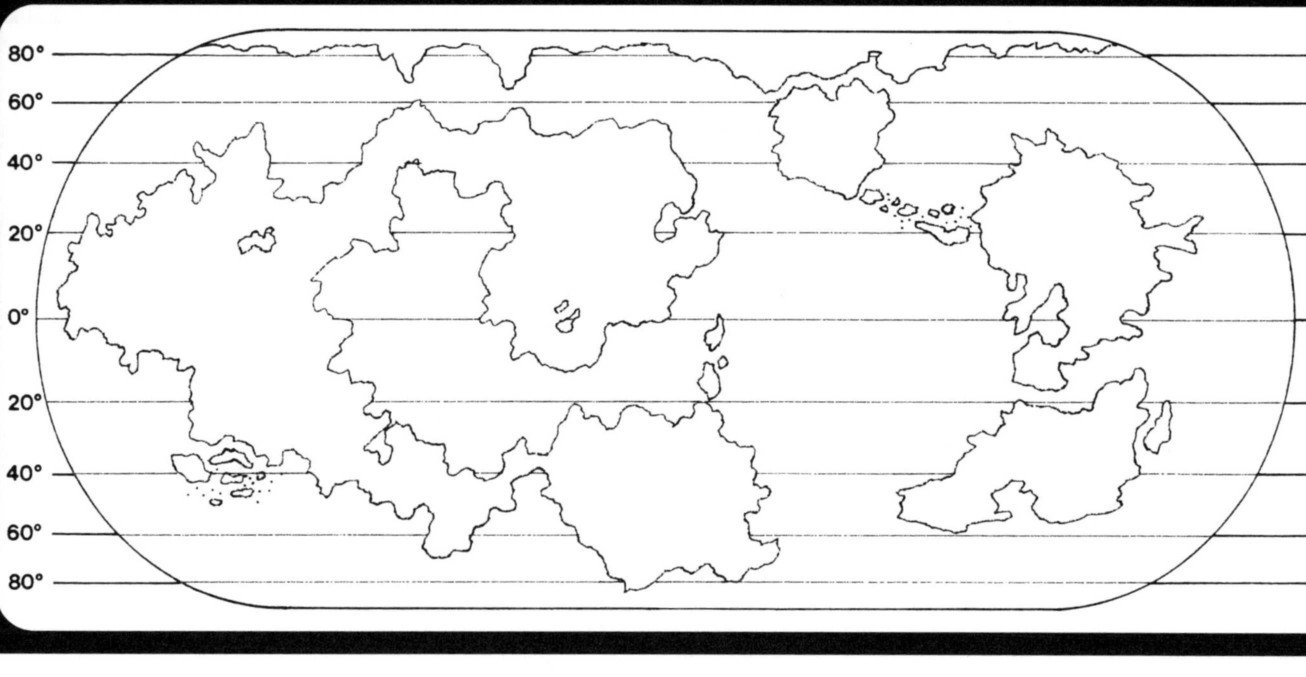

Bibliothekscomputer USS Enterprise (NCC-1701-D)

Datenbankauszug (Ausdruck)

Objekt: Eingang des Vaal-Computers

267

25

88

Iotia (M)
Oxmyx
Sigma Iotia
(– 5,7; – 144,2; – 109,1)

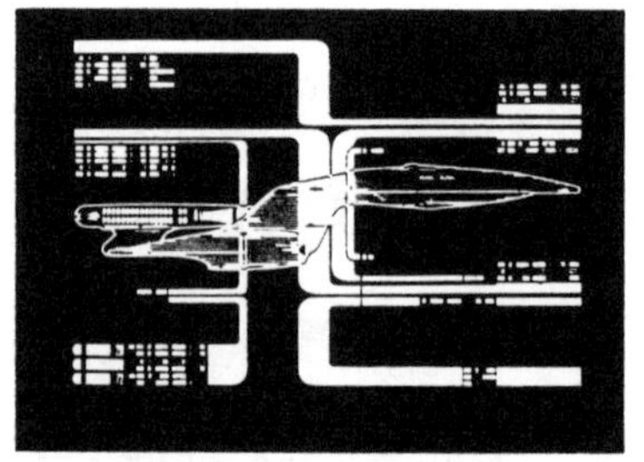

Der Planet ist zu einem Musterbeispiel für die Wichtigkeit der Hauptdirektive geworden. Durch einen Zufall wurde die Geschichte des Planeten für immer geändert. Ausgelöst wurde diese Veränderung von der USS **Horizon**, die den Planeten vor über zweihundert Jahren besuchte.

Er ist der zweite von neun Planeten, die einen großen, gelben Stern umkreisen. Er ist der einzige bewohnte Planet des Systems und die Heimat einer humanoiden Spezies, die ein großes Nachahmungstalent besitzt.

Die **Horizon** löste die Veränderung mit einem einzigen Buch aus, das den Titel **Bandenwesen im Chicago der zwanziger Jahre** trug und eine geschichtliche Studie über das organisierte Verbrechen auf der Erde der zwanziger Jahre des zwanzigsten Jahrhunderts war. Die Besatzung ließ das Buch bei ihrem Abflug versehentlich zurück. Schon bald wurde aus diesem Buch ein kulturelles Handbuch für die sehr intelligente Bevölkerung, die befürchtete, daß ihre Gesellschaft von der Stagnation bedroht war. Die Bewohner nahmen die neue Verbrechensphilosophie mit offenen Armen auf.

Iotia wurde zu einem Planeten, der von Verbrecherbanden und deren Bossen beherrscht wurde. Ihre Technologie machte einen großen Sprung vorwärts und entwickelte Radios, Autos und Feuerwaffen. Englisch wurde zur offiziellen Sprache erklärt. Dazu gehörte auch der Gangsterslang, der von Personen in dem Buch benutzt wurde.

Die USS **Enterprise** wurde nach Iotia geschickt, um den Schaden zu beheben. Dabei ließen sie versehentlich einen weiteren Gegenstand zurück, der ebenfalls zu Veränderungen führen würde. Die Iotianer fanden einen Communicator, der auf Transtatorphysik beruht. Sie warfen ihre Mafiakultur ab und stürzten sich auf die Möglichkeiten, die dieser neue Schatz in sich trug. Das nächste Schiff, das auf dem Planeten eintraf, entdeckte etwas, das sie anfänglich für eine Sternenbasis der Föderation hielten. Es gab sogar uniformiertes Personal und Kommunikation auf Frequenzen der Sternenflotte.

Der Planet ist heute ein Föderationsprotektorat mit einer kulturellen Wertung von E plus. Der Planet steht zwar nicht unter Quarantäne, aber Besucher müssen sich bei einer Zollstation melden, die sich im Orbit des Planeten befindet.

211

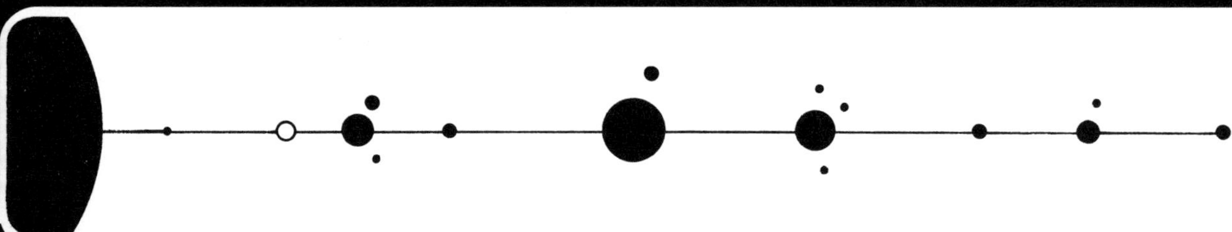

93

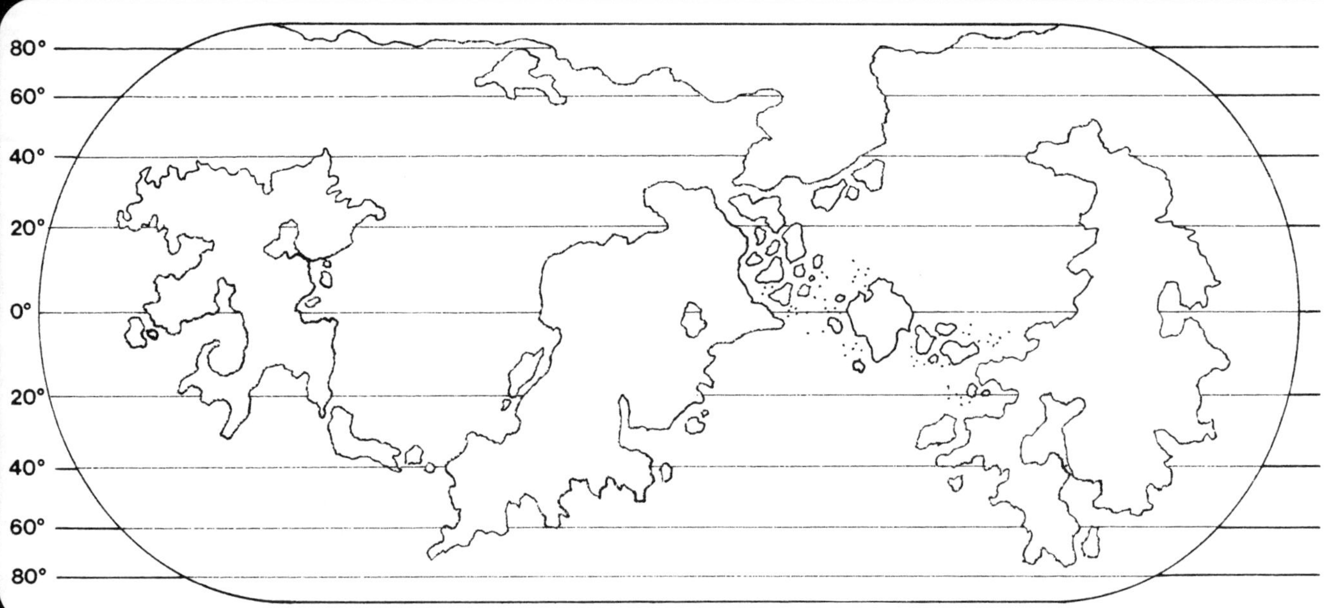

768

Bibliothekscomputer
USS Enterprise (NCC-1701-D)
Datenbankauszug (Ausdruck)
Objekt: Iotianer

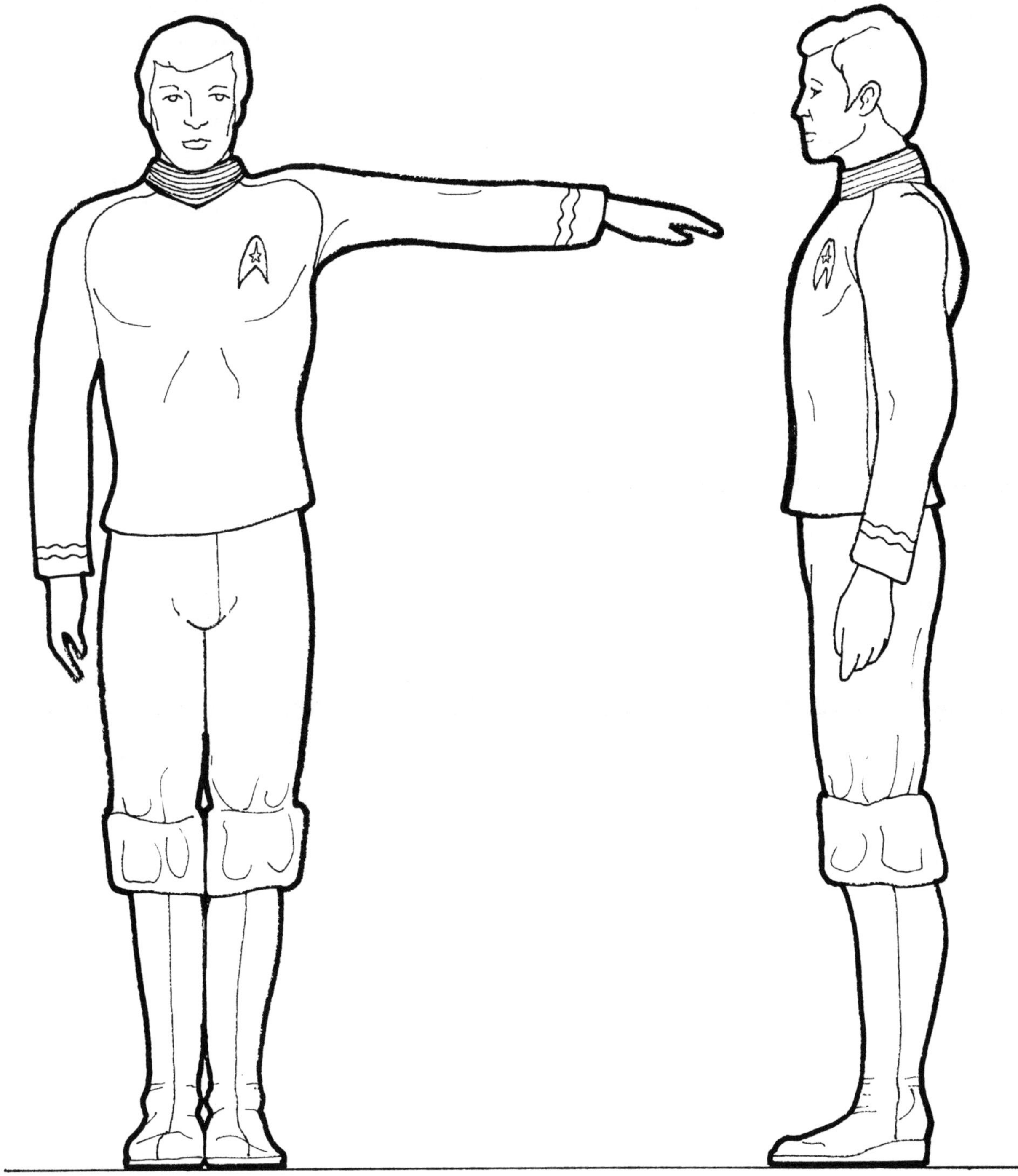

575

23

27

Janus VI (E)
Shaul
Janus
(– 123,8; – 30,1; – 15,8)

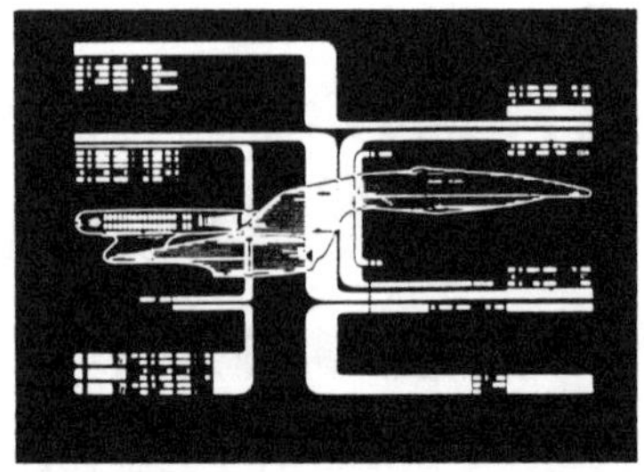

Janus ist ein orangener Stern mittlerer Größe, der von zehn Planeten umkreist wird. Keiner dieser Planeten ist Klasse M, und man ging davon aus, daß alle unbewohnt seien. Kürzlich wurde allerdings die Horta entdeckt.

Sensorenabtastungen aus der Umlaufbahn wiesen daraufhin, daß die sechste Welt des Systems große Vorkommen von Pergium und anderen Schwermetallen hatte. Diese Metalle werden in den Atomreaktoren der meisten Föderationskolonien benutzt. Die Oberfläche des Planeten war lebensfeindlich, also baute man eine unterirdische Mine, die bei ihrer Fertigstellung Tausende von Planeten versorgen würde. Man legte ein riesiges Netz von Tunneln an, und die Förderung verlief fünfzig Jahre lang ohne Zwischenfälle.

Als man in eine tieferliegende Höhle vordrang, kam es plötzlich zu einer Reihe unerklärlicher Todesfälle. Die Opfer wurden anscheinend von einem unsichtbaren, säureausstoßenden Monster getötet. Die Pergium-Förderung wurde gestoppt, worauf die Reaktoren in mehr als zwölf Föderationskolonien angehalten werden mußten. Man schickte die USS **Enterprise**, um die Todesfälle aufzuklären, damit die Förderung fortgesetzt werden konnte. Bei ihren Nachforschungen entdeckte die Besatzung, daß die Bergarbeiter unabsichtlich in die Eikammer der Horta, der einzigen Lebensform des Systems vorgedrungen waren. Die Horta, die einzig bekannte intelligente Lebensform, die auf Silikon aufgebaut ist, griff die Bergarbeiter an, um ihre ungeborenen Kinder zu schützen. Sie war die Letzte ihrer Art und hatte den Planeten ein halbes Jahrhundert lang friedlich mit den Bergarbeitern geteilt und sich absichtlich von deren Gebieten ferngehalten. Wissenschaftler fanden später heraus, daß nach einer Lebensspanne von rund sechzigtausend Jahren die gesamte Horta-Rasse ausstirbt und nur eine zurückbleibt, um auf die Eier der nächsten Generation aufzupassen.

Sechsundfünfzig Bergarbeiter starben, bevor ein vulkanischer Telepath mit dem Wesen Kontakt aufnehmen konnte. Er überzeugte die Horta davon, daß die Bergarbeiter unabsichtlich einige Eier beschädigt hatten. Daraufhin schloß die Horta mit ihnen Frieden. Die Horta erwies sich als so intelligent und friedliebend, daß sie und ihre Kinder, nachdem sie geschlüpft waren, sogar bei der Metallförderung halfen, indem sie ihre Säure benutzten, um neue Tunnel zu graben. Da die Horta sich durch Stein bewegen kann, wie Humanoide durch Luft, konnte die Pergiumproduktion drastisch gesteigert werden. Seit dieser Zeit ist aus der Zusammenarbeit eine richtige Partnerschaft geworden, bei der den Hortas die Hälfte der Mine gehört.

216

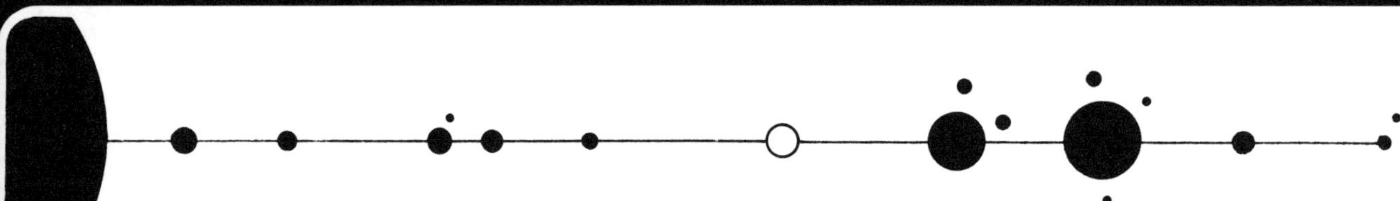

75

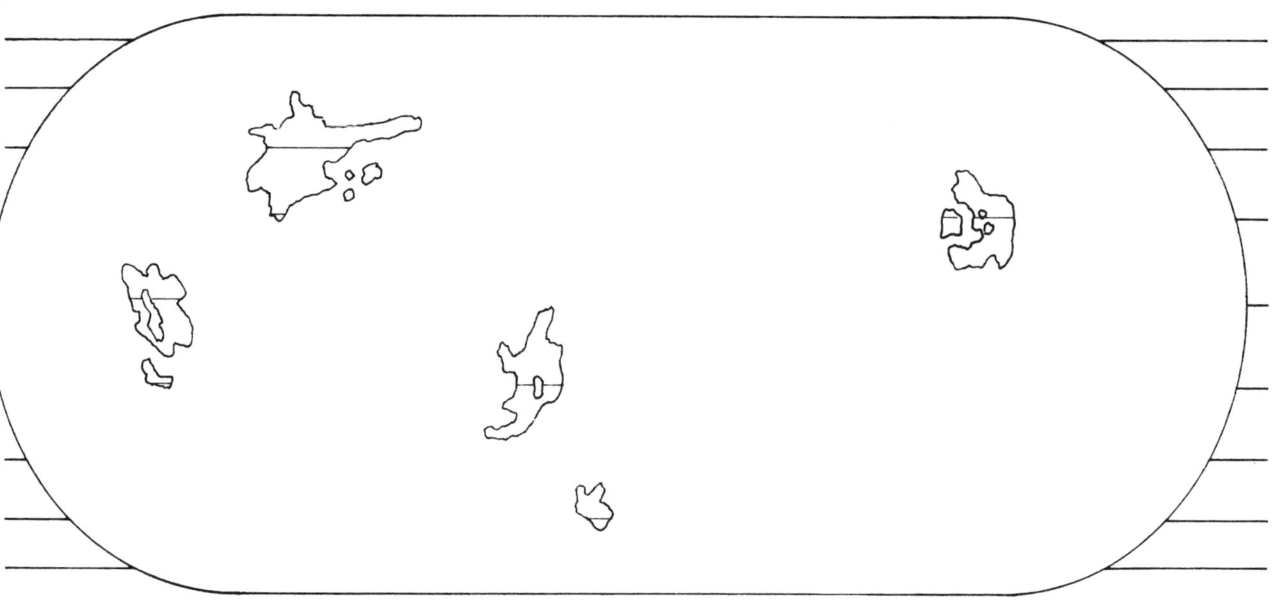

368

Bibliothekscomputer
USS Enterprise (NCC-1701-D)
Datenbankauszug (Ausdruck)
Objekt: Janusanische Horta

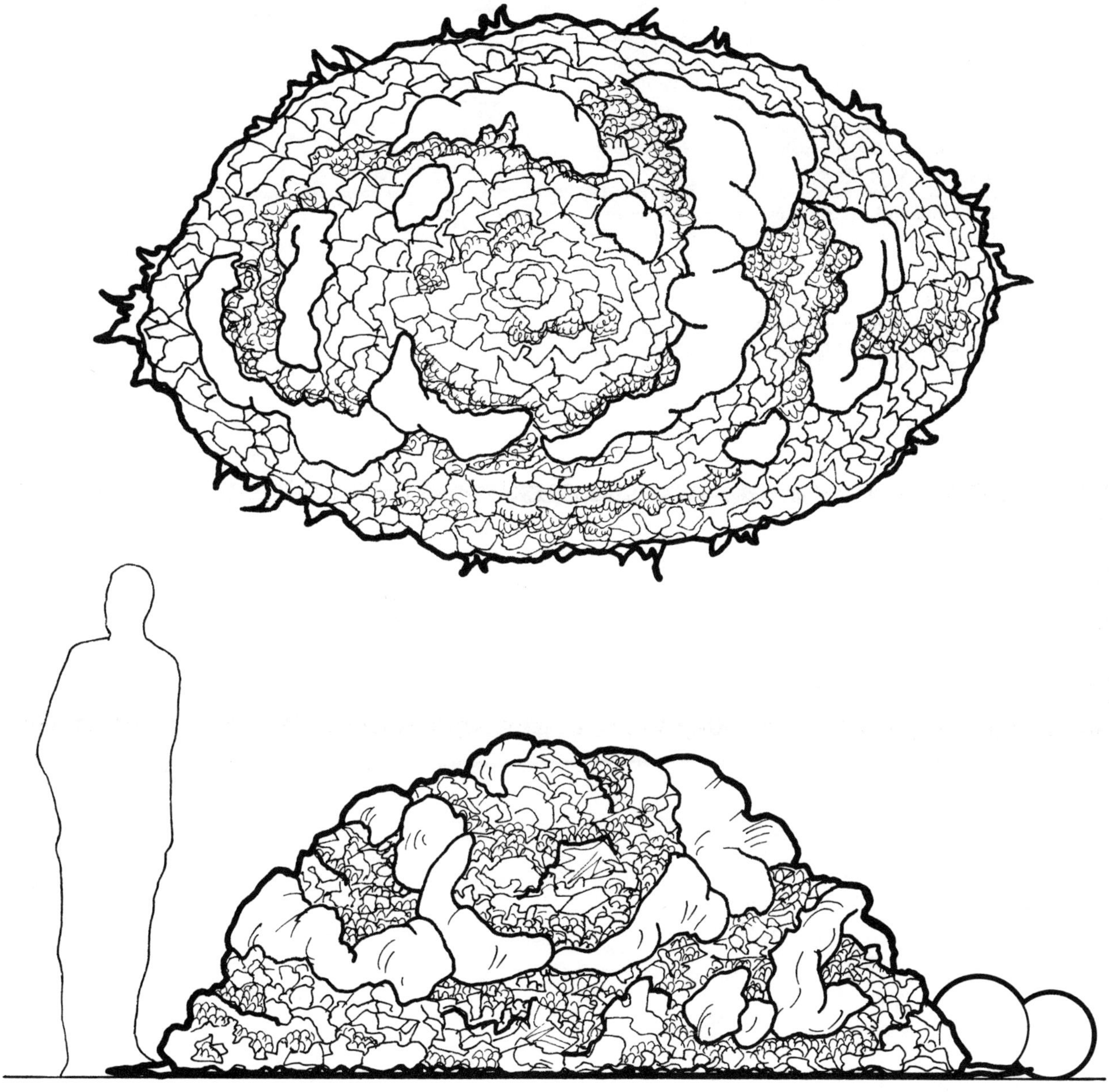

Kaferia (M)

Kohath-Seredi

Tau Ceti

(22,8; 58,7; — 1,5)

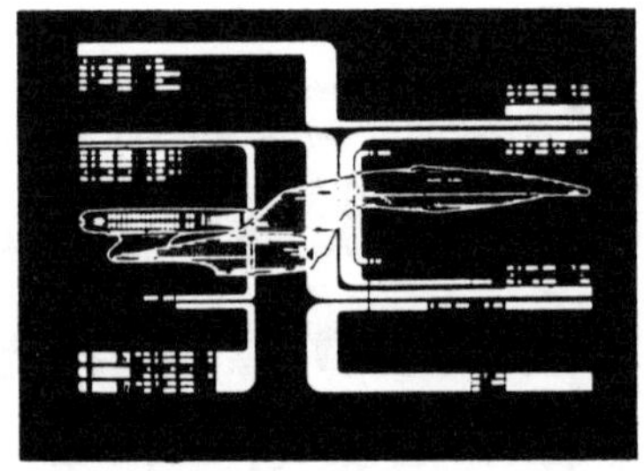

Kaferia ist der dritte von fünf Planeten, die einen gelben Stern mittlerer Größe umkreisen. Dessen Zivilisation war eine der ersten nichtmenschlichen, denen Föderationsforscher begegneten. Der Flug durch das System ist schwierig, da Tau Ceti das größte bekannte Trümmerfeld enthält. Felsen und Eis sind in solchen Massen vorhanden, daß der Planet von den Polen angeflogen werden muß.

Die Kaferianer sind Insektoide mit humanoider Gestalt, die ihre Behausungen aus gesammelter Erde und Pflanzen bauen. Diese Gebäude erreichen manchmal eine Höhe von bis zu 300 Metern und sind durch spinnennetzartige Wege miteinander verbunden, deren Material aus den Körpern der Kaferianer stammt.

Dieses Volk unterhält seit über zweihundert Jahren rege Handelsbeziehungen mit der Föderation und ist Besuchern gegenüber sehr freundlich. Allerdings sehen sie sich selbst lieber als Verbündete und nicht als Mitglieder.

Diese Insektoiden sind hervorragende Genetiker. Ihre wichtigsten Exportgüter sind von ihnen entwickelte Tiere und Pflanzen, die selbst auf den härtesten Kolonien überleben können. Einige ihrer größten Erfolge feierten sie auf dem Gebiet der Nahrungsherstellung. Viele der wohlschmeckendsten Früchte in der Galaxis wurden von ihnen hergestellt.

119

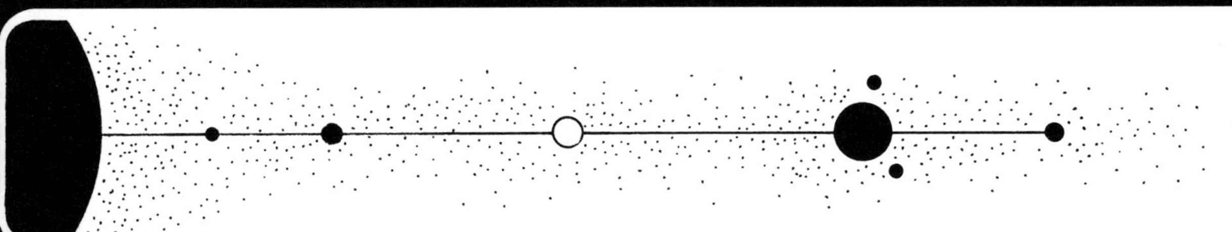

132

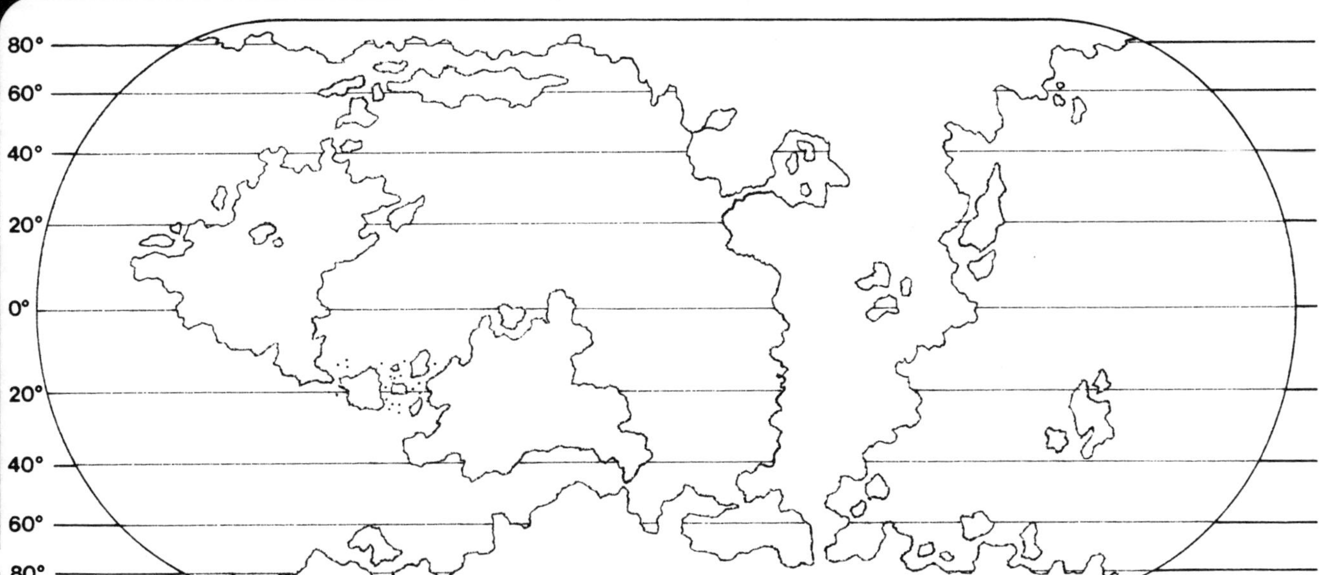

45

Bibliothekscomputer
USS Enterprise (NCC-1701-D)
Datenbankauszug (Ausdruck)
Objekt: Kaferianischer Insektoid

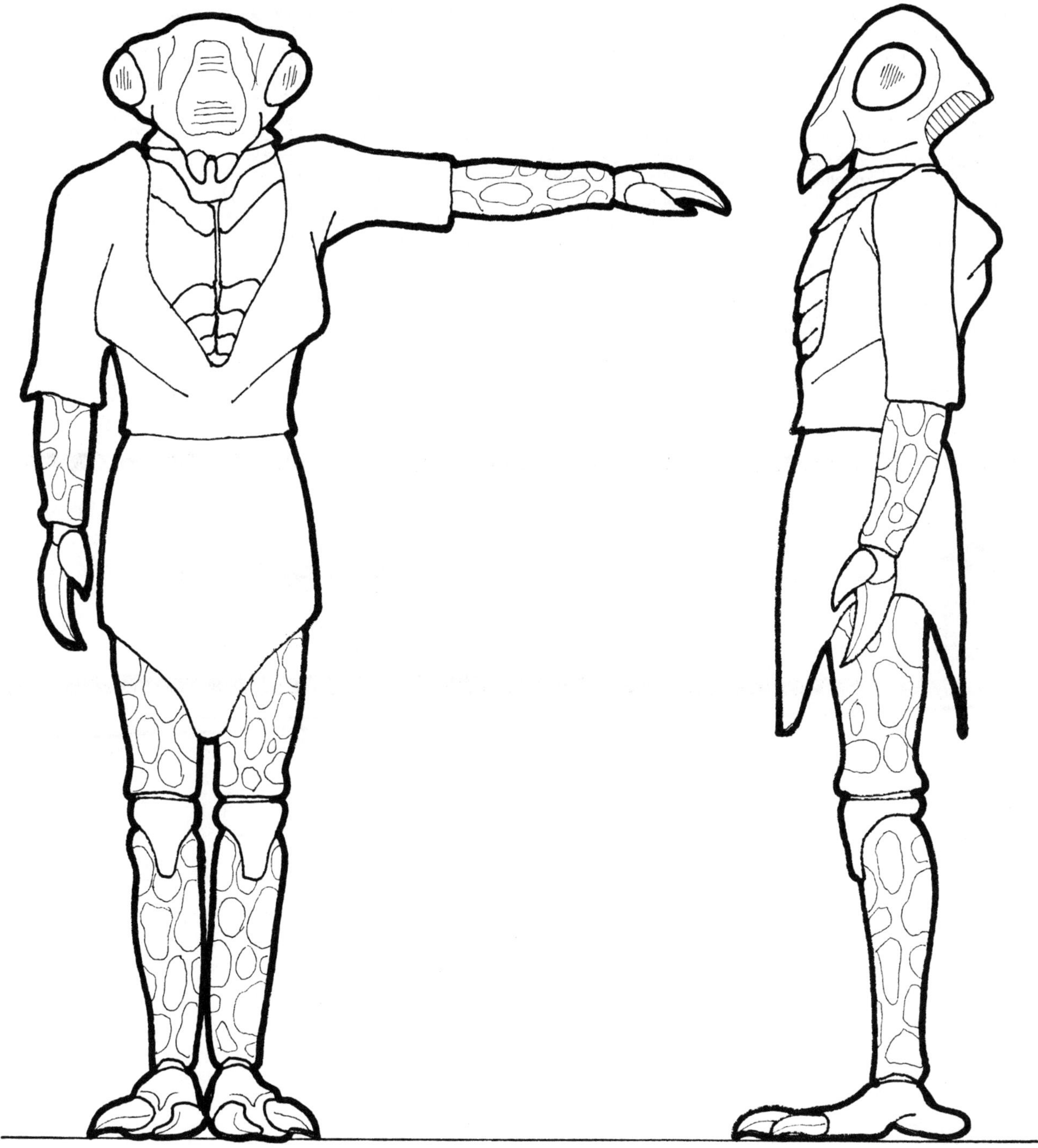

98

36

554

Klinzhai (M)
Klinzhai
Klingon
(– 321,5; 48,6; – 87,9)

Klinzhai ist die Heimatwelt des klingonischen Imperiums. Dieser zweite Planet eines orangenen Doppelsternsystems ist fast eineinhalb mal so groß wie Terra. Das System umfaßt fünf Planeten, von denen kein anderer bewohnbar ist.

Die Oberfläche von Klinzhai besteht fast nur aus Land. Flache, stark salzhaltige Meere findet man nur selten. Im Gegensatz zu den meisten Welten der Klasse M gibt es auf Klinzhai nur wenig Vegetation. Aus diesem Grund ist fast jedes Tier ein Fleischfresser und von Natur aus feindselig.

Die Achse des Planeten weist nur eine leichte Schrägstellung auf, so daß es kaum Jahreszeiten gibt. In der oberen Atmosphäre gibt es eine dichte Schicht aus Kohlendioxyd, die Hitze zurückhält und einen Treibhauseffekt auslöst. Dadurch sind die Temperaturen auf der Oberfläche für eine Klasse-M-Welt sehr hoch. Da es keine großen Wassermassen oder Landschaftsveränderungen gibt, ist das Wetter sehr beständig. Nur an den Polarkappen ist es um einige Grade kühler.

Die Klingonen wurden erst vor kurzem Mitglieder der Föderation. Bis zu diesem Zeitpunkt waren sie die größte militärische Bedrohung der Föderation. Viele Jahre lang kannte man das wahre Aussehen der Klingonen nicht. Die „Klingonen", denen man entlang der Föderationsgrenze begegnete, waren genetisch erschaffene Hybriden aus Klingonen und Menschen, die eine Infiltrierung des Föderationsraums erleichtern sollten. Während des V'Ger-Zwischenfalls fing man eine Nachricht der **Amar** auf und sah zum ersten Mal die echten imperialen Klingonen. Die Föderationswissenschaftler waren überrascht, denn man hatte nicht angenommen, daß die Klingonen über eine so hochentwickelte Gentechnik verfügten. Die Annahmen über die Technologie der Klingonen mußten neu überdacht werden.

Nach einem kurzen Krieg boten die Klingonen einen Friedensvertrag an. Viele führende Personen der Föderation waren mißtrauisch, aber die Zerstörung der vielen Welten, die in diesem Krieg vernichtet worden waren, führte schließlich zu einer Haltungsänderung der beiden Parteien und zu einem echten Frieden. Kleine Klingonengruppen leben zwar immer noch nach dem alten Weg, aber durch ihre geringe Anzahl sind sie nicht mehr als Piraten.

Die Raumschiffbesatzungen der Föderation und der Klingonen werden immer noch getrennt. Allerdings gibt es seit kurzem Austauschprogramme, die mit großem Erfolg durchgeführt werden.

165

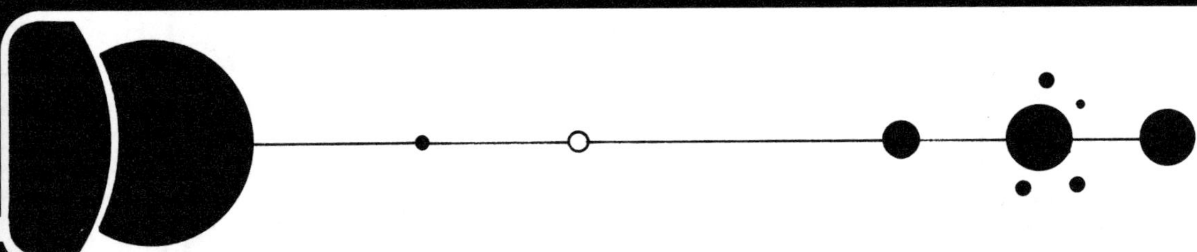

123

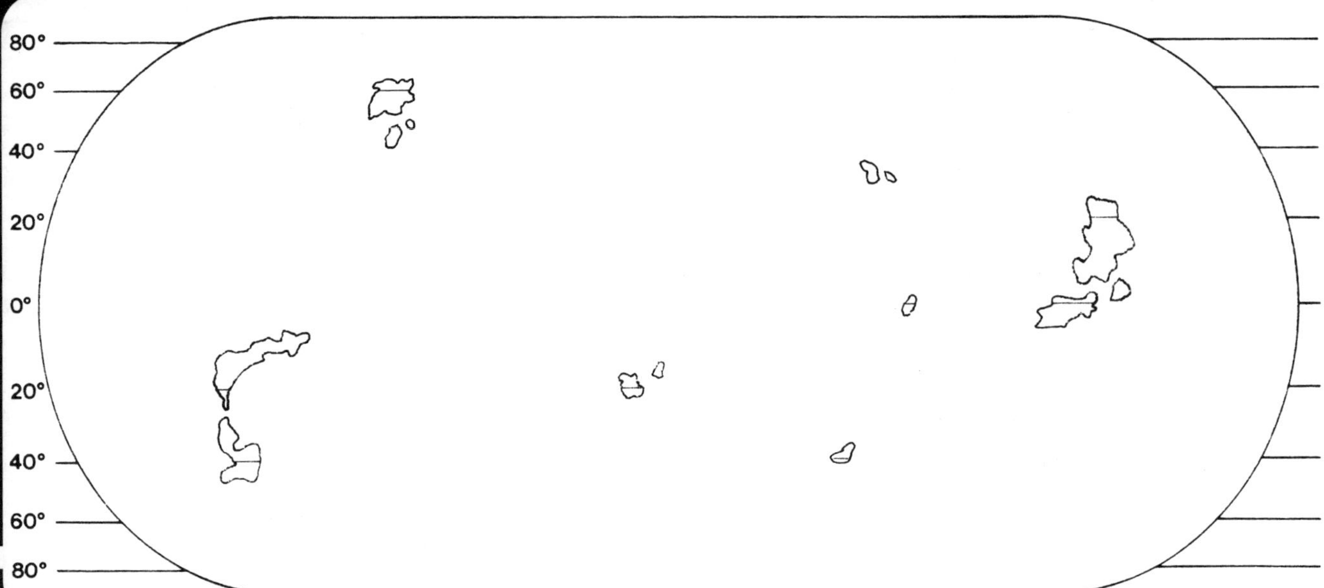

45

Bibliothekscomputer
USS Enterprise (NCC-1701-D)
Datenbankauszug (Ausdruck)
Objekt: Klingone

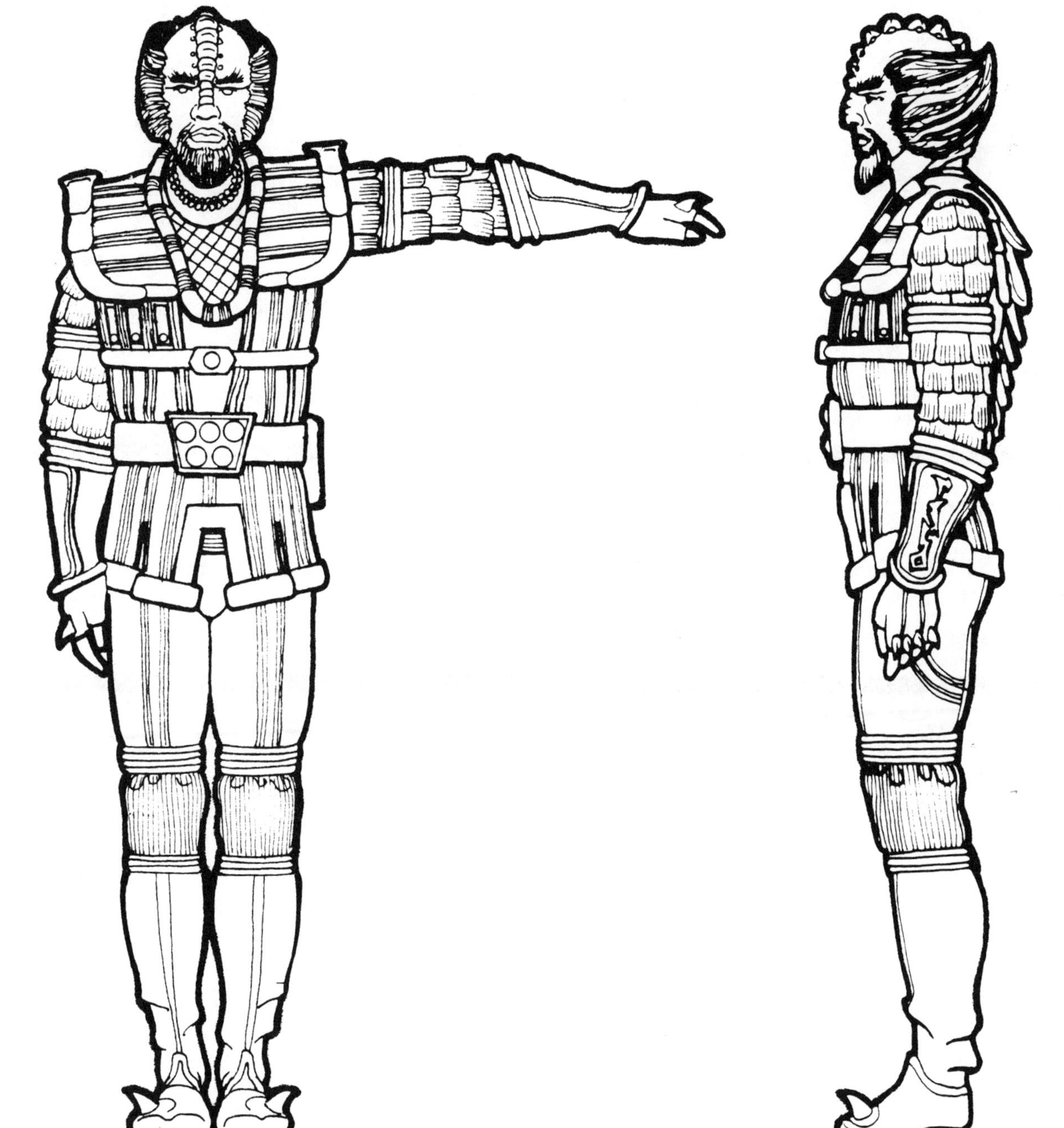

55

337

164

Lactra VII (M)

Sessaline

Lactra

(264,7; 65,4; 98,1)

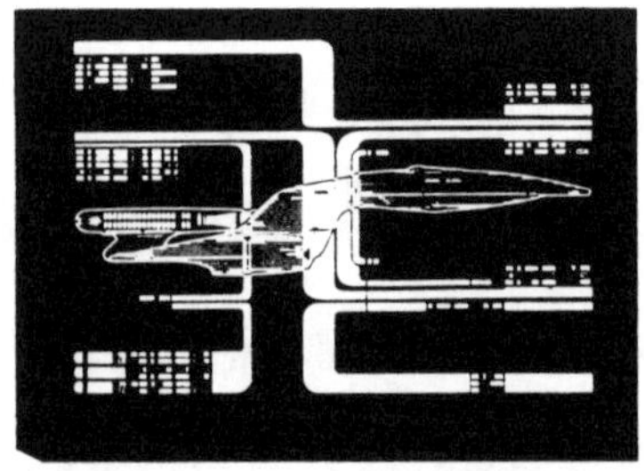

Lactra ist ein roter Riese mit einem System von neun Planeten. Nur auf dem siebten gibt es Leben. Lactra VII ist die Heimatwelt einer hochintelligenten, nichthumanoiden Spezies, die eine große Kultur aufgebaut hat.

Die Lactraner sind ein faszinierendes Volk. Diese schneckenartigen Wesen sind ausgewachsen 7 Meter lang und haben herausragende, telepathische Fähigkeiten, die sie zur Kommunikation in ihrer auf Mathematik basierenden Sprache benutzen. Die Lactraner haben große Augen und einen langen, rüsselartigen Auswuchs, mit denen sie Dinge greifen können. Meistens benutzen sie für so etwas allerdings ihre telekinetischen Fähigkeiten.

Lactra VII wird größtenteils von einem riesigen Zoo bedeckt. Einige Lebensformen befinden sich in Käfigen, die meisten können sich allerdings in speziell auf sie angepaßten Umgebungen frei bewegen. Man findet Regenwälder direkt neben Wüsten und anderen Klimazonen, was auf die Klimakontrollfähigkeiten der Lactraner schließen läßt. Bei den ersten Sensorenmessungen fand man keine Lebensformen, die vielen verschiedenen Klimazonen wiesen allerdings auf eine intelligente Lebensform hin. Seitdem haben die Forscher erfahren, daß die Lactraner sogar die Sensorenangaben vorbeifliegender Schiffe manipulieren können.

Die Lactraner haben einen durchschnittlichen IQ von neuntausend. Aus den Bibliothekscomputern vorbeifliegender Schiffe haben sie viel über die Föderation erfahren, entschlossen sich aber gegen eine Mitgliedschaft und gegen jeglichen weiteren Kontakt.

15

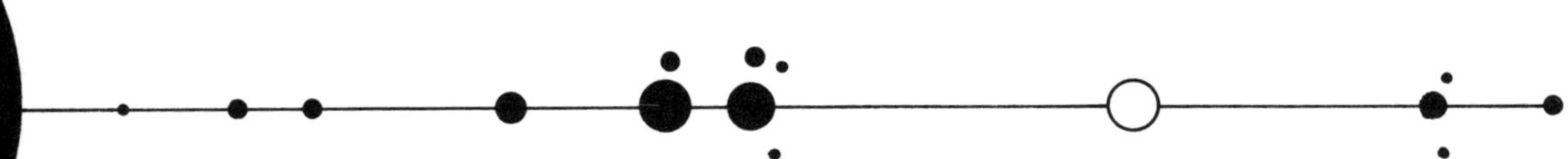

233

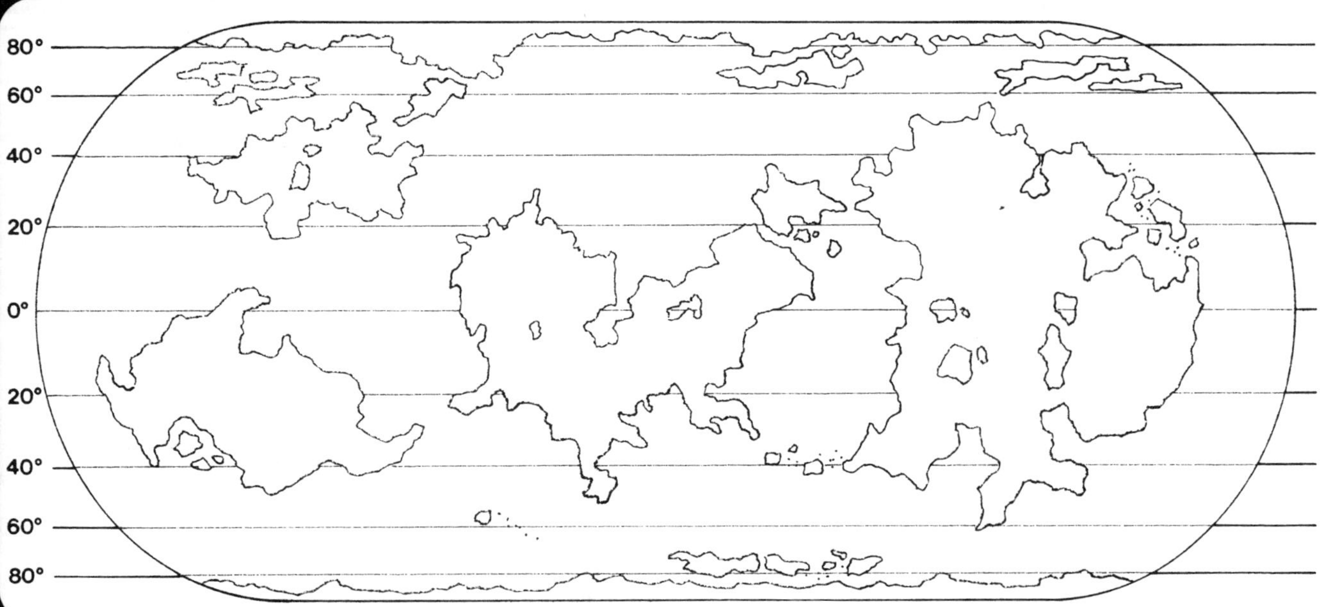

466

Bibliothekscomputer
USS Enterprise (NCC-1701-D)
Datenbankauszug (Ausdruck)
Objekt: Lactraner

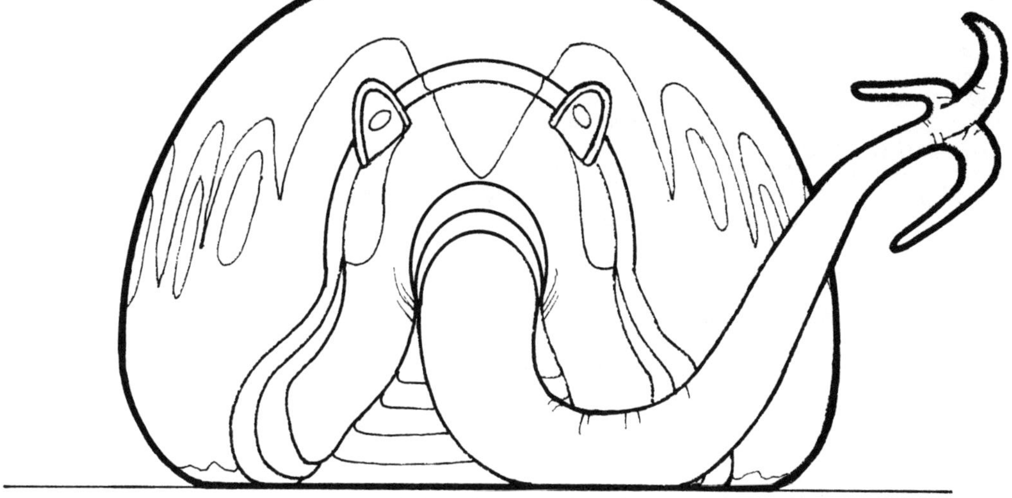

08

176

535

M-113 (M)

Fotialla

UFC 113

(– 23,6; – 81,9; 0,7)

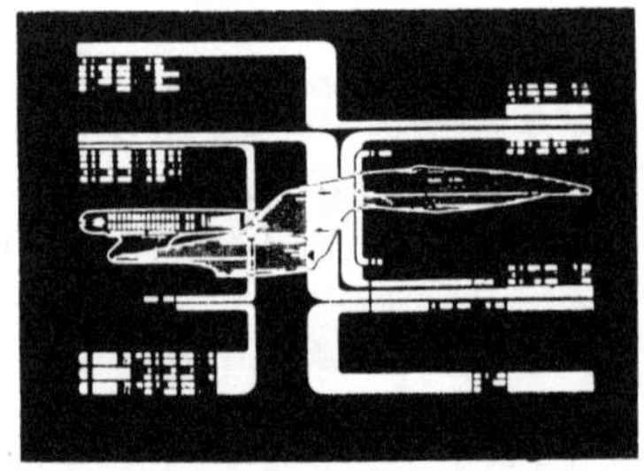

UFC 113 ist ein System mit sieben Planeten, die einen gelben Zwergstern umkreisen. Der vierte Planet, der normalerweise als M-113 bezeichnet wird, ist Klasse M und ist als einziger bewohnbar.

Die Landmasse des Planeten ist von Ruinen bedeckt, die das letzte Zeichen einer großen Zivilisation sind, die schon seit langem untergegangen ist. Vor achtzig Jahren fand man den letzten Überlebenden dieser Zivilisation. Ein Föderationsarchäologe und seine Frau fanden ein Wesen, das in einer der Ruinen im künstlichen Tiefschlaf lag.

Diese Wesen beherrschten die Macht der Illusion, die auch ihre einzige Verteidigung war. Sie waren ungefähr humanoid und hatten grobe Haare und einen großen, ovalen Mund mit scharfen Zähnen. Sie ernährten sich von Salz und Pflanzen. Salz war einer der wichtigsten Bestandteile ihrer Nahrung. Als die Vorkommen aufgebraucht waren, starb die Rasse aus. Schließlich blieb von den Milliarden Wesen, die den Planeten einst bevölkerten, nur eins übrig.

Der Überlebende sprach eine komplizierte Sprache, zog es aber im allgemeinen vor, telepathisch zu kommunizieren. Durch seine Illusionskräfte konnte er menschliche Gestalt annehmen. Das Wesen, das später „M-113-Wesen" genannt wurde, lebte mit dem Wissenschaftler und seiner Frau, die es mit Salztabletten versorgten. Als die Tabletten ausgingen, griff das Wesen die Frau an und entzog ihrem Körper das Salz. Sie starb unmittelbar danach. Ein Raumschiff der Sternenflotte, das später eintraf, vernichtete das Wesen, nachdem es mehrere Besatzungsmitglieder angegriffen hatte.

65

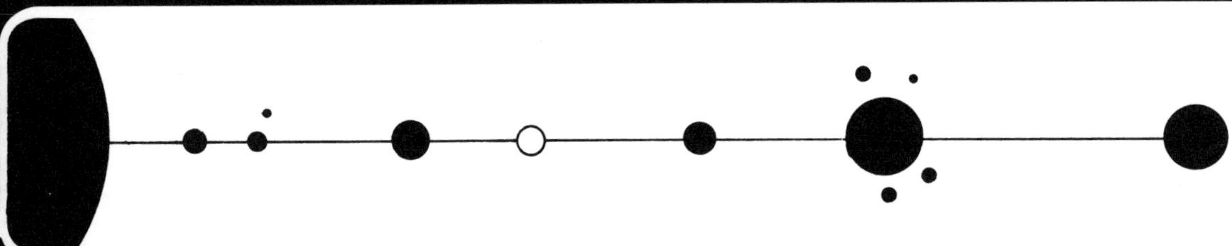

154

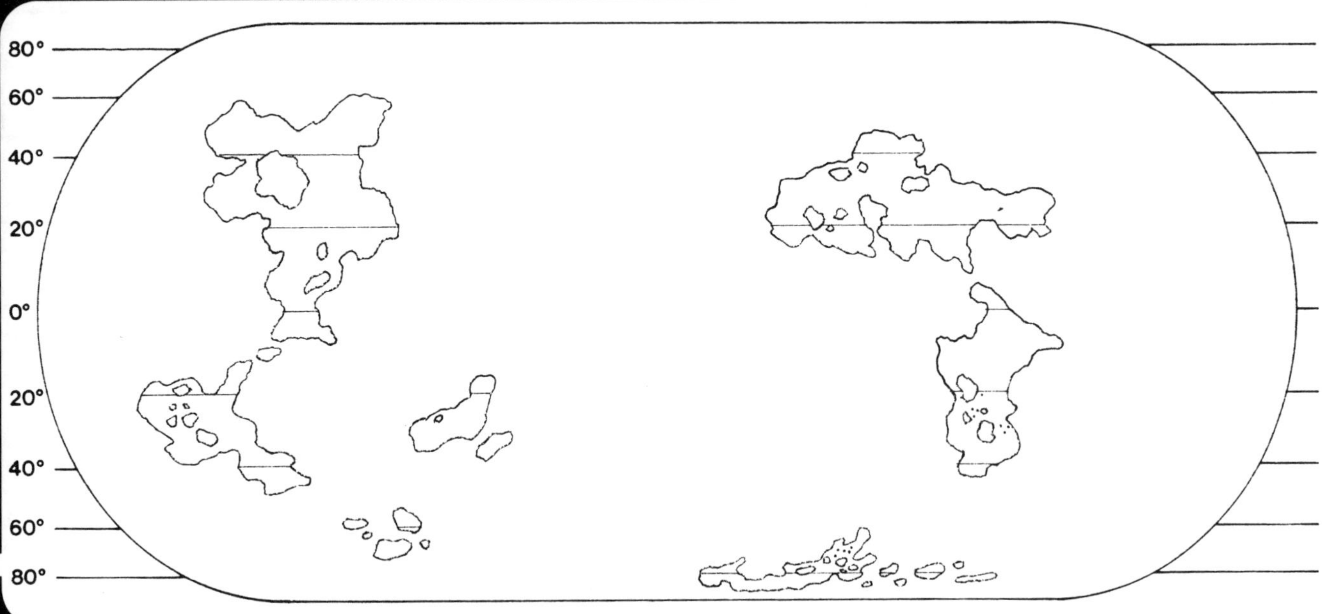

112

Bibliothekscomputer USS Enterprise (NCC-1701-D)

Datenbankauszug (Ausdruck)

Objekt: M-113-Wesen

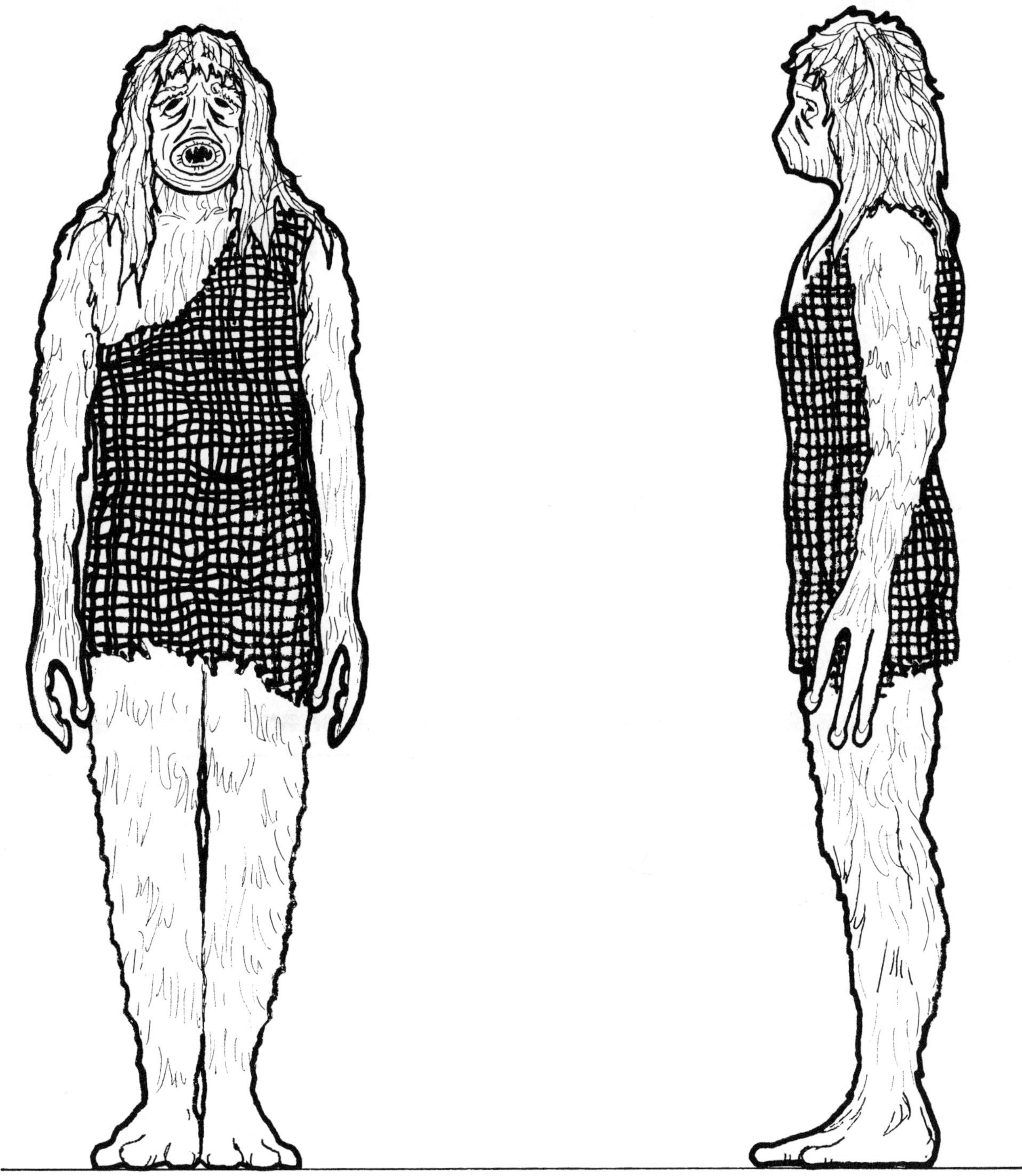

M24-Alpha II (M)

Triskelion

M24-Alpha

(– 85,5; – 59,1; – 75,8)

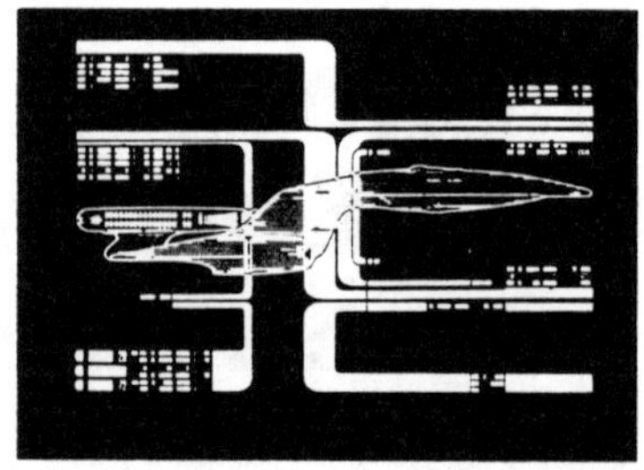

Triskelion ist der zweite Planet, der einen gelben Stern mittlerer Größe umkreist – einen von drei in einem Trinärsystem, das aus zwei gelben Sternen und einem weißen Zwerg besteht, die ein gemeinsames Gravitationszentrum umkreisen. Diese Zusammensetzung ist sehr ungewöhnlich und taucht nur in einem weiteren bekannten System auf.

Triskelion war einst die Heimat einer fortschrittlichen technologischen Zivilisation. Heute ist seine Oberfläche fast verlassen. Die Ruinen großartiger Gebäude bedecken die Landschaft und zeugen von großem architektonischem Können und physikalischen Kenntnissen. Die triskelionische Rasse wurde bei einer unbekannten Katastrophe vernichtet. Nur einige Überlebende existieren noch in unterirdischen Höhlen. Sie sind nicht mehr als Gehirne, die durch ein komplexes Maschinensystem am Leben gehalten werden.

Die Trsikelioner lieben Spiele und veranstalteten vor einiger Zeit Wettkämpfe zwischen ausgebildeten Sklaven auf der Oberfläche. Diese Kämpfer, die aus anderen Systemen entführt wurden, kämpften bis zum Tod, während ihre Besitzer Wetten abschlossen.

Diese Sklaven wurden befreit, als die Triskelioner eine Wette gegen Captain James T. Kirk von der USS **Enterprise** verloren.

908

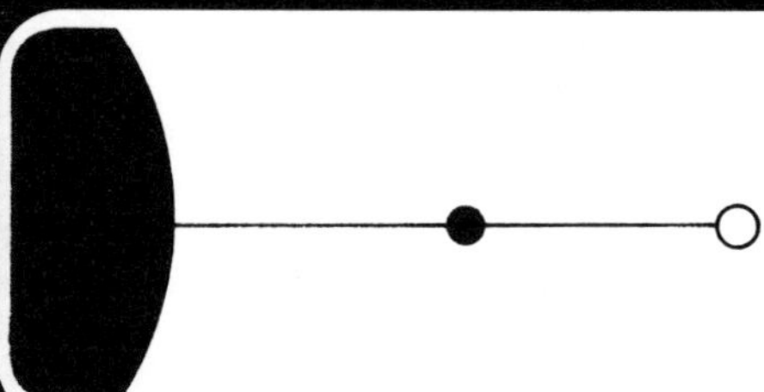

16

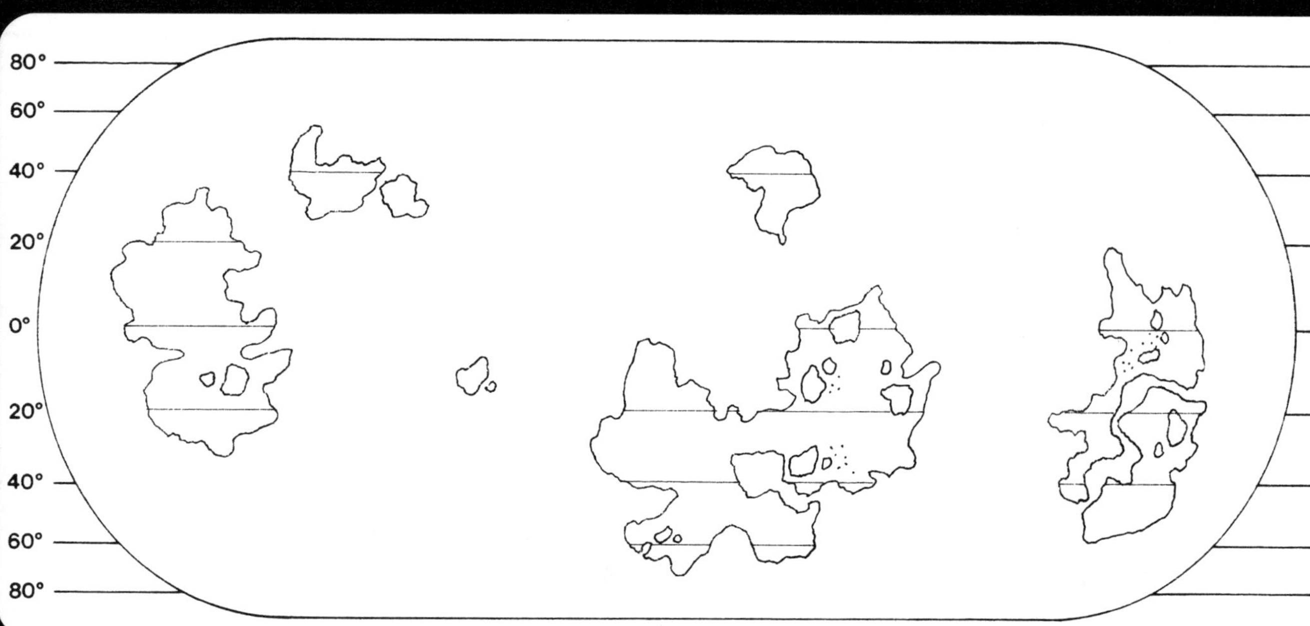

54

Bibliothekscomputer
USS Enterprise (NCC-1701-D)
Datenbankauszug (Ausdruck)
Objekt: Triskelionischer Sklave

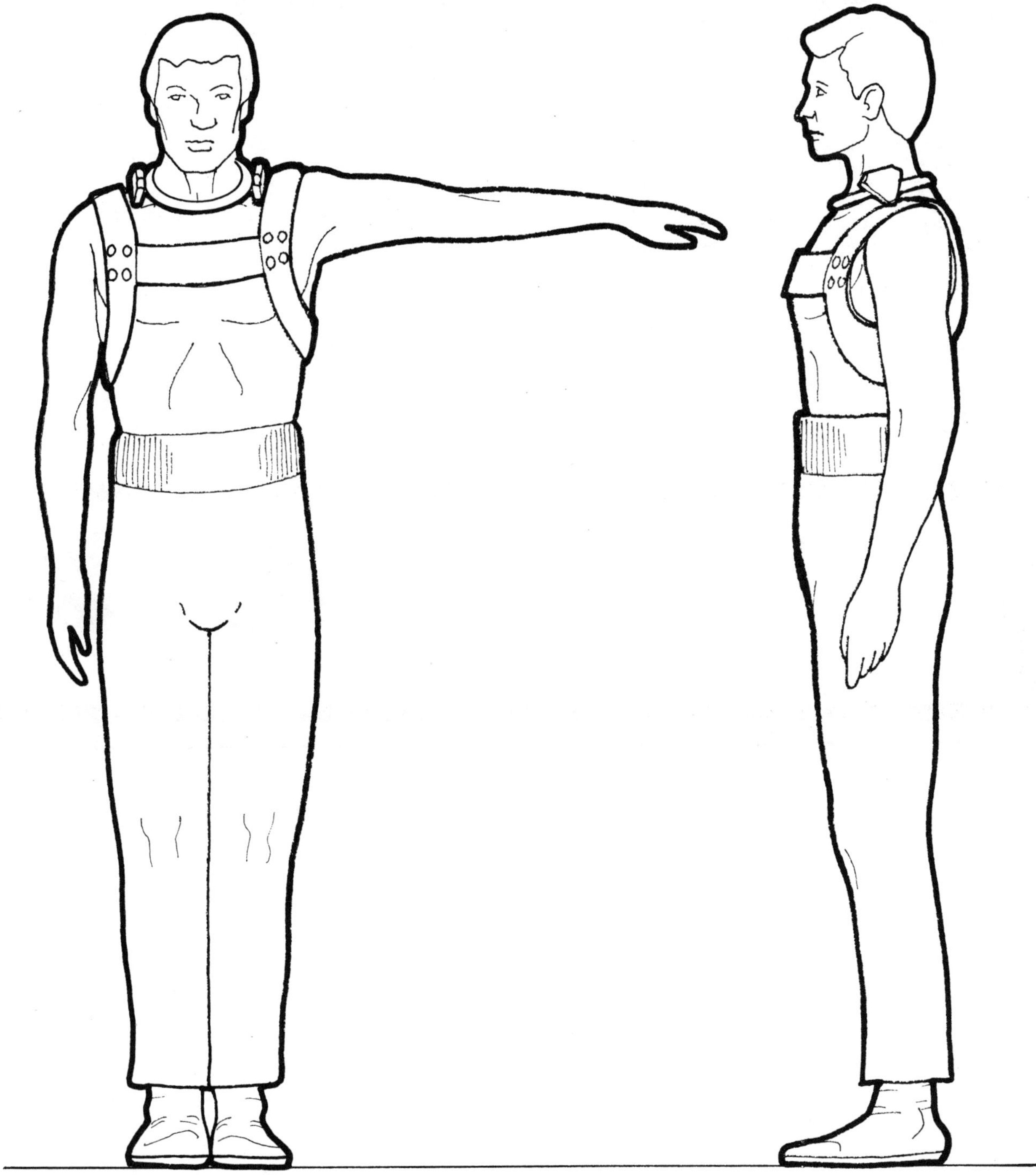

21

664

17

M43-Alpha IV, V (M)

Ekos, Zeon

M43-Alpha
(72,8; – 29,1; – 68,7)

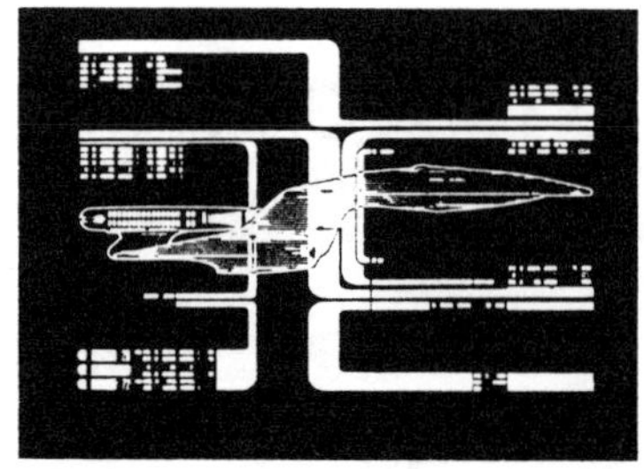

M43-Alpha ist ein Trinärsystem, in dem zehn Planeten den gelben Hauptstern mittlerer Größe umkreisen. Die beiden äußeren Planeten sind beringte Gasriesen. Die anderen, abgesehen vom vierten und fünften Planeten, sind große Asteroiden, die sich in einem stellaren Orbit befinden.

Der vierte Planet, Ekos, und der fünfte, Zeon, sind Planeten der Klasse M und haben eine große humanoide Bevölkerung. Die Bewohner beider Planeten stammen ursprünglich von Zeon. Da sie aber erst vor kurzem die interplanetare Raumfahrt entdeckt haben, kann man davon ausgehen, daß sich ein anderes Volk vor langer Zeit eingemischt hat. In letzter Zeit sind Bewohner von Zeon nach Ekos gereist, um der friedlichen Bevölkerung den Umgang mit fortschrittlicher Technologie zu erklären.

John Gill, ein bekannter Föderationshistoriker, entschied, daß die rückständigen Ekosianer ein gemeinsames Ziel bräuchten, um sich zu vereinigen. Er führte eine veränderte Version des irdischen Nazi-Staats ein, weil er der Meinung war, die Nazis hätten die effizienteste Staatsform auf Terra errichtet. Melakon, ein machtgieriger Untergebener, setzte Gill unter Drogen und stachelte die Ekosianer gegen die Zeoner auf. Es kam zu einem Holocaust. Die Ekosianer begannen mit einem Vernichtungsfeldzug, bei dem sie alle Zeoner töten wollten.

Zu diesem Zeitpunkt führte die Föderation eine Routineüberprüfung des Planeten Ekos durch und entdeckte die Veränderungen. Gill wurde befreit und stoppte den Nazi-Staat durch eine Fernsehansprache. Melakon wurde hingerichtet, und die beiden Kulturen begannen damit, eine gemeinsame, auf Vertrauen basierende Kultur aufzubauen.

70

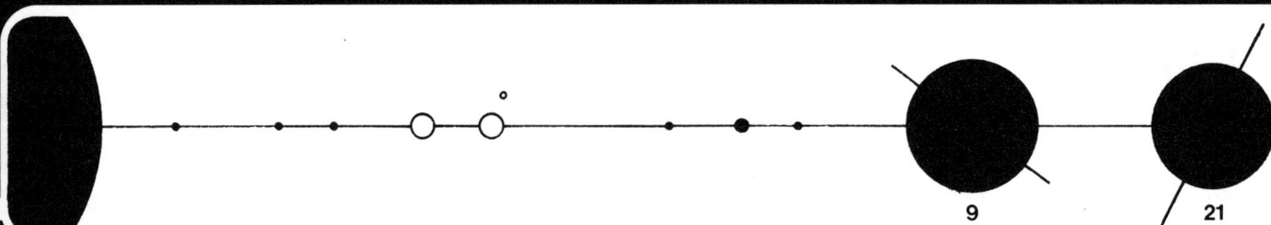

814

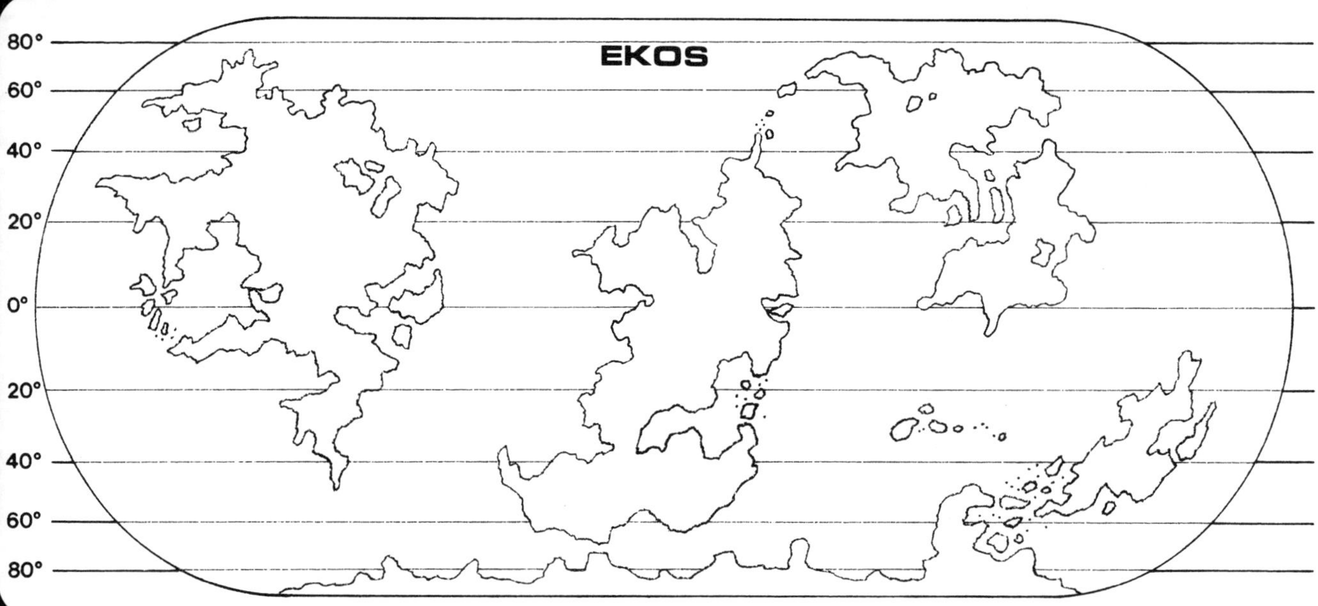

60

Bibliothekscomputer USS Enterprise (NCC-1701-D)

Datenbankauszug (Ausdruck)

Objekt: Ekosianer

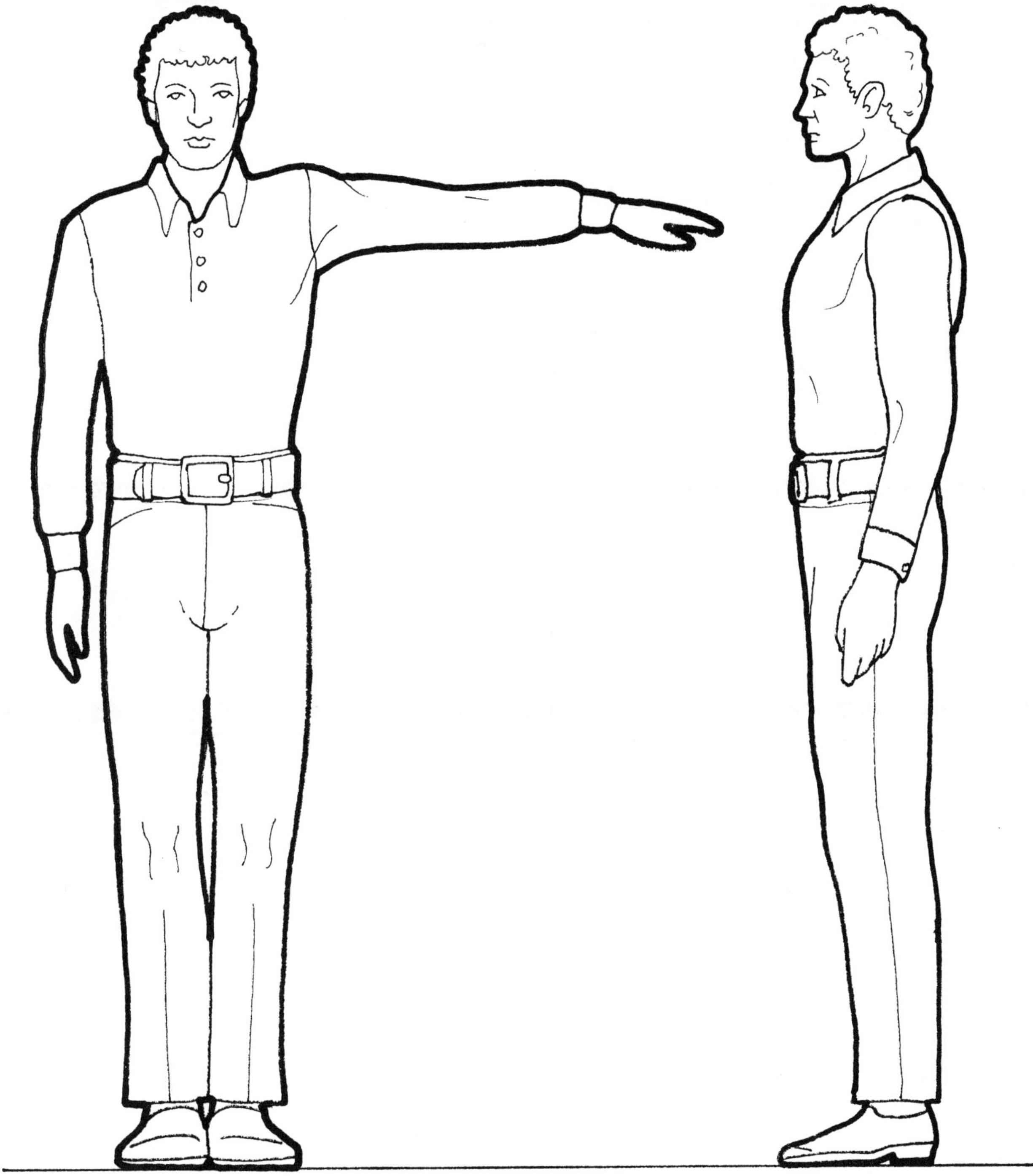

33

232

06

Mudd (K)
kein eigener Name
UFC 257704
(– 13,3; 225,1; – 45,5)

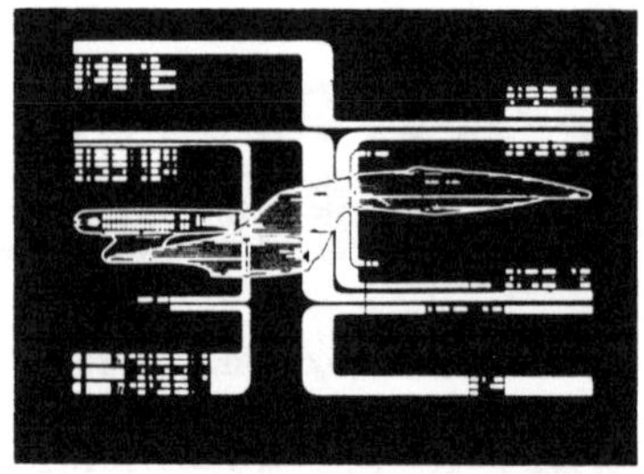

Mudd ist eine recht ungewöhnliche Welt, die nach ihrem einzigen menschlichen Bewohner Harcourt Fenton Mudd benannt ist. Mudd ist der zweite von fünf Planeten, die UFC 257704, einen roten Stern mittlerer Größe umkreisen.

Die Bevölkerung von Mudd besteht aus über zweihunderttausend Androiden, die von einer extragalaktischen Zivilisation gebaut wurden, die vor mehr als einer Million Jahren ausstarb. Die humanoid wirkenden Androiden wurden als Diener gebaut und waren darauf programmiert, die Wünsche lebender Wesen zu erfüllen. Harcourt Mudd landete auf dem Planeten, als er versuchte, einer Föderationspatrouille zu entkommen. Die Androiden begriffen, daß Mudd Ärger anzog und bauten sein Raumschiff auseinander, um ihn vor sich selbst zu schützen. Mudd wurde zum Gefangenen in einem Paradies, wo man ihm jeden Wunsch von den Augen ablas.

Mudd lebte in einer großen und bequemen unterirdischen Stadt. Schon bald nannte er sich Mudd, der Erste. Die Androiden gehorchten all seinen Befehlen, außer, wenn er seine Freiheit wollte. Der Planet wurde entdeckt, als die Androiden auf Mudds Befehl das Raumschiff USS **Enterprise** entführten und seine Besatzung auf den Planeten brachten, wo sie Mudd Gesellschaft leisten sollten. Die Besatzung der **Enterprise** konnte entkommen, aber Mudd mußte zu seinem eigenen Schutz auf dem Planeten bleiben.

45

Mudd selbst gelang schließlich auch die Flucht. Die Androidendiener blieben zurück und mußten nach einem neuen Weg suchen, um ihr Programm zu erfüllen. Der Föderationsverkehr wurde aus diesem Gebiet zwar umgeleitet, aber da die Androiden über Raumfahrtkenntnisse verfügen, ist eine weitere Begegnung so gut wie sicher.

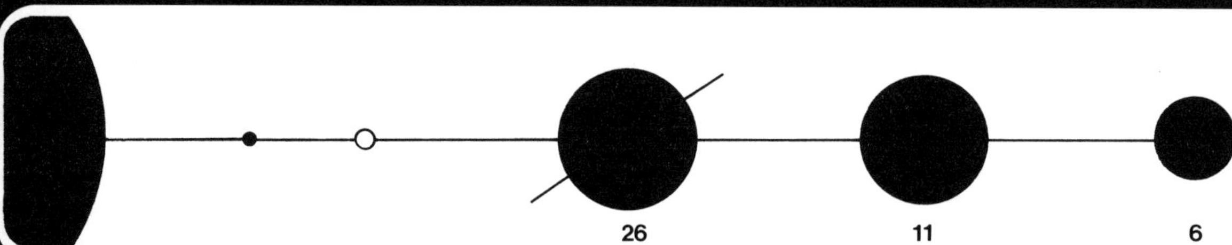

57

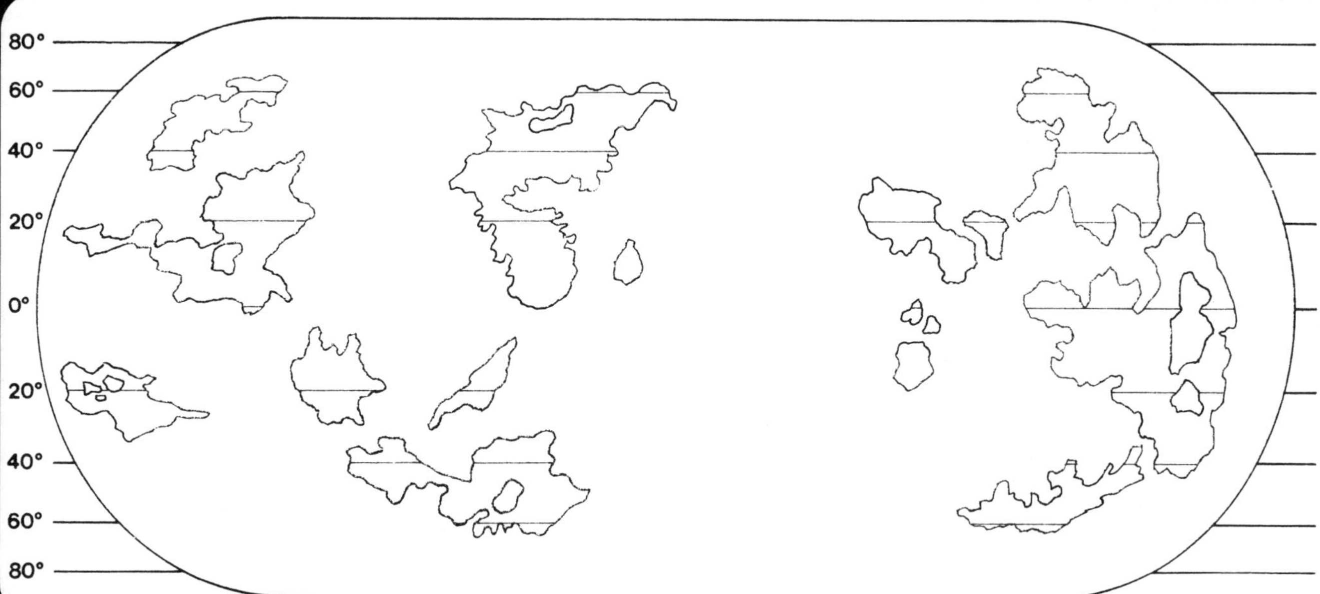

089

Bibliothekscomputer USS Enterprise (NCC-1701-D)
Datenbankauszug (Ausdruck)
Objekt: Mudd-Androide

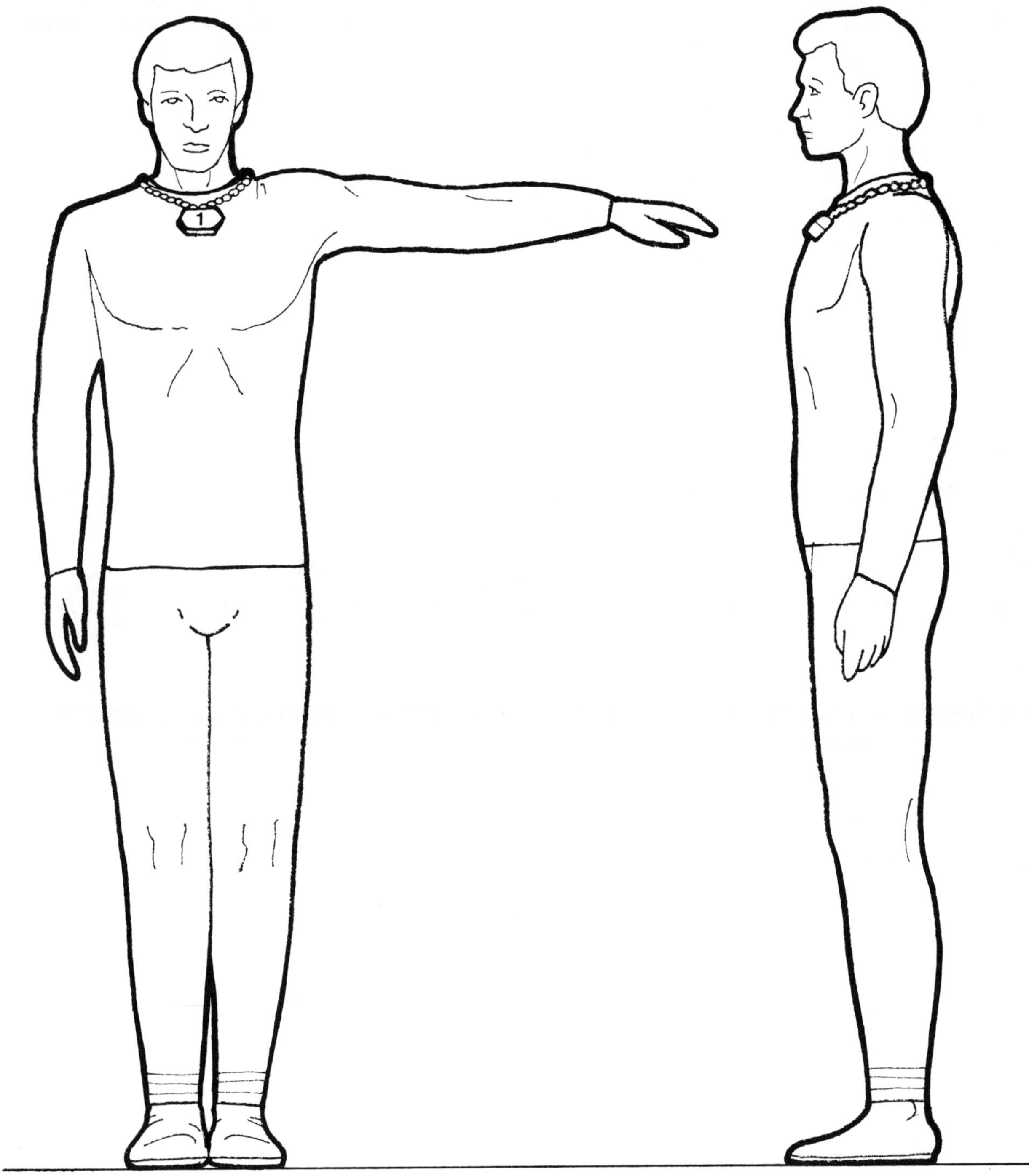

Onlies (M)

Erde

UFC 347601

(– 43,3; – 103,5; – 82,3)

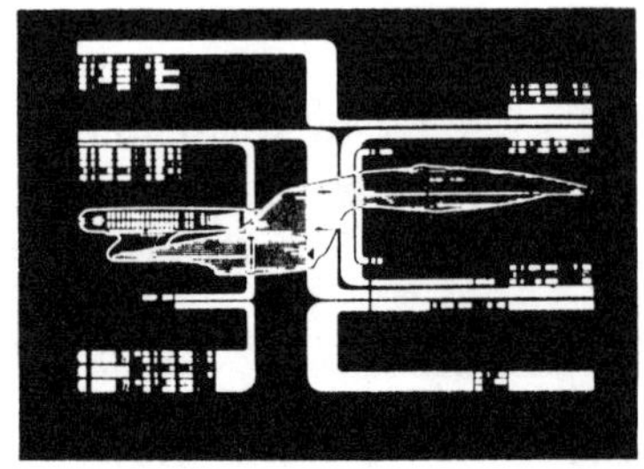

UFC 347601 und sein System mit zehn Planeten gleicht in allen Bereichen dem Sol-System. Masse, Größe, Umlaufgeschwindigkeit und Farbe eines jeden Planeten gleichen dem der Planeten im Sol-System. Der dritte Planet, der von den Bewohnern einst „Erde" genannt wurde, wird von der Föderation als Onlies bezeichnet.

Onlies ist eine exakte Kopie der Erde, bei der sogar der Kontinentalverlauf gleich ist. Die einzigen Bewohner des Planeten sind Jugendliche, die eine weltweite Seuche überlebt haben. Im zwanzigsten Jahrhundert des Planeten wurde als Teil eines Lebensverlängerungsprojekts der Virus 2250-67A entwickelt. Durch einen Unfall geriet er in die Atmosphäre und tötete jeden, der über das Alter der Pubertät hinweg war. Kinder konnten bis zu dreihundert Jahren alt werden und starben erst, wenn ihre Körper schließlich doch die Pubertät erreichten. Der Name des Planeten stammt aus der Sprache der Kinder die sich selbst als „Onlys" bezeichneten, also „die einzigen", die überlebt haben.

Ein Forschungsteam der Föderation wurde durch die unglaubliche Ähnlichkeit mit der Erde und wegen der geringen Bevölkerungsdichte auf den Planeten aufmerksam. Ein Landetrupp steckte sich mit dem Virus an, konnten aber mit Hilfe des Schiffscomputers ein Gegenmittel finden. Dieses Medikament wurde auf dem ganzen Planeten eingesetzt. Seitdem hat die Föderation mit der Kolonisierung des Planeten begonnen.

Die Existenz des Planeten und seines Systems gibt in der wissenschaftlichen Welt Rätsel auf. Eine Theorie besagt, daß das Sol-System vor langer Zeit in einen riesigen Riß im Raum/Zeit-Kontinuum geriet und auf noch unbekannte Weise auf subatomarer Ebene verdoppelt wurde.

06

345

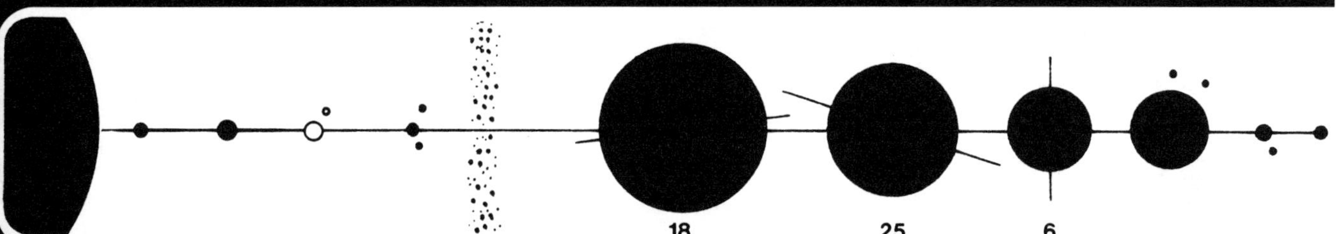

222

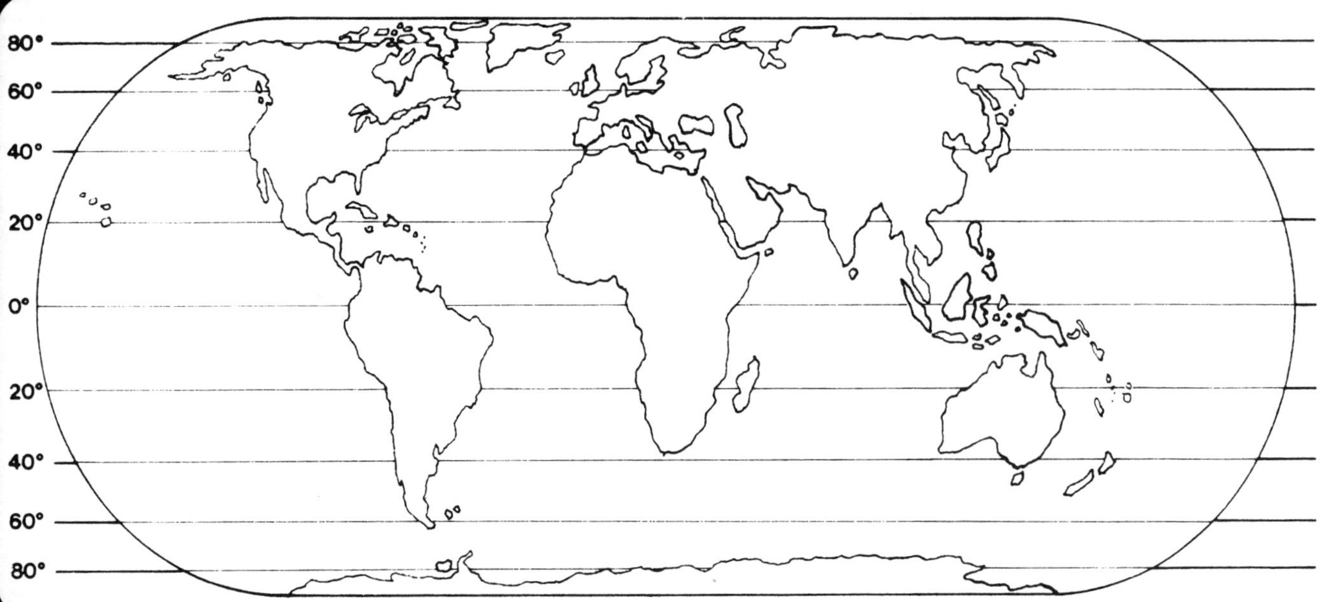

Bibliothekscomputer USS Enterprise (NCC-1701-D)
Datenbankauszug (Ausdruck)
Objekt: Onliesianer

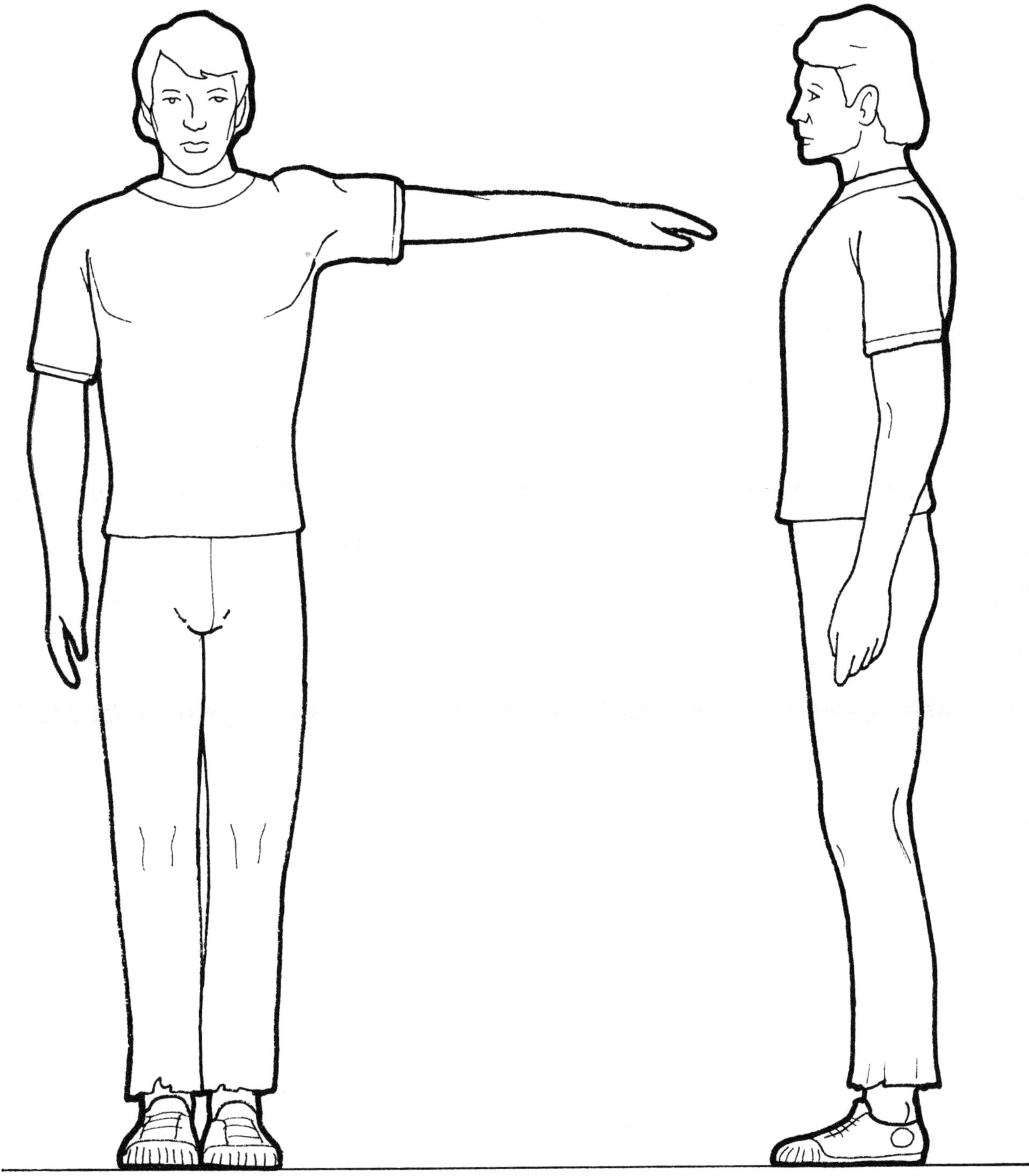

99

86

387

Organia IV (M)
eigener Name unbekannt
Organia
(– 112,6; 186,3; – 12,1)

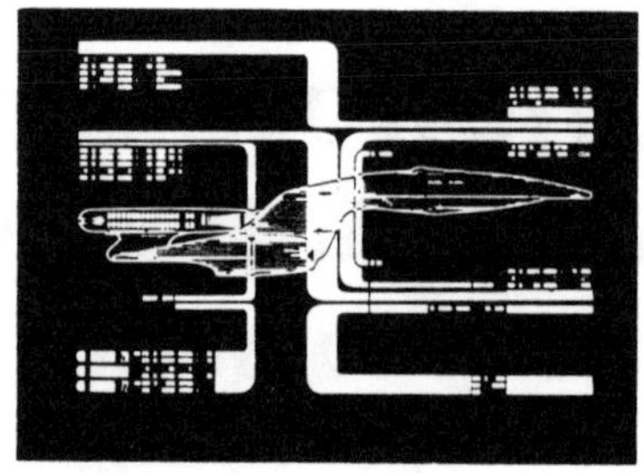

Organia IV ist der vierte von sechs Planeten, die einen hellen, gelben Zwerg umkreisen. Es ist die einzige Welt der Klasse M, die in einem strategisch wichtigen Sektor an der Grenze zwischen der Föderation und dem klingonischen Imperium liegt. Während einem früheren Konflikt zwischen den Mächten, versuchten beide dort eine Basis zu errichten. Seitdem sind aus den ehemaligen Feinden Verbündete geworden, was zum Teil an dem Einschreiten der Organier liegt.

Die Organier erschienen auf Anhieb nicht mehr als ein einfaches, rückständig lebendes Volk von Farmern zu sein, die auf der Richterskala mit D minus gewertet wurden. Diese Annahme gab man allerdings auf, als man feststellte, daß die Organier in Wirklichkeit hochentwickelte, körperlose Wesen waren. Sie mischten sich nicht in die Belange anderer ein und bauten die Farmerwelt nur wegen der Besucher auf.

Obwohl sie sich nicht einmischen wollten, wurden sie doch in den Konflikt zwischen der Föderation und den Klingonen hineingezogen, als es so aussah, als würde der Krieg direkt auf Organia stattfinden. Die Organier offenbarten ihre wahre Gestalt und machten einen Kampf unmöglich, indem sie alle Waffen der Kriegsparteien lahmlegten. Der Krieg wurde verhindert, und ein Friedensvertrag, der als orgianischer Friedensvertrag bezeichnet wird, wurde ausgearbeitet.

121

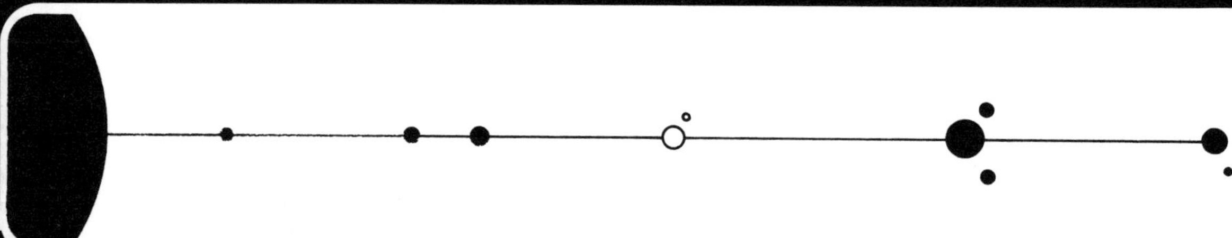

34

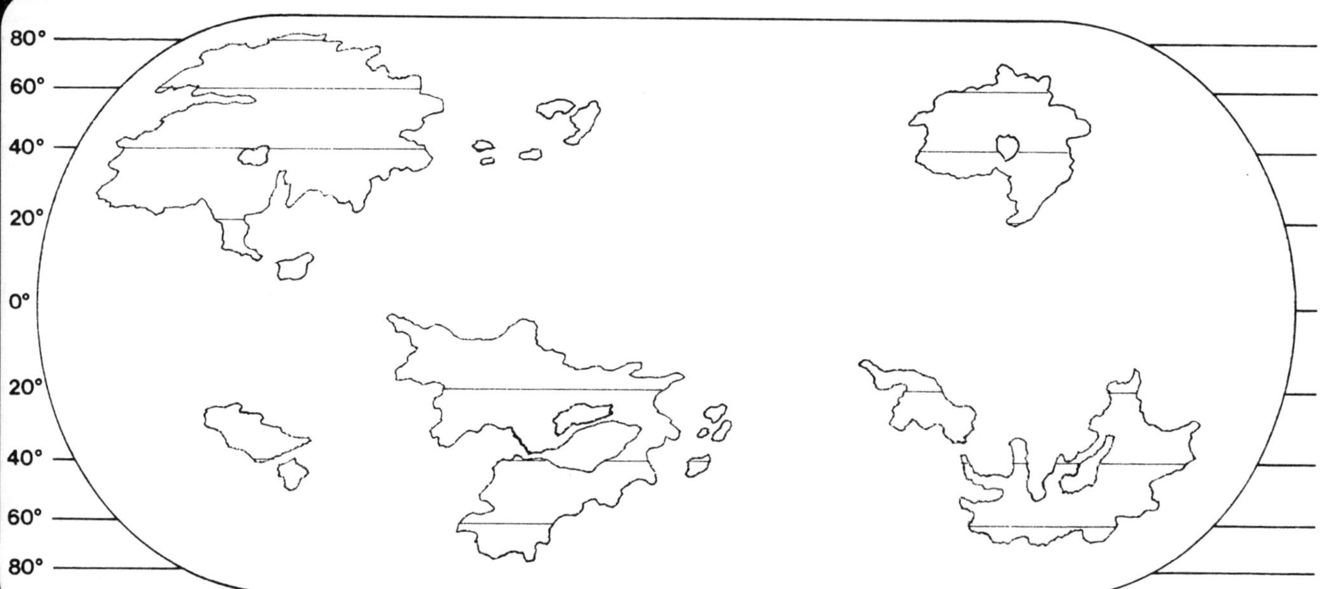

667

Bibliothekscomputer USS Enterprise (NCC-1701-D)

Datenbankauszug (Ausdruck)

Objekt: Organier (menschliche Gestalt)

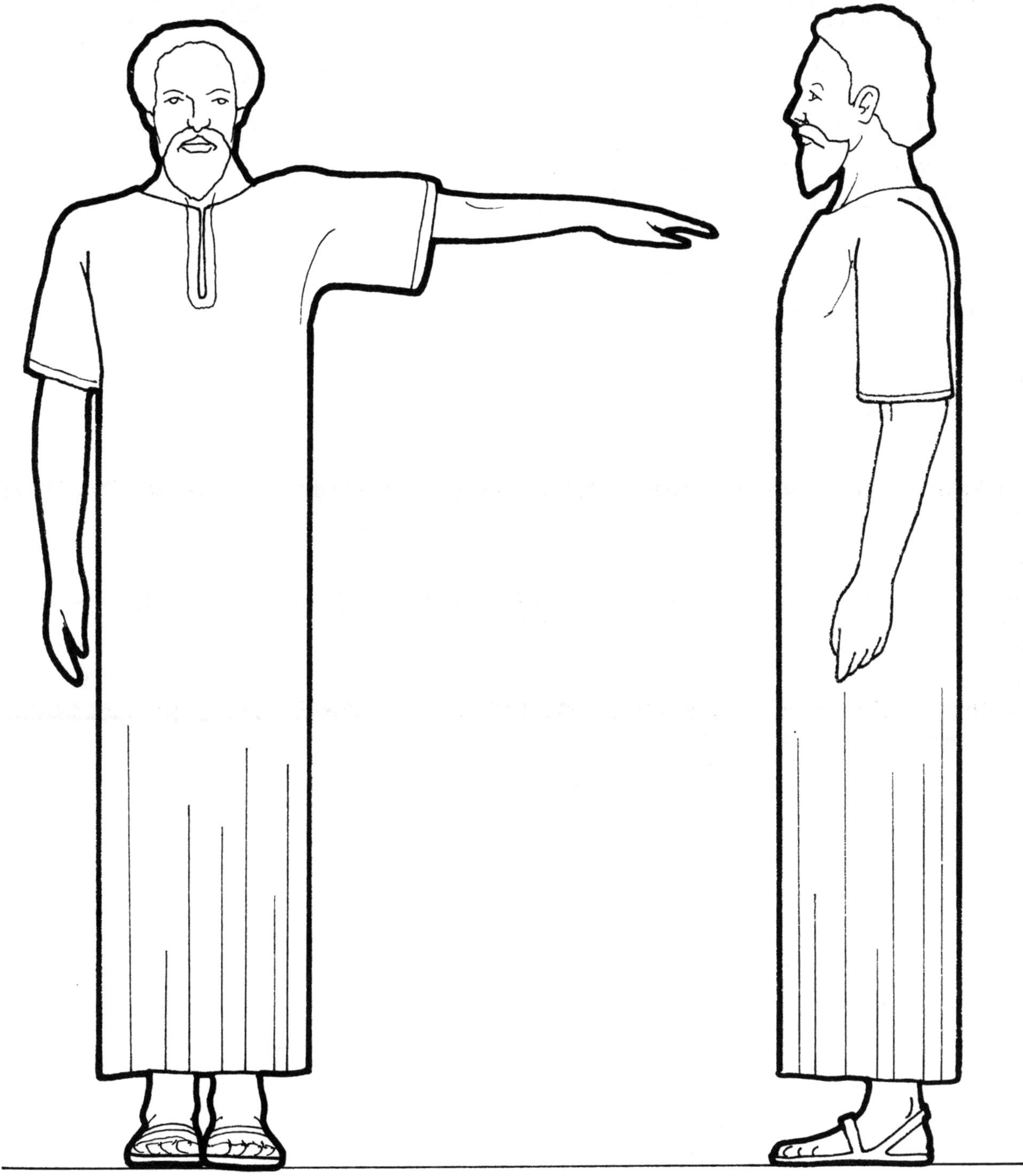

07

898

56

Regulus (M)
Arodi
Alpha Leonis
(10,7; 83,9; 0,7)

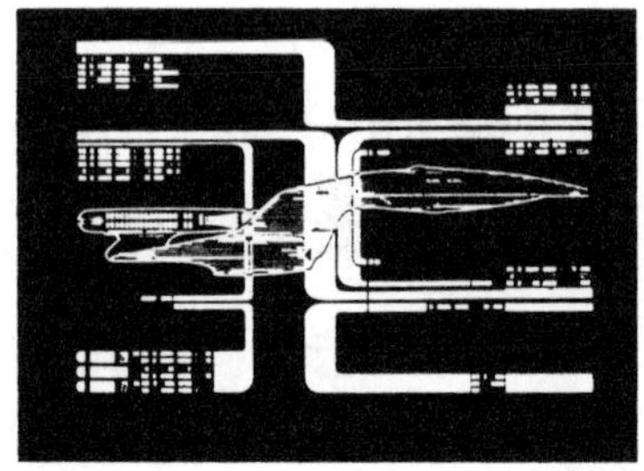

Das System Alpha Leonis, das häufig einfach als Regulus bezeichnet wird, besteht aus dreizehn Planeten, die einen blauweißen Riesenstern in einem Dreiersystem umkreisen. Die anderen beiden Sterne sind orangene Zwerge, die den Hauptstern weit hinter dem Orbit des letzten Planeten umkreisen. Der zweite, dritte, fünfte und sechste Planet sind Klasse M, aber nur auf Regulus II gibt es eine intelligente Spezies.

Die Regulaner, eine Reptilienrasse, haben eine Kultur entwickelt, die auf der Richterskala mit G plus angegeben wird. Die Regulaner sind von Größe und Form her humanoid und sehr gastfreundlich. Sie haben die dicht bewachsenen Ebenen auf ihrem südlichen Kontinent für die menschliche Besiedlung geöffnet. Momentan gibt es dort eine Kolonie mit sechzehntausend Bewohnern, die einen regen Handel mit den Regulanern führen.

Auf Regulus V gibt es eine Reihe höherer, nichthumanoider Lebensformen. Die riesigen Aalvögel aus den westlichen Höhlen sind bekannt für ihre präzisen Wanderungen, durch die sie alle elf Jahre zu den Höhlen zurückkehren, in denen sie geboren wurden. Diese wunderschönen Wesen werden bis zu zehn Meter lang. Sie haben farbenfrohe Flügel und Schwänze, in denen sich das Sonnenlicht spiegelt.

Der regulanische Blutwurm ist eine weitere Lebensform. Ihn findet man auf dem zweiten und fünften Planeten des Systems. Dieses Wesen ist weich und formlos. Man kann seine inneren Organe durch die milchige, durchsichtige Haut erkennen. Sie finden sich zu Tausenden zusammen und leben in dunklen Feuchtgebieten. Sie sind gefürchtete Parasiten, die sich mit ihren vier Mündern, die auf Tentakeln sitzen, in den Wirtskörper hineinfressen. Zum Glück findet man den Blutwurm nur in wenigen Gebieten, so daß er für die Bevölkerung des zweiten Planeten keine Gefahr darstellt.

33

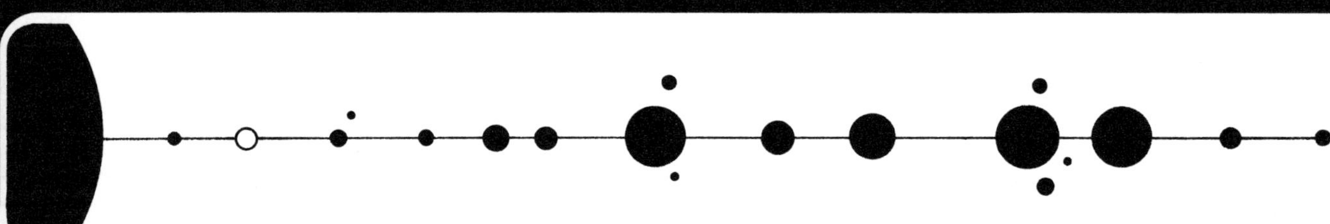

455

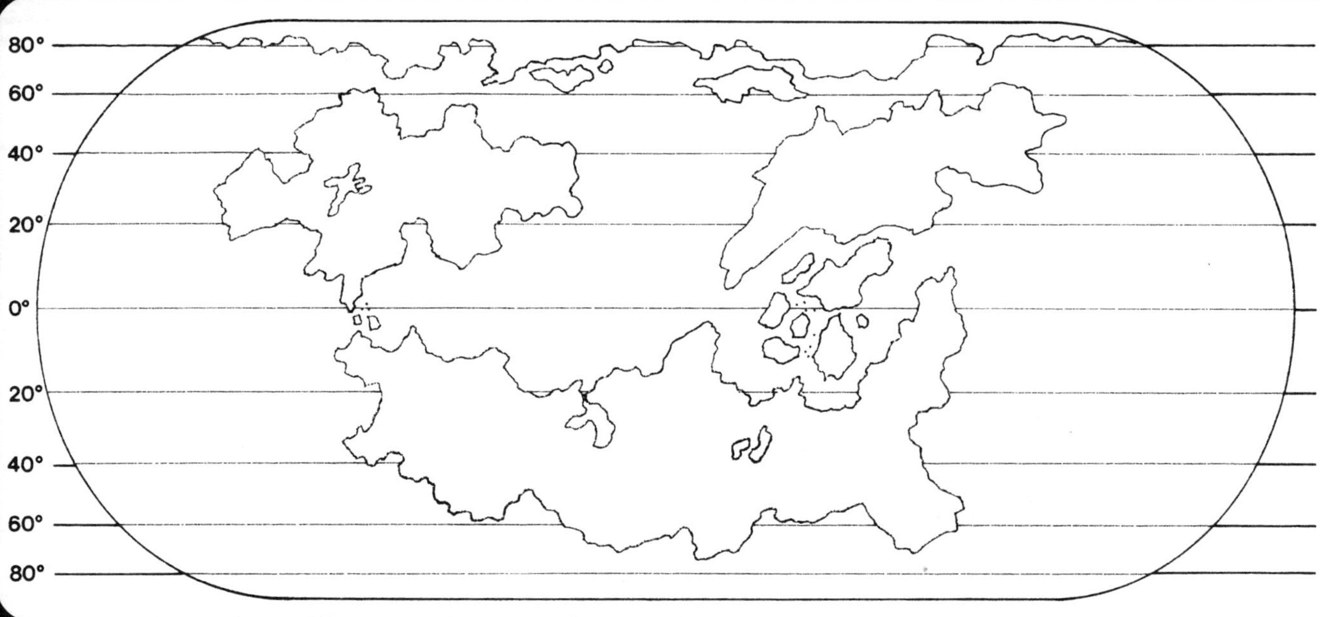

89

Bibliothekscomputer USS Enterprise (NCC-1701-D)

Datenbankauszug (Ausdruck)

Objekt: Regulanischer Blutwurm

Länge:
2,4–5 cm

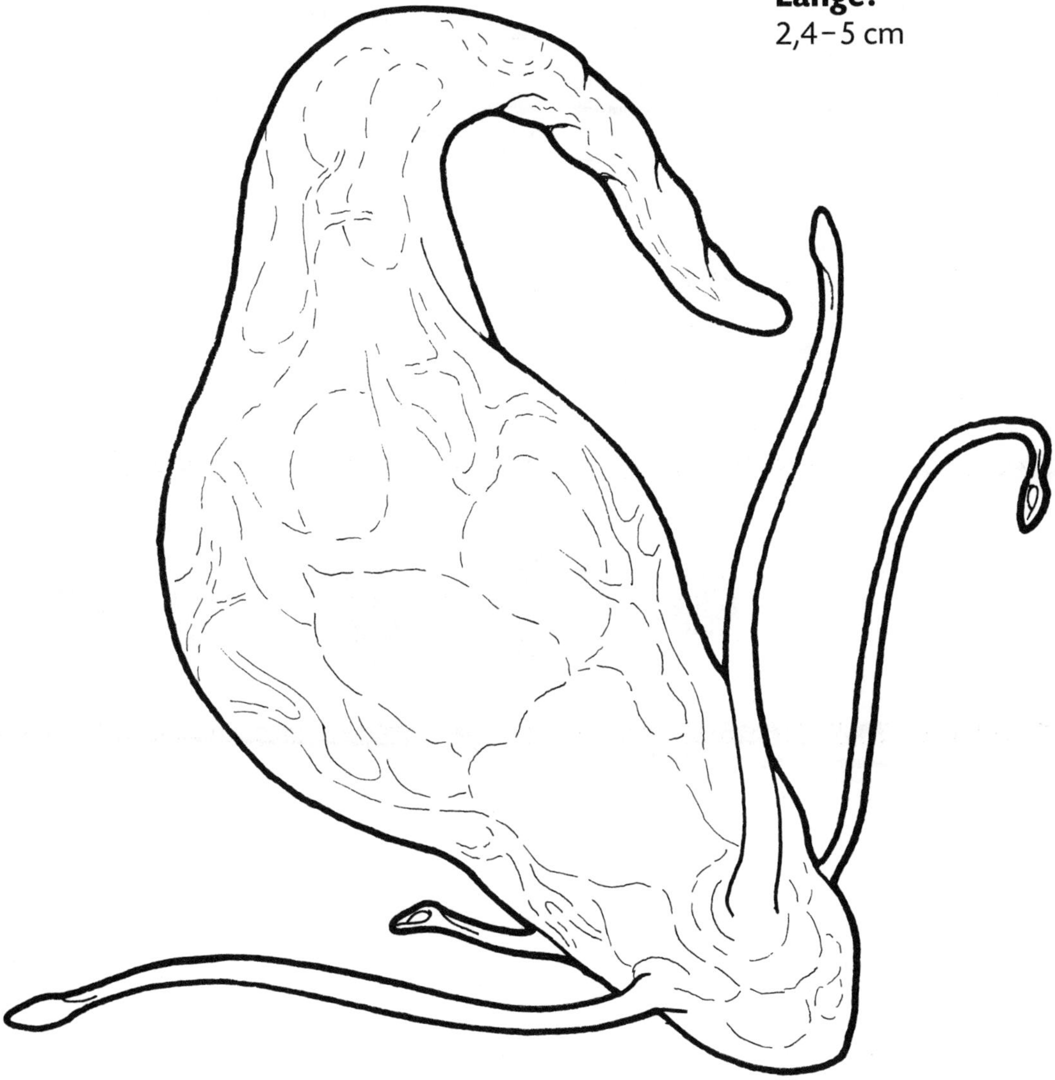

Talos IV (M)

Clesik

Talos

(– 119,4; – 43,7; – 24,0)

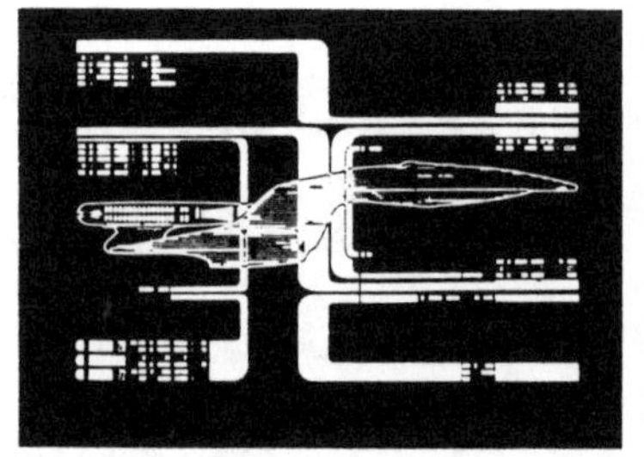

Die Talos-Sternengruppe besteht hauptsächlich aus weißen Zwergen und „Stellarleichen", also Systemen, in denen es kein Leben mehr gibt. Nur ein roter Riese verfügt noch über ein Planetensystem. Seine fünf inneren Planeten haben äußerst exzentrische Umlaufbahnen. Tatsächlich liegt keine der Welten auf der gleichen Orbitalebene wie eine andere. Man geht davon aus, daß dies das Ergebnis einer uralten planetaren Bauweise ist. Die restlichen sechs Welten, alles Gasriesen, haben normale Umlaufbahnen.

Talos IV ist die Heimat einer sterbenden Rasse von Humanoiden, die letzten einer ehemals raumfahrenden Kultur. Die Talosianer sind blaßhäutig, klein und haben die größte Gehirnmasse aller bekannten Humanoiden. Durch ihre großen Gehirne haben sie starke mentale Kräfte entwickelt, mit denen sie hypnotische Illusionen erschaffen können. Dabei legen sie ihre verstärkten Gehirnwellen über die Wahrnehmungsrezeptoren anderer Wesen und können so telepathisch bestimmen, was diese sehen, hören, riechen oder fühlen. Diese Illusionen können sie bis in den tiefen Raum einsetzen, daher wurde der gesamte Sektor gesperrt. Ein Durchbrechen dieser Quarantäne ist der einzige Verstoß in der Föderation, der mit der Todesstrafe geahndet wird. Jeder Notruf oder jedes Signal, das aus diesem Sektor stammt, muß ohne Ausnahme als falsch angesehen werden.

Die Talosianer sind fast ausgestorben und können sich nicht mehr fortpflanzen. Sie versuchten einen „Zuchtgrundstock" auf den Planeten zu bringen, um mit der daraus resultierenden Sklavenkultur ihre Welt wieder aufzubauen, die vor Tausenden von Jahren bei einem Atomkrieg verwüstet worden war. Sie hatten die Fähigkeit zum Aufbau verloren und konnten noch nicht einmal die Maschinen reparieren, die ihnen ihre auf der Oberfläche lebenden Vorfahren hinterlassen hatten. Die USS **Enterprise** unter dem Kommando von Captain Christopher Pike antwortete auf einen Notruf, der angeblich von der verschollenen SS **Columbia** aus diesem System gesendet worden war. Dieser Notruf war eine Falle. Pike wurde gefangengenommen und traf auf eine irdische Frau, die einzige Überlebende der **Columbia**, mit der er ein Kind zeugen sollte. Durch seine Fluchtversuche überzeugte er die Talosianer davon, daß er für ihre Zwecke zu gefährlich war. Sie ließen ihn schließlich gehen.

Die Generalorder Sieben wurde eingeführt, um andere Rassen daran zu hindern, die talosianischen Kräfte der Illusion zu lernen, die zur Vernichtung der talosianischen Kultur geführt hatten.

87

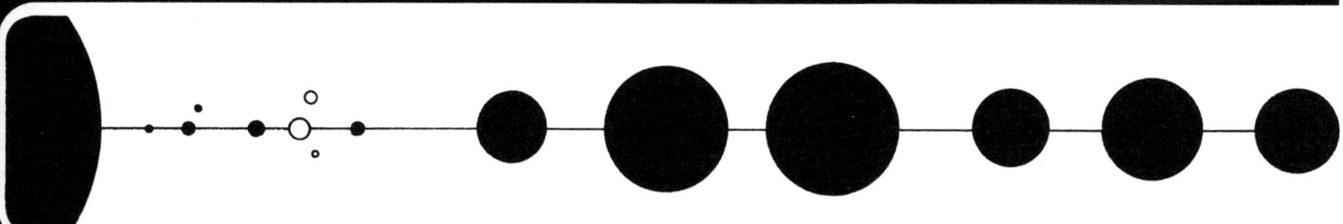

555

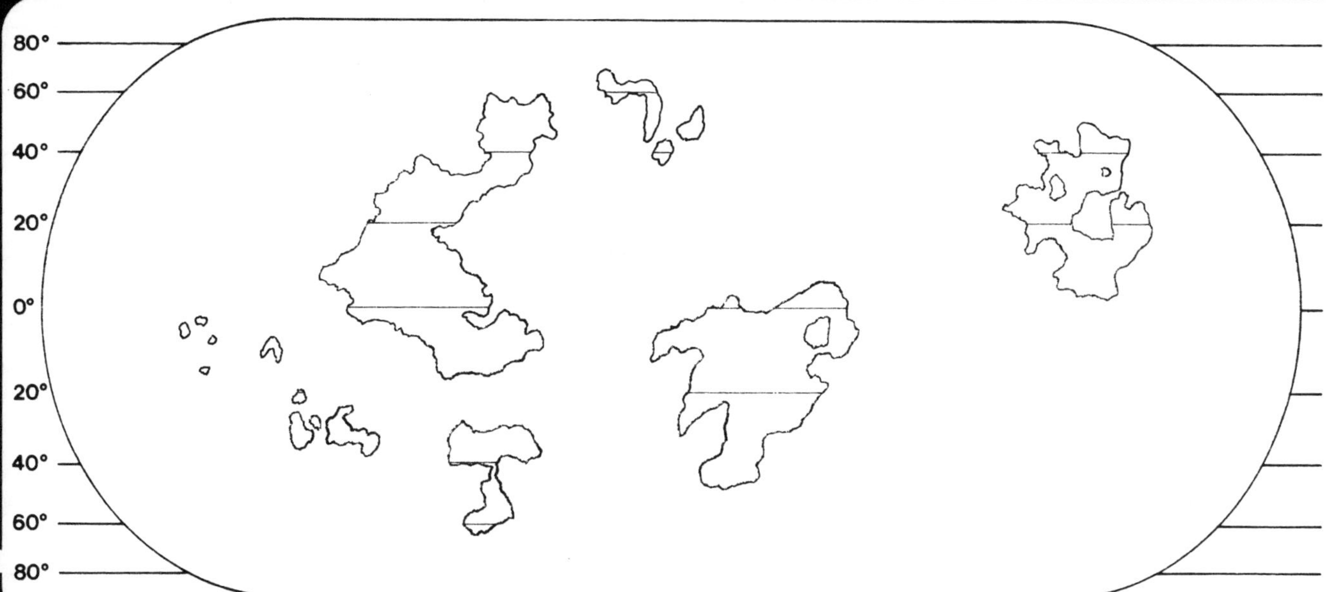

322

Bibliothekscomputer USS Enterprise (NCC-1701-D)

Datenbankauszug (Ausdruck)

Objekt: Talosianer

211

09

87

Taurus II (G)
kein eigener Name
Beta Tauri
(– 154,7; – 59,2; – 121,2)

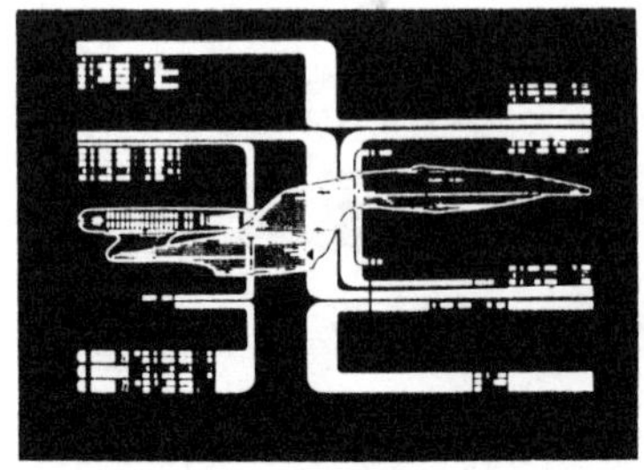

Taurau II ist der zweite von dreizehn Planeten, die Beta Tauri, einen blauen Riesen innerhalb des Murasaki-312-Phänomens umkreisen. Murasaki-312 ist ein quasarähnlicher Nebel, der sie Leit- und Sensorensysteme von Schiffen beschädigen oder sogar zerstören kann. Dieses System sollte nur extrem vorsichtig bereist werden.

Die wichtigste Lebensform auf Taurau II ist ein großes, anthropoides Wesen, das bis zu sechs Meter groß werden kann. Diese Neanderthaler sind grob humanoid und leben auf der Oberfläche der felsigen Wüstenwelt. Sie sind primitiv und leben in nomadischen Stämmen, die einander ständig angreifen. Taureaner benutzen einfache Werkzeuge, jagen mit Speeren und tragen die Felle der erlegten Tiere. Da sie sehr feindselig sind, gilt Taurus als gefährliche Welt.

87

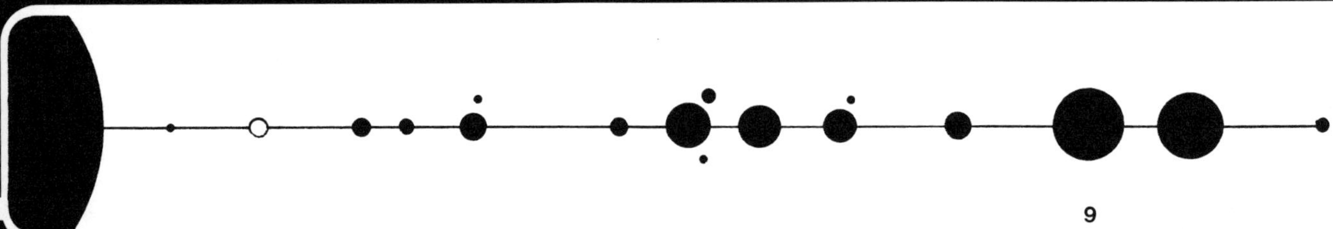

96

180

Bibliothekscomputer
USS Enterprise (NCC-1701-D)
Datenbankauszug (Ausdruck)
Objekt: Taureaner

22

114

93

Zeitplanet (L)
eigener Name unbekannt
UFC 465537
(stellare Koordinaten sind geheim)

GP P-119

Der Zeitplanet ist die einzige Welt eines sterbenden roten Zwergsterns, der als UFC 465537 bezeichnet wird. Der Planet ist Klasse L und ist sowohl geologisch als auch organisch inaktiv.

Vor langer Zeit war der Planet die Heimat der vermutlich hochentwickeltsten Rasse im bekannten Raum. Man weiß nichts über ihr Aussehen oder ihre Kultur, und die inzwischen ausgestorbene Rasse hat nur wenige Zeichen ihrer Existenz hinterlassen. Nur eine kleine Ruinengruppe zeugt von der Fortschrittlichkeit ihrer Kultur.

Föderationsangehörige entdeckten ein intelligentes Zeitportal, das weder Organismus noch Maschine zu sein scheint. Es nennt sich selbst den Wächter der Ewigkeit und sieht wie ein ovales Steintor aus. Das Material, aus dem es besteht, läßt sich nicht analysieren, und das Portal sendet Lichtstrahlen aus, wenn es spricht. In der mittleren Öffnung, die ungefähr 2,5 Meter breit ist, können Szenen jedes Planeten oder jeder Zeitperiode visuell dargestellt werden. Die gleiche Öffnung dient auch als Tor, durch das eine Person zu der dargestellten Szene reisen kann.

Die Bedrohung, die der Wächter darstellt, ist offensichtlich, daher wurde der Planet unter Quarantäne gestellt, um jede Benutzung des Portals zu unterbinden. Die Generalorder P-119 besagt, daß kein Schiff und keine Person, egal aus welchem Grund oder unter welchen Umständen, das System UFC 465537 bereisen darf. Dieses Verbot basiert auf den Erfahrungen des dritten Forschungsteams, das den Planeten besuchte. Durch den einstimmigen Beschluß des Föderationsrates wurde P-119 Gesetz.

12

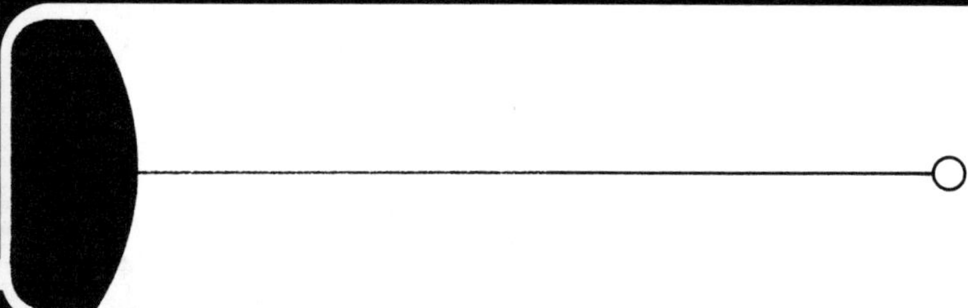

254

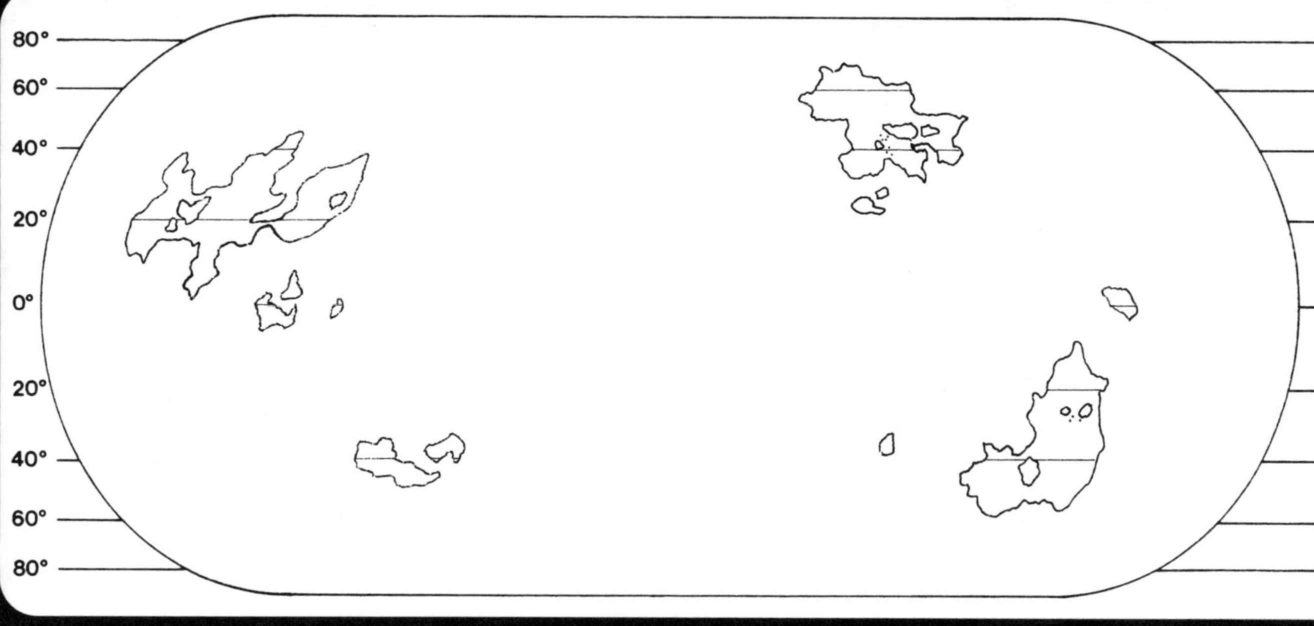

57

Bibliothekscomputer USS Enterprise (NCC-1701-D)

Datenbankauszug (Ausdruck)

Objekt: Wächter der Ewigkeit

432

08

56

Velara III (K)
eigener Name unbekannt
Velara
(199,2; 18,4; 45,7)

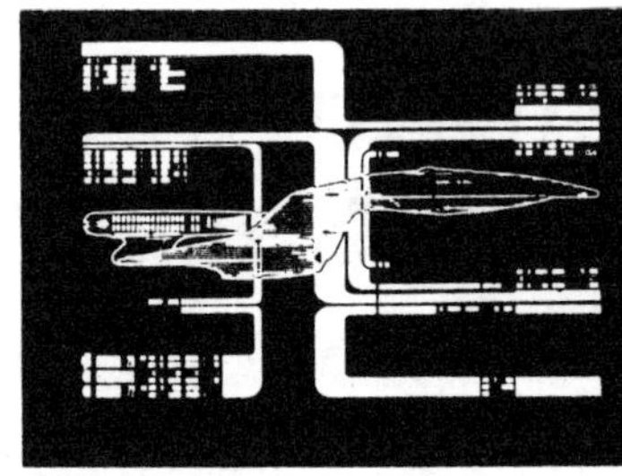

Velara ist ein kleiner weißer Zwerg in der Nähe der Pleiaden, der ein System mit vier Planeten besitzt. Die erste, zweite und vierte Welt besteht nur aus Felsen. Velara III ist eine Welt der Klasse K und hat kein organisches Leben. Während des Versuchs, den Planeten zu terraformen, machte man allerdings eine unglaubliche Entdeckung, durch die Wissenschaftler vor neue Rätsel gestellt wurden.

Velara III besitzt eine Bevölkerung intelligenter Kristallwesen. Millionen einzelner Kristalle bilden eine kollektive Intelligenz, ähnlich einem Computer, der aus einzelne Chips besteht, die erst durch ein verbindendes Medium aktiv werden können. Im Fall der Velara-Kristalle besteht dieses Medium aus einer dünnen Schicht Salin, das sich direkt unter der obersten Erdschicht befindet. Diese „Mikrogehirne" sind außerdem photoelektrisch und benötigen Velaras Licht, um zu überleben. Die Kadmiumsalze innerhalb der Kristalle weisen darauf hin, daß sie infrarotes Licht benötigen.

Die Terraforming-Kolonie auf dem Planeten wurde abgebaut, und Velara III darf inzwischen von Föderationspersonal nicht mehr betreten werden. Man hofft allerdings, daß die Kristalle eines Tages Kontakt aufnehmen werden.

88

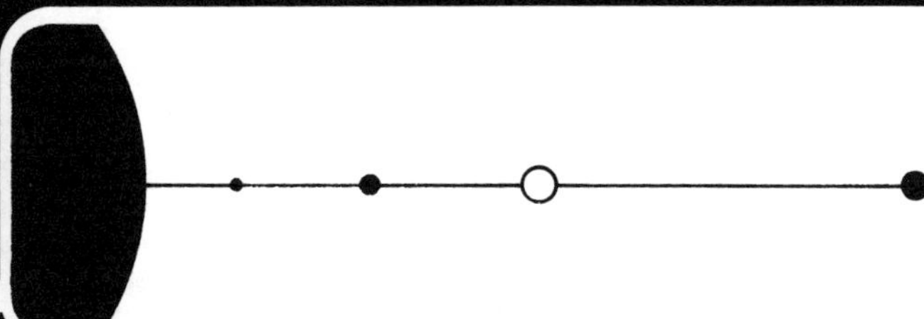

433

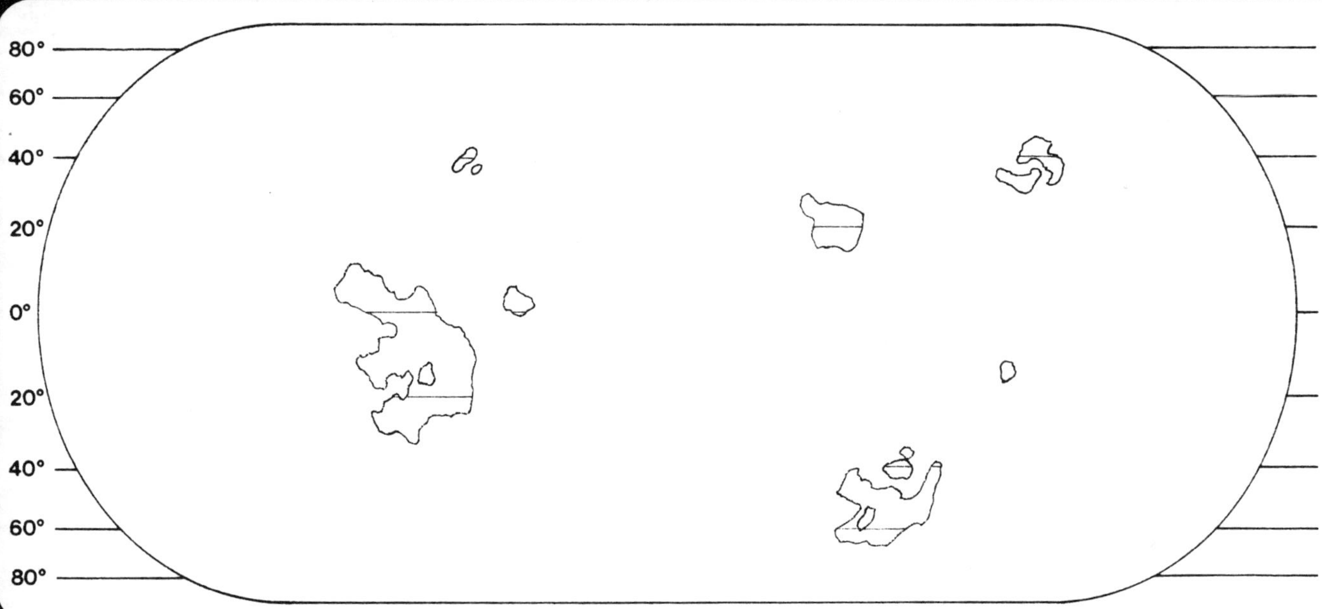

02

Bibliothekscomputer
USS Enterprise (NCC-1701-D)
Datenbankauszug (Ausdruck)
Objekt: Terraforming-Station auf Velara

090

26

35

Zeta Bootis III (M)

Neural

Zeta Bootis

(57,8; 114,1; 33,1)

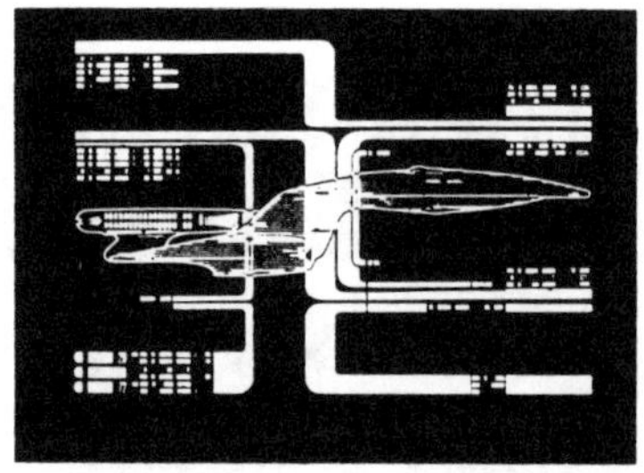

Diese Welt der Klasse M ist der dritte von zehn Planeten, die einen hellen, gelben Stern mittlerer Größe in einem Binärsystem umkreisen. Der Planet ist erdähnlich, mit großen Ozeanen und Wüsten, sowie Klimazonen mit gemäßigten und tropischen Temperaturen. Neural ist der einzige Planet des Systems, der über einen Mond verfügt. Dieser Mond wurde von der Bevölkerung der unteren Wüste Asetia genannt.

Die Bevölkerung des Planeten ist humanoid und stammt vermutlich von einer centaurianischen Expedition ab, die vor über zweihundert Jahren verschwand. Ursprünglich war die Bevölkerung ein friedliebendes Jägervolk, die allerdings durch einen ernsthaften Verstoß gegen die Hauptdirektive den Krieg und fortschrittliche Schußwaffen kennenlernten. Auf eine Einmischung der Klingonen folgte die Einmischung der Föderation. Diese Zwischenfälle führten dazu, daß sich die Bevölkerung in fünf Fraktionen spaltete, von denen alle im Krieg miteinander liegen.

Eine der interessantesten Tierarten auf Neural ist der Mugato, eine große, weiße, affenartige Kreatur mit Rückenzacken und einem großen Stirnhorn. Die Mugato sind streng monogam. Bei der geringsten Provokation greifen diese Tiere an. Ihr Biß ist hochgiftig und führt zum Tod, wenn er nicht behandelt wird. Das einzige Gegengift ist die auf dem Planeten wachsende Mako-Wurzel, mit der das Gift aus dem menschlichen Nervensystem gezogen wird.

09

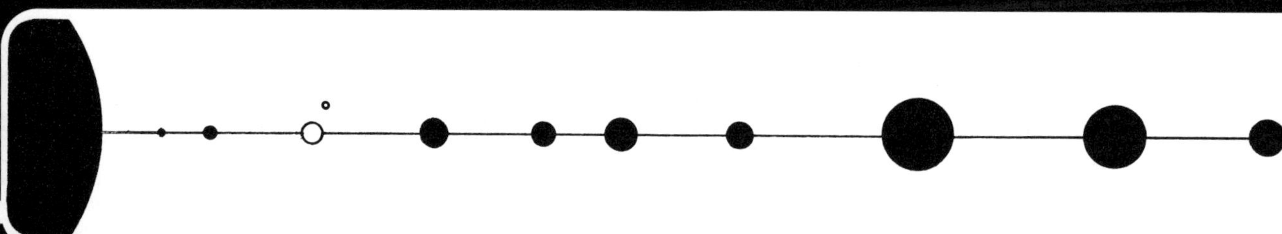

635

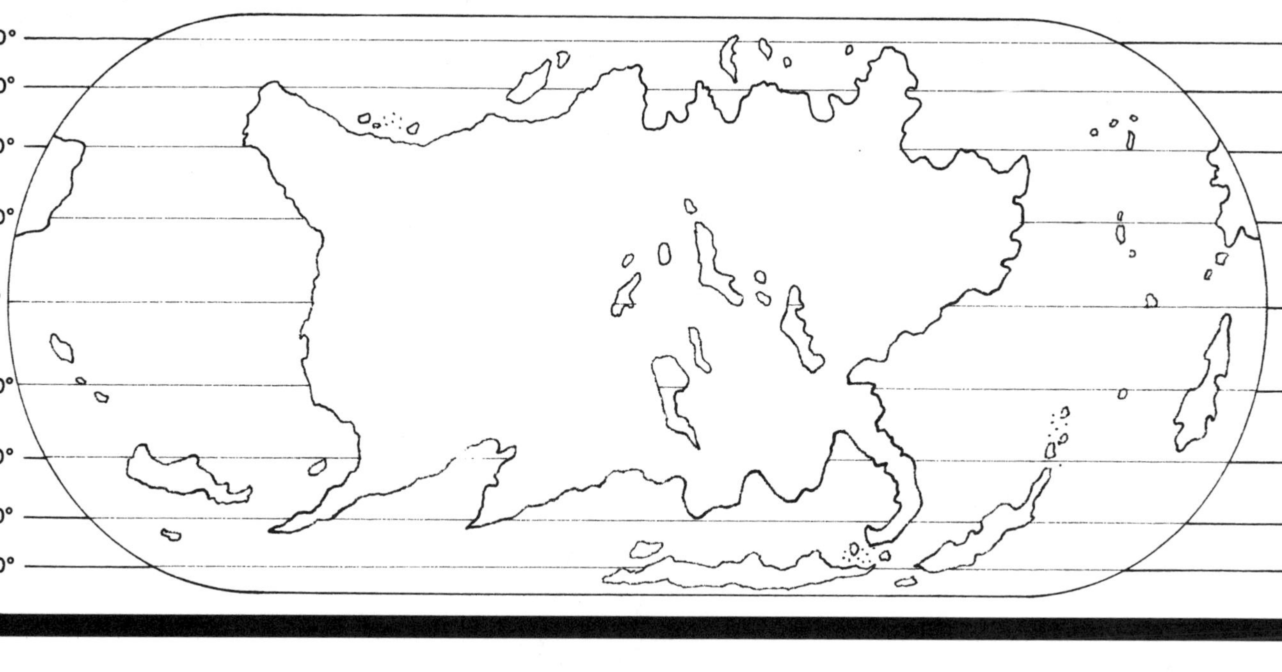

34

Bibliothekscomputer
USS Enterprise (NCC-1701-D)
Datenbankauszug (Ausdruck)
Objekt: Neuralianischer Mugato

Größe:
2,05 m
Gewicht:
440 kg
Lebenserwartung:
31 Jahre

Feindliche Welten

Ferengal (M)
Ferengal
Hauptstern unbekannt (Koordinaten unbekannt)

Fast nichts ist über die humanoide Spezies der Ferengi bekannt, die hinter der südlichen Grenze der Föderation leben. Noch bis vor kurzem galt ihre reine Existenz nur als Gerücht.

Vor einigen Jahren nahm die USS **Carver** eine Bewegung innerhalb der äußersten Reichweite ihrer Sensoren wahr. Die Sensoren konnten dem Objekt zwölf Sekunden lang folgen, bevor es verschwand. Bei einer Computervergrößerung fand man ein Schiff unbekannter Bauart. Eine Analyse des Schiffs durch die Sternenflotte ergab allerdings, daß dieses Schiff von den Ferengi stammen mußte.

Fast zur gleichen Zeit wurde die USS **Stargazer** im entfernten Maxia Zeta System ohne jeden Grund von einem Schiff angegriffen, das sich später als Ferengi-Schiff herausstellte. Captain Jean-Luc Picard benutzte eine Strategie, die später als Picard-Manöver bekannt werden sollte, um das Schiff zu zerstören. Dabei wurde die **Stargazer** allerdings so stark beschädigt, daß sie aufgegeben werden mußte.

Seitdem sind die Ferengi als extrem gierig und kapitalistisch aufgetreten. Ihre gesamte Motivation ist die Gier nach Profit. Sie besitzen den Warpantrieb und eine Technologie, die der der Föderation ungefähr ebenbürtig ist.

Die Kultur der Ferengi beruht auf dem Patriarchat. Frauen werden gekauft und dürfen keine Kleidung tragen. Der soziale und militärische Status ergibt sich aus dem Reichtum einer Person. Reichtum und Macht sind praktisch das gleiche.

Die Ferengi nennen ihre Heimatwelt Ferengal. Obwohl nichts über diese Welt bekannt ist, muß sie Klasse M sein. Die großen Ohren der Ferengi lassen darauf schließen, daß die Atmosphäre dünner als die der Erde ist.

322

Sternensystem unbekannt

34

Ferengi-Schlachtkreuzer (Unterseite)

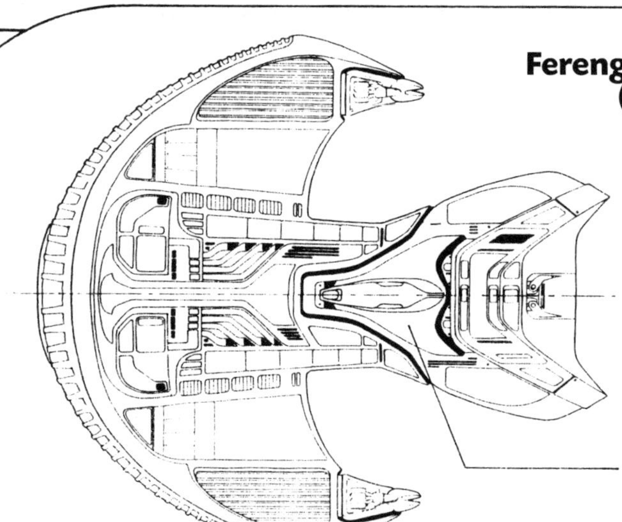

Anmerkung: Neuer Angriffsflieger in der Andockbucht

56

Bibliothekscomputer USS Enterprise (NCC-1701-D)

Datenbankauszug (Ausdruck)

Objekt: Ferengi

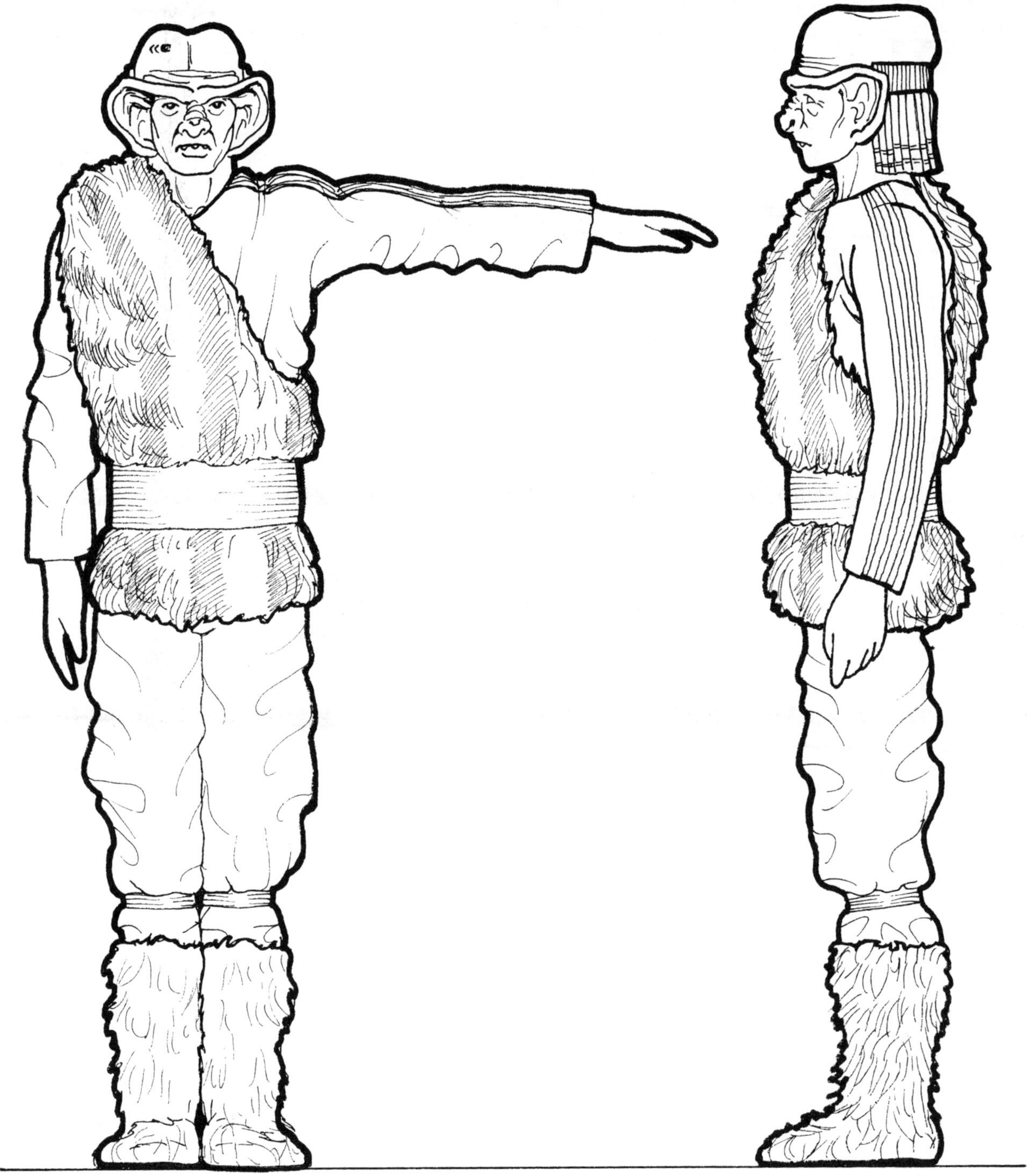

Tau Lacertae IX

Gornar

Tau Lacertae

(– 421,3; – 166,7; 67,7)

Über die Gorn vom Planeten Gornar weiß man nur sehr wenig. Entfernte Beobachtungen haben gezeigt, daß Tau Lacertae, der Stern des Systems, ein roter Riese ist, der neun Planeten besitzt. Gornar ist der neunte Planet. Das Territorium der Gorn ist vermutlich nicht sehr groß, obwohl Schiffe der Gorn ab und zu in den Föderationsraum eindringen. Man weiß nicht, ob diese Überfälle dazu gedacht sind, die Stärke der Föderation zu testen, oder ob der Föderation damit das Recht auf verschiedene Sektoren abgesprochen werden soll.

Die Gorn sind eine Rasse intelligenter Reptilien, die aufrecht gehen und bis zu zwei Metern groß werden. Sie sind grau-grün und scheinen von Fleischfressern abzustammen, die an den Tyrannosaurus der frühen Erdgeschichte erinnern. Sie sind Kaltblüter. Eine Spektralanalyse ihres Planeten hat ergeben, daß er vermutlich warm und dschungelartig ist. Ihr Gehirn koordiniert das bewußte Denken und die Sprache und nimmt nur wenig Einfluß auf Muskelkontrolle. Aus diesem Grund sind die Bewegungen der Gorn langsam und schwerfällig, allerdings auch sehr kräftig. Die Augen der Gorn sind facettenhaft und verfügen über eine harte äußere Schale, durch die die Pupille geschützt wird. Ihre Ohren sind gut ausgebildet und können mehr Frequenzen wahrnehmen als die Ohren Humanoider.

Physisch sind die Gorn den Humanoiden unterlegen, haben dafür aber den Warpantrieb perfektioniert. Die Waffen ihrer Schiffe entsprechen in ihrer Stärke denen der Sternenflotte.

Auf Cestus III kam es zum ersten Kontakt zwischen der Föderation und den Gorn, als die Gorn eine Föderationskolonie vernichteten. Als sie zur Rede gestellt wurden, behauptete der Captain des Gorn-Schiffs, Cestus III läge innerhalb des Gorn-Territoriums, daher sei die Kolonisierung illegal gewesen. Seit dieser Zeit informiert die Föderation die Gorn über alle Bewegungen an der umstrittenen Grenze, ebenso wie die Gorn die Föderation informieren. Damit soll ein weiterer Zwischenfall verhindert werden.

89

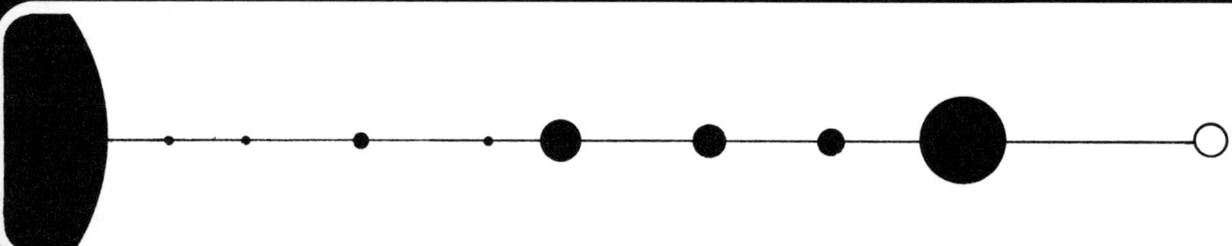

670

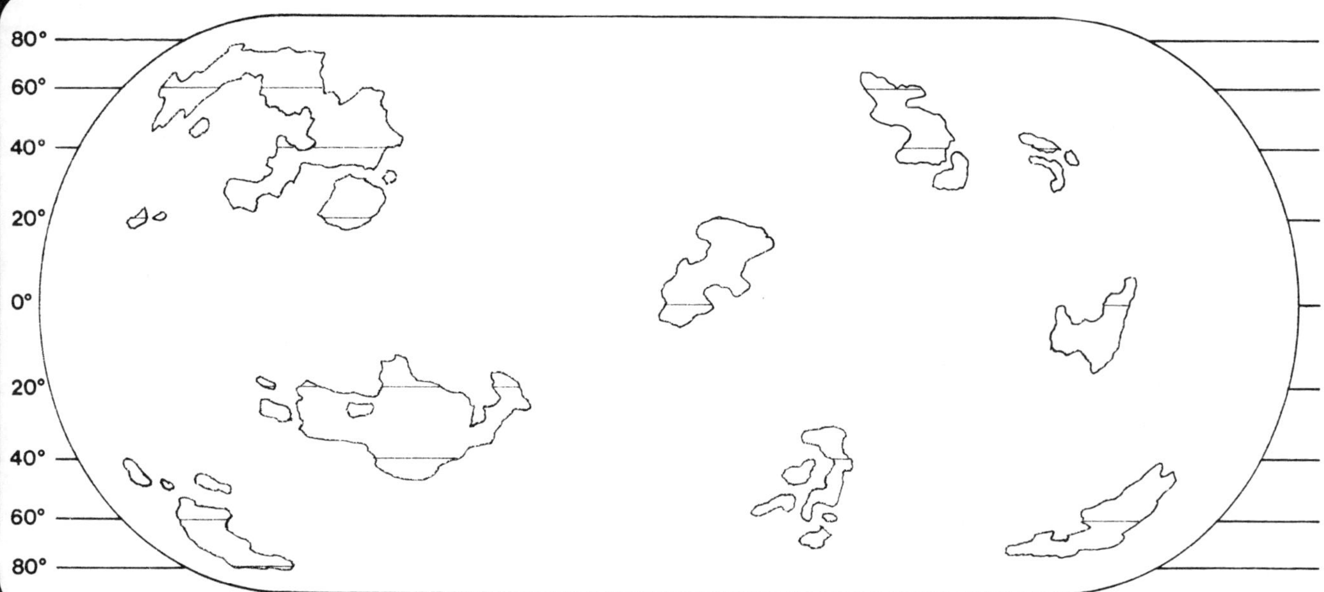

435

Bibliothekscomputer
USS Enterprise (NCC-1701-D)
Datenbankauszug (Ausdruck)
Objekt: Gornaranischer Archosaurus (Gorn)

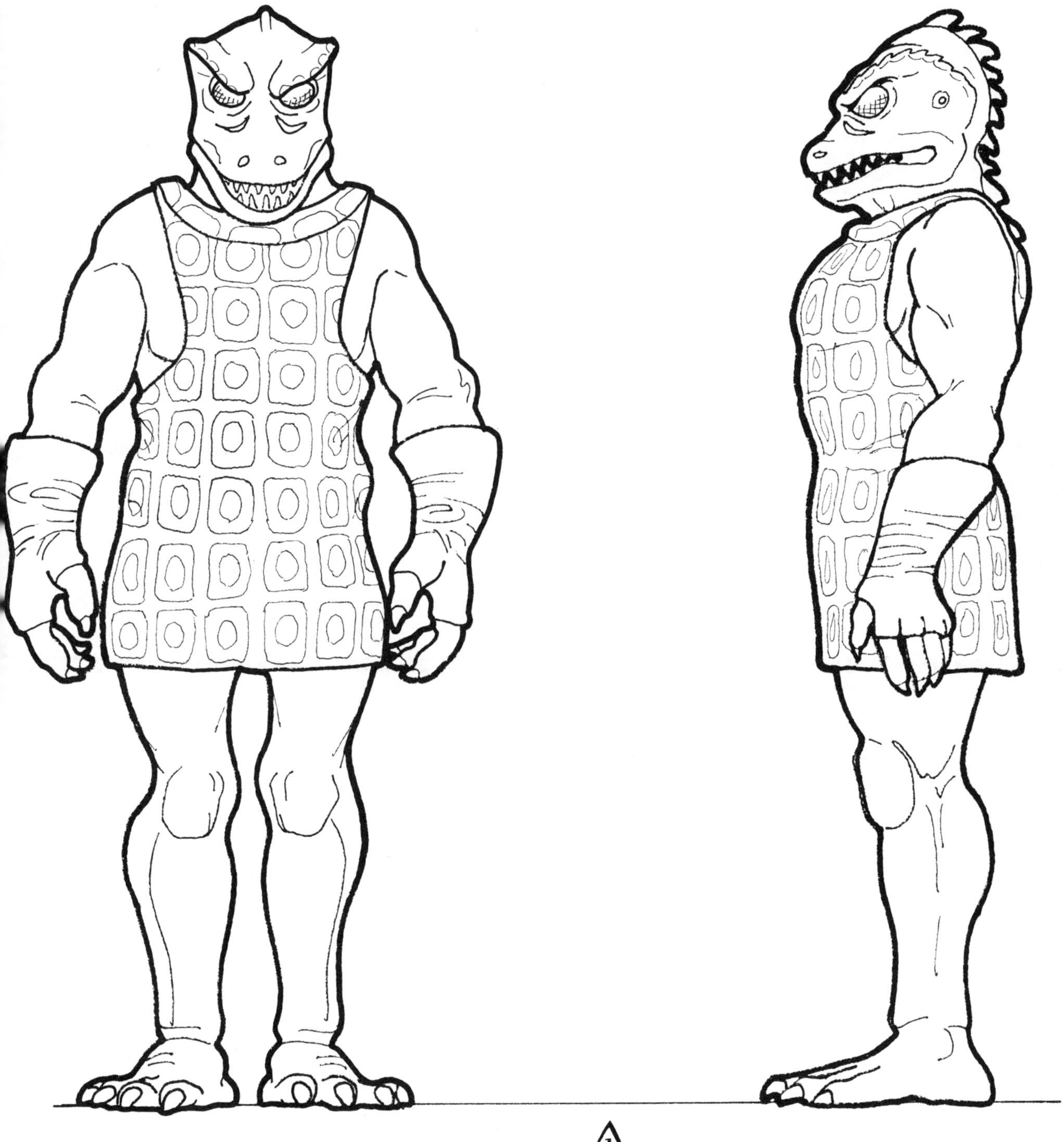

221

56

03

Romulus (M)
eigener Name unbekannt
Romulus
(– 176,3; – 158,5; – 1,8)

Romulus ist der Föderationsname für den Heimatstern des romulanischen Sternenimperiums. Er ist Teil eines Binärsystems; der Sekundärstern wird Romulus B genannt. Beide sind weiße Zwerge, alles weitere ist nicht bekannt.

Man glaubt, daß Romulus und Remus die einzigen Planeten des Systems sind. Vermutlich umkreisen sie einander, während sie die Sonne umkreisen. Beide Welten scheinen der Klasse M anzugehören, wobei Remus möglicherweise auch Klasse K sein könnte. Die Informationen, die die Föderation über das System besitzt, wurden durch Langstrecken-Abtastungen, Piratenkarten und gelegentliche Bemerkungen der Romulaner gesammelt.

Man glaubt, daß die romulanische Rasse von den Vulkaniern abstammt. Vermutlich etablierten die Vulkanier eine Kolonie in dem System, bevor sie sich der Philosophie der Logik widmeten. Die Romulaner sind recht militaristisch und geben hervorragende Krieger ab. Zu jeder Zeit und unter allen Umständen steht die Erfüllung der Pflicht über der persönlichen Sicherheit. Sie sind brutale Krieger, die keine Gefangenen machen.

Einhundert Jahre, bevor Föderationsangehörige die ersten Romulaner sahen, wußte man bereits von der Existenz dieser Kultur. Während des romulanischen Kriegs (2106–2109) war eine visuelle Kommunikation nicht möglich. Man konnte romulanische Schiffe leicht an den Raubvogel-Zeichnungen auf ihren Flügeln erkennen. Diese Tradition geht auf ein condorartigen Kriegsgott zurück, der auf Romulus angebetet wird. Der Krieg endete mit dem Sieg der Föderation in der Schlacht von Cheron. Ein Vertrag wurde erstellt, bei dem beide Parteien durch eine riesige neutrale Zone voneinander getrennt wurden. Das Eindringen in diesen Teil des Raums entspricht einer Kriegserklärung.

Seit Jahrzehnten sieht man keinen Romulaner auf ihrer Seite der neutralen Zone. Man glaubt, daß sie ihre Kräfte zu einer anderen Grenze ihres Reichs abgezogen haben und dort weiter in unbekannten Raum vorstoßen, um ihr Gebiet zu vergrößern. Es gab früher eine Allianz zwischen den Romulanern und den Klingonen. Die wurde jedoch abgebrochen, nachdem es Differenzen über den Austausch von Waffen und Technologie gegeben hatte. Es gibt keine neutrale Zone zwischen diesen beiden Imperien, und an der Grenze kommt es immer wieder zu kurzen Kämpfen. Heute bedauern die Klingonen, daß sie den Romulanern die Warptechnologie gaben. Allerdings bedauern die Romulaner ebenso, daß sie den Klingonen zeigten, wie man Schiffe tarnen kann.

78

122

21

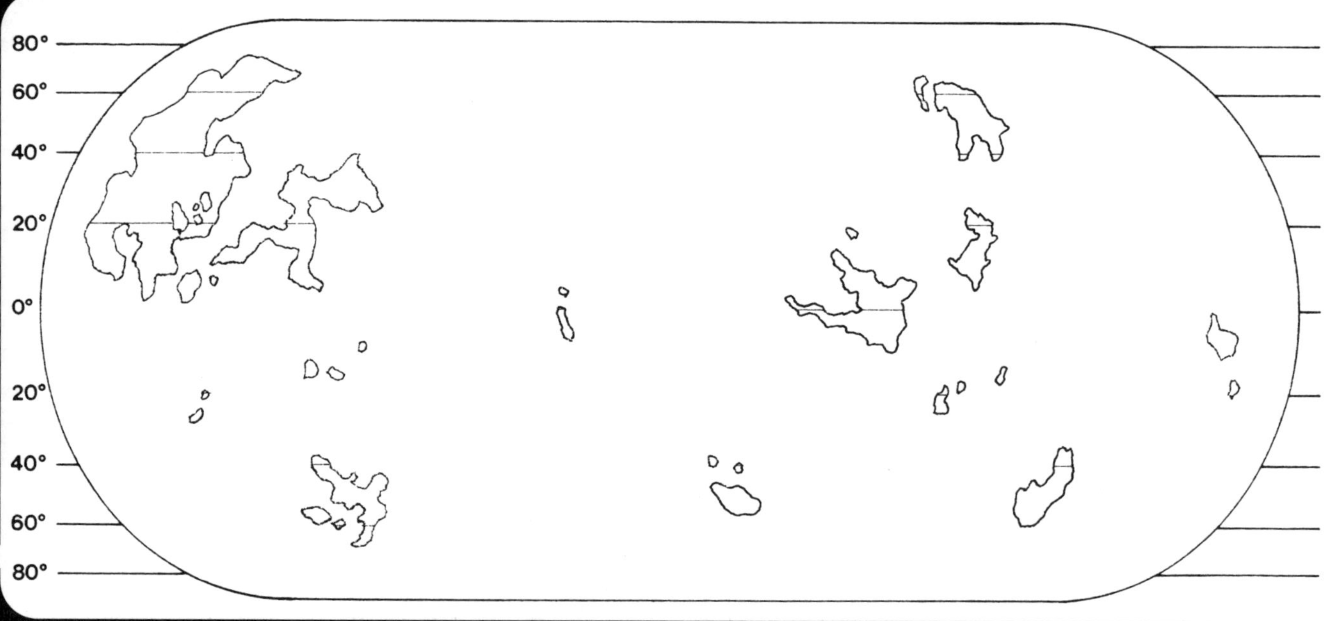

Bibliothekscomputer USS Enterprise (NCC-1701-D)

Datenbankauszug (Ausdruck)

Objekt: Romulaner

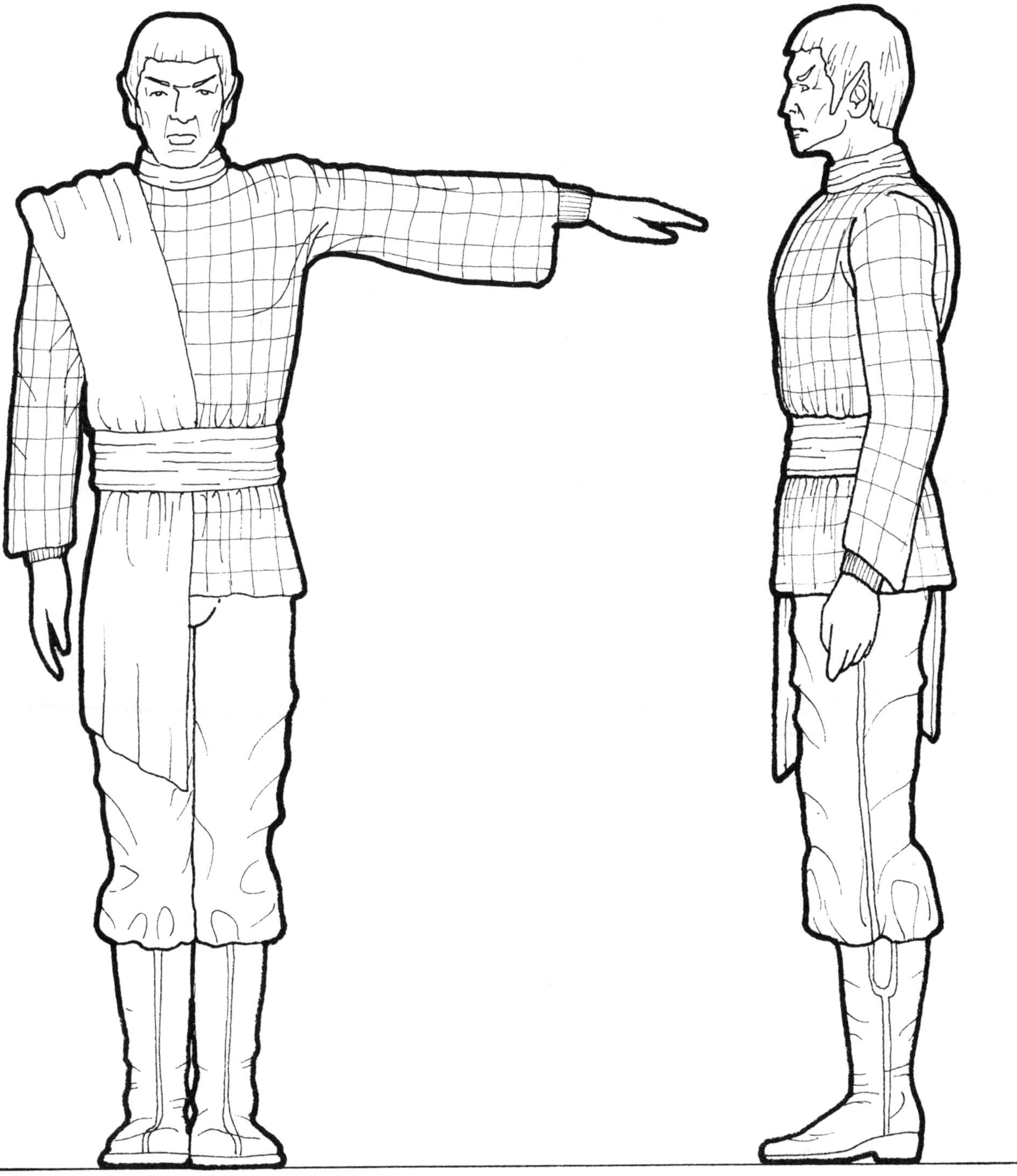

Tholia II (C)
Tholia
Primärstern unbekannt
(Koordinaten unbekannt)

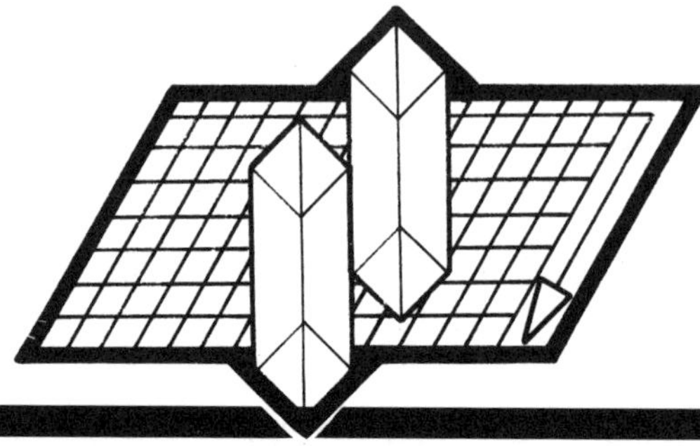

Bis zu diesem Zeitpunkt weiß man nicht, wo genau Tholia liegt. Die Tholianer nennen ihr Gebiet „das Territorium der Tholian-Gemeinschaft", was darauf hinweist, daß sie sich eher mit Eroberungen als mit interplanetaren Vereinbarungen beschäftigen. Gebiete im tiefen Raum werden immer wieder von den Tholianern beansprucht.

Der erste Kontakt zwischen der Föderation und Tholia fand statt, als die USS **Intrepid** eine Kartographierungsmission im tiefen Raum nahe der tholianischen Grenze durchführte. Das Föderationsschiff wurde aufgefordert, dieses Gebiet sofort zu verlassen. Captain Spiak von der **Intrepid** zog sich zurück und informierte die Sternenflotte. Einige Wochen später fing man eine Botschaft der Tholianer auf, die Captain Spiak aufforderte, sich mit ihnen an der Grenze zu treffen. Die Tholianer wollten wissen, mit welchem Gegner sie es zu tun hatten. Computeranalysen der visuellen Kommunikation haben einige interessante Informationen über die Tholianer ergeben. Sie leben in einer extrem heißen Methan-Umgebung. Die geschätzten Temperaturen innerhalb des Tholian-Schiffs lagen bei fünfhundert Grad.

Ihre Kultur ist ähnlich aufgebaut wie die eines Bienenstocks. Die Tholianer werden bei der Geburt so verändert, daß sie als Erwachsene eine bestimmte Aufgabe durchführen können. Ihre Körper werden entsprechend angepaßt und sind hochspezialisiert. Die Kasten der Krieger, Herrscher und Konstrukteure sind bekannt, aber man kann davon ausgehen, daß es noch viele weitere gibt.

23

Die wichtigste Waffe der Tholian-Flotte ist das „Netz", ein netzartiges Kraftfeld, dessen genaue Funktionsweise der Föderation noch unbekannt ist. Man weiß nur, daß zwei oder mehr Schiffe notwendig sind, um das Traktornetz um ein Schiff zu spannen. Ist das Netz komplett, kann es mit normalen Waffen nicht zerstört werden.

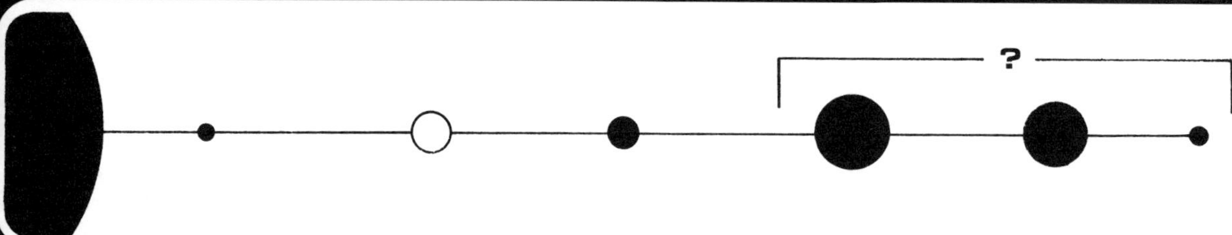

444

Tholian-Schiff
(kann „Netz" aufbauen)

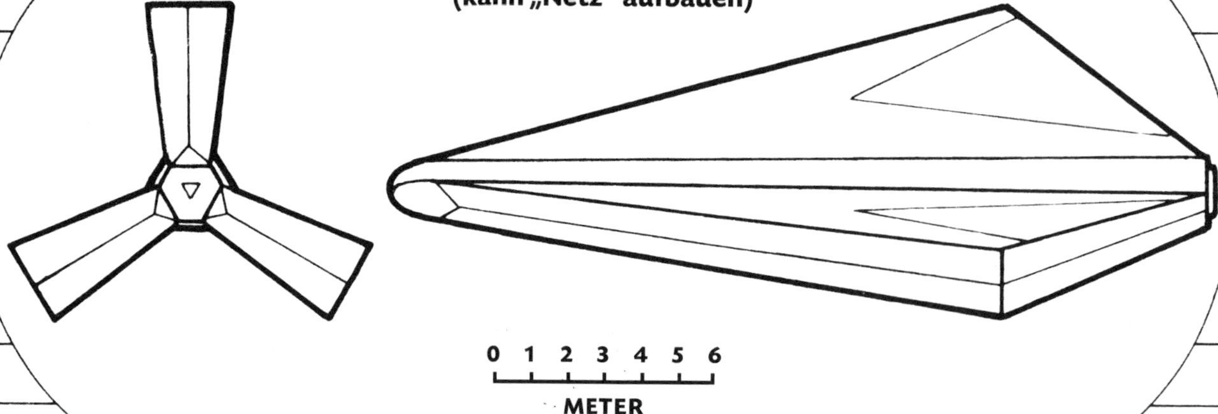

67

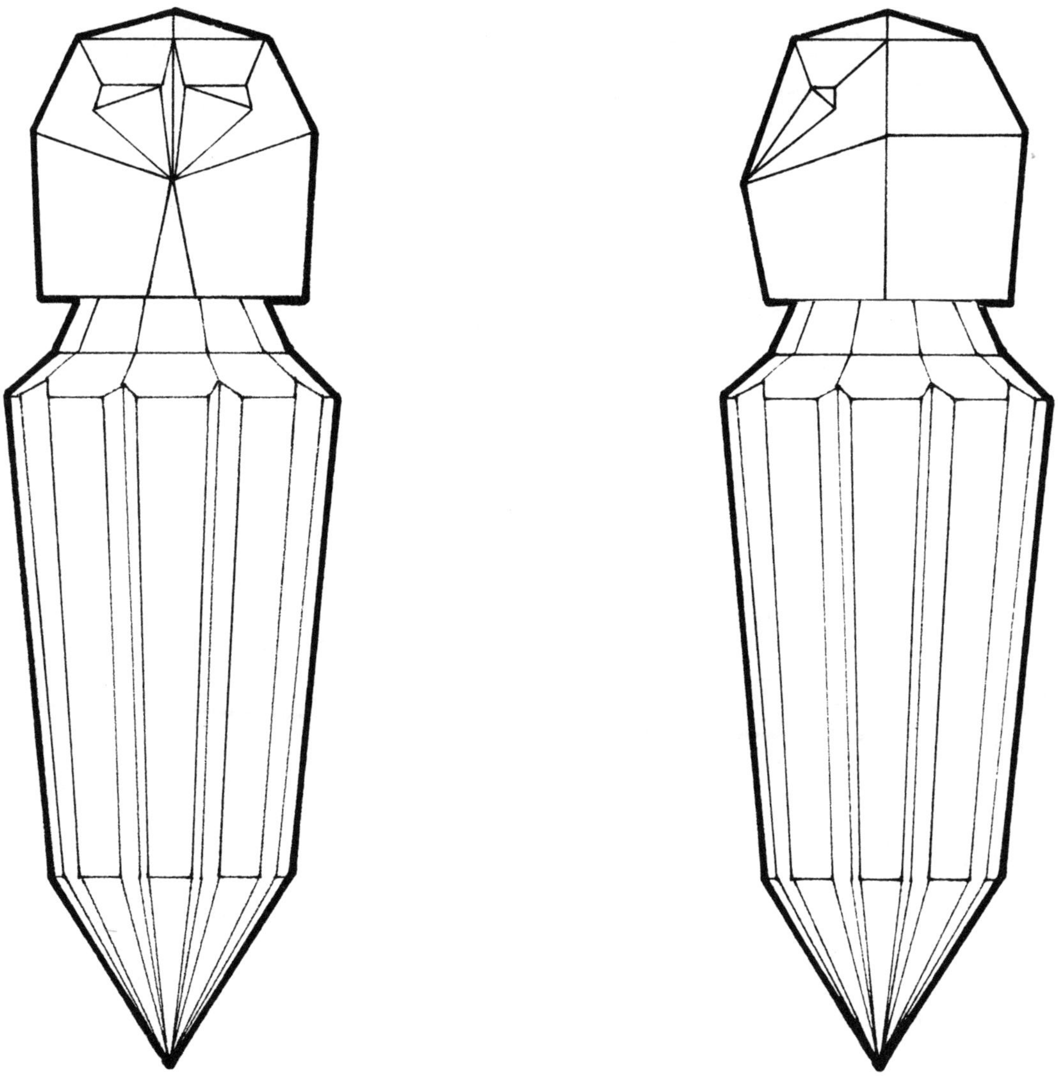

Historisches Archiv von Memory Alpha
Datenbankauszug (Ausdruck)

Objekt: Die Welten der Föderation

Aufgeführte Planeten

71

454

66

Historisches Archiv von Memory Alpha
Datenbankauszug (Ausdruck)

Objekt: Die Welten der Föderation

Planetare Botschafter

Föderationsmitglieder	Botschafter	Seite
Aldebaran	Farrell Tensen	48
Alpha III	James Kara	26
Alpha Centauri VII	Zella Rancine	24
Andor	Shrall K'Tik	22
Antos IV	Llire Ner Naba	40
Argelius II	Vantir Plassen	52
Aurelia	Aleek-Aur	56
Benzar	Meldir	76
Betazed	Perateca Kif	72
Bynaus	10011011	74
Cait	M'Roaa	38
Catulla	Tongo Sil	42
Coridan III	Deo Dica Mataal	62
Daran V	Misan Phoalla	54
Delta	Iloran	64
Deneb II	H'T' Jera	30
Deneb IV	Ferguson Smith	
Deneb V	Will Perkins	
Erde	Benjamin Adams	16
Izar	Harold Taft	34
Mantilles	Samuel Griffith	58
Marcos	Seril	32
Medusa	Kollos	60
Merak II	Andrew Leigh	46
Mu Leonis II	Tresus	50
Phylos II	Agmar	78
Rigel II	Robert Klymyshyn	36
Rigel IV	Kenneth Brice	
Rigel V	T'Sedd	
Rigel VII	Daniel Cheney	
Rigel VIII	Kin Passa	
Sauria	Ket'k Loka L'T'S	66
Tellar	Gartiv	20
Terra	Benjamin Adams	16
Theta Kiokis II	Arshosha	70
Tiburon	Cino Desdin	44
Vega IX	Chris Bara	28
Vulkan	Sarek	18
Yonada	Natira	68

Vereinigte Föderation der Planeten

„... mutig dorthin zu gehen,
wo noch niemand zuvor gewesen ist."

aus der Urkunde der Sternenflotte

STAR TREK TOTAL!!!
DAS MAGAZIN - TREKWORLD
170 Seiten, Farbseiten, News, Infos, Interviews, Trends, Merchandise, seltene Fotos, Conventions, usw. Probeheft gegen 10 DM Vorkasse!
SHOPSERVICE - DER VERSAND!
Uniformen, T-Shirts, Modelle, Bücher, Poster, Videos, über 400 Artikel im neuen SHOPKATALOG!
FEDERATION CONVENTION
Erlebt die Stars aus STAR TREK live auf der Bühne!! Autogrammsessions, über 100 Händlertische, Kunstausstellung, Versteigerung, Kostümprämierung, Computeranimationen, Fanfilme, Workshops, neueste Infos direkt aus Hollywood, Aktionsstände u.v.a.m.
Fordert unser kostenloses Infopaket unter dem Kennwort SPOCK an:
STCE, Postfach 22 01 11, 86181 Augsburg
Fax: 0821/219 1937 - Tel.: 0821/219 1936